欣欣向爱
HAPPY LOVE

Mechanics of love

田畈——作品

图书在版编目（CIP）数据

爱的力学 / 田畈著. -- 南京 : 江苏凤凰文艺出版社, 2019.9
ISBN 978-7-5594-0106-9

Ⅰ. ①爱… Ⅱ. ①田… Ⅲ. ①长篇小说－中国－当代 Ⅳ. ①I247.5

中国版本图书馆 CIP 数据核字（2019）第 178199 号

爱的力学

田畈 著

责任编辑　丁小卉
文字统筹　余　言
封面设计　小茜设计
责任印制　刘　巍
出版发行　江苏凤凰文艺出版社
　　　　　南京市中央路 165 号，邮编：210009
网　　址　http://www.jswenyi.com
印　　刷　长沙鸿发印务实业有限公司
开　　本　880×1230 毫米 1/32
印　　张　11.5
字　　数　267 千字
版　　次　2019 年 9 月第 1 版 2019 年 9 月第 1 次印刷
书　　号　ISBN 978-7-5594-0106-9
定　　价　39.80 元

目录

CONTENTS

目录

C O N T E N T S

/ 楔子 /

季海的飞机意外坠海的时候，华影正在宁城首屈一指的美容院私人 VIP 室里享受着她巴黎定制空运来的黄金玫瑰面膜。

美容院的老板娘边为她按摩边偷瞄她手上的限量钻戒：“您这枚戒指我刚在一个珠宝博主的公众号文章里看到，说是全球独一无二。季先生对您可真好。”

华影面膜下的嘴角悄悄勾起。

突然，旁边的手机“叮”的一声。

华影含笑：“请把手机递给我。”

老板娘小心翼翼地拿着华影的手机，突然瞟到弹出的新闻，随即瞪着眼，动作僵硬地不动了。

华影压着翻白眼的冲动，面带微笑地从她手中抠出手机。

屏幕上突然弹出头条推送：“当红影星华影的丈夫、海声集团董事长季海自己驾驶的私人飞机意外坠海。”

手机如同坠海的星砸落到地上，开了花。

卷 一

海森堡不确定性原理:

你无法同时确定与一个身体的距离和心灵的距离，在你身边的可能并不在你心上，深爱的人一般都在远方。

宁城是南方罕有的和暖城市，一年之中少有下雨的时候，春季和秋季都是最长的时节，所以很受社会名流和摄影组的青睐。

然而，季海葬礼的前夜却下起了暴雨，一直到清晨也没停。

黑色加长版的轿车在街道上无声行驶，如同出鞘的剑劈开雨幕，车轮溅起层层浪花。

华影的车一停下，原本聚集在临时避雨处的记者和安保立即一拥而上。

一把把黑伞在雨幕中撑开，游弋，像雾气中开出了一朵朵黑色曼陀罗。

长镜头对准目标，一抬头，曼陀罗下面是一张白净的鹅蛋脸配着明艳的五官，远山般黛色的眉，春水般乌黑的眼，小巧的鼻，暗红的唇，黑衣黑裙，珍珠项链，鬓上别着一朵小小的白花。

这样一个人一出场，一下子为闷湿的空气点燃了一抹说不清道不明的暗香。

华影第一件事就是和粉丝握手鞠躬，对记者挥手感谢。

她的人设是女神级的偶像，从小在国外长大，八岁那年在法国旅行时被知名导演相中入行，貌美华裔名媛，人缘还好，最关键是惯会宠粉丝。

做完一切，华影才往馆内走去。

季海的儿子季白已经站在门口，他是个高瘦的高中生，正值叛逆的年纪，因为对华影和季海这对差了 20 多岁老夫少妻配的不满，他没少给华影脸色看。

在华影的印象里，他永远都是撇着一张嘴的牛哄哄的模样。

然而，今天他身着一身略微宽大的黑西装，面容无助。

季白看到华影没好气地说："今天这种日子，连我江声哥从美国来都到了，你还迟到！你对我爸还有没有一点感情？"

这句话把华影的怜悯之心瞬间打散。

华影举起腕表耸肩："7 点不到，不好意思，我还早到了。"

一双小手抱住华影的腿，是季海五岁的小女儿季恬。

季恬是华影的小小粉丝，她最爱华影的电视剧《迷人的她》。华影在里面演的是一个抚养小萝卜头长大的单身妈妈，和女儿很有耐心地像朋友一样玩笑相处。季恬认为华影是妈妈，总是黏着华影。华影阻止不了她的热情，再加上自己也喜欢长得可爱的小女孩，就随她去了。

季恬不大爱说话，黑溜溜的眼睛盯了华影半天，华影了解她，于是弯腰蹲下。

季恬在华影耳边轻声说："你……晚上能……一起……睡觉吗？我怕……"

小姑娘害羞，说话断断续续，却让华影的心萌化了，她点了点头，抱了抱季恬，本想贴贴她的小脸，可想到自己打的粉底，只好改为揉揉季恬的头发。

"江声哥。"季白喊了一声。

华影这才站起来把视线投向来人。

季海身边的第一秘书麦克领着一个人远远走来，麦克已经是一米八的大高个，那个人还要高出麦克半个头，从一层层白色幔帘后走出来，黑西装黑裤子，冷玉一般的侧脸，茂密的黑发。

由远及近，站定眼前。

华影仰了仰脖子。

看到他白白的下颚骨，高挺的鼻子，他头发太长，眼睛被头发遮住了，并不能看得清楚。

华影自小在演艺圈打滚，见过的男艺人可以将今天的场馆站满，只是这个人身上的气质倒是她从来没见过的，虽然好奇但也很快收回目光，她的职业病只对帅哥美女多看几眼。

说也奇怪，这人拍了拍季白的肩膀，季白便像一只被驯服的小狼狗满怀崇拜地看向他。

麦克向华影介绍："夫人，这是江总，是咱们集团的另一个合伙人，你们还没见过……"

华影突然明白他身上说不清道不明的气场是什么了——天才的光环。

她怎么会不知道江声，季海和整个海声集团的骄傲，12 岁就考取了麻省理工学院物理系，什么 PPT 什么 DDW 的（人家明明是 Double PhD 双博士），还跟着一堆 Doctor，还有 Thomas Hawksley 金奖的最年轻获得者，江湖人称海声集团行走的大脑。

但是华影对需要智商的东西一向不感兴趣，她的聪明人设只基于她小时候背过《十万个为什么》。

每每季海骄傲地谈起此人的时候，她的脑海中总是浮现出戴着厚厚眼镜的秃头中年男子形象。

再看看眼前这个高瘦清俊、黑发浓密的男子，她抽了抽嘴角，镇定地伸出手："你好。"

是为了掩盖自己曾默默丑化对方的心虚，也是自信地觉得不需要麦克介绍她是谁，因为在她的认知里，是没有人不知道她的，只要她伸手，即使是社会名流都会面露惊喜地回握她的手。

然而，华影伸出的手矜持地悬在空中。

空气有点凝固。

面前的男子抬了抬眼，才慢慢动起来，只见他从口袋里缓缓地拿出一只手套，再缓缓地戴上白色手套，而后他慢慢握了握华影的手……

“你好！”

他的声音清爽略快，像一阵风。

华影的助理李彦女士，在这十年间其实一直兴起过跳槽的念头，但她每次都安慰自己——华影即使平时再不靠谱，关键时刻总是很给力的。

例如今天，你看看，对着镜头她永远都知道怎样展现自己最美的一面，即使是一身黑，她都能用珍珠项链和珍珠耳环搭配出层叠的高贵趣味。

只要一走下车，她周身就开始弥漫着不可侵犯的庄重和欲语还休的悲伤。

直到这一刻。

李彦在华影抬手握拳的那刻非常明智地拖走了她。

季白那厮的笑盖过了华影的怨声。

“哈哈哈哈哈哈，江声哥，我真是太喜欢你了！”

季海的灵堂布置得和他的个人风格很像，黑底白花，明亮的灯光，“往生净土”四个字下是季海的遗像，50 岁的中年男子，眉目肃穆。

华影仔细端详着季海的遗像，她突然发现自己对他的记忆少得可怜。

季海是个合格的商人，知道什么时候该出手。传出她们婚讯的时候，正好就是海声集团 4D 手机上市的时候，托华影宅男女神的福，手机抢购一空，还被预订加卖，海声集团一跃成为科技家电行业老大。

而托他的福，华影也不用继续在她混迹 20 年讨厌的演艺圈里打滚。

双方都没有说明，但双方都心照不宣这场交易。

仅此而已。

这样少的联系，要她如何能在这种场面痛哭流涕呢？

然而华影这一次倒是庆幸演员这个职业了，她聚精会神，眼眶就红了。

想想婚礼居然变成了葬礼，意大利手工定制 100 万的婚纱还没有穿，眼睛一眨，眼泪就下来了。

华影泪眼蒙眬中看向斜前方，季恬已经睡着被抱走了，季白弓着背眼泪鼻涕留了一大把，旁边那个江声却面无表情，一声不响地跪着，他的颈子直直地露出青青的鬓角，像一尊陷入沉思的雕像。

如果不是华影做演员强大的观察力，她都快漏掉他的眼睛动了下，密密长长的睫毛湿漉漉的，轻轻地颤动，像一只蝴蝶停泊在上面扇了扇翅膀。

华影是上过形体解读课的，她留意到他的背是那么的僵硬，仿佛一敲就要碎掉。

江声突然转头，从西装口袋里掏出手帕，递给季白。

季白这个傻小子又感动得多流了几滴鼻涕。

来客们集体起立，对着季海的遗像三鞠躬。

季海的遗体没有找到——打捞的难度太大了，听说江声带着搜救队去了三天三夜都没有打捞到。

离开的时候，华影忍不住回头，不管如何，季海都是那个帮助自己逃离 20 年“卖身契”的人，无论怎样她还是心存感激的。

她默默地在心中对季海说再见。

一回头，她看到遗像前还有一个人影的驻足，是江声。

华影礼貌地微笑，握着最后一个客人市长秘书的手，因为记得朋友圈他晒过跑步的图片，便不着痕迹地赞美他似乎瘦了，顺便保证下次一定和他吃饭。

人一走远，她身子一歪。

李彦立即过去撑住她。

华影一脸崩溃：“我脸都僵了，回去要做多少次脸部提升才能补回来。”

她一转头，看到正和秘书太太握手的江声。

华影轻嗤，这个江声不是有什么毛病就是洁癖狂，全程戴着手套和来宾握手，偏偏来宾碍于他的名头竟都觉得他礼貌有嘉。

好吧，她还是不想承认她美得这么逆天却被一视同人对待的事实。

麦克带着海声集团的御用律师走了过来。

李彦突然想到什么似的压住兴奋，偷偷和华影嘀咕：“麦克带着律师来了。季海名下这么大的公司资产，影姐，你是不是要变成名副其实的富婆了？”

嗯？华影突然虎躯一震，站直了身子。

其实吧，华影能分多少财产她还真没想过。

她人生的梦想就是吃喝玩乐加买买买，肤白貌美加大长腿，不用拍戏每天睡到自然醒，再飞到海岛休休假、晒晒微博，让那一亿粉丝点点赞，翻翻几千条消息，看心情决定翻不翻牌回复。

当然这一切的维系的确是需要很多很多的钞票。

她想脱离演艺圈，季海就帮她解约。她没有要季海的广告费，季海就为她开了一家奢侈品买手店，非常符合她的要求，就是砸钱要快、狠、准。

华影目前非常满足的新生活都是靠着季海的，她还真没想过季海出事了该怎么办。

张律师是季海的御用大律师，华影是见过的，她不巧偷听到对于季海和她结婚这位律师强烈的劝谏，脑门上就差没有刻着我是“有文化的上等人”。这种人，说话礼貌至极，却在骨子里有种藐视你的味道。华影讨厌和这样的人打交道，在江声身上她似乎也嗅出这种味道。

季白和律师这时候还没有来，华影和李彦一起在休息室里等。

华影靠在沙发上，拿出手机调到前置相机，认真地检查自己的黑眼圈。

向来十点准时上床睡美容觉的她昨天一夜没睡，和团队公关召开紧急会议，天还没亮就开始化妆、打扮、准备，所有的早起对她来说都是折磨。

手机里的那张脸美得没有死角，但她还是不大满意，拿出遮瑕笔轻轻点了点眼周，只是薄薄的一层。

虽然她已经提前敷了眼贴，到底是过了 25 岁，太多的修饰反而怕暴露出细纹的秘密。

李彦坐在对面翻着手机，她的长相和华影的妩媚美艳截然相反，是个短发的 TOM BOY，长年裤装，直女一枚，脾气也是直的。为了掩饰自己的暴躁脾气，李彦常年戴着眼镜，以为这样就可以表现得斯文一点。

“过气大龄女星华影，一朝间鸡飞蛋打，深度解析娱乐圈第一剩女和大她 20 岁富商间的关系……”

“豪门梦碎，红星华影到底做错了什么，把一手好牌打成这样？”

“八卦华影的骨骼皮相，克夫相到底长什么样……”

“瞧瞧，这都写的是什么！”李彦气得把手机扔到桌上，抬脚就踹沙发，“不行，我要打电话去立即撤销这些文章！”

啧啧，斯文的眼镜都救不了她。

华影倒是没有任何的波动，她的手机微信响，买手给她发来这季最新款的走秀鞋包衣服，她兴致勃勃地刷起来。

华影指着图上的新款问李彦：“这款怎么样？”

李彦发完声讨消息，转头一看：“是不是太绿了？”她又瞄到了价格，惊呼，“这么贵！这个颜色太难配了。买黑的，百搭。”

华影点着手机："什么颜色我都能驾驭，黑色那么无趣，让华老师给你上课。黑包和其他包一样只要有一个就行了，千万别一天到晚背个黑包，买了一个又一个，因为这么贵，舍不得，一定要选一个最保险的颜色，为了什么时候都能背，什么东西都能搭。错……"华影一本正经地摇了摇手指，"记住，只有穷人才总背着个黑包。"

李彦痛苦地捂住额头："我的姐，你的嘴巴这么毒，你的粉丝知道吗？"

华影很无辜："当然是不知道。这种话我只能在私下说说，开什么玩笑。"

李彦当然也知道这个圈子谁不是戏精，至少华影表面上从来都不得罪人。

李彦突然想起来："对了，我侄女班上有合唱比赛，你拍段视频给她。"

华影已经习惯了给李彦的侄子、侄女、堂哥、堂嫂、七姑八婆电影票、签名，等等，认命地伸手："烦！拿来，最后一次啊！"她骄里娇气的，哪有威胁？

李彦偷笑着双手奉上手机，她知道每次华影都说下次的。

拍完丢回手机。

李彦当了华影十年的助理，深知她的脾气，递给她一颗Lindt黑巧克力球："姐姐，早饭都没来得及吃，还是吃一颗吧。"

华影挣扎地看着巧克力，最后伸手接过："老姐姐我已经三年没有开戒吃过汉堡、蛋糕、火锅、烤串、巧克力了。眼看就要过上好日子了，为什么老天要来开我的玩笑？"她咬了一半又包好递回给李彦，剩下那半晚点再吃，巧克力她向来都是分两次吃完。

门开了，江声走了进来。

华影当了一辈子的女神，却第一次被一个男人赤裸裸地嫌弃，她觉得问题一定不是出在自己身上（事实上即使出在自己身上她也不会承认），总之，她被江声完全得罪了。她刷着手机买了包包，决定完全漠视这个人，反正过了今天和这个人的交集估计为零，懒得啰唆。

而江声完全没有在意到华影的冷箭，他靠在角落似乎专注地想着什么，或许只是在发呆。

李彦作为华影身边亲和力第一的人，她站起来尝试和江声打招呼："江总，你也来那么早。"

江声"嗯"了一声。

华影把李彦拉坐下来，压低声音："你倒是和谁都有的说。"

李彦也压低声音："哎呀，我的姑奶奶，我是为谁啊？你以后的日子靠谁？海声集团啊！海声集团靠谁？现在季海倒了，他可是海声集团的话事人。"

华影冷哼："就他这书呆子样？"

李彦看着兀自发呆的江声，低声尖叫：“书呆子？我查过了，人家可是华盛顿大学的物理教授，Double PHD，长得那么帅，智商还那么高，哪里是书呆子？”

华影瞪了李彦一眼，百无聊赖地打开电视。

电视上正好在放华影主演的《繁花》，她的角色是作为最早一批去云南支边的大学生之一，这个镜头正是华影目送着恋人的火车离开，脸上慢慢流下泪水。

这一幕被截屏很多，论坛转载也很多，称赞华影的泪水就像美人鱼最后的眼泪。

李彦是华影的第一迷妹可不是浪得虚名的，她的厉害之处就是随时随地可以说服任何人甚至外星人喜欢上华影。

“江总，这部戏是华影的银幕处女作，今年还入围了金熊奖女主角的……”

华影很是受用，她看向电视。

嗯，她也觉得自己很不错。

为了这场戏，她一天只吃三个苹果，吃了整整两个礼拜，皮肤都能透出水来。

用你的钛合金狗眼好好看着吧凡人，看看老娘的美丽！

“错了。”

华影和李彦正在陶醉，突然听到这样的声音。

谁？什么错了？

华影回头。

一直在神游的江声不知何时站直身子，神情专注地面朝着屏幕。

他抬起头，倒是有双很漂亮的眼睛、睿智的眸子。

“江总，你说什么？什么错了？”李彦问道。

华影抬起了高傲的下巴，她已经做好准备，面前这个男人再敢说出什么让她不爽的话，她随时丢手套决斗。

“那个时期，云南的铁路用的还是轨距为1000毫米的窄轨，由法国政府建造，这个轨距是1435毫米的宽轨，是现代的标准轨距，还有，当时的铁路不可能是水泥路面。”江声一脸平静地指了指屏幕，“都错了。”

屏幕里华影还站在铁路旁对着远去的列车梨花带雨，屏幕外她已经羞愧得不想看到这场戏了。

她一下子按了关机。

李彦捂着头，她也觉得自己大错特错了，这个江声可能比外星人都难搞定。

华影别过脸继续刷着手机，她快速地翻着手机。

再一次，她被这个男人气得大动肝火，却又无可奈何。

不一会儿，人员到齐，开始宣布遗嘱。

季海作为一名商人，最出色的地方是对于资产的管理，同时作为谨慎的50岁的中年男人，他有一个良好的习惯——每年清点完产业之后都会修改遗嘱。

虽然华影和季海没有举行婚礼，但已经领证，在法律的角度已经是合法夫妻。因此张律师宣布华影按照遗孀的身份接替了季海手上海声集团5%的股份。

“我的天！”

这的确是华影内心的声音。

但这不是她的声音，而是李彦的声音，李彦遮住嘴巴，一脸兴奋地看向华影。

华影突然就看到自己躺在沙滩上的样子，她是不是应该打开世界地图，闭着眼睛点目的地？

张律师又说：“还有两份20%的股份是季白少爷和季恬小姐的，由华女士监管。条件是华女士要承担继子继女的监护权，在季白少爷和季恬小姐成年之前，照顾他们的生活和学业。”

“什么？”

华影和季白同时跳起来。

季白大声嚷：“我不要她的监护！让她离我远点！”

华影点点头：“我同意。要我监护这小鬼，还不如让我一年拍100部古装片。”

张律师很淡定：“没问题。如果华女士放弃监护权，那也就是放弃了季总的财产继承权。”

华影十分挣扎。

李彦凑近华影：“姐，拿了这笔钱你说不定还可以买个岛做岛主。”

张律师拿出一份委托文件：“这份是需要华影女士签字的接受监护权的文件，并由江声先生监督……”

华影压根儿没听到下面的话，拿过笔立即签名：“监护嘛，其实也可以，我这个人还是挺喜欢小孩的。”

她象征性地拍了拍季白的头。

季白像被烧了尾巴的猫，咬牙切齿：“我不要她，我只要江声哥！”

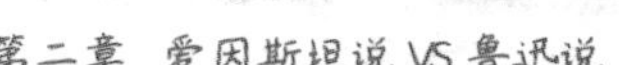

季家的老宅位于宁城最有名的富人区钟山郡，外面是宁城顶级的会员制高尔夫球场，里面是独栋的别墅区，每栋都自带私家双排车库、花园和泳池，独门独户的车道确保私密空间。而且这里的房子并不是有钱就可以买到，而是每个大佬推荐，经过审核、投票，大家都愿意你做邻居才有资格购买，然后你才有资格再去给别人投票。

然而，在这样一所名副其实的豪宅里，华影居然失眠了。

她认床，很想回到她那220平方米一人居的公寓里，但看看在她身边睫毛长长像个小天使般的季恬，华影叹了口气，起床。

季家的大宅静悄悄的，季白住校，管家张阿姨也没有起床。

华影抱起她随时都带着的瑜伽垫，找了半天，瞄到了后院的泳池，决定去做个拉伸。

她每天都有练功的习惯，即使在拍片时期，也要保持身体的紧致。

凌晨五点，天雾蒙蒙的，将亮未亮，后院的灯照在泳池的水面，洒下清晃晃的光。

一切都像被笼罩在蛋壳里。

泳池边的椅子上平整地叠放着一块大毛巾。

华影不由得再次赞叹，季海家连用人都是这样训练有素，她拿起一块毛巾铺在瑜伽垫上。

院墙外的绿枝上已经传来鸟鸣，脆生生的。

华影坐在瑜伽垫上，盘膝，闭眼，深深地吸了口气。

肺腔中吸入新鲜的空气，她舒展眉心，头一次对住在这里的决定生出了乐观的心态。

突然，传来“哗啦啦”的水声。

华影吓了一跳，睁眼一看。

前方泳池，一个身影破水而出。

华影尖叫一声。

那个身影一愣，撑着泳池边缘一跃上岸，转身。

原来是他。

江声将湿漉漉的头发向后拨开，露出额头和眼睛。

华影这才发现，这个人原来有一双漂亮的凤眼。

他将将好站在泳池反射的粼粼的光里，身上笼着暖融融的光环。

他抹了抹脸，水滴流过下巴和白皙的胸膛，滚过薄薄的腹肌，蜿蜒而下。

了解江声的人都知道，除了游泳，他不做任何运动，所以他并没有纠结的肌肉，只是紧实的肌理。

华影咽了咽口水，顿时脸上开始热起来。

江声却迈腿走了过来，他穿着游泳裤，腿根间鼓鼓的，腿修长有力。

突然又反应过来，华影跳起来指着他。

“你，你，你想干什么？”

“你踩到我的毛巾了。”

江声站定，皱着眉看着华影，他眼睛盯着华影白皙脚丫踩着的毛巾。

华影莫名其妙地低头看了看毛巾，突然有点心虚地挪开脚丫。

“这毛巾也没写你名字，我哪知道是谁的？喏，还给你好了。”

她低身要去捡毛巾。

他皱着眉头盯着毛巾。

江教授在这个世界上能容忍很多事情，唯独愚蠢和脏乱不能忍。

清晨的凉风中，他浑身挂着水珠，一脸纠结，最终下巴微收，舍弃。

“不用了。阿尔伯特·爱因斯坦说过，有两样东西是无止境的，茫茫宇宙和人类的愚昧，但是只有后者我能肯定的确如此。现在，我很赞同他的话。”

华影在思考：爱因斯坦说的这是什么鬼？

江声已经滴着水转身离开。

华影愣了愣——她这是再度被嫌弃了？

她双手圈住大声喊：“喂，那你一定是没有听过鲁迅说过装逼被雷劈！”

华影废了好大的劲儿才从张阿姨的口中得知，江声从 8 岁起就跟季海一家住在一起，直到 13 岁出国念大学，季家一直到现在还留着他专属的房间。

重点是，什么样的怪物才会 13 岁就已经念大学了？

想想她的 13 岁，特长生的她没有在学校待多久，倒是有上不完的舞蹈课，那时候她压着腿看着窗外的绿树，最大的梦想是可以来支香草冰激凌。

真是不一样的人生。

华影和李彦抱怨的时候，被李彦一顿批斗："我的大小姐，律师不是说了你有监护权，他有监管权，这本来就是人家的家，不住这还怎么监管？"

华影抱着头不肯接受这残酷的事实："和这种人生活在一起，我每天会呼吸不顺憋死的。"

那一头李彦熟知华影雷声大雨点儿小的脾气："想想你的 5% 的股份！"李彦不紧不慢地查收邮件，突然瞪大眼睛，"姐，公司说你剩下的 70% 的赎身金还没有到款。"

原来华影一直想脱离演艺圈，无奈亲娘和经纪公司万嘉影业签了 20 年的卖身契还有 10 年才到期，这说来又是一笔烂账，好不容易遇上季海这个王老五愿意为她出巨额赔偿金赎身，华影立即宣布退出娱乐圈。

季海生前以她为海声集团代言的名义支付了 30% 的违约金，却还有剩下的 70% 后续支付。

华影以为早都打过去了，谁知出了意外。

李彦一确认，还有三天就到余款支付的最后期限了。

华影询问了季海的第一秘书麦克，一向长袖善舞的麦克吞吞吐吐："夫人，江总暂时取消了打款……"

华影愤怒地挂了电话，直奔海声集团总部。

华影冲上顶楼的时候，江声正在和各部门主管开会。

他一身黑色卫衣，黑色牛仔裤，黑色球鞋，像一个学生。

他低头看着电脑里的 PPT，大家只看到他凌乱的头发，却没有人发现他被头发遮挡皱着的眉头。

昨天季海的葬礼，今天，从来不管经营的二把手，立即就要开会，每个主管虽然心中不安，却个个都是人精，会上说的都是自己部门怎样地表现出色，却没有一个人愿意告诉江声到底是哪里出了问题。

江声感到头疼，他花了几个晚上研究了公司现有的状况，但坐在这里听这些人说，又和他的判断有出入。

这和他的研究不一样，在实验室里，所有人都是千方百计地追索真相，而在这个会议室里，所有人都在千方百计地掩盖真相。

他不看文字，飞快地浏览数据，只有数字不会说谎。

手机部的总经理陈国平侃侃而谈："自从华影女士代言了我们第三代的4D智能手机，大大增加了我们的年轻客户群，我们还特地参加了上个月萌萌网的电商购物节活动，销量增加了300%，手机销量可是第一……"

"但是手机的利润并没有增加，相反还比去年降了300%，总销售额比第一竞争对手波特手机低了5个点。"

"这个……"陈总的国字脸上不显，心里却咯噔一下。

江声飞快地把电脑映射到大投影："还有，应收款项却增加了120%，这说明有很多的手机销售款没有收回，这是为什么？"

所有的主管面面相觑，大家都没想到一向只把控技术的江声却突然直指财务问题，报表为了漂亮，上面并没有竞争对手的数据，江声也能在这么短的时间内直攻要害。

别的主管互相看了一眼，有的开始皱眉，有的露出幸灾乐祸的一笑，陈国平这人仗着手机业务是海声集团的核心产业，自己又是元老级人物，平时里做事高调，得罪了不少同事，甚至连季海都敢呛，没少质疑季海请华影做代言人。

陈国平很快反应过来："江总，这是准备接手海声集团的管理了吗？"

众所周知，江声一向在北美的云数据实验中心只做研究顾问，从来不涉及管理。

江声想了想回答："或许吧。"他的确是在思考后才做出的回答。

然而陈国平不懂，他有点生气江声的怠慢："江总，波特的数据，应该问波特，我怎么知道？我们手机部门可是公司一半的利润来源，往年数据对比也不准确，你才接手，这只是第一季度，要知道，后面还有9个月，有的是时间回本。"

江声抿了抿嘴没有说话，只是盯着他看。

海声集团这一层是硕大的开放性会议室。亮堂堂的阳光照射进来，只有中央空调发动的声音，陈国平鼻尖上开始出汗。

华影就是在这个时候闯入会议室的。

她一身素淡的白裙，人却那么艳，像夏日吹来的一阵海风，后面还跟着急得直流汗的麦克。

"江总，对不起，我没有拦住夫人。"

江声转过视线，他坐在桌子的尽头，一身的黑，眸光平静。

一室的安静，主管们都看看这边又看看那边，一副副八卦脸。

毕竟季海意外出得突然，江声突然接手，华影这时候这阵仗莫不是来砸场子的？

遗孀手撕合伙人的好戏要上演了。

大家都没想到的是，江声这人记忆力全用来记数据了，偏偏人脸识别的功能就像上帝关上的那扇门，其实今天早上他都不记得华影，只觉得或许是莫名其妙的用人。

现在，他压根又忘记华影是谁了。

他努力回想，想到了昨天的葬礼和今天早上的毛巾。

记起来了！

门边，华影扬了扬下巴，吐字抑扬顿挫："江、总、来、谈、谈。"

华影来过董事长办公室，只不过现在的主人由季海变成了江声，江声并没有改变办公室的任何布局，只不过把电脑换成多屏的，配上一台笔记本电脑，似乎少了装文件的柜子，与原来桌上堆满文件比，现在的桌上非常干净。

江声喜欢一切电子化，今日事今日毕，他觉得任何纸张都容易丢失或者忘记，耽误事情。

显然华影没有意识到这些，只是觉得办公室清爽很多。

她的精神头完全放在欠款上，她十分愤怒："我的解约金为什么没有打到？"

江声却还在想着手机利润的问题，他坐下来敲着电脑。

"什么解约金？"

华影咬牙："季海生前承诺我，帮我和万嘉解约，还有百分之七十的赔偿金，为什么没有付，难道堂堂海声集团想赖账？"

江声认真地想了想，似乎是麦克今天和他提过的事情。

"第一，你的赔偿金支付是季总私人的出账，本来就不应该放在海声名下。"

华影磨了磨牙，正要反驳，江声却抬手阻止："既然是季总的承诺，即使发生意外我也会为他执行。第二，你的赔偿金 4 亿，我建议你和对方公司商议分成 30%、30% 和 40% 的分期，最好是再商议下金额……"

华影脸都气红了，却更加明艳，反倒笑起来："你这是要我对外宣称华影连解约金都付不起？"

江声偏了偏头思考了下："可以试试。"

显然两人的脑电波不在同一频道。

华影："你别逼我……"

江声抬头挑眉。

华影："去卖股份！"

江声眸光一利："三天之内？你去哪里卖？你要卖给谁？"

华影一梗，又理直气壮："我上网去卖。"

江声若有所思地点了点头，收了收下巴，他高估了自己的耐心，低估了她的智商。

他突然想起一件事："鲁迅什么时候说过那句话？"

江教授一向都对学术不耻下问。

华影愣了下，想到"鲁迅说装逼被雷劈"，她"哦"了声，笑了下："只许你的爱因斯坦说，不许我的鲁迅说？鲁迅还说过，都是瞎说。"

江声动了动眉毛，再一次，他高估了自己的耐心，低估了她的智商。

"出门右转，不用带门，谢谢！"

这是在让她麻溜地滚蛋？华影简直难以置信。

然而，眼前的人已经转头看向屏幕。

华影气得拉开门，她一定要扳回一程。

"你不是想知道为什么海声手机卖那么多却没有提高利润吗？"

江声成功地像猎犬一样转过视线，他的眼睛很亮。

华影愣了一下，有点得意。

"你知道？"

"我是手机代言人好不好。"

华影转头一笑，食指放在唇上，红唇轻翘，十分娇俏。

"想知道……"

江声愣了一下。

他想开口。

华影却拿开手指，偏头："来求我啊！"

华影看了看江声僵了的脸。

哼！她大仇得报，心情甚好地开门离开。

然而这样的心情，很快就在走入万嘉文化的时候烟消云散。

华影是个重视人缘的女演员，这表现在连保安她都能点头打招呼，认识时间久的，还能说出人家的名字；有些员工家里的情况她都记得，有孩子的还能时不时地和人家聊聊高考。

李彦说老板找她。

万嘉文化的老板李诺，当年濒临破产，却靠华影打了翻身仗。

最贫困的时期，李诺和华影去各大网站自己当水军，连夜工作，第二天两人滴点眼药水继续开工，没有钱请司机，李诺开着小车送华影去宣传。

万嘉文化就是这样靠着摇钱树华影一步步翻身的，华影没有父亲，李诺本来就是她母亲华兰的经纪人，相当于她半个父亲。

然而万嘉文化壮大之后，李诺想要的更多，华影和公司利益之间，华影靠边站，还经常为华影捆绑新人宣传，给新人搭桥铺路。

华影走进去的时候，李诺正在敷面膜。

记不得从何时起他从精瘦的干练男子变成大腹便便的油腻中年男，瞧，面膜都遮不住他的脸。

李诺赶紧把脚从桌子上拿下来，把面膜撕下。

他端出一套工夫茶具。

华影低头发手机：“别折腾了，我一会儿就走。”不一会儿，将手机放下，“我刚发了一套韩国面膜给你。这款比较适合你。”

李诺赶紧摸摸脸：“是吗？什么功效？美白的？紧致的？”华影介绍的都是好东西。

华影转头看了眼他的脸：“这款比较……全面。”

…………

谈及季海的意外，李诺也是一脸悲痛：“节哀顺变，有需要帮忙的直接说。”

他惯是会客套。

等到华影真正说出要推迟付违约金了，他倒是有的说“我们谁和谁，别提钱，缓个几天没有问题，最好要我说赔偿金也别付了，你还继续留下来，剩下的那些广告、电视、电影的损失就没有了，这样两全其美，你想想，万嘉哪能没有你啊。”

华影心中轻嗤，据李彦的消息，他已经签了好几个和她同类型的新人，打算复制粘贴她的老路。

“您放心，我也不会去别的公司，只是经过那件事，我已经看透了，演艺圈配不上我。”

李诺一愣：“那你想做什么？”

还没走出万嘉，华影的母上华兰的夺命电话就来了。

华影不用拿出手机都知道是她，李诺这走狗肯定第一时间告密去了。

华兰魔音穿耳：“我已经帮你在王导那里争取到女主角的戏，热门 IP，下个月开机，你明天准备准备去试个戏，走个过场。”

华兰女士是 20 世纪 80 年代的打女出身，和华影父亲结婚后立即息影，当年她周围影视圈的小喽啰都混成大佬，她影视资源还是很能打。

无奈女儿不给力。

华影立即说：“我不去。”

“什么叫你不去？你知道不知道有多少人想上王导的戏？凭着我和他多少

年的交情我才帮你抢过来的。你说不干就不干了，不知道赔了多少违约金？王导这部戏可是大 IP 的，你必须去！”华兰从来听不得第二种声音。

要不是眼睛长得一模一样，华影简直怀疑自己是华兰从仇人那偷养来的。

“我不去，我已经退出娱乐圈了。再说这些违约金不都算在我赎身费里，我赔好了。”

“你要和这个姓季的老男人结婚的时候我就不同意，现在好了……不过也好，你回来，当作什么都没有发生。”

“妈，我不想再演戏了。”华影捏紧手机，她和华兰的沟通永远都不在一个频道。

“那你想干什么？你今天的位置是多少人梦寐以求的，你还不知足。你能红多久？不趁着这股劲拼一拼，等着后悔吧！你二十八了，又不是十八，脑袋不清楚啊？”电话那头是华兰的一声冷笑，“你从小文化课及格过吗？数学分考过个位数以上吗？这几年要不是有我盯着，你还不知道成什么样子！我多辛苦才换来你今天这样。你这张脸谁不认识，不演戏能干什么？还搞什么叛逆！笑死人了！你可没有回头路，回头就是断头路！”

是啊，她还能干什么？

她的人生已经被定好，除了做演员，她什么都不会。

从小，别的小朋友玩的时候，她就被送到儿童歌舞团压腿、学舞蹈，师傅很严厉，压腿压不下去就干脆坐你腿上。

微博上有自称她同学的，八卦她的学校生活，可班上的同学她并不记得，因为她辗转几个剧组。剧组的演员，她也不熟悉，因为她一下戏就开始补习文化课，还要学习演艺课程。

等到毕业，她又开始有接不完的戏。

这样日复一日，她也从来没有想过别的，似乎这样活着也可以，因为大家都是这样活着的，何况她其实已经很幸运。

但是，她并不开心。

她在练功房劈叉的时候，流着汗看着窗外的树叶，想的是吃一支冰激凌。

她举办签名会时，看到等了 10 个小时的男生欣喜地要求写女朋友的名字时也想过找一个人谈恋爱。

她在看到昔日伙伴成家立业的时候也想过，如果她没有成名，找一份普通的工作会怎么样。

想着想着，竟然走到了这一天。

华影推开门，今天的阳光其实没有什么不同，但一旦确定了自己，却觉得每一天都不想浪费。

她说："我不知道我想做什么，我只知道我要是这样下去，我才什么都干不了。"

华影坐上车，想到身上还背着一张卖身契，又开始皱眉。

李诺这厮说得好听，只要她超时，他分分钟都能作废解约协议。又加上她母亲华兰女士动不动就要她回头是岸，她必须快刀斩乱麻把钱付清。

她问李彦："如果我把名下的房产全部挂出去，能卖多少？"

李彦想了想："三成吧。要不你把季海生前给你开的那个买手店给挂出去，反正都还没有开始营业。"

华影摇了摇头，她想用这家店作为她新的开始，这也是季海给她的希望。

"还是先把房产都挂出去吧。"

她不能什么事情都靠季海，毕竟现在季海已经不在了。

李彦有些惊讶："那你准备住哪？"

"我不是有地方住嘛！"

华影的确是有地方住的，她收拾了点行李来到季家老宅暂住。

季恬小可爱给了华影一个大大的拥抱，整个季家老宅，她可能是排名第一期盼华影回归的人。

五岁的季恬在家里很寂寞，用人没法和她玩，除了季家人、江声、华影，她很少会主动说话。而江声除了玩火车和望远镜，其他都不会，如果要他和女孩子玩过家家，就会形成下面的局面——

"江声叔，我来当老板，你来买东西。"

"好。"

"我家里有好多好吃的，西瓜、草莓、蛋糕……客人，你想买点什么？"

"我……"

"江声叔，你说我想买草莓！"

"我想买草莓。"

"江声叔，我来当妈妈，你来当宝宝。"

"好"

"宝宝饿了，要吃饭饭，给你吃饼饼！"

"好"

"哇——江声叔真把我的饼干吃了！"

“江声叔，我来当医生，我帮你打针。”

“手放这。”

“你怎么不哭呀？”

“你忘了先帮我消毒……”

所以相对永远无法接收到自己信号的老直男江声，季恬更喜欢华影这种老直女。

华影欣然答应帮季恬做作业，她想不过是幼儿园的作业，她上幼儿园时的手工作业也是不差的。然而当季恬把英语作业、数学作业放到她面前。

华影举起作业本，简直难以相信自己的眼睛，现在的幼儿园小朋友都学那么高深吗？

难道要去考博士吗？

为什么鸡和兔子要放在一起？为什么一边进水一边要放水？火柴不是点火的吗？为什么要摆来摆去，还只给摆一次？

想这些问题的是不是神经病！

已经不指望数学了，她满怀信心地打开英语作业。

华影对外的人设是在美国出生和长大，八岁在法国街头被导演相中才回国，事实上她有记忆的时候就已经回国玩泥巴了，从小是念着“鹅，鹅，鹅”而不是 ABC 长大的。

这些都是她妈妈吹出来的，等到她发现想去修改的时候，已成定局了。

还好她语言天赋不错，又从不上综艺节目。

但是就因为这样，她更是小心翼翼，想退出贵圈。

江声下楼冲咖啡的时候，华影正抓耳挠腮地回答季恬的问题。

“鳄鱼的英文是什么？”

华影是可以查手机的。

但她的余光看到江声走过，突然不知道怎么回事，就不想再认输了。

“鳄鱼的英文啊，我知道，L-A-C-O-S-T-E！这个牌子 POLO 衫出名。”

话音刚落，就传来杯子撞击，放在桌上的声音。

“错！”江声说。

华影背朝着他，她低咒一声，倒霉。

“那是什么？你说吧。”

江声拿起咖啡杯喝了一口。他的手指修长，他站直在木灰色大理石餐台后，身形如秀木，端是好看的。

他倒是不紧不慢：“想知道，你怎么说？”他偏头真在回想，“来求我……啊。”他抬头，一本正经地说，“我”之后顿了顿，那个“啊”似乎是想起来才加上去，平平板板地结束。

相比华影的娇气，这句完全是直白的复制陈述，有些好笑。

但华影却老脸一红——居然被反将了一局。

江声放下杯子，神情认真。

“或者，平手，你告诉我手机销量的问题，我也告诉你答案。”

华影轻嗤：“那我不是太亏了，为了一个单词，我却要告诉你这么多。”

江声想了想：“或者你也可以用一个单词告诉我？”

华影怒瞪着他，这个人是不是故意来找碴儿的，但是江声的眼神却很认真。

如果是装，那真是影帝。

事实上，了解江声的人的都知道，这厮的情商绝对有问题。

江声见华影脸色不对，还是问了句：“那你要怎么才能告诉我？”

他搞不清楚为什么突然间她就发起火来，不过这都不重要，他只想要个结果。

华影说出了一直在想的：“我要在海声集团有一席之地。”

她的从商经验为零，开买手店的琐事太多，让她头疼至极以至于一直搁浅。退出演艺圈，以她这花钱的速度，还是要找张长期饭票。

这张饭票不是人，而是海声集团。她必须学习经商，然而她从没上过班，就她这张脸也没有公司敢要她。

她不是个善于思考的人，却是个很有直觉的人，海声集团或许有她可以学习的东西。

“我要求不高，就给我个副总裁当当好了。”

华影说出来，倒是心中大定。

她也准备好了解释，如果江声质疑，她一定能说服他。

然而，江声想了想，点头：“OK!”

这就 OK 了？

华影咽了咽口水。

江声还没说完：“我可以对外宣称你是副总裁，但你必须在四个核心部门轮转打杂，只有每个部门主管都肯定你，你才可以正式出任副总裁。”

就知道没有那么简单。

但华影是谁？说是在部门工作，其实还是人。不就是得到肯定吗？

就没有她拿不下的人！

“一言为定！”她说。

“鳄鱼一般分两种，U 型嘴巴的短嘴鳄鱼念 alligator，V 型嘴巴的长嘴鳄鱼念 crocodile。”江声继续说，“也可以按照所在地、习性、牙齿、身形、颜色、爬行速度和习惯来分，今年 3 月 12 日的《纽约时报》刊登了来自日本的新增的区分方法，Alligator 前肢的肱骨和后肢的股骨度较 crocodile 短……”

江教授才是行走的百科全书，滔滔不绝。

“停！”华影已经深深地觉得自己错了，江声给她的答案比想从他那知道的全面多了，好吧，算是她赚了。

看看图片的小短嘴，她说：“你只需要告诉我 Alligator 怎么拼。”

“A-L-L-I-G-A-T-O-R。”

小小的季恬很认真地在本子上填上字母。他们到底在讲什么，这个单词果然很难。

海声集团手机部的陈国平，原来是通信管理局的头头，有强硬的政府关系，季海三顾茅庐，挖了半年才把他挖过来做了手机部的总经理。

有一次手机新品发布会，陈国平不耐烦记者提问的质量问题，在季海正在回答的时候，他当场站起来砸了手机，指着并没有摔坏丝毫的手机，说与其回答问题，不如这样更直观。

所以陈国平此人在海声集团像只横着走的螃蟹，谁都不怕。

江声来找陈国平的时候，他照例在打乒乓球。

年近五十的陈国平，早就没有了斗志，手机部大楼其中的一整层楼都被他改造成乒乓球室，一到下午就呼朋唤友地招人来打球。

江声被陈国平秘书告之要等一等——他一身白 T 牛仔裤，很容易被认成是大学生。

直到秘书麦克停好车赶过来，陈国平的秘书才知道他是谁，恭敬地让江声和麦克稍等，她赶紧跑去找陈国平。

麦克气得直骂："陈国平这个老匹夫，太可恨，平时在季总面前就不收敛，现在简直要上天。"

江声走进乒乓球室的时候，陈国平正拿着球拍大杀四方。

江声带着麦克一走进来，球室里球鞋擦在地上的声音、击球的声音、人笑闹的声音突然一顿。

陈国平击出去的球，落在球桌上，对方没顾着接，"嗒"的一声掉到了地上。

陈国平看着掉在地上的球，有些懊恼，二三十岁的小年轻，有什么好怕的。

只是他内心没好意思承认，对于江声，他有种对季海都没有的忌惮。

很快，人散去。

只留江声、麦克、陈国平和他的秘书。

江声和陈国平各站在球台一边。

陈国平虽然爱打乒乓球，却奈何不了身材的走形和头上的地中海。

另一头的江声，身材挺拔，头发浓密，十足一棵玉树临风的小白杨。

陈国平扔下球拍，坐在一旁的休息椅上。

“不知江总大驾光临，年纪大了，偶尔运动运动，不好意思，让你久等了。”他边说着不好意思，边擦拭着球拍，语气轻慢。

陈国平以为江声这样的小年轻可能会憋不住，掉头就走，再不然撑上几嘴。

谁知江声眉头都没有皱：“我来是为了手机的销售问题。”

麦克上前一步，将平板放在陈国平面前。

平板上显示出一系列的数据分析。

陈国平心中暗叹，江声不愧是海声集团的最强大脑，这么短的时间就能把问题理顺，关键是这么年轻还能如此不动声色。

陈国平并不知道的是，江声这人压根儿就没听出他的轻慢，他心中只有提出问题、解决问题这般机器人的思维，任何与问题无关的信号，他都没有接收到。

陈国平即使明白还是装着糊涂：“江总，我这眼睛也不好，上次开会我以为该讨论的都讨论完了……”

江声没给他机会啰唆：“上一次你说的电商购物节，海声的手机销量第一，然而销售额却被波特手机超出了 5 个点，那是因为你临时决定在购物快结束的前一小时，给用户每人都发放了 100 块的优惠券。所以手机的销量虽然在最后一刻反超，然而就利润来讲，我们是输了。”

陈国平的秘书不安地看向陈国平。

陈国平却冷哼：“这个决定并不是我一个人做的，季总也是同意了的，这点有很多人可以做证。”

江声摇头：“我并没有说这是错误的决定。三个月前，我们的新手机预售出那么多货，到现在我们都还没有履行完合同，依然有很多用户在抱怨没有拿到手机。”

陈国平说：“这也不是我一个人的问题，海声有一套很完善的供需生产流程，季总和我以及采购部主管还有其他高管，每周都会开一次生产会，根据当周的销售额和预售量决定三个月后的订单量，然后由各个主管去跟进这一季度的工作计划，然而季总三个月前就没有参与会议了。”

江声心下虽惊讶季海的反常，但很快又回到话题上来：“从去年的 1 月 1 日开始到现在，微博上骂‘海声耍人玩’的关键词出现了 80 多页，百度上‘海声饥渴营销’的搜索，有 40 页的搜索……”

他这样一说，麦克都惊讶地看了看他。

麦克是了解江声的，要知道江声常年居住在国外，从来不玩微博，居然能够去查微博搜索话题——厉害了，我的哥！

他不知道的是，江声其实是受了华影的指点。

那天晚上，华影打开手机边说边给江声看："喏，虽然我不懂这些商业策略，可是自从我接了海声手机的代言，倒是有些粉丝在我的广告下留言。"

江声快速浏览，出现"女神为什么想不开去接海声手机代言""海声手机垃圾，故意吊着用户，我过年订了一台，都没有收到，估计是要十年后给我儿子用了"这样的留言。

江声还很疑惑，他指着一条"女神真美，舔屏"的留言问华影："舔屏是什么意思？什么样可以舔的屏幕？用什么材料做成的？和海声手机有关吗？"

居然还真的会因为这个人去舔细菌那么多的屏幕吗？江声想想都觉得很恶心，鸡皮疙瘩起了一片。

江声十分肯定地对陈国平说："很明显，海声手机的供应链出现了问题。"

陈国平点点头："不错，我们的芯片和屏幕最近都出现供货商供货较慢的问题，但这也不是我们能控制的，谁都不能确定什么时候能出货，我也没办法啊！"

江声皱了皱眉头，他直觉陈国平的话有问题。

江声盯着陈国平，陈国平却神情坦然，气氛瞬间有点凝滞。

突然，麦克和陈国平秘书的电话同时响起，两人对看一眼，快速出门接电话。

不到两分钟，麦克回来告诉江声："江总，有消费者告海声手机，说我们的手机换了芯片，和原来承诺的芯片不是同一款。"

江声还在盯着陈国平。

陈国平的神情有一瞬的心虚，赶紧说道："我们和日本的铃木集团迟迟谈不拢那款新的3.0芯片的价格，我们才用2.8版本的代替的，季总也签字同意的。"

江声收回目光，快速地走出乒乓球室。

他像一阵风，和陈国平的秘书擦肩而过。

陈国平的秘书立即让开，她走进室内，看到陈国平像泄了一口气，颓然坐在椅子里。

不到下班，所有海声集团的员工就收到了江声亲自写的内部邮件，这是江声代替季海位置后发的第一封邮件，声明以后海声手机研发部和供应链团队都直接向他汇报。

他在美国的时候都是泡实验室，邮件从来都只陈述结果，没有想到措辞，邮件里根本没有提到陈国平。

新上任的总裁第一个开刀的居然是核心产品的手机部，一时间海声集团上下都人心惶惶。

麦克同学坐在桌子后面，目瞪口呆地看着邮件。

他头疼地看着震得都要跳出屏幕的内部聊天小窗，捂脸。

哥啊哥，你怎么能不告诉我一下就直接群发邮件了呢？啧！

当华影看到海声集团“换芯门”的头条的时候，她第一反应是完蛋了，赎身金又没有指望了。

她冲到海声集团，她憋了一肚子郁闷和问题，却发现江声居然不在。

江声这个时候会去哪？

他去了铃木集团的大中华公司。

海声手机的芯片一直由铃木集团提供，海声和铃木三年来一直互相帮助合作，借着海声集团的关系网，铃木才在中国站稳了脚跟。

海声新款 4D 手机的宣传一直都用更加快速的 3.0 芯片造势，没想到新闻图片上，用户拿到的新手机，包装盒上赫然写着 2.8 芯片。

江声为人说一不二，最讨厌不诚信，他虽然不懂为什么季海也签署了同意替换协议，但他现在想的是就算加价也要把 3.0 芯片拿下。

江声坐在铃木集团总裁办公室外面，他被总裁秘书告之总裁去开会了，需要等待。

江声看了看手表，站起来走到秘书桌前面。

“请问，我们还要等多久？”

秘书这才看到江声浓密黑发下漂亮的眼睛，一下子愣住。

江声不耐烦地看了看手表。

“我已经等了 15 分钟，不知道吴总的会议什么时候结束？”

他向来时间宝贵，15 分钟已经是极限，如果不是麦克拦住，他可能 5 分钟就来问一次秘书。

秘书神情为难：“不好意思，我也不知道，这次会议很重要。”

江声再次坐回座位。

半小时后，江声再次站在秘书桌前。

“秘书小姐，我建议你去问下吴总。”

秘书：“这次会议很重要，谁都不能打扰。”

45 分钟后，不用江声开口。

小秘书直接抬头：“江总，真的很抱歉，不如您改天再来？”

她可是被交代要让江声等上两小时以上才赶他走的，无奈她实在受不了江声的催命问法。

江声皱着眉头："为什么你不一开始就告诉我，让我浪费时间到现在？"

麦克倒是看出名堂，悄悄拉过江声："江总，铃木的吴总可能是故意给咱们吃闭门羹了。"

"为什么？"

麦克神情为难，还是开了口："我听说之前吴总也在陈国平那里被放过鸽子，等了他三小时，结果他去打乒乓球了。"

江声说："你的意思是他故意对着我示威，报陈国平的仇？"

麦克："是的。"

"那他应该找陈国平去。"

陈国平不仅放过铃木集团的鸽子，上次，海声集团答谢供应商大会，铃木集团日本来的高管到场后没有穿海声集团发的LOGO衣服，陈国平到了合影环节直接就让人把铃木的代表赶下台。日本人本来自尊心就强，这下是彻底得罪了。

麦克在回来的车里告诉了江声。

江声皱眉问："所以呢？"

他觉得第一，个人行为并不能代表企业；第二，既然事情已经发生，且结果已经无法改变，不应该着眼将来；第三，他是带着诚意来和铃木谈继续合作的，在此时意气用事非常不专业；第四……

麦克差点儿忘了江声思考事情永远不是按情感，而是按照机器人一般的条理程序，他内心一边说"铃木集团已经很给面子了，如果是我，可能会一辈子谢绝来往"，一边还要点着头痛苦地想着回应。

显然江声并不需要他的答案，转头兀自思索去了。

江声和麦克回到海声总部，就被等在总裁办公室里的华影逮个正着。

华影问："现在到底什么情况？你们去哪里了？"

江声走到办公桌后面，打开笔记本电脑，查看换芯事件的后续。铺天盖地的恶评看得他皱眉，海声集团的股票三小时之内就跌了7%。

他没有说话，如果仔细观察可以看到他眼睛下有青青的黑眼圈，下巴有些胡茬。他嘴巴抿得很紧，压根儿没有看华影。

她问他话，他是装作没有听到还是真没仔细听？

只有这个男人经常无缘无故地就忽视自己，华影气得满脸通红。

麦克看得出江声是真的累了，赶紧走过去和华影解释。

华影虽然傲娇，却不是个不识大体的，她没有追究，很快反应过来："现在还在二十四小时内，越快召开记者会越对我们情况有利。”

和媒体打交道她倒是很有一套。

麦克有些犹豫小声说：“江总从葬礼之后一直都在工作，今天早上我来的时候，他已经在办公室了，他已经很累了。更何况，我们新的芯片，铃木那里根本没有回应，目前也没有对策。一般开记者会前都需要开个内部会议，现在已经很晚了……”

“不，立即召开记者会。”

江声不知道什么时候抬起头，他的目光坚定，没有一丝慌乱。无论发生什么，都不会吓倒这个男人。

华影眼神挑剔地上下打量江声，他穿着一件纯白色T，外面套一件蓝白色小格衬衫，扣子一颗颗紧紧扣上，一条牛仔裤，一双黑色运动鞋，浓密的在华影眼里像鸟窝一般的头发。

穿到别人身上可能是场灾难，但江声身形高瘦，穿起来效果和模特一样，配上独一无二的书卷气，有种矛盾的和谐。

但挑剔的华影不能忍。

“你就这样开记者会？”

江声疑惑地看看自己，他觉得没有什么不妥，在美国的时候，他也是这样穿着去讲课的。

“通常，重要会议我会加一个领结。”

他是一个从来不在外表上花心思的人，同一款的衣服可以买几个颜色，同一种颜色可以买几件，在美国的时候是助理帮他买衣服，每天都先摆好，再留字条告诉他穿什么。

回国后，他每天为穿什么着实很头疼，有些想念他的助理。

华影用一根手指从江声的头指到脚，神情嫌弃得仿佛多看一眼就要眼瞎“惨不忍睹！”

麦克立即说：“江总的西装已经干洗回来了。可以换那套。”

“不用换。”华影冷笑，“你有黑框眼镜和挎包吗？”

江声摇头，他并不近视。

麦克说：“要眼镜和包？我立刻去买。”

华影拍手：“你怎么不再加一副黑框眼镜和屎黄色挎包？绝了，可以直接去电脑城上班了。”

麦克这才知道华影在讽刺江声，不说话了。

江声说：“记者会是为了芯片事件并不是让人来看我的。”

他认为无论是去讲课还是开记者会，大家都是来听他说什么而不是看他这个人的。

华影说："这是你第一次亮相，代表了海声集团。我华影的名人名言：'做任何事结果不重要，姿态一定要漂亮，威慑住全场就已经成功了一半。'"

华影偏头打量着江声，像是在盘算什么，回头看向墙上的钟："给我一个小时。"

十分钟后，华影和江声坐在私人造型店里。

发型师和造型师早早就关店等着华影。

华影指着江声，示意他坐到镜子前的椅子里，然后她就开始和发型师阿生叽里呱啦地讨论起来。

她说的语言对江声来说就像外星语言一样。

然后，华影上楼做造型。

江声很少来这种地方，两层的四面玻璃落地墙，人来人往，衣着古怪，妆容夸张。

发型师阿生打开工具箱，一排排亮得反光的剪刀出现在江声眼前。

江声看着剪刀的刀头，突然呼吸开始凝滞。

他回想华影刚刚说的话，越来越觉得这可能是人生中最错误的决定，正想扯掉围布夺门而出，却被发型师阿生一把按在椅子里。

阿生最喜欢帅哥，江声刚刚一走进来他就眼前一亮。

"亲爱的，坐坐好，保你一会儿令人刮目相看！"

他挥着剪刀，还故作可爱地对江声嘟嘟嘴。

江声顿时瞪大眼睛，抓紧扶手……

一个小时后。

华影换好衣服从楼梯上走下来，江声正坐在椅子里背对着她，面朝着镜子。

阿生夸张地捂住嘴："HONEY，你真是美翻了！"

整个店的店员们也是一脸的惊艳。

华影脸上微笑不显，但她故作漫不经心地看向同一面镜子的自己，心中的小人在旋转跳跃："我怎么能这么美，要多端庄有多端庄，要多妖娆有多妖娆，啧啧！"

华影得意地往江声那一瞥，差点儿没有走错台阶。

镜子里，江声已经靠着椅背，垂着头，睡着了。

华影站到江声旁边，她低头审视着他。

剪完头的江声真的如她所想，像换了一个人。他浓密的头发被剪掉，露出两边的鬓角，只有头顶的头发做了造型，一丝丝的纹理，像沉静的青山脉络，没有刘海，显出饱满的额头，长长的眼睑，挺拔的鼻梁。细密的睫毛在白皙的皮肤上打下小小的影子，端端是好一个美男子。

江声的睫毛动了动，慢慢地，他睁开了眼睛。

他眼睛长，眼眸圆而亮，睁眼时，当的是剑眉星目。这样一双眼睛倒中和了他的秀气，这样清澈的眼眸里倒映着华影的脸。

华影被这样的眸子盯住，心高高地跳了一下。

江声的眼神慢慢地转为清明，他实在太累了，大家都以为他从葬礼开始就没有合过眼，事实上从季海出事那天起，他就飞过去一起参加遗体打捞，已经很久没有好好睡上一觉了。

他立即坐正，询问华影："是不是好了？"

他声音有些沙哑。

华影匆忙点头："走吧，走吧。"

江声站起来，一身扣得死死的格纹衬衫。

华影皱眉伸手，她好心准备帮江声解开衬衫的扣子。江声神情一愣，微微后仰。

华影第二次从江声那遭受到人生中赤裸裸的拒绝，她难以置信地瞪着自己的手。

她可是女神哎，犯得着给自己找虐吗？

剁手！

这种侮辱华影绝不忍第二次，直接反手一拍。

江声胸口被击中，坐回椅子，心脏一跳，一脸茫然。

华影冷笑着想向外走，她的审美真的很不能忍，不想暴殄天物。

她回头瞪着江声："请你老人家把扣子解开，系得那么紧，勒死算了！"

她率先走出去，28 年不动的春心啊，居然有 0.00001 秒觉得这个书呆子帅，她告诉自己这只是对美好事物的正常审美。

想到这里，华影又觉得世界很美好，她一定要好好赎身，周游世界，找群二十出头的小帅哥谈好几十场恋爱。

想着想着，她边走边伸出手摸了摸墙边的山茶花，笑起来，当真是人比花艳。

走在后面的江声，格子衬衫解开上面两颗纽扣，配上利落的新发型，顿时觉得是从英伦海报里走下来的一个美男子。

只是他脸上神情困扰。

简直是不懂前面的这个女人，好好的为什么要打他？好好的为什么要摸摸这个碰碰那个，不嫌细菌多吗？

海声集团的公关部果然训练有素，一个小时内，会议室里已经坐满了各家记者。

麦克在后台指挥人员倒水、发放通稿，当江声走过来的时候，他还是一愣。

事实上，所有的海声集团的员工都愣住了。

江声换上了一身黑色西装，里面是一件白色的胸口带褶皱的衬衫，身材挺拔，眉目俊秀，通身是常年浸泡书本染上的书卷气质。

华影一身白色V领西装套裙，裙子过膝，露出线条优美的小腿，颜更是无可挑剔。

这两人一同走过来的时候，就和走红地毯一样，自带出场背景音。

麦克跑过来：“江总，新发型很适合您。”

江声随意地点点头，他只在剪完头发的时候匆匆看了眼镜子里的自己，并不觉得有什么太大的不同。

他不自觉地拉了拉浅蓝色的细领带，越紧张他就越难忍受脖间的束缚。

华影为江声选的领带，浅蓝色让人安定，细领带更具有时尚感。

她边和员工微笑着，边咬牙小声提醒：“你能停止摆弄领带吗？”

她转头打招呼，说：“小李，辛苦了。”“SAMMI，拜托了。”

江声这两天除了麦克基本一个名字都不记得，她却能准确地报出80%的员工名字。

领着二人行至会议室后门的走道，麦克小声询问：“江总、夫人准备好了吗？”

华影举手示意稍等：“我的鞋子还没来。”

江声说：“你不是穿着？”

李彦这时赶过来，把一个鞋盒递给华影。

华影站在门后，快速地换上Christian Louboutin红底白色的高跟鞋，每一次出场她要美得从头发到脚趾都必须无懈可击。

她双手在小腹前交握，昂首挺胸，像一个倨傲的战士。

江声站定，垂下细密的睫毛，再次抬眸，神情恢复镇定，手向前一摆示意：“Shall we？”

“走吧。”

华影扬起头说着。

他俩姿态优雅，像即将赴一场盛大的舞会。

李彦和麦克一左一右打开大门。

媒体的闪光灯瞬间就像星星一般在眼前闪耀着。

公关经理念完致歉函，最后宣布：“本次记者会除了想诚挚的道歉，还有一个消息，已故总裁季海的太太华影女士将出任海声集团的副总裁一职，择期上任……”

这是华影和公关部商量后做的决定，坏消息必须由另一个好消息掩盖上去才可以让媒体转移注意力。华影久经沙场，将注意力拉到自己身上的本事毕竟是比江声强的。

如果让江博士回答问题，他估计只会从宇宙大爆炸开始说起……

果然记者纷纷举手提问。

记者 A 先拿华影开刀：“季太太，请问这次海声集团换芯事件，您作为手机代言人和已故总裁的夫人，是否知情？”

华影和江声本来是坐在一旁的，华影背部笔直，双膝交叠在一边，双手交握放在膝上，头发盘起，露出长而优美的颈子，两鬓略有碎发垂下，像一只优雅的白天鹅。

她是聚光灯的焦点，这种看似不经意，却是经过千锤百炼最美的坐姿，能展现出她美丽的脖颈和修长的小腿。

她款款站起来，接过话筒。

“这次的换芯事件，于情我是海声集团已故总裁季海的夫人、海声集团的大股东，于理我是海声手机的代言人，无论我知不知情，在这里，我都为海声集团对消费者表示诚挚的歉意。”

她低头欠身鞠躬。

她耳边的碎发落下来，全身上下唯一戴着一根细细的珍珠耳坠，轻轻摇晃，有种细柔的美。

摄像头、照相机全部对准她，一时间只有安静的咔嚓咔嚓声。

“我不会责怪我已过世的先生或者我们的员工，我相信采用这个版本的芯片一定有他们的考量。身为代言人，我很抱歉没有告知大家芯片的置换……”华影继续说着。

华影抬头，继续得体地回答其他记者对她提出的问题。

“下面，还有哪位提问？”

华影和季海的婚姻是看热闹的多，祝福的少，海声集团的老员工除了江声都是不赞同的态度。

季海的前妻、季白的母亲庄璎女士，是一个女强人，离婚是为了奔自己的事业，现在在美国混得风生水起，绝对不是华影这种绣花枕头女明星。

年近五十的季海和小他二十多岁的华影，认识一个月都不到就迅速结婚，季海不仅请华影当代言人，还为华影赎身，更给她砸银子开店。

外界甚至说是华影去泰国请了小鬼给季海下了降头。

第一次，海声集团上下庆幸今天的发布会有华影。

因为他们的总裁江先生正端坐在那里，腰背笔挺，膝盖微分，两手放两个膝盖上，眼观鼻，鼻观心——没有人能指望江声对着媒体应对自如。

再次提问华影的大多都是她的私人问题、未来的动向……

突然多出一个声音："季太太，2.8的芯片速度明显比计划的3.0慢了300%，道歉的话人人都会说，你们是不是应该拿出点行动来解决问题？"

发问的是个刁钻的男记者，看好戏似的盯着华影。

华影一时间无话可说，安抚媒体是她最擅长的，但要她明刀明枪地提出解决方案，她一窍不通，她连芯片型号都不记得啊。

华影握住话筒的手有些出汗。

她犹豫了下，正想开口，一只修长的手突然接过她的话筒。

"我在此宣布，对于已售出2.8芯片的手机，我们将全部召回。对于还未完成的订单，将会重新配置芯片。另外，消费者可以携带手机和购买凭证去原购买渠道退换货并享受补贴，具体措施将稍后在公司官网和官方微博公示。"

江声不知什么时候站起来，这样说着，他目光里有种不可摧毁的信念，一诺千金。

一时间记者席喧闹起来，海声集团的员工都面面相觑。

麦克更是捂住了脑袋，铃木集团连见都不肯见江声，他还能宣布召回，到哪里变出更快的芯片啊？

这牛逼吹大了！

只有华影，她根本不知道这事情的厉害，她觉得江声这厮关键时刻的表现虽然比她差了很多，但也算是可圈可点。

示意主持人再给她一个话筒，华影接过说："这次换芯事件也是海声集团正视自己的机会，海声集团的售后部门更会借助这次机会进行升级，欢迎大家监督。"

有些记者开始频频点头。

那男记者还不放弃，嘲讽："最近海声集团自从季总出事，股价频频下跌。季太太，你确定这是个好机会，而不是压垮海声集团的最后一根稻草？"

记者群中传来哄笑声。

华影面露恼意，竟然拿季海的意外说事，她正要反击，另一个声音响起："请尊重逝者。另外，是转机还是危机，不打开盒子，你又怎能知道猫是生是死？"江声拿着话筒平静地说。

男记者反问："和猫有什么关系？"

此时一个女记者站起来，笑吟吟地说：“这是薛定谔的猫的实验，说的是物理学家薛定谔将猫关在全封闭的盒子里，盒子里有个放毒气的开关，猫有一半的可能触发开关被毒死，也有一半的可能没有触发而活下来。直到打开盒子前谁也不知道猫到底是生是死。科学家薛定谔提出这种理论是为了挖苦量子力学的哥本哈根派说，同时薛定谔的猫还牵引出了平行宇宙等物理问题和哲学争议。江总在这里借用实验证明的量子力学在宏观状态下的不完备性来说明事物不到最后一刻谁也不知道答案。”女记者只看着江声，她长相清秀的笑容很甜，“江教授，你好，我是《第一财经》的夏宇菲。”

江声是美国华盛顿州立大学的物理系教授，在这次回国之前他一直是被人喊“Professor Jiang”的，回国后却鲜少有人这样喊他了，这个女记者倒是做足了功课。

华影看着这姑娘，嗯，面颊微红，眼神中有星星，她这种高手一眼就知道姑娘在放电，有意思。

等等，她说的都是什么鬼？

江声转过头看了夏宇菲一眼，点了点，面露欣赏：“Good！”

江声这种人的脸上居然会出现赞赏，华影在台上虽然惊讶，却得体地控制住表情。

江声又转头对那男记者一笑：“这位先生，我建议你回去补补物理知识。”

人群里传来笑声，男记者面红耳赤。

江声礼貌地笑，笑意却是嘲讽的。

华影第一次在江声身上看到亮着獠牙的森森的攻击力，因为季海。

他果然也是有脾气的。

华影在台上的时候听“薛定谔的猫”的故事听得津津有味。

她也挺喜欢猫的，结束后，她问江声：“薛定谔的猫是什么品种的？蓝短还是布偶？”

江声神情怪异地盯着她看了半天，走了。

李彦抱着手机查完资料，她看着江声离开的背影：“姐，我宣布我是江总门下的第一走狗，杀人不见血，撑人撑得都那么高级，美貌和智慧并存啊！”

华影说：“所以这个猫到底是活的还是玩具？”

李彦回头看华影，无奈地摇头，拿起华影的手十分虔诚地说：“姐，我可以因为你的美丽忽略你的无知的！”

“滚蛋！”

搪完记者，江声就直接飞去了日本的铃木集团总部。

他不是上了发条的钟了，而是一个太阳能版的 iwatch。

华影对于这种舟车劳顿向来没有兴趣，把季恬送到幼儿园，她就回自己家换衣服准备去上潜水课了。她现在的生活安排得很满，潜水、普拉提、法式甜点、时尚发布会……

这么多年她已经不知道除了演戏还能做什么，什么都尝试一下，或许她更能知道自己的喜欢。

她顺道在楼下的 BIBO 法国餐厅买了一个拿破仑蛋糕当早餐。

谁知道刚打开家门，就看到她母亲华兰女士坐在沙发上，李彦像个丫鬟一样拘谨地站在旁边直给华影打眼色。

就连她养的哈姆太郎都躲在窝里不敢出来。

华兰女士就是有这种威慑一切人畜的气场。

华影忙说："走错了，走错了。"她迅速闭着眼睛合上门。

"滚回来！"华兰冷冷地说了句。

李彦赶紧拉开门："我想起来也要下趟楼，你们先聊。"

她倒是乖张，直接逃离大战前夕现场。

华影索性走回来，关上门，把蛋糕放在开放厨房的大理石台面上，她打开精致的包装盒，开始吃蛋糕。

拿破仑蛋糕是她的最爱，层层酥皮夹着轻柔的奶油和蛋糕坯，轻甜中淡淡酥皮的咸，她是一个很贪心的人。

华兰冷哼一声："和你说过多少次，蛋糕和快餐这种垃圾碰都不许碰。一口下去，噌噌噌，保你体脂升得比你微博涨粉速度还快百倍！"

华影觉得华兰女士好本领，当个武侠女星可惜了，应该去做脱口秀的。

她一口口享受蛋糕，一副死猪不怕开水烫的样子。

嘴里还塞着东西，华影说："反正我不拍戏，如果现在还粉我的那绝对是真爱。"

她从 14 岁后就从每天晚饭只能吃糙米饭到后来不吃晚饭，除了中间有段时间为了竞选一个角色需要一米七的身高，她每天巧克力、牛奶加三餐，那段日子简直是宛如神仙，但是最后差了两厘米没有选上，她脸也长了圆了 2 厘米，结果被华兰逼着她一天只吃三颗西红柿，减肥两周才瘦回来。

现在，这几天她晚餐都吃的是大米饭。白米饭啊，她吃第一口时都激动得热泪盈眶。

华兰走过来掐了把华影的肚皮，一揪一小坨肉。

华影痛得咧嘴。

“看看，松的，赶紧给我上拳击课去！我拿了剧本给你，王导的新戏，你不是一直想演打女的吗，女一号就是。为了你，王导特地喊人加了打戏。”

华兰女士可是以今天还能穿得下三十年前穿的裙子为自豪的。

华影不说话，一口接一口地吃着蛋糕。酥皮有些难叉开，她低头很认真地搏斗。

“但是王导也说了，不希望你过度曝光。我说海声集团出事，和你有什么关系，你凑什么热闹？我辛辛苦苦帮你树立的温柔女神人设，你转眼要给我当女强人去了？”

华影干脆用手拿起最底下一层拿破仑酥皮吃完，反手把盒子抛到垃圾桶。

精美的包装固然加分，但是真正有用的是里面的东西，蛋糕不好吃，盒子再美都白搭。

她说：“这些人设是你给我的，根本不是我，我连我自己是什么样都不知道。我不想演打女，也不想演戏。”

她出道以来每一个角色、每一则通告都是华兰把关。华兰自己是武侠剧出身，却从来不让她接打戏，说是吃力不讨好，还是演演美美的都市剧和古装偶像剧更圈粉。

华影曾经想演打女是因为想更加接近她母亲，但是现在都不需要了。

华兰气得拍桌子，即便是大理石台面她也不嫌疼：“那你想干什么，和海声集团共存亡？和你说天下商人一般黑，明明芯片有问题还请你代言，我已经让李诺发律师信，告他们损害你名誉了。”

华影一脸惊讶地瞪着华兰：“发什么律师信，我根本没有要告他们，你赶紧取消。”

她想了想，华兰的确是会做出这种事情来的人，只要是影响她的演艺之路的，华兰都可以毫不犹豫地铲除掉。

华影觉得不放心：“你要再管我和海声的事情。我就出国，你都别想找到我。”

“厉害啊，我一个人把你培养到现在这样子，你拿自己来威胁我？”华兰更加生气。

华影无奈：“我只是让你别插手这件事情，海声集团我是管定了的，我既然嫁给季海，就要做好一个妻子应该做的事情，不能他一不在了，我就跑路，那我成什么人了！”

“季海那个老男人都可以当你爸了，到底是给你灌了什么迷魂汤！你答应他什么了？立牌坊吗，你还真爱他不成？”华兰简直难以置信，但她清楚自己的孩子，不可能是因为钱把自己嫁掉，“我打听过了，这次海声惹了大麻烦，本来就已经剩个空架子，都是季海在撑着，现在季海倒了，墙倒众人推。那个新上任的合伙人，小年轻一个，从来没管过企业，我看是不行的，不够几天折腾死的。你赶紧拎拎清楚，回来好好拍戏。李诺说了，只要你回来，所有的债务一笔勾销，他还答应我给你最好的资源。你赶紧给我回去！”

华影冷笑：“他当然会给我最好的资源，做了那么对不起我的事。”

华兰虽然有些心虚，面子上还是摆着母亲的谱：“不是都和你赔礼道歉了，这段时间我连你嫁人都没有管你，你想怎么样？”

“我不回去，我要留在海声，我要试一试，除了演戏我还能做什么。”

海声是华影最后的机会，不会有任何地方比海声更适合她。

华兰拿着包要走，想想又转身道：“当年生下你，你爸不知道有多开心，为了你全家移民去国外，你爸也是因为你……”

华兰女士的厉害在于永远知道什么时候亮什么牌。

人生第一次的，可能是最近的一切让华影有了反驳的勇气。

“我爸出意外不是因为我，我从来都没有叫你们移民，因为你生下我后得了产后抑郁，不想在国内待着，我爸才移民的。如果不移民，我们这时候应该是一家人在国内过着安安稳稳的日子，他最后也不会出意外。”

华兰一梗：“我高龄生产，为你吃了多少苦？那个年代息影半年都会被人完全遗忘，何况我是三年。你现在看看和我同期的那些人，一个个混得多好。你天时地利人和，多少人羡慕，你怎么就不珍惜？你爸和我的心愿也是一样的，你坚持在海声待下去，没几天海声完蛋了，到时候媒体会怎么写，说你是丧门星，偷鸡不成蚀把米……”

华影见不得华兰提父亲，只有缓兵之计：“我发誓，如果这次海声手机的难关不能渡过，我就回来拍戏行了吧！”

华兰冷笑开门：“我等你哭着回来求我。”

华兰出门，把门关得震天响。

华影站在门后，摸摸鼻子，自我解嘲地笑了笑：“最惨的结果也不过就是这样。”

她比普通人好一点儿，因为没有人会来催她结婚，结婚完又来催她生子。大概她这辈子都不会有这种困扰。

但想一想，其实她的困扰和结婚生子的催促也是一样的，甚至更惨，因为她的人生还在没有自我意识的时候就被规定好，甚至她才出生，母亲就野心大到要规划她进好莱坞，似乎这才是生下她唯一的意义，自己没有实现的东西一定要女儿去实现，她人生所有的一切都是围绕这些展开的。

就像一条裙子，大家都说你穿得可真漂亮，就一直穿着。

只有季海是唯一一个走近，问她："这条裙子，你一直穿着，冬天时不冷吗？"说这样的话的人，她和他并不是爱，是懂。

他懂她。

她永远记得他对她说过的话。

"我 20 岁就想着创业，失败过无数次，被人骗过 8 次，和 3 个发小闹翻过，40 岁还被人骗欠了 200 万外债，算起来 45 才算创业成功。只要你坚定，什么时候都不晚，不要让任何人或事困扰你，最惨的结果能怎样，不就是现在这样？"

工作也好，结婚也好，生子也罢，只有你能决定你自己。

任何的迷茫，都不要轻易让别人给你答案，自己去寻找答案，自己去打拼。

最惨的结果能怎样？

不过，就是现在这样。

华影这几天被自己的母亲气得厉害，江声的日子也没有好过多少，甚至更惨。

他带着团队飞到日本，吃了无数次闭门羹，时值北海道发生地震海啸，他还专门跑去赈灾。

如果不是微博上出现消息，华影都要觉得他消失了。

华影担心真的像她老妈说的一样，江声搞不定铃木集团，倒是很关心他最近的动向。

微博上突然出现一条，江声在一片废墟中一条腿屈地，半跪着，手似乎从地上捧起什么的照片，但被石头挡住了让人看不清楚。

这是一个远景抓拍。

发微博的叫"四月维夏"。

这条微博才发出去，发的是小号，没有太大波澜，倒是有些留言。

"这是谁啊，好帅！"

"帅哥是何方神圣？在线急等！"

“小哥哥手上捧的是什么？是我！”

“楼上的瞎了，明明是我！”

江声这张照片虽然有点远，但构图很好：一片废墟的正中，一个高瘦的男子，牛仔裤，挽着衬衫的袖子，远处夕阳的余晖通过断瓦残垣照在他的身上像在发光。一层暖暖的光，虽然脸被头盔遮住一半，但还是清楚辨认出眉目俊秀，气质出众。

华影本来还担心江声这种太强的个人风格，结果海声集团的公关很不错，知道江声这种人交际无能，颜和脑袋倒是可以利用。

她心中大定，丢下手机，转头陪季恬看小猪佩奇、小羊多利、朵拉……她和季恬很有共同语言，毕竟她俩的英文都是和朵拉小姐姐教的。

这天季恬幼儿园园庆，邀请家长出席。季恬是个乖巧又敏感的孩子，她没有告诉华影和江声。

华影之前看到老师的朋友圈，在心中就默默记住了。

华影和季恬一样很小就没有爸爸，她怜惜季恬是因为爸爸不在了，觉得所有人都很忙，总害怕自己是麻烦，不知道怎么开口。

华影戴着帽子和墨镜赶到的时候，外面是喧闹的孩子和家长，季恬一个人在教室里画画。

华影的心一下子就像被喂了一块青柠檬，她仿佛看到小时候的自己：别的孩子在院子里玩，因为华兰不在家，又怕她一个人出事，便不许她出去玩，她拿着小板凳坐在阳台上，边画画边羡慕地偷瞄楼下的孩子。

华影悄悄地摘下墨镜和帽子，她一身白色V领真丝衬衫、一条浅樱色八分阔腿裤，盘膝坐在季恬旁边，托着腮，安静地看她画画。

季恬转过头惊讶了下，对华影露出羞涩一笑。

华影揉揉她脑袋：“想出去玩吗？”

季恬思考了下，摇了摇头。

“那我们在这里玩吧！你教我，有什么好玩的？”华影撸起袖子，兴致勃勃。

当江声弓着腰走进教室的时候，他看到华影和季恬正拿着折纸小恐龙玩着角色扮演游戏。

幼儿园教室里一切都是小小的，小小的储物柜格子，小小的桌子，小小的凳子。

对他这个高个子来说，格格不入极了。

江声是一个很擅长隔离自己的人，他隔离自己只是因为他从小就知道能依靠的只有自己。

遇到讨厌的人和事，他就在心中默默地把眼前幻想成太阳系，想象着行星的运转，他就会立即平静下来，自然而然地他迷上了天体力学，一个猛子就扎到了物理学的海洋里再也没出来。很多时候大家觉得他在发呆，其实他脑袋里正在演算。

让他刷微博不如让他刷 arXiv 上的论文，他越学越觉得人生太短，时间不够用，根本不愿意把精力分给学术以外的人和事，季海是他唯一的例外。

江博士从来不记人名、人脸这些他觉得没有意义的东西。路上最美的玫瑰，小王子会小心翼翼地栽种在自己的院子里呵护连旅行都惦记着，而江博士只会在0.01秒内觉得很美，然后就抛之脑后，他觉得美的绝对是开普勒行星运行定律、牛顿定律、欧拉定理、量子力学相对论……

此刻，华影正在和季恬玩一个叫作《你看上去好像很好吃》的绘本游戏，讲的是一直食草的小甲龙，破壳而出时第一个看到了一只霸王龙，就认为食肉的霸王龙是自己妈妈，霸王龙吃不了甲龙又打不死她，只能当她的妈妈的故事。

季恬坐在凳子上，华影跪在地上，空调的风吹着她散落的头发，她张开手学着霸王龙的样子吼叫，一脸无奈又表演得惟妙惟肖。

第一次江声突然看清华影的脸，就是那 0.01 秒的玫瑰。

季恬说甲龙要带果子回来给霸王龙吃，她站起来在板凳上想够柜子最上方的木质苹果，苹果旁边摆着笔筒，里面是削好的彩色铅笔。

华影怕季恬跌倒，站起来说：“我来拿吧。”

意外就是在这个时候发生的。

日本的地震似乎波及整个亚洲，宁城也轻轻地震了一下。

江声一脸苍白地冲上去抱住差点跌下凳子的季恬。

华影的手一晃，柜子上所有东西都倒了下来，包括那一桶削尖的彩色笔。

江声抱住季恬，平躺在地上，他小心地护住躺在她身上的季恬的脑袋。

然后，他才喘了口气，就看到一支支尖尖的铅笔，天女散花般向他眼睛砸来。

他瞳孔放大，呼吸一紧。

我们的江总，江教授，江博士——晕倒了。

江声觉得自己做了个梦，又回到了他一直想逃脱的噩梦里，他身上湿答答的，手上都是黏稠的腥，他的眼前，左眼珠前 1 厘米，就是尖尖的木桩，他只能瞪着眼睛惊恐地看着这一切。

他像平时一样告诉自己要冷静，努力地把自己剥离这个梦境，动了动眼睛。

江声慢慢听到争吵的声音。

“你不知道江声哥有尖锐恐惧症吗？”

“那是什么鬼，还有人害怕铅笔到晕倒的？”

“尖锐恐惧症，任何尖锐的东西，连针都不行！”

“有病就应该去治疗啊！再说是地震，也不是我拿笔去戳他。你这小鬼是不是有被害妄想症？”

“你就是想害死江声哥，这样就没人管我们了，你就可以独吞我爸的遗产！”

“你再讲一遍，我打你信不信？”

江声捂着额头睁开眼睛，就见华影和季白在争吵。

原来季恬之前打电话给季白，季白想想也跑来参加了，谁知道一进门就看到江声被华影碰掉的笔砸晕了。

对于对她从来没好感又不尊敬的臭小子，华影向来都是毫不犹豫开撕。

两人一顿吵，季恬吓得靠着江声。

“停。”江声揉着太阳穴制止。

江声其实没有晕多久，只有两三分钟。

“江声哥，你没事吧？”季白一脸担忧。

“我睡着了，没有晕。”江声说。

他只是太累了。

大半个月的奔波，这种累不只是身体上的累，还有心累，他并不是不能，而是讨厌去揣测一句话背后还有那么多意思。

比起复杂的人类，他更喜欢直接的科学。

如果华影知道他在想什么，她一定会举双手反对。科学是什么？和人斗才其乐无穷！

园庆因为地震而匆匆结束。

华影到门口才发现麦克一直把车停在那里。

原来江声连家都没回，一下飞机就赶过来了，又或者是为了季恬特地赶回来的。

华影没有细究，因为有更令她头疼的事情。

华影带着对江声这种七尺男儿居然晕笔的不齿，为大家定外卖咖啡的时候特地为江声点了焦糖玛奇朵。

晕倒嘛，肯定是低血糖，要补一补。

她边刷微博边坐在沙发上问：“你们日本之行顺利吧？大家都在问召回的

手机什么时候重新上市？”

正整理文件的麦克一脸惊讶。

江声正松着领带，转头看向华影。

他面无表情说：“没有。”

华影一愣，追问：“什么没有？你们没有谈成？”

江声打开电脑，对着屏幕云淡风轻地嗯了一声，不知道的还以为他在回答“吃过了吗。”

这对华影可是晴天霹雳，她觉得都已经飞过去了，还参加赈灾，这么诚意满满，“芯片门”的解决已经十拿九稳。

华影想到和华兰打的赌约，站起来在室内暴走。

麦克说：“那个铃木总裁油盐不吃、好坏不进，感谢我们赈灾，但就是死活不肯给芯片，吃了多少次饭，加价也不行。”

麦克无奈地看了看江声，只有他知道这个新上任的总裁这几天吃了多少苦。

所以人都以为已经拿下了，没想到竹篮打水一场空，新官上任第一次谈判就没有成功，现在消息已经传回来了，不知道多少人要看好戏。

江声正挺直背看着笔记本，他倒是淡定：“赈灾不全是为了讨好铃木集团。”

正说着，秘书助理把咖啡送进来。

他边看着邮件边拿起来喝了一口，焦糖玛奇朵的甜腻对他的味蕾简直是暴击，他皱着眉头研究着杯子上的字，看到写着“华小姐”三个字，他转头很认真地对华影说：“下次请帮我点美式或者澳白。谢谢。”

“好啊，要全脂奶还是脱脂奶或是豆奶？口味呢，要不要香草、榛果或者焦糖？”华影停下暴走，和蔼可亲地笑着问。

“等等，你可能需要找张纸记下来。”

华影一副找纸笔的样子。

江声认真地思考。

“脱脂……”

华影过来抢走江声桌上的咖啡扔进垃圾桶。

江声说：“所以你并不是要给我买咖啡？”

她好像瞄到江声的电脑屏幕上打开的邮件签名是一个徽章，像是校徽，什么什么 University。

但是华影没有深究，因为她仿佛已经能看到自己跪在华兰面前流泪膝行的样子。

“下次再请你喝，我就一天胖五斤。你没搞定，那你回来干什么？赶紧回日本去！走，这次我和你一起去！”

麦克赶紧劝她："夫人，没用的，我们最后才知道铃木的3.0芯片已经被另一家公司全部订走了。"

华影目露杀气："是谁？"

就在这个时候，秘书助理带着陈国平和其他主管敲门走了进来。

陈国平一脸担忧："江总，已经有七个消费者联合起来告我们欺诈消费者了，还有越来越多的顾客到店里和网上留言骂我们不守信用，不按时发货。"

他故作担忧的表情下是藏不住的幸灾乐祸。

华影是表演系的专科生，自然不会放过他的微表情。

华影冷笑，面带嘲讽："陈经理果然忧心忡忡，看来你一定想到解决方法了。"

陈国平一梗："江总既然当着那么多记者的面承诺召回手机重新上市，江总肯定想到了解决办法。"

老狐狸倒挺会踢皮球。

众人满眼期待地看向江声。

办公桌后，江声托着腮，转头面向众人："哦，没有。"

十分钟后，办公室里曲终人散。

华影边刷着新闻边对江声说："你到底懂不懂什么叫管理者策略，即使想不到办法也要装一下，安抚员工啊。你知不知道现在有多少人已经回去打开招聘网站了？"

江声边看邮件边摇头，不以为意："我的确没有想好。怎么装？"

对江声来说，编花哨的承诺和想靠谱的解决方案，选择后者更简单。

"只是说一句话而已。"华影没好气地点开新闻。

"爱因斯坦也说过，要知道科学的实质，不要去听一个科学家对你说些什么，而要仔细看他在做些什么。"

书呆子！

顿时记者的声音在偌大的办公室回响："海声集团股票继续下跌，据悉海声集团和铃木集团谈判失败，结束三年的合作关系……"

华兰女士的乌鸦嘴真是说中，即使是天才也不一定能是一个合格的商人。

华影说："我很好奇，你的爱因斯坦有没有告诉你研究时遇到难以逾越的困难该怎么办？"

"如果遇到难以逾越的困难，一般有两种情况，一种是走到绝路，另一种是接近真相。"江声突然合上电脑，点开内线，"麦克，请帮我订去铜县的火车票，最快的。"

江声迅速站起来，挂掉内线。

华影却走过来，弯下腰，刚做完酒红色的法式指甲的手指按住江声刚刚手指离开的地方："麦克，多给我订一张票。"

江声低头看向华影。

华影瞪着江声："你绝对不会知道这件事对我有多重要！"

当华影戴着口罩、墨镜和帽子走上火车的时候，却开始怀疑人生，她或许不应该去，她深深地觉得与其坐这儿，不如回去跪舔华兰女王。

麦克给江声订的是一等座，乘客陆续开始上车。

华影躲在最里面，竖着领子把自己的脸遮好，皱着眉头小声问旁边的江声："为什么不买商务座？"

江声从上车起就开始戴着手套，他不喜欢太人多，但他也不喜欢太贵的价格。

他根据计算空间的大小、椅子的舒适度、噪声大小、价格等的精确配比，得出结论：

"一等座是价格比品质的最优解。我把沙发的舒适度设为1～3的系数，座椅的长、宽、高代入……除以价格……"

华影立即打住他："这是什么鬼？老娘出道以来从来没有坐过经济舱！"

江声摇头："这是一等座，不是经济座。事实上，我应该建议麦克给你买普通票。"

华影指向前面的商务车厢："我要补差价。"

江声想了想："差旅费中不报销这项额外支出。"

华影没好气："我自己出。"她站起来，绕过江声，拎着包走向商务座。又觉得自己一个人如果一不小心睡过站怎么办，回头。

"走吧，我也报销你的。"

江声立即站起来拎着包往前走，他腿长，一站起来就占了一半的空间。

华影冷笑："你不是说一等座是什么最优解吗？"

江声一本正经地点头："是，但现在出现了变量。"

华影无语

铜县是一个淳朴的小镇，原本烟火并不旺盛，因为有越来越多的企业的硬件代工厂在这里生根，所以也越来越热闹。

一出火车站，就是一片热闹的市集，卖手机壳的，卖球鞋的，还有卖假包的……

华影自然一眼就能看出假冒得有多离谱，她戴着墨镜看得津津有味，江声已经挑选了人最少的路径，目不斜视飞快地穿过这些摊位。

后面是农贸产品，腌菜像一把把的假发堆在摊子上，充斥着鸡鸭鹅的叫声和讨价还价声，一块块不知道是猪肉还是牛肉的血红的鲜肉用尖尖的钩子挂在那里。

江声越走越快，都快跑起来了，而华影却津津有味地看着这些，她除了很小的时候来过市集，已经很多年没有来过市集了。

华影拉下口罩，指指一块肉问：“这是什么肉？”

“猪头肉。可香了，来半斤？”买肉大嫂很热情地盯着华影，盯了半天，眼神就变成好奇了。

“美女，你长得怎么那么眼熟，是不是那个明星？哎……”

大嫂的声音巨大，从街头到巷尾，众人侧目。

华影与江声对视一眼，两人一路狂奔。

跑出好远，两人累得上气不接下气。

江声和华影还没吃饭，华影想到刚刚看到的猪头肉，顿时摸摸肚子，饿了。

江声看了看时间，离他约定的时间还有一会儿，想了想，指了家店：“先吃饭吧。”

时值春末夏初，阳光有些刺眼，华影为了确认还把墨镜推下来，亲眼看了看饭馆招牌上的大字：兰州牛肉拉面。

华影难以置信：“你这是开玩笑吗？”

“这种天气容易吃坏肚子，烹调拉面的温度很高，是保险的选择。”江声看看手表，“加上，我们只有半个小时。”

他已经边解释边走进去，像谁不知道他抠门一样。

华影只有认命地跟进去。

当冒着热气的面条端上来，华影咽了咽口水。细细白白的面上点缀着翠翠的葱花，哦，还加了一盘干切牛肉。

江声掰开筷子，细细地把筷子上的木刺剔除干净，开始吃起来，他不像别的男人吃面条稀里哗啦的，而是安安静静的，一口是一口。

华影的人生名言是做事情结果不重要，姿态一定要漂亮，她慢慢卷起一小丢面条，放在调羹上往嘴巴里送，余光看看有没有弄脏白色真丝上衣。

店主收完钱就去后厨了，店里只有江声和华影。

两个人都低着头，他们自己可能都没有觉察到距离彼此，那么近。

墙上的老式电风扇摇摆着，发出吱呀吱呀的声音，偷偷抓住一把夏天特有的带着花香的风，拂过窗里人的面，又从窗外悄悄飘走了，飘到这千回百转的小道外，飘到这青瓦白墙的小镇上空。

聚了，又散了。

华影和江声走出来的时候，恰好碰到一个女流浪汉。

四十多岁的女人，一身邋遢，穿着一条短裤，屁股都快包不住了，脚上是一双看不出原来颜色的布鞋，都穿得开口了。

她捧着碗，直直地走向江声和华影：“帅哥，美女，能给我点儿钱吃饭吗？”

同样是女人，华影最容易生出同情心。

华影没带零钱，问江声：“你有现金吗？”

江声不动也不理她。

抠门！她从江声卡着她的赎身钱到火车票和拉面，新仇旧恨一起，觉得江声定然是舍不得钱。

反正她人傻钱多，华影立即拿出手机：“我没有零钱，电子钱包可以吗？”

女流浪汉从破破烂烂的口袋里掏出一张二维码，正面微信，反面支付宝。

华影顿觉肃然起敬，正准备按指纹密码，被江声突然出声制止。

“等下。”

华影瞪着江声：“你不是吧，这是我的钱，我想捐就捐。”

江声看向女流浪：“钱没有。如果你真的饿，我可以买碗面给你。”

女流浪汉一愣，脸上挣扎了下，最终点点头。

华影悄悄问江声：“为什么不直接给她钱？”

江声说：“你转钱给她后，她真的会去买吃的吗？”

华影摇了摇头。

“这个地方的流浪汉，不是赌博就是吸毒，拿到钱后第一件事还是去重操旧业。给她钱，只是施舍方图个心理安慰，这并不是帮她。”

江声说完，重新走进店里。

再出来的时候，女流浪汉正蹲在路边树荫下等着，华影却不在。

江声将打包的面和干切牛肉放在她面前。

戴着口罩、墨镜和帽子的华影才急匆匆地跑过来，将一包东西递给女流浪汉。

她说：“发票在里面，不合适你可以换。”

女流浪汉说了声谢谢。

华影和江声走远了。

女流浪汉打开塑料袋，里面是一双球鞋。

不一会儿，和江声约好的周旭带着司机，开着一辆老款别克GL8亲自来接了。

周旭是海声路由器CPU硬件的供货商，和海声集团有8年的交情，手上现在还有和海声集团合作的一个订单。

周旭看起来是一个40出头的中年男子，穿着皱巴巴的衬衫，略矮，不胖不瘦。

他看到华影，只有一瞬间的吃惊，之后倒没有特殊看待她，对江声却很热情。

华影的保姆车都是奔驰，对老款GL8有些嫌弃，上车后，她倒庆幸是商务车了。

周旭和司机坐在前排驾驶位，后面两排，华影率先坐到最后一排，江声直接坐到第二排，一人坐了一排，两个人对于彼此的空间都十分满意。

周旭很恭敬地对江声说："江总，我按照您的要求搜集到了一些芯片，我们先去我的办公室看一看？"

江声说："好。"

汽车开进周旭的工厂。小小的平房，灰扑扑的，没有多少工人，门口一只大金毛在玩小球，一副懒懒散散的样子。

周旭的办公室也不大，鱼缸里养着一条看不出品种的鱼。

华影从上车的那一刻对所有的东西都在心中默默贴上价格，例如周旭的衬衫一定是199的优衣库，那款15年的GL8是25万，鱼缸里这条吃力地吐着泡泡的鱼……3块吧。

华影越想越觉得心底没底，偷偷问正捧着芯片像宝贝一样研究的江声："你是想从国内找到代替铃木集团的供应商？但是他能帮你找到吗？"

江声往前挪了挪，避开华影，朗声说："如果周总找不到合适的人，那更没人可以找到合适的。"

这人是傻子吗？

华影简直气得要跳脚。她怕周旭听到，特地小声问江声，结果江声倒好，完全不怕人听到，完全就是在拆她的台，如果不是知道他为人就是这样不带转弯，华影真是要骂他心机重了。

华影回头对周旭打招呼："不好意思，我不是不信任你，只是现在情况危急，容不得一点儿失误。"

周旭倒是一点儿也不在意，笑眯眯说道："季太太，我懂，您放心。这八年要不是海声集团，我这个小厂早就倒闭了。我的处理器技术有限，作为企业路由不够低廉，作为家用又已经满足不了市场上小巧和智能路由器的要求，要不是季总和江总为我坚持留着这款路由器的生产线，我早就破产了。"

华影想的是江声这种人不喊人砍掉生产线已经不错了，这倒是像季海会干的事情，季海是她见过的最宽厚的商人。

江声费了好大劲儿才从芯片上把思绪抽回。他回头看了看周旭，认真想了想后回答："第一，海声路由的第一笔订单对外定低了价格，所有的供应商中只有你能提供让我们保本的价格，虽然后期我们做了调整，但一开始你是亏本卖的；第二，你的处理器也有自己的特长，值得保留生产线。没有什么好感激的，如果你硬要感谢，我也只能接受。”

华影要按住自己的手才能防止把江声给掐死。

江声真是有本事，季海费了好大的劲换来的感激被他三言两语说得像没什么，这种情况不是应该说“不客气”“没事，应该的”，再感激地挟恩以报继续吗。

华影恨得咬牙。

周旭倒是不在意地一笑，和江声继续讨论手机芯片，他指了指：“这三个芯片的制造商就在铜县，你要是有兴趣，我们去看一看？”

江声两眼放光地点头。

周旭把江声带到一家大工厂，对方老板一见华影和江声，态度热情无比。

而江声明显对硬件的兴趣比对老板大得多，倒是苦了华影，很无奈地要和老板寒暄。

江声手里托着芯片，和周旭、工程师三人边走边聊得兴高采烈。

华影忍住翻白眼的冲动，她明显能感到把江声丢到这里，简直就像把孩子丢到游乐场。

华影一个词都听不懂，还要戴着口罩、帽子和墨镜，穿梭在热烘烘的车间，身边还跟着老板和老板的亲友。她凭着一股意念忍住流汗，不停催眠自己，让自己冷静。

她牺牲大了，要不是海声集团现在是她唯一的救生圈，她必须确保这件事情的成功，她这辈子都不会来这种地方。

参观完工厂已经日落西山了，周旭将江声和华影送至火车站。

火车站旁的市集已经收摊，镇上的孩子们在空旷的场地上打闹玩耍，远处的村落已起炊烟。

没有高楼和闪耀的街灯，这座才相遇短短数小时的城市，竟让华影有些留恋。

但华影和江声都坚持回到宁城，华影的脚已经磨出水泡，她现在只想躺到床上刷手机。

周旭抓抓头开口：“江总，对了，我和季总说过了，这批订单做完，我就想把这个厂关掉。您也看到这情况，我其实没有什么遗憾了。”

江声没有挽留，很平静地点头：“OK。”

周旭似乎还想说些什么，脸上有些忸怩，最后下定决心拿出手机，走向华影。

华影看着周旭走过来，想着果然来了，又是要合照的。

她想：我今天将头发扎起来，被帽子压着，会显脸大，坚决不能拍照。但是周旭手上可是握有海声手机重要线索的人……怎么办呢，我一定要礼貌地拒绝他，一定要让他觉得我是有难言之隐的。

华影这样想着，周旭已经走来递过手机。

华影酝酿着。

周旭抓抓头开口：“季太太，能不能帮我和江总照张相？”

这个周旭可能是瞎子！

“季太太，谢谢，三二……”

华影直接快速喊：“一！”

手机定格。

江声像一株白杨树笔直地站着，周旭小心翼翼地站江声后面，乐呵呵的。

美貌果然需要对比，和周旭一比，江声就是仙人下凡。

其乐融融的合影之后，周旭认真地保证：“江总，您放心，我就是拼了命都一定会帮您找到芯片。”

江声说：“谢谢！”

明明真正的明星华影在旁边，周旭这个大男人却把江声当作爱豆一样用生命在粉啊。

周旭恋恋不舍地看江声：“江总，您慢走！放心，包在我身上，有空常来。再见啊，再见……”

“还有季太太，再会！”

岂有此理，什么时候她华影变成“还有”的人了！

第五章 霸道女总裁

美丽的人都是从一大早就开始打扮。

华影也不例外。她向来早睡早起，然后神采奕奕地拉伸、洗澡、贴面膜、化妆……打扮自己，只是今天格外卖力。

今天是她第一天到海声集团上班，她为了这天已经买好了一柜子的商务装和新鞋包。

华影满意地配好一身细黑领带的白色真丝衬衫，扎进黑色的窄身裙里，外套收腰小西服，可攻可守，又娘又 MAN，她照了照一旁一面墙的落地镜。

镜子里的人，腰部纤细，臀部挺翘，双腿修长，头发半扎，露出鹅蛋脸。

“你是去做签名会还是去上班？”

李彦也是一身商务装地走过来。她辞去了万嘉的明星助理工作，被华影策反做她的私人助理。完全没有犹豫李彦就答应了，因为培养一个像华影这种有貌有资源的明星起码要十年，她没有这个耐心。更主要的是，到哪里去找像华影这种任骂任虐的明星呢？

李彦深知华影的个性，私底下虽然嘴巴没有遮拦，但其实是个很好相处的人，只要好吃好睡好穿的满足她，她没有脾气的。

“我是去做霸道女总裁的！”

华影走进包柜，拿出了她包包后宫中的第一打手——限量鳄鱼皮铂金包。

李彦啧啧了几声：“赫么斯，女总裁，你不过第一天上个班，至于要把一辆车拎在手里吗？”

华影严肃地纠正：“不是河马士，也不是爱马仕，人家念鄂么斯，H 不发音。就像 LV 也不读 LV，要念全名，一定要念对发音，不然只是一个会买包的土豪。”

李彦心里说：“好吧，一个连鳄鱼英文都不会念的人，能够对这些品牌倒背如流，到底谁土豪？”

华影充满爱意地凝视着这只包，她顶级的战利品，买下可是费了一番功夫。

H 家的经典包从来不放在柜台上销售，必须先配货，例如买 10 万的包，必须买 10 万的瓷器、首饰或者家居品。每年只能买一到两只经典款。

且这些经典款都是一到货就按等货名单上的客户瓜分，和销售打得好的顾客偶尔有些小特权。

华影并不因为她是明星而能享受到多少优惠，也配了一年1:1的货。

只是，与人打交道从来都是华影的特长，销售一见到极品就发来消息："华小姐，今天进了一只限量版，不能留货，我第一个通知了您，您要先来看看吗？"

华影立即杀过去。

真正买包的客人都是由经理带着到后面的小房间去看包，一次只进一款一色，从来不会在柜台上摆着让你挑选。

华影永远都记得当看到那只限量版从橘黄色的盒子里被拿出来那一瞬间的兴奋。

这种兴奋和今天的兴奋是一样的。

李彦说："你知道，我不会嘲笑你是因为紧张而想要背幸运包的？"

华影对李彦说："你知道当一条街上，当两个长相出众、颜值旗鼓相当的女人狭路相逢，迎面相对，火花四射，是如何决一胜负的？"

"怎么决斗？看男人？"

"男人都管什么用？看包！"

"只需要看一眼对方的包，你的只是路易威登，我的是鄂么斯，胜利的女人心中已经露出微笑。"

从片场到发布会，华影的生活中无时无刻不面临这样的决斗，这养成了她一出手必须是第一名的习惯。

华影换上高跟鞋，将包包挎在手上，把头发撩到后面："出场必须响亮，老娘从来没有在气势上输过！"

海声集团总部在宁城的CBD中心，左手边是摩根大通银行，右手边是电信主楼，这条街上任何一家公司都赫赫有名。街道上都是名车穿梭，步履匆匆的白领一手拿着手机一手拿着咖啡，神采奕奕，无一不以能在这几栋大楼中拥有一张办公桌为傲。

一栋栋采用通透的玻璃结构的主楼，像一座座玻璃魔方在阳光下熠熠生辉。

华影踩着高跟鞋、拎着包包走在海声集团的大楼。

六位年轻的前台小姐立即齐刷刷站起来鞠躬："欢迎华总！"

华影微笑着回应，非常满意海声集团的训练有素。

作为一个智能科技公司，海声集团采用现代化的简洁风格、挑高的设计、流线性的桌椅，大堂的一角还引进了宁城高端的意大利CAFÉ，员工正聊着天排队等候着咖啡和早餐三明治。

看到华影经过，大家纷纷喊着："华总好！"

华影微笑着点头，满意地听到背后小声说着："看，华影！""真的是本人！""比电视上还要瘦，还要漂亮……"

她心里已经美翻了，脸上却保持矜持的微笑。

上楼梯时，一位女职员因为顾着看华影将手上的文件弄掉地了。

华影蹲下弯腰捡起给她，她高跟鞋踩地，一个膝盖略低，弯曲的双腿形成45度的夹角，背挺着很直，侧着脸，这是她经过千锤百炼最美的蹲姿。

女职员赶紧说："谢谢华总！"

华影瞄到她的名牌："没关系的，小花。"

女职员受宠若惊地抬头，一阵香风，华影已经走远。

华影继续往前走，偷偷和李彦耳语："刚刚照下来了吗，我那么平易近人？"

李彦比了个OK："放心！"

霸道女总裁就这样一路心情大悦地走进顶楼的副总办公室。

关上门，华影就激动地抱住李彦。

"我总算懂为什么男人对权力那么痴迷了，这完全和演戏不一样，我不用讨好任何人，相反，我有种使命感，我是被这几万号员工需要的。我养活着这么多口人呢！哈哈哈哈！"

华影在心中默默地感谢季海，如果不是他，或许自己也看不到这么高的风景。

李彦点头深以为然："作为你十多年的员工，我用自己的血泪教训深深为这几万口人担心。"

华影和李彦笑闹一阵，心情很快就不美妙了。

首先，华影的副总办公室是临时装修的，格局要比旁边江声的办公室小，景也没有那么好。

其二，手机部的高管敲开了新官上任的华总的门。

手机部的副主管绝对不是来和华影要签名的，他带来了一部刚刚上市的波特手机。

"这是新发布的波特手机，是目前市场上最薄最轻的AI手机，新的AI摄像头能够按照你的习惯自动调整光度和变焦，它采用的是铃木集团的智能芯片3.0。我收到可靠消息波特手机已经和铃木集团签订了三年的合作计划。"

华影把玩着手机，机身很轻，看起来的确很潮，她点了开机。

见手机部的副主管不是熟悉的面孔，华影问道："我记得手机部的经理是陈国平，他人呢？"

副主管倒是吃惊没想到华影这样的人物见过一两次就能记住陈国平，他犹豫了下开口："陈国平带着部分员工跳槽去了波特，之前已经报告，法务部在跟进陈国平是否有违背操守的行为。"

华影点了点头，手机界面亮起来，突然多出一个拿着手机跳爵士舞的男人，三四十岁，身材健硕，臀倒是挺翘，很有男人魅力，他钩钩手指对着屏幕飞吻了一下，传出声音："我是孟惊涛，我为波特代言。"手机跳转到主界面。

华影闭着眼睛扔掉手机："快，给我眼药水。"

真是辣眼睛。

李彦笑着说："这男人隔着屏幕都能感觉满满的臊气。"

华影气得指着手机，像是能通过屏幕指到这个男人的鼻子："开机图像放这个，有没有搞错！我是海声手机代言人，我都不敢这么玩，这人是谁？"

副主管憋住笑："这是孟氏集团的总裁孟惊涛。波特手机最近被孟氏集团收购。孟氏集团旗下的拳头产品就是萌萌电商平台，也是我们家电手机的主要销售渠道。孟氏集团和海声集团虽然都生产智能家电，然而孟氏的主要业务是网商，海声的主要业务是手机家电，咱们向来井水不犯河水。"

华影道："但是孟氏买下波特手机这一反常的举措，无疑是和海声集团正式宣战了。"

敌方已经占据市场，我方却自身难保。

华影着实有点儿担忧，自己这个霸道总裁会不会才上任公司就倒闭了。

那也不能怪她，要怪江声这个科学怪人，研究了半天还没有研究出来，华影对江声的能力产生了深深的怀疑。

李彦嘲笑华影："我看你这总裁当得也是危险，要不要先把自己的股票卖掉套现跑路？"

华影决定认真地思考一下，这时电话就来了。

陌生的本地号码，李彦接了后，脸色非常精彩。

华影好奇地比手势问她是谁。

李彦将手机递给华影。

华影接过手机，还没有喂。

对方似乎已经笃定是她，兀自开口："华总手上的股份有没有兴趣出手？我是孟氏的孟惊涛。"

华影顿时条件反射地看向被她扔在地上的波特手机，顿时眼睛有点辣。她对李彦调皮地眨眨眼睛反而笑了笑："孟总，有没有空赏脸吃顿便饭？"

电话那头的孟惊涛一愣，似乎没想到对方这么直接，还请他吃饭。

低沉的笑声传来："华总邀约怎么能是赏脸，刀山火海我都要去啊，时间、地点你定。"

海声集团的两个现任合伙人，一个走马上任，另一个完全忘记新副总裁的轮转事宜，两耳不闻窗外事，只泡在手机实验室。

华影是冲进实验室把江声揪出来的。

江声穿着一身实验室的白褂子，里面是黑色 Tee，显得人更加挺拔。

只是几天的连轴工作，让他显得脸色苍白、眼神忧郁。

华影递出新款波特手机。

江声接过，点开，全是华影的自拍。

江声一脸疑惑：她为什么要给我看照片？什么意思？

华影见江声神情复杂，凑过去一看，气得把手机拿回来。

“我是让你看 AI 摄像头。我用了下，的确很不一样，秒杀别的手机。广告语是‘再也不用担心男友不会拍照了’，很多女生都因为这点买了这款新手机！波特这款新手机销量现在是第一名。”

江声点头：“嗯。有点可惜。”

“什么可惜？”华影兴师问罪，“我给你打了无数电话你都没接。”

江声这才把手机从口袋里拿出来，很认真地翻着来电，他翻得速度有些快，华影为了证明自己的正确，紧紧盯着他的手机屏幕。

然后，华影突然惊讶地发现江声手机里居然没有一个人名。

电话簿里的名字都是什么“多普勒效应”“磁单极子”“奇点”……

华影问：“这些都是什么？你别告诉我这是人名。”

江声脸上没有一丝玩笑，很认真地点头：“这是我能记住的方法。”

他根本没办法把名字和人都记住，事实上这是他唯一能把人一一对号的方法。

华影指着《银翼杀手》问：“这是谁？”

江声回答：“保安部主管。”

华影问：“是因为电影？”

江声点头。

同名电影《银翼杀手》里是专门追杀叛逃复制人的警察。

华影又问：“那‘多普勒效应’是谁？”

江声：“麦克。”

华影问：“为什么？”

江声答：“因为麦克经常穿黑白条纹的衬衫。”

华影简直无法理解：“这和什么勒有什么关系。”

江声兴致勃勃地开口：“多普勒效应指的是波源与观察者之间的相对速度

造成波的频率的变化，在 1842 年由奥地利的物理学家克里斯琴·约翰·多普勒提出，多普勒注意到……”

华影的头已经开始疼了，她抬手比了打住的手势。

华影：“那这个‘奇点’呢？”

江声：“陈国平。”

华影：“为什么？算了，你还是别说了。”

江声挑了挑眉，似乎为放弃一个教授知识的机会而有点不满。

华影突然灵光一闪：“那我在你手机里叫什么？”

江声不吭声。

华影向前一步，要去拿江声的手机，手还没有碰到，江声就迅速后退。

华影威胁他：“给我手机或者去剪头，你选一个。”

江声神情挣扎，他的头发略略长长了，两边的头发冒出来，中分的短发，放在别人身上可能会土气，然而他个子高，脸型立体，眼神深邃，更加显出他儒雅倜傥的气质。

华影突然缩手，狡黠一笑：“你不给我手机我就不知道了吗？”

她迅速用自己手机拨号。

江声握在手上的手机振动起来，屏幕上赫然显示一个数字——0。

华影皱着眉头瞪着孤单单的一个“0”：“你什么意思，说我是多余的、不存在吗？”

江博士想了想，解释：“0 不是多余，0 在现代数学上是一个重要的单位元素，有了 0 才有了负数的诞生。”

华影内心说：“这个人是在说我成事不足、败事有余吗？”

华影正想开口，麦克走过来：“江总、华总，新的简历都发到您邮箱了。”

华影与麦克擦肩而过，麦克身上穿着的正是那条黑白条纹的衬衫，华影想到了多普勒效应，扑哧一笑，回头向江声比画身上的一条道、一条道。

江声在后面一开始不解，看到华影的比画，不知不觉也勾起了唇角。

麦克脸上很专业，内心却在呐喊，坐在一起用西餐都能很直接地拿刀叉互捅对方的两人，竟然相视而笑。苍天啊，到底发生了什么？

江声看完手机，对麦克说：“好，谢谢！你暂时负责筛选，有什么特别的人随时告诉我。”

麦克答：“是，我先和 HR 部门去开会了。”随即离开。

华影问：“陈国平走后，手机部一盘散沙，怎么弄？”

江声答：“周旭将会担任手机部的主管，至于研发部的负责人……”

江声看了下手机，手机屏幕上出现飞机时刻表，他说：“应该到了。”

江声回头问华影："你会开车吗？"

华影难以置信："什么意思？你这是要我当司机？做梦！"

华影虽然会开车，但绝对不会为江声开车，能让她伺候的人还没出生呢！但江声门下的新进走狗李彦很乐意效劳。

李彦开着车，华影和江声在后排各坐一端，两人之间的距离可以坐下一头猪。

华影戴着墨镜看向窗外，她懒得和江声说话。

江声却毫无觉察，陷入思考。

李彦停车，江声去机场接人。

李彦问："江总，我在这等你下吧？"

江声道："好。谢谢！"

华影在后视镜里瞪着李彦，怒火要将后视镜燃烧起来。

她说："你身为我的助理，怎么能这么狗腿，抱敌方大腿！"

李彦赶紧笑着回答："怎么能是敌人，我们都是一国的，江总现在可是海声集团的希望。"

华影花容失色："什么，海声集团的希望不应该是我吗？"

"别做梦了，你能想出什么办法打败波特手机？只有靠江总了，我看好他！"

华影想到江声要是没有办法拿出新手机，她剩下的赔偿金也飞了。

她有些心烦，停车场没有人，她戴着墨镜走下车，思考是否要到机场里面去。

突然之间，一颗黄色大头跳到她眼前。

"Hello，密斯华！"

来人操着一口美式中文，一双墨绿色眼睛，凉风中穿着一件蝙蝠侠蓝色T恤，和一条绿色裤子。

这对华影的审美简直是一种暴击，她已经目瞪口呆，幸好这时候墨镜掩饰住了她。

这人却完全不自知，拉起华影的手："我看过你的电影，you are so pretty（你真美）！"

他低头吧唧一下亲了华影的手背。

华影已经石化。这到底是哪里来的鬼佬？

金发碧眼掏出手机问："我可以加你的微信吗？"

华影看到他打开微信界面——鬼佬才踏上国土就如此接地气！

李彦一见不对，及时出现，拉开华影，用车上必备防狼道具——一根高尔夫球杆顶着来人的下巴："你搞什么？后退，离远点。"

他立即举起手："冷静，BRO（兄弟）。"

李彦一身白衬衫配黑裤子，短发利落形象横行江湖数十年，虽然大家背后会说她男人婆，但碍于她的淫威，绝对没人敢当面说她是男人。她气得用高尔夫球杆指着这人鼻子："你说什么？谁是你兄弟，看清楚，我是女的！Lady！"

这人一脸惊讶："你是女人，我以为中国女人都是像华小姐这样温柔可爱的。"

李彦用可怜的眼光看着这外国男人。他竟然认为华影温柔可爱？

"你到底是从哪家疯人院跑出来的？"

"What？"

"你再不说我打你了！"李彦挥舞球杆。

"住手！"江声的声音传来。

外国男人顿时就像见到英雄一样要扑向江声，大声喊着："生姜！"

江声冷冷地瞪着他。

他顿时就在江声一米远的地方刹车，一个毛手毛脚的大男人露出委屈至极的神情。

"他是 Bryan Lee，我请来的研发部主管。"江声说。

华影："什么？"

李彦："见鬼！"

Bryan："哈喽！你们可以叫我的中文名，李汉卿。"

原来 Bryan 也就是李汉卿是华盛顿大学的教授，计算机科学的博士，人工智能的专家，江声的同事，也是江声的长期竞争对手（他自己觉得）。在学校的时候他就一直和江声较劲，什么都比，比谁先做出成果，谁刊登的论文多，谁拿的经费多，谁 LOL 玩得最好……但没有一样比赢的。

按理说江声一走他应该独占天下了，偏偏变成了独孤求败，寂寞无比。这不，自动请缨来做苦力了。

江声和李汉卿先上车。

华影心有余悸地跟着上车，她打开车门看到李汉卿闪着绿光的眼睛，想了想还是绕到另一边，坐到了江声旁边。

果然人是需要对比的，这个时候，她顿时觉得江声是可爱的。

华影坐在江声这个人形盾牌旁边，深深地舒了口气，摘下墨镜。

李汉卿顿时发出一声抽气："天哪，你比电视上还要美一百倍，一千倍，一万倍！

女人还是喜欢听恭维的话，尤其是发自内心的真诚的赞美。

华影用招牌的矜持微笑压抑住内心的爽。

她斜眼瞟了下面无表情的江声，看吧，这才是凡人看到她的正确打开方式，像某人那种戴手套的，绝对是前无古人，后无来者。

她的宠粉体质又开始发挥作用，决定展开亲切的会谈：“你喊他生姜？”

华影指了指江声。

李汉卿点头：“Sheng Jiang，有什么问题？”江声的英文反过来不是生姜？

华影笑眯眯：“没有问题，很贴切。”

华影斜眼看了看端坐着的江声。

果然是一块又硬又辣的生姜。

“你是因为他来帮海声集团的吗？”她又问。

李汉卿呵呵地笑着摆摆手：“怎么可能？”

他深情地说：“我是为你而来的，我对你一见钟情。”

江声转头一本正经地问李汉卿：“是这样吗？”

李汉卿瞪他：“当然了，你难道不相信我对华影小姐这么美丽的女士一见钟情吗？”

江声答道：“我相信，但你一见钟情的概率就像原子衰变的概率一样，一直在发生却很难被预测到。”

华影被逗笑起来：“你俩真的是朋友吗？”

江声：“不是。”

李汉卿：“是敌人！”

华影点头：“懂了，相爱相杀嘛。”

•

李汉卿的确很快就让华影明白了什么是原子衰变一般的一见钟情。

不出三天，海声集团内部凡是二十到四十岁之间的妙龄女性就没有不认识他的。

李汉卿让华影见识了这才是真正的猥琐理工男。

然而虽然他人看起来不靠谱，研发部的人却都很服他。

手机主管周旭本来业务能力就很强，经常发出的邮件都在凌晨四五点，员工的短信都是四分钟内回复，大家给他取了个外号叫“四分回”。

海声集团的高层很快对江声的人事变动提出了异议。

江声群发了邮件：“一周后举行海声手机 4D-X 新品发布会。”

一句话堵上所有人的嘴，这其中既有看好戏的，也有担忧的。

华影属于想看江声的好戏，却为自己担忧的人。

虽然外界对海声手机的质疑猜测传得沸沸扬扬，海声集团的内部却有条不紊地运作着。

华影和孟惊涛的商务主餐约在金陵饭店的中餐厅包厢。

华影准点到的时候，早到的孟惊涛已经为她拉开了门。

两人伸手相握的时候，孟惊涛已经低头在华影手背上一吻。

华影忍住剁手的冲动，正好接过包厢服务生递来的热毛巾，狠狠地擦了擦手。

孟惊涛似乎是不介意："没想到华小姐竟然这么不上镜。"

华影最讨厌被挑衅样貌，他成功地引起了她的注意。

孟惊涛却突然充满赞美地说："你本人可是比照片要漂亮许多！"

先抑后扬，十足的撩妹高手。

季海和孟惊涛都是科技产业大鳄，年龄相近，经常让人拿来相提并论，两人一样是白手起家，孟惊涛比季海大学生的出身还要低，他高中都没有读完，是从农村闯出来，练摊出身，能有今天也算是个万里挑一的人物。

然而，华影知道季海生前是不屑孟惊涛的，孟惊涛是典型的凤凰男，娶到老板的女儿。老天居然对他很好，结婚没几年，老婆去世，他继承了财产。又没几年，岳父也去世了，没人管他，他产业倒是越做越大，女朋友换个不停，手都伸到影视圈里了。

华影默默打量，孟惊涛应该 40 多岁，看起来却像 30 岁出头，保养得宜，头上没有一丝白发，皮鞋锃亮，皮肤有光，华影倒是能理解他为什么能靠皮相发家的本领。

呵，毕竟是把自己的形象做手机开机视频的人。

两人就座用餐，商务饭店就是有点好处，菜上来之前，包间服务生已经将菜分好。

没有交情避免了杯盘交错的尴尬，说不定还要吃到对方的口水。

华影内心为李彦点赞，她相当喜欢吃金陵饭店的清炒河虾仁。

这道菜要 12 点之后才可以点，因为都是手工一粒粒剥出来的，师傅要 11 点后才准备好。

华影不用拍戏，更不会在吃上亏待自己。她把一粒粒透明的虾仁拨到青花瓷的汤勺里，再送到嘴里，很是享受。

孟惊涛突然出声："华小姐倒是与我见过的其他女星不一样，很享受美食，似乎也没有减肥的烦恼？"

华影优雅地咽下虾仁，用白色餐布擦擦嘴，开口："新闻通稿上写我每天都吃水煮白菜为生，还写我有一次想吃包子了，特地让助理去买，买回来只敢闻一闻味儿。孟总信吗？"

孟惊涛笑起来："华小姐那么苗条，我是信的。但看到华小姐之后，我倒是怀疑了。听说华小姐开始接管海声集团了，估计是贵人多劳，怎么也吃不胖。"

华影微笑："的确，海声集团的事情最近比较多，海声手机也得早点上市，不能让波特手机专美于前。"

孟惊涛双手交握放在桌上："据我所知，海声集团就是一个烂摊子，那位小江总……"他一顿笑了下接着说，"似乎也不通管理。如果我是季总还在世，绝对不会让华小姐这种美人这么辛苦。"

华影不说话，心里却是在想着，终于来了。

这些商界的老狐狸绝对不会直奔主题，都是在觥筹交错之中旁敲侧击，互相试探。

华影不说话，微笑着端起杯子喝了口茶。

孟惊涛胜券在握地笑了笑："我听说，华小姐在万嘉文化那还有些瓜葛，其实很好办，华小姐都可以交给我搞定。"

华影倒是有些吃惊，孟惊涛连这些都知道。她说："孟总倒是有备而来。"

孟惊涛摇摇头："我是有诚意而来，价格随便华小姐开。"

他拿起花瓶里的一朵鲜艳的红玫瑰递过去："商场这种地方鱼龙混杂，华小姐又要从零开始，一定吃了不少苦头吧？华小姐这样的美人不应该这么辛苦，美丽的女性就应该享受美丽的人生。"

华影接过玫瑰，抬头一笑："谢谢孟总有心。玫瑰带刺，可没有你说的那么娇弱。"

她涂的是Tom Ford的限量版Rose Soleil（玫瑰色的太阳），吃饭掉了一些，剩下的颜色倒似融为唇色，衬得人热烈而娇艳。

孟惊涛看得晃神。

华影已经轻轻将玫瑰放回玻璃花瓶中。

"而且，玫瑰还是要在水里才能开放得更久，女性无论美丑都应该有自己的事业才活得心安，我的事业是海声集团。"

两人倒是握手言欢。

明明握手言别的，华影一时不察，又被吻了手背。

"华总，下次有机会请你共进晚餐。"孟惊涛说。

华影抽回手。他是法国人吗，一言不合就亲手？又要洗手去了。她呵呵笑了笑："下次，有机会吧。"

中饭的好处就是吃完就散场，孤男寡女谁要一起吃晚饭，她长得那么美，夜色朦胧的，发生点什么怎么办？

华影心里想着绝对没有下次了。

华影回到季家老宅，周末季白也回来了。

季白、季恬和江声正光脚坐在客厅搭乐高，确切地说是江声搭，两个群众围观。

季白和江声穿着一白一灰的宽大家居卫衣，季白拿着图纸凑着头靠着江声坐，江声居然恍然间和季白一样有种少年感。

只见他全神贯注，眼睛不紧不慢，手却很快，有条不紊。季白不停地翻图纸换下一步，江声却似乎连看都不用看图纸，准确地把下一块放上去。

华影看搭得有点眼熟，好奇："这个泰姬陵书房不是有一个了？"

季白不耐烦地挥挥手："一看你就不懂，这个是新版《泰姬陵重启》。书房那个旧版也是江声哥搭好的。"

华影也脱了鞋，盘腿坐下，抱起季恬放在膝盖上，她和季恬玩着乐高块："既然有了为什么还要再搭？"

季白看了看江声的脸色，答："你管那么多，我这个送人的！"

他告诉江声是自己想学着搭，突然说漏嘴，害怕江声不给他搭了。

华影"哦"了一声，一脸八卦："送谁的，女同学吗？"

季白脸红着："烦死了，关你什么事？"

季白如果能咬人，一定扑上去撕华影。

华影这人有仇必报："礼物嘛，要自己搭才有诚意哦！"

她想不出来季白这种中二病的会喜欢女生，半真半假，顶顶季白胳膊："看来是真有戏，要不要请教我啊？"

"你烦死了！"

华影笑季白："女生都喜欢彬彬有礼的小哥哥，你这样已经不流行了！"

"走开啦。"

江声搭完手边的一块突然站起来，他觉得有些吵。

季白跳起来："江声哥，还没有搭完。"

江声指指剩下的："我觉得对，自己搭才有诚意。"

华影很高兴地点头，还点了点季恬的头。

季白抱着还缺个顶的泰姬陵伸手："江声哥！"

江声抬长腿走人。

季白瞪华影一眼，垂头丧气坐下搭乐高了。

华影哄完季恬睡午觉，在后花园找到江声。

江声正捧着一本书坐在长椅上，阳光正好，打在他的侧脸，垂下的长长睫毛细密地笼住眼睛。

华影不懂这个年代居然会有人在太阳下看书，窝在床上刷手机不是更爽吗？

但无疑这是一道很美好的风景。

华影走近，细长直的双腿突然出现在江声眼前。

江声抬头，一副有何贵干的样子。

华影有求于人，口气倒是不错："江总，商量一下，我们换一下办公室怎么样？"

江声问都不问为什么，视线直接回到书上："不换。"

轮到华影问为什么，"我的办公室很好，离厕所最近。"

"按笛卡儿直角坐标系划分，咖啡房、厕所、电梯和秘书室，我的办公桌正好就在原点。"

江声合上书站起来，美好的下午又要泡汤了。

华影拦住江声："等等，我想问你一个问题。"

江声回头，眼带询问。

"你接手海声集团是怎么开始的？"华影，"我是说，你并不懂管理，怎么能自信把海声接收过来？"

江声最喜欢的就是给人答疑解惑，对于华影能这样问他，倒是有些刮目相看。

"我没想那么多，先做最擅长的事。"

相对于管理，他一直做的是云数据的顾问，对于产品研发更了解，那就从拳头产品着手。

"如果没有擅长的事呢？"华影这样问。

"那就做最基础的。"江声回答。

见华影不说话，他又问："你懂了吗？"

华影点头："懂了，如果我能做好最基础的，咱俩就换个办公室怎么样？"

什么叫得寸进尺？

江声掉头就走。

华影："喂，要不我半天你半天，很公平啊！"

华影这个人最大的缺点是太爱惜自己的脸，最大的优点是认准目标后可以不要脸。

孟惊涛说得对，她的确是处于很尴尬的位置，全海声集团都当她是个花瓶，没有人敢让她做决策。

事实上，她也做不了决策，一两次试探，大家就知道了她天生不是这块料。

华影很久没有收到别人质疑的眼神了，这是赤裸裸的侮辱，她忍不了，所以才会向江声抛下自尊不耻下问（她自己觉得是）。

华影这时候想起来江声对自己的轮转提议，她以前觉得江声太过狡猾，用一年拖着自己，现在却觉得他说的是对的，要从基础做起。

华影就迅速做出了计划表，她信心满满，可是，第一轮就被KO了。

华影第一轮选择了财务管理部。她有野心，和李彦商量了下，财务才是公司的核心。

她拎着凯丽包、穿着一身浅蓝色修身连衣裙走进来的时候，财务部的妹妹容小花激动得快哭了。

第一天结束，容小花真哭了。

让我们来把时光拉回十分钟前，不是，一天的开始。

华影来得正巧，正是财务部月头开始付账单的时候，个个都忙得团团转。

华影很高兴地拉住容小花："请问有我能帮上忙的吗？"

容小花激动到差点窒息："没，没有，您坐着就好。有事情我会告诉您的。"

华影看着这有一丝熟悉的脸，突然想起来了："我第一天上班的时候撞到你了。"

"你，你……你还能记得我！"容小花真的要窒息了，女神居然能记得她。

她并不知道这只是华影宠粉人设惯性使然。

华影抱着个手机刷刷微博，刷了十分钟都没有事情砸到自己头上，她踩着

Roger Vivier 的金钻高跟鞋站起来，决定主动出击。

华影在一层办公室转悠，观察大家都在做什么，终于眼睛一亮，找到目标——容小花的桌上摆着一沓打印好经理签好的企业支票和一沓海声集团 LOGO 邮寄地址的信封。

华影用手托着腮，手支在容小花的办公室格子上，豆沙色的指甲指了指支票，招牌式地微笑："这些是不是要寄出去？我来帮你好了。"

她左边脸 30 度最具亲和力，唇角再勾上去一点点不露齿，这都是练习过的。

果然杀伤力无穷，容小花点了点头："好。"又残留一丝理智，"这些支票都是应付的账单，很重要……"

华影点头，眼神真挚，最具说服力："寄信我会的，你放心！"

眨眼比了一个 OK。

容小花吃了迷魂药般点头。

华影捧着支票本和信封走回座位，一个应付支票对应一个地址——简单！

她绝对不会做舔信封的事，认真地用胶水把海声集团的徽章封好——完美！

下午，邮递员来收了寄件。

华影看着空空的桌面，非常有成就感，拍了张桌子发了微博："追求梦想不分年龄，只要你想，什么时候开始都不晚。"

立即收到留言：

"女神好久没有自拍了，求喂。"

"黄金悬赏这桌子在哪，求偶遇！"

…………

容小花这时候摸过来，看着华影空空的桌面，想哭。

她小心翼翼开口："华总，您支票本旁边的存档呢？"

华影："什么存档？支票不是一起寄出去了？"

容小花："旁边的备注是留下来让我们存档查看用的。"

华影五雷轰顶："我寄出去了，怎么办？"她也想哭。

美人颦眉，让人不忍。

容小花说："没事，银行那里应该有存档，我到时候再问他们要好了。"

容小花心说："她还是当美美的花瓶好了。"

第二天，华影还是把容小花弄哭了。

华总吸取了教训，正确寄出了支票，信心满满地接了发电子账单的邮件任务。

然而，她寄出去的电邮，直接把暴露成本的附件也放在里面了。

容小花被抄送到看到的时候为时已晚，只能哭着用头撞桌子了。

容小花心说：“如果她不是老板，如果她没有长那么美，我真想把她掐死！”

第三天，哦，第三天华影没去，海声 4D-X 新品手机智能发布会开始了，财务部的小伙伴都松了口气。

尤其是可怜的容小花：“啊，今天的天是那么蓝。”

不同以往在酒店举行的新品发布会，海声集团这次选择了宁城大学这个几百年历史的悠悠老校。

记者们早早就穿着正装入座，交头接耳在讨论今天海声集团的新产品。

无数台摄像机对准讲台，华影还安排了直播。

灯慢慢暗下来，投影屏慢慢亮起来，显出海声集团的海浪 LOGO，一身黑色牛仔裤和白色衬衫的江声拿着屏幕点控，慢慢走入大家的视线，站在讲台后面。

席间响起点点掌声。

华影坐在第一排第一个座位，她有信心地微笑起来。

作为舞台上的常客，华影主导设计了整个新品发布会的风格，从讲台的位置、帷幕、投影的背景、直播的平台到江声的发型、服装，每一个细节她都不放过。

比如他身上的这件白衬衫，就是对比了好几家大牌，挺括有型，领口和袖里才有低调的 LOGO，融入了他的书卷气，还多了几分倜傥。

她深谙此道，她的街拍，哪一个不是化了两小时的妆，换了十几套的衣服，选了几十个位置，再从几百张照片中挑出一张，经过精修后发出去。

这世界上哪有什么不经意间的完美，所有的完美都是经过缜密的思考和行动达到的最终效果。

“今天，我在这里宣布海声全新智能手机 4D-X 的上市……”

江声打开投影 PPT，开始演讲。

他对于镜头是抗拒的，华影却坚持由他来揭开海声手机的面纱。

季海原来是海声集团的核心人物，他一身西装上台，虽然上了年纪，可说话却非常有感染力，风度翩翩。

海声集团继季海之后必须有一个硬人物出现发布产品，她自己虽是明星，形象无法做到，江声却可以。

江声和季海完全是两种类型。

他站在黑色的布景前，白色的投屏灯里，身形玉立，衬衫袖翻起露出红蓝色的低调条纹和小臂，修长的手指点按向控制，一帧帧画面切过，眼神自信而清澈。

华影非常明白对媒体什么时候亮什么牌能达到最好的效果。

江声站在台上，神情自然而真诚，他已经忘记自己是在做新品发布会，他在台上小幅度地走动，点按着控制器。

在这个讲台上，他看上去像是一名年轻而热忱的讲师，传道授业解惑。

屏幕上出现新款的海声手机。

台下立即发出惊叹。

屏幕上的根本不像一台手机，和钥匙包一样小，和手表一样薄，更重要的是它的材质，像是硅胶。

“海声手机对硬件和软件都做了全面的升级，新的 4D-X 采用了太空塑胶，是一款可以折叠的手机。”

画面上开始播放视频，实验的人扭曲折叠手机屏，手机甚至能折叠到 90 度。

一个年轻人将新款手机用配置手带固定住，绕着手腕戴上。

手机变成了一块较大的手表，随意跑步、游泳，不受影响。

台下的人已经鸦雀无声。

“经过调整，我们采用了全新的波塞冬 AI1.0 芯片，不仅支持折叠、拥有更快的速度，还有更强大的处理能力，更重要的是……”

江声走到一旁打开瓶矿泉水，喝了一口。

江声就像在课堂上，喝完水，走回来，继续平静地回归话题。

现在，台下所有人没有一丝不耐，全都悉心等待着他精彩的下一句。

“波塞冬芯片是目前唯一可以支持海声手机的智能助手 SEA Assistant，你也可以叫它‘小海’的芯片。全新的小海助手将支持多频语言识别，即两人对话中能辨别谁是谁的声音。同时支持多任务对话，一句话中提出多个任务。例如你可以查询路线的同时查找收费最低的停车场和预定晚餐位置。另外，小海还可以拟真对话并进行深度思考，不同于以往问一句答一句，小海还可以自动查找思考提供更多你需要的信息。例如你预定旅行时，它会同时告诉你当地的天气，还会询问你是否需要条推荐周边的酒店。

“另一个特点是小海具有思考对话能力。它能够在你忙的时候，为你预约、修改和取消商家的服务。”

江声看向华影。

这时，华影走上台，她一身黑色 Theory 修身无袖小黑裙，戴着长坠 Dior 珍珠耳环，走上台阶间，腿白而纤直，鞋底的一抹红若隐若现。

站定在聚光灯下，更是白得发亮，美得惊人。

江声突然想到在上台前和华影的对话。

“不要紧张，就当这是在讲台，你在讲课好了。”

“你不紧张吗？”

她说：“我为什么要紧张？我一出场，该紧张的是底下的观众。”

华影站在台中央，只是一个客串，却吸引了所有人的目光。

“请帮我预约明天下午 3 点剪发。”

小海立即回答：“好的，预约明天下午 3 点剪发。”

屏幕上电话拨打中。

剪发师阿生的声音传来：“你好？”

华影甜美的声音传出：“你好，我是华影，我想预约到贵店剪发。”

阿生完全没有察觉：“没问题，华姐，您什么时候过来？”

华影的声音再次传出：“明天下午三点。”

阿生：“稍等一下。”

小海也安静地没有说话，居然像真人一般发出了“嗯”的一声。

阿生：“帮您都约好了。”

华影的声音：“谢谢！”

华影微笑着挂了电话。

屏幕上缓缓出现了日历本上新加事项“明天下午三点剪发”。

江声开口：“反之，小海还可以在你繁忙的时候，帮助你主动联系商家取消预约。”

全场安静，而后掌声雷动，观众们神情激动，虽然只是简单的操作，但大家都知道这对 AI 手机来说是多么不容易的革新，这不仅需要 AI 芯片的支持，同时还要兼备强大的算法和海量的云端数据。

华影笑颜莹然：“小海，你真是太贴心了，妈妈再也不需要担心我没有男朋友了。”

小海回答：“谢谢，应该的！”

全场笑起来，华影捂了捂嘴，故作惊讶。

观众们又笑起来。

舞台中央，华影笑着面对掌声。江声站在左手边的位置，略暗的光中，他一脸平静，这种热闹与他无关，他一手拿着遥控器，一手插在兜里，仿佛在说“大惊小怪”。

华影暗自想着这项功能倒是挺配江声这种人的，不用自己打电话，全部交给机器人解决，能想出这种发明的都是交流障碍者。

“另外，小海能够像人一样理解并向你描述一张图片。例如……”

江声点按一下，屏幕上出现华影的一张影片海报，铁路旁的经典流泪送别。

手机助理小海的声音响起来：“这是女演员华影在 2017 年上映的电影《繁花》里的海报，她在铁轨旁边流着眼泪，表情看起来有点忧伤。”

台下笑起来，接着掌声雷动。

了解手机科技的都明白，这简直不是一场新品发布会，这是一场产品跨时代的革新。

华影站在台上面上微笑着也跟着鼓掌，她一定会好好查查技术部谁做的PPT。

江声却没有表情，似乎不觉得有什么好笑，他只是在实事求是地介绍产品特性，继续翻页。

还没到最后环节，记者已经按捺不住纷纷举手提问。

江声倒是毫不在意，就像这是他的课堂，开始回答问题。

记者提出的技术问题，江声没有一丝不耐，认真回答。

话筒一转，一张年轻的熟悉的脸接过话筒，脆脆的女声响起来："江教授，市面上也有不少AI手机，主打都是人脸识别、拍照变焦，海声手机的描述识别好像有点另辟蹊径。"

华影的视力很好，一看果然是那个360度解释了"薛定谔的猫"的叫夏宇菲的记者。

江声点头："海声4D-X这里的构想是视觉有缺陷的人也能用上手机。AI技术仅用在拍照上很可惜，AI的视觉技术应该有更广阔的空间，例如教育的传播、工业和医疗上的控制安全，这些也是我们未来的探讨。"

华影突然想到难怪她给江声看波特手机时，他说可惜。

"江教授，您这次的产品在语音识别和深度思考上都做出了跨时代的研发，想必一经推出一定能引爆市场。"

夏宇菲继续说："更加特别的是听说波塞冬这款芯片是国产芯片？"

部分记者的通稿都是事先和主办方对过，抛出的问题都是顺水推舟。

只是，什么时候夏宇菲和海声集团那么熟了？

江声点头："嗯。"

他平平地讲完就不说了，之前那么多话，到这就"嗯"了一下。

华影咬着牙，接过来："确切地说，海声手机4D-X从里到外都是Made in China，事实证明国产芯片也能支持强大的手机，这是我们国货的魅力，海声AI手机是民族的手机。"

江声觉得没什么值得炫耀的，宣扬气氛还是得她来。

又是掌声一片。

夏宇菲继续说："海声集团虽然有不少高科技产品，但是一直是传统的手机电器公司。通过这次新手机，我能感到海声集团的目标是人工智能，虽然这是大势所趋，但需要巨大的前期投入，是否会有违季海总裁生前的发展计划呢？"

江声的视线终于有一秒钟在这名年轻女记者的脸上停顿，他点头，指向背后的屏幕："这也是下一个主题，我们未来的产品。"

屏幕上出现海声集团的第一台电脑、第一部手机、第一个科技手环、第一个智能音箱……慢慢地变成季海手上拿着海声手机的设计图。

照片中的季海笑容中充满信心，设计图上赫然就是今天的手机。

江声说："季海从来没有放弃这点，所有的产品，一步步的发展，都是他的心血。海声集团为此也筹备了十年，未来将会遵从他的遗志，为顶尖人工智能科技企业，将会涉及家电，家居、互联网和医疗。"江声顿了顿，继续说，"并且为了更好地履行这些，从智能芯片开始，海声集团将会成立 Research&Development 部门自主研发硬件，彻底解决供应链的问题。"

原来这才是他回国后一直在默默努力的东西。

但显然，这并不在海声集团的预计之中，江声先斩后奏，股东席突然哗然。

江声继续说："无法像人一样体贴思考带来便利的手机并不能称为 AI 手机，好的人工智能并不是花哨的噱头，而是简易操作，改善甚至改变我们的生活方式，AI 科技并不高冷。"

江声一句话枪毙了市面上一半的假装智能手机，甚至众多智能电器，就不怕其他电器商买凶杀他？

华影头疼地赶紧接过来："未来我们会继续努力。谢谢大家的支持和厚爱！"

说完，江声点按了一下，屏幕上出现季海第一次海声手机发布会的照片。

华影长时间转过头，才能使自己控制住表情。

江声也侧着脸看着屏幕中的季海，眼神忧伤中却带着坚定。

这，才是季海真正的告别会。

台上，灯暗了下去。

台下，响起了掌声。

接着由李汉卿上台为大家讲解产品细节，周旭做最后的总结。

胜局已定。

海声集团新品发布会后，就像列车重新回到了轨道，甚至更加快速，海声手机一夜脱销。

而最大的功臣就是一战成名的江声，收割了无数女性粉丝的同时居然收割了同样庞大的男性粉丝，海声集团的标杆人物。

李彦和华影八卦："你知道今天直播的观看率是多少吗，1000 多万，大家都说江总是中国乔盖，年轻有为，博学英俊……"

"什么乔盖？"

"乔布斯和比尔·盖茨的合体啊！"

华影很是无语。

“媒体都说海声集团是国货的荣耀，萌萌哒网站上手机补货都被抢光了，今天海声集团的股票涨停了，大家都说明天还要继续涨呢！”

华影鼻子哼气：“那都是因为我，因为我，没有我的策划，有他什么乔盖，还顶着个鸟窝头当怪里怪气的书呆子乞丐乔峰呢！”

“对对对，当然是因为您，您是最大的功臣！”李彦赶紧说。

华影想着毕竟她也有好处，她很快就可以去付剩下的赔偿金了，也就算了。

就连李诺都打电话给华影，华影本以为他是来催债的，谁知道李诺态度无比之好：“亲爱的，咱俩谁和谁，不谈这事，你帮我问问江总有没有兴趣参加一个访谈节目，看在我和你的交情，帮我一定要问问啊……”

因为对李诺仅有的残存的情谊，华影撕下面膜，放弃她 1.5 倍速的手机电视往二楼走去。

江声住在二楼，她住三楼，恰巧是正上方的位置，垂直距离不到 3 米，却向来都是井水不犯河水，她走上三楼的时候都是目不斜视的。

二楼除了江声就是季白的房间，季白住校，只有江声的房间有细碎的光透过门缝倾泻出来。

华影里面穿着真丝长衣长裤，整了整身上披着的家居格纹披肩，然后敲了门。

“进来。”江声的声音传来。

华影推开门走入，瞬间就被明亮的灯光笼罩。

季家的卧室全部是自带书房和洗手间的套房，卧室在外，书房在里间比较小。

华影的衣服鞋包连房间外的步入式衣柜都不够放，自从搬进来把书房征用成了换衣间、储物柜。

然而只有一块天花板之隔的江声的房间，他却把卧室变成了书房。

华影好奇地想窥探下里面的套间，这么小怎么能摆得下床？

她并不知道的是，江声每天只睡 4 小时，对于睡眠的要求只是环境安全舒适，反而越大的床、越奢华的环境对他才是灾难。

但他却对工作环境极其挑剔。

华影打量着江声的房间，除了靠窗和书柜的一面，另一面墙都被他改成了白板墙，上面从上到下写着密密麻麻的英文和公式，对华影简直就是天书，看了都要晕吐。

华影好奇地抽出一本书，再看看书柜。

书柜纹丝不动。

“你在干什么？”江声不知什么时候从面对白板到转过头来。

“那些高科技狂人的住宅不是有什么密室机关、机器人、控制台之类？”

“哦。”江声若有所思，“是，我还改造成了太空舱，随时就可以起飞了。”

华影：“真的吗？”

江声面无表情：“你真信？”

华影扼腕，失策，她一世聪明居然被这种人骗到。

江声走过来不知按开什么开关。

华影回头眼前一亮。

身后的操作台上灯亮起来，上面放着一座乐高城市，从广场到咖啡店、百货店、杂货店，应有尽有，外围由一圈起伏的火车轨道包围。

华影并没有多喜欢乐高，因为她永远没有耐心一个个去拼，而且她总觉得是给孩子玩的。

但当一个个建筑都连接在一起，变成一座小小的城市，这就很值得赞叹了。

“这也太厉害了！”

江声走过来，拿起遥控轻轻一按，街道上的灯突然闪烁起来，一台子弹列车在轨道上有序运行起来。

华影开心地拍手：“好棒！”

她就像个小朋友，玩具一动起来就开心得不得了。

江声也不知不觉地笑起来。

她蹲下身，仔细盯着运行的火车，才发现里面还有小人，再看看街心广场每栋楼、每个房间里都别有乾坤，街角还摆着小人和小摩托，广场上有长椅，有遛狗的行人。

华影兴奋地拍着旁边江声的肩膀，指着小楼露台上正在喝咖啡的小人：“我喜欢这个，这做得也太细了吧！”

她一脸赞叹地转头，却突然发现和江声正并排蹲在一起。

江声的皮肤在灯光下很是细嫩，连毛孔都没有，眼睛里带着熠熠的笑意，像是一个被讨好了的大男孩。

火车还在隆隆地开动，明明是很亮堂的房间，却感觉眼睛里只有这个人，其他的都暗淡了。

街心广场上钟楼发出当当的声音。

两人才缓过神来立即站起来。

华影裹紧自己的披肩，有些尴尬。

江声两手拿着遥控器，走回白板前面，盯着公式，第一次他努力地把自己投入进去，才不会想去触摸衬衣上她拍过的地方，有些热。

“你找我有什么事？”他开口。

华影非常庆幸他转移了话题：“我原来的经纪公司托我邀请你参加个采访

节目。”

“不去。”

果然江声断然拒绝。

华影耸肩，她不是个求人的人，为李诺求江声更是不可能。

“OK！”

她看到江声的桌上摆着厚厚的书和讲义，第一本是《演讲的艺术》。

原来天才也是需要做好准备的。

华影拿起来翻了翻，英文，天书。

既然拿起来了，她就要故作很懂地翻一翻，头大：“看这个有用吗？”

旁边倒是有笔记：“适当的调侃可以增加幽默感，从而促进顺畅的交流。”

江声回想了下华影的表情：“有用。”

华影：“呵呵……”

她翻到下面的讲义，标题是一串英文，她只看懂了两个字“AI”，当下决定不再拿起来。

她从麦克那知道即使天才如江声，都在远程跟着导师攻读第三个学位。

几次很晚她路过江声的房门都看到他的灯一直在亮着。

她随手翻了翻江声的笔记本，上面都记载着每天的学习工作进度，和第二天的计划。

“哦，原来这就是你的微博啊！”

江声挑眉。

华影指了指笔记本：“我每天发微博记录生活给粉丝看，你每天也记录啊，你的微博倒是挺无趣。”

江声收起笔记本：“不，这是我写给自己的。刚开始进行研究时，我发现如果数据有问题，同组人员都会相互质疑，推卸责任，很难找到错因。用 time line 记录下来，一是在不知哪个环节出错时至少能知道是不是自己的问题，二是方便观察效率。”

学霸就是学霸，日记本都变成报告本。

她内疚最近给财务组造成的困难，问道：“你上次和我说过，拿手的事做不好就做基础的事，基础的如果还做不好呢？”

“那就去学习。书籍、学校、网络课程，这个时代有那么多方式，总有一个适合你的。对了，尽量不要相信网络上的答案，尤其是不要钱的那种。”

“可是我要上班，还要健身啊美容啊看看电视啊，这些都是不能减少的，每天都那么忙了，哪里还有时间学习？”

江声斜眼看了眼华影：“把手机锁起来，应该有很多时间。你的手机给你推荐的都是你狭义的感兴趣的东西，顺着你的 taste，还有很多隐形垃圾广告，你越沉迷手机就反而离目标越远。”

华影心虚地把手机藏到身后。

“再不行就少睡一点。只要你想就有地方学，只要你想就有时间学，不要给懒惰找借口。”

似乎是觉得和她说话真的是在浪费时间，江声转头看白板：“你已经占用了我宝贵的 10 分钟。”

华影：“不就是 10 分钟，你的 10 分钟都不够我洗个脸！”

江声叹了口气：“然而我刚刚一晚上理清楚的思路却要重新想一遍。你可以走了，请用为数不多的脑细胞好好地思考下，我这十分钟，如果不能帮到你，才是真的浪费……”

门“嘭”的一声被关上。

江声回头，华影已经走了，江声苦笑着看了看手里还捏着的遥控器。

这女人惯是会得寸进尺。

华影回到楼上，气得把自己抛进床里。她躺在床上，手机跳出提示，她的节目刚刚有更新。

她本来想点开的，突然想到地板之下，江声还站在白板前思考的身影。

拿起手机，发消息给李彦：“亲爱的，帮我看下有什么好的管理类书籍和课程（飞吻）。”

李彦秒回：“谁要？”

华影：“我！”

李彦：“被盗号了？被盗号了？快把账号还给她！我付你钱！”

…………

第二天一早，华影就在邮箱里收到一封来自江声的邮件。

寄件人“海声集团 Sheng J.”。

华影边说着“老土，这年头还发邮件，不能用微信”边打开邮箱。

标题是“Study Notes”（学习笔记），内容发了一堆的书单和视频链接、网络课程名单还有几所大学的旁听课单，并且江教授每一个都按实用性、内容、难易程度等按红黄蓝绿紫打了分级，做了点评。

果然是不能用微信解决。

末了总结建议她去报个学校比较好。

华影回信：“收到，谢谢（笑脸）！先从看书开始，我能自学成才。”

意思是您老甭操那个心了。

她很快就收到回信。

寄件人“海声集团 Sheng J.”回复“RE：Study Notes”：

“Noted，自学成才这种事是针对有自控能力和有一定自主学习能力的人，且对智商有一定要求。”

华影反复看了看，同样是收到，为啥 Noted 就比她的要高端要可恨呢？还有什么叫对智商有要求！

虽然是这样，想想自己从来都不曾有过的自控力，她还是去报名了基础管理的课程。

当收到一长串的书单和天书一般的课程规划时，华影觉得噩梦重演，她又一次回到了与可怕的文化课斗智的时代，还是自己找的。

她不由得充满怨念地诅咒江声，今天喝水被噎着，吃饭被烫着，手机全天黑屏，诸事不顺！

华影的诅咒算是搬起石头砸自己的脚。

今日热点推送：

“汉奸”教授江声一夜翻身成为民族企业家，今天就来说一说你造下的孽。

推送消息上说江声去美国前，在国内大学执教时，教学态度极其傲慢。

据视频上当时的学生打着马赛克的控诉，江声经常在课堂上辱骂学生说他们笨，不配他教。江声一直崇洋媚外，看不起中国学生，最后断然辞去职务投靠美国大学了。

大 V 也出来爆料：这次江教授是被美国大学开除回来的。

这条消息，像一道闪电劈中了冉冉升起的国产新星——海声集团。

然而，如此爱刷手机的华影，此时并没有机会看手机，她的母亲华兰大人亲自带着律师信杀到海声总部。

还好李彦提前把华兰截到华影办公室。

华兰将律师信甩在华影办公桌上，果不出所料，是告海声集团侵犯她名誉权，要求海声集团立即停止代言人并且赔偿一个亿。

华影哭笑不得："我人都在这里，你这样告是不是碰瓷？多不好看啊！"

"你也知道不好看？我让你去王导那，你直接给我打电话给人家辞演，我的脸都给你丢尽了。"

"我承认这件事情我也不对，你告海声，我也有股份啊，自己告自己，自己赔自己，多麻烦。我把私房钱都给你，就当我付的赔偿金，精神损失费，行了吧？"

华影知道自己亲娘吃软不吃硬。

华兰冷笑："你所有的账户都是我帮你在管着，你背着我藏了私房钱？"

果然华兰一出口就很致命。

"没有，没有，绝对没有。"华影就差没有对天发誓。

片酬的进账，所有的账户全都是华兰在管，她有多少钱、用了多少款，项华兰全知道得一清二楚。

原因很简单，华兰觉得华影这种傻姑娘，要不就是把所有钱花在小白脸身上，要不就是卷着所有钱和小白脸私奔。演艺圈的小白脸那么多，她一定要看看好，从源头上杜绝悲剧的发生。

华兰理理头发，自认为是放低了姿态："你那么想经商，我也理解，我和李诺商量了下，给你也弄个公司……"

"你这次又想干什么？"

华兰前前后后开了七八个公司，都没有一个赚的，还赔了一堆，华影一听她说直觉不大妙。

"和以前不一样，这次让你做大股东，你说什么就是什么。你赶紧和海声集团断绝关系回来，李诺还给你留着一个大代言呢。"

“不可能。”

“你到底想要怎样？”

长得那么相似的两张面孔，却僵持起来。

这一刻，华影从来没有如此感激李彦冲了进来。

她深情款款地看向李彦，果然是知己，然而李彦下面的话让她瞬间垮掉。

“江总出事了，快，你看下手机。”

华影打开手机，华兰上前也看到新闻。

华兰不出所料地一笑：“我早和你说过，这小子靠不住，趁事态没有那么严重，你赶紧……”

华影已经快步往门外走了。

华兰最近已经觉得和华影越来越远，也气势汹汹地上前一步：“站住，你真是越来越让我失望了。”

她的眼神也如是说。

华影即使算到华兰会阻拦自己，却无法料到她的话对自己已经有这么大的杀伤力。

她拉住门把：“这也是我想对你说的话。”

她转过头对李彦说：“送华女士离开。如果她不走，可以喊保安。”

她转头打开门走出去。

李彦向左边看着华影的背影，又向右边看看华兰冒火的脸孔。

华总今天真的是很不怕死，可是为什么要她来善后？

“喂，能不能叫保安来把我自己带走？”

华影直奔江声办公室，却被告知他去了餐厅。

最终，华影在研发部的餐厅找到了正在进餐的江声和李汉卿。

海声集团的员工不叫这儿食堂而叫餐厅，员工餐厅窗明几净，现代化流线设计，非常简洁，配置了咖啡机和投币饮料机，甚至为研发部的宅男们添加了烤肉吧。

江声向来都在员工餐厅吃饭。华影平时喜欢和李彦在顶楼外卖尝试网红餐厅，她喜欢优雅的环境和各种新花样的食物。

考察员工福利（其实是自己好奇）的华总参观了下食物种类。

华影惊讶地发现员工餐厅好像品种也很多，每种食物的餐牌旁甚至都标上了颜色，蔬菜类是绿色，鱼类豆腐等高蛋白低脂食物是黄色，油炸食物等高热量食物都是红色。

华影立即就想到了江声发给自己的标注难易自学程度的资料。

她可以用自己这张脸担保，这食品红绿灯绝对也是江教授的手笔。

已经是下午两点，海声集团的员工工作就餐时间并不固定，此时还有不少人。

从未来过餐厅的华影走进来的一刻，大家就开始躁动起来，有几位技术员的盘子差点撞翻。

粉丝养成专业户华影亲切微笑着和大家打着招呼，时不时还问几句“吃了吗”。

华影寒暄着，很快找到目标。

在成群结队就餐的桌子外，有一张靠着落地窗户的桌子，方圆三米无人敢坐，三米以外全部由女性员工面露红晕的包围。

桌子两端坐着江声和李汉卿。

已经到了初秋，外面的阳光洒下来，金黄的树叶好似萌动的春心在枝头轻轻颤动。

一个金发碧眼的外国男子和一个俊秀隽气的中国男子对坐着。

仿佛一帧电影海报，如此的激情四射又秀色可餐。

两人边进餐边侃侃而谈，就连他俩面前的叉烧三拼饭和三明治都变得逼格满满。

谁知道，当华影慢慢走近。

却隐约听到：

“NASA 最新……发现……孤立……中子星……”

“中子的衰变和暗物质无关。”

“要不要打赌？”

“赌多少？”

“这次的智能纳米芯片，十天交货。”

“不可能，我这十天连看小泽玛利亚的时间都没有了。”

“那认输。”

“赌就赌！”

这两个白痴。

华影站在桌子旁边，简直想为三米外的女粉丝替天行道灭了面前这两只。

李汉卿见是华影，果然眼前一亮。

“密斯华，你也来这吃饭，快坐。”他让出自己旁边的座位，还用餐巾纸擦了擦。

“谢谢！我坐这。”

想到十天的小泽玛利亚，华影笑着毫不犹豫地在江声旁边的座位坐下。

她优雅地双膝交叠，将手机新闻放在江声面前。

江声只是平淡地看了眼，继续拿起三明治。

华影问："你难道就没有什么解释吗？"

李汉卿凑过来，读完大笑起来，他摇摇头。

"他解释什么？因为他就是这样的人啊。华大谁都知道 Professor Jiang 上课从来不回答愚蠢的问题，一般一学期全班只有一个学生能听懂他的课，他点名回答向来只点这一个人，全班人一学期下来只记得那一个人，关键他依然记不住名字，取名 NO.1。"

李汉卿指着江声："这家伙第一讨厌人愚蠢，第二讨厌东西脏，第一、第二的位置可以按照心情互换，排名不分先后。"

"哈哈哈！终于有一个充满勇气的学生上节目控诉你了，我等这天等很久了！"李汉卿拍着桌子，笑得叉烧饭都上下跳跃。

华影简直不能理解江声这种人是怎么能存活至今的。

其实答案很简单，聪明有颜，任性啊！

到底被迫上了一条叫海声集团的船，华影还是有耐性："我必须了解到底发生过什么，才可以找媒体朋友给你洗白。"

李汉卿："他本来就很白啊！"

江声："洗白？怎么洗？用碱洗还是用酸洗？

华影咬牙微笑："我建议你可以烧掉那本什么《演讲的哲学》。"

"《演讲的艺术》。"

华影强忍住掀桌子的冲动："解释！"

江声放下手中的三明治："拿到第一个学位后，因为季海的鼓励，我尝试回国教书，这的确是很有趣的经验。"

他像是陷入回忆："当时我教的班是大一的物理系，也就是说以后都是以物理学为职业的学生……"

华影："谁告诉你的，很多人的职业都和学的没有关系。"

江声："哦，真的吗？难怪……"

"难怪什么？"

"有一次教电磁感应，我问光子是什么，大家都背得滚瓜烂熟，甚至连普朗克常数都知道。然而当我问光子到底有多大，光子究竟是波还是粒子，就几乎没有人敢回答我了，没有一个人愿意尝试。"

华影如果不是公众人物真的要翻白眼："谁让你问这种问题，你好好教书不可以啊，当人人都是物理学家吗？"

江声看着面前的咖啡这样说着，耸耸肩，带着三分傲气、七分无奈。

"后来我发现，这些学生，每一个人都像一台精密的电脑，只有键入了关键词才会有所回应。对于书本，背得滚瓜烂熟，却不想书中的结果都是来自假实验，并没有人弄个小球让它滚下去，而且即使自己去做实验，除了书上所说的误差，还有小球自身来自惯性的旋转。课堂上学生从来不举手问问题，也很少回答问题……”

华影没好气：“即使问你，你也不会回答。”

“不，我不回答并不代表可以不提问，连提问都不会是学不了物理的。”

李汉卿挥舞着筷子：“看，物理学家都是一群矛盾的疯子！”

华影：“那你也不能说人家愚蠢。看不起人。”

江声：“我不会看不起不懂的人，只会看不起不懂装懂的人，科学容不得一丝糊弄。”

华影：“那爆料说你是被辞退的呢？”

江声皱眉：“不是。”

李汉卿一边听得津津有味地吃着叉烧饭一边说：“这个我做证，真不是这样，太不可靠了，他这种人只会因为办公室太暗，厕所太臭，餐厅盘子没有洗干净，经费拨给了我没有给他这种事情把学校炒了。”

华影想到曾经偷瞄到江声电脑里有一封带着校徽的邮件，正想开口。

前面屏幕突然放到波特手机的广告。

在海声的折叠新手机发布会后，波特手机快马加鞭推出了纳米手机。

据说是采用了超薄、超小芯片，一个月内连出两款手机，也是被海声手机给逼急了。

谢天谢地的是孟惊涛终于意识到自己的尴尬，找了女星刘蓓拉来做代言人。

刘蓓拉也是李诺公司的艺人，华影的师妹，她比华影小三岁，长得比华影略英气，少了几分美艳。

华影息影后，刘蓓拉接了不少华影的代言，对外宣传是华影的接班人。

这就有点让人很不爽了。

华影眯着眼全程看完刘蓓拉的广告。

她的心情就在警戒线的边缘徘徊。

“刘培拉啊，我也挺喜欢她的，她长得很漂亮哦！”李汉卿对着电视捧腮。

果然鬼佬的话都不可信。

华影笑眯眯问：“是吗？那我呢？”

她手肘支在膝盖上，鹅蛋脸支在手心，脸上在笑，仔细看却不难发现眼里的小火苗。

李汉卿毫不犹豫回答：“当然是你漂亮。哦，哈利，你看看我真诚的眼睛！”

李汉卿扒拉自己的下眼皮。

华影镇定地忍住，侧过头问江声，她柔柔地开口："你觉得呢？我美吗？"

她左边的侧脸曾经被评为世界上最好看的前十面孔，眼如春水，鼻梁挺拔，鼻头小巧，英气和柔美兼备。

"那要看和什么比？"江声沉思了一下说。

华影心中不满他的沉思。

江声回答："和她比，你美。"

华影的脸一下子就亮起来。

"和牛顿万有引力定律、欧拉方程、Dirac方程比，恕我直言，不及她们。"

还一次来三个，都比她美。

华影这辈子从来都没有受过这样的侮辱，说她什么都可以，但是不能说她不美，尤其还把这么多鬼东西排在她前面。

她直接冷冷地站起来，走了。

李汉卿咽下嘴里的叉烧，开口："你有病吧，一堆冷冰冰的公式，能和活色生香的大美人比？"

江声很认真："公式怎么不美？产生美的条件有两种，一种是纯粹为了自身的优美而产生，另一种是为了解决实际问题而产生。这两者的美在于两个条件都达到且无法判断差别，满足数学形式简单的同时又有广阔的物理内涵，宇宙万物没有比这更美。"

李汉卿对江声说："我自从来了中国就感叹中国文化的博大精深，尤其是兴起网络文化，用词快狠准，你这种情况其实可以用三个词解释……"他忘记了，低头翻手机，"我来找找！"

江声早就拿起托盘站起来，走了。

"对了，这个，注孤身！你应该学学我……"李汉卿抬头，"咦，人呢？"

爬高踩低这种事情，演艺圈不少，商界更多。

董事会召开关于AI芯片研发的讨伐。

"波特手机已经砸了几百亿、几千亿在研发费上，还不是没有研发出来。我们的软件技术已经秒杀波特了，硬件嘛，明明有现成的国外芯片不用，国内搞研发的多着呢，一个个都死得很惨。搞这东西纯属烧钱。"

"研发是需要长远的事情，季总在的时候就没有这么做，现在我们还是保守一点。"

"对，我也不同意。江总啊，到时候要是数据不好看，我们可以有提醒的啊。"

董事一个个都是不赞成的声音。

这些老江湖，海声手机发布会的时候一个个鼓掌比谁都热烈，到江声出事了，就迫不急待地撇清关系。这时候来说几句啊，到研发泡汤的时候，也好说自己也是提了意见的。

华影冷眼看着这些董事，她太了解这种套路了。

但是，她特地上网去搜索了下，鉴于江声竟然敢说她没那些长得跟天花板纹路一样的函数美，事关尊严和自信的问题。

就让他最美丽的牛顿去解救他吧。

江声并不知道华影心中的想法，他平静地说："每年出货超过1500万台以上的智能手机企业，都会遇到供应链问题，甚至还会被竞争对手背后下刀子，彻底解决供应链的问题就是自己接手，不然换芯事件绝不会是最后一次。"

"别人做不出来的东西并不代表不存在，我们的头脑和技术没有一点比国外的差，缺的只是自信。"

江声对技术的执着可以和华影对美貌的执着抗衡。

最终，董事会还是同意保留研发部，但是预算砍半。

其他的主管相当满意，因为减少的预算总是会落到自己头上，这时候该周旭和李汉卿跳脚了。

周旭问江声："研发部还有一半的技术人员没有招，现在怎么办？"

李汉卿指着白板上贴着的一张张N次贴："我要回美国了，你看看这些tasks，现在的人手这么少，你还让我十天完成给你，不可能，给我一年都不可能！"

他说完就揉着头发开始在白板前来回转悠，像一只陀螺，突然停下来扒着自己的眼皮。

"你看看，我的黑眼圈。那个谁，艾米，你上次给我推荐的眼霜呢？"

"我给你推荐……"

华影还没有说完，李汉卿跑向女同事聚集的方向消失了。

华影回头看向白板上密密麻麻贴着各种颜色的小方纸N次贴，至少50张。

"这是什么？"

周旭答："研发部才开始建立，并没有明确的分工，将所有的工作流程写下贴在板上，每个人挑选拿走自己最擅长的，完成一项后，继续去拿第二张。"

华影点头："我懂了，这和我们剧组的拍摄通告差不多，每天有什么场景，都要先列出来。"

李汉卿突然回来，哀号："是啊，剧组有那么多人，你看看现在我们研发多少人。"

他指着江声："还因为这个人士气大减，有些员工已经开始浏览猎头网站，我还为了你抛弃了华大。你，你简直就是一个负心汉！”

华影：大哥，负心汉是这么用的吗？

不远处的员工区，员工们有些懒散。

突然，一只修长的手横出揭下一张蓝色纸片。

江声手中拿着纸片，面无表情地转身。

华影：“你去哪？”

江声转头：“与其担心地在这哭喊，不如先把我擅长的事做好，毕竟我还懂点技术，不是吗？”

在一群员工惊讶的眼神中，江声衣袂飘飘地走向一个工作台开始工作。

李汉卿摸摸鼻子，也灰溜溜地扯下一张纸片去工作了。

不一会儿，周旭笑着说：“你有没有发现这些员工反而比之前认真多了。”

华影认真地看了下，员工们全都被坐下来认真工作的江声吸引了。

“不愧是江总啊。”迷弟周旭神情感动地说。

默默地，华影转过脸，认真研究了下白板上的工作条。

没有一个看得懂，伸手也没用呀，她还是回自己办公室吧。

可能是被江声这种慷慨就义的精神点化，文化课费老劲才能及格的并且发誓再也不踏入校门的华女神，出现在了宁大的商科补习班。

华影作为公众人物，李彦已经学会了最大限度地让她少接触人群。

李彦按照江声的名单为华影报名了最贵的宁大的精品补习班，非富则贵，并且有学员身份限制，一个班上不超过 10 名学员。

但是当华影脱下帽子和墨镜，还是引起了不小的骚动。

很快，就像往常一样，又是她一个人独占一个角落，大家都会暗暗地观察她、偷拍她，但没有一个人敢靠近她，像她就是动物园里的狮子一样。

华影已经习惯了这样的校园生活，她暗自叹了口气，却还是要摆出最好的姿态，毕竟这些偷拍和观察不知道哪天都会变成某件事的实锤。

“华总，你也在这？”一个声音响起。

华影心中想着不怕死的来了，微笑着抬头，一张年轻的笑脸。

“你好，我是夏宇菲。”来人对华影笑着伸手。

虽然长相并没有那么出众倒是落落大方，华影欣赏这样的姑娘，也伸出手。

“我可以坐你旁边吗？”她问。

华影将手机和书往旁边挪了挪。

夏宇菲摆放着笔记本电脑、书、纸、笔，还有黄色荧光笔、N 次贴……

这是江湖中学霸的八卦阵啊，华影这种学渣顿时刮目相看。

夏宇菲布阵完毕："华总，也是来上 EMBA 的吗？"

这个班是 EMBA 的基础课，一般都是教授推荐来补习基础。

华影内心说："呵呵，什么是 EMBA ？江声到底给我推荐了什么鬼？"

一节课上完，华影看着空空的课本，再看看旁边夏宇菲已经记录了一个 WORD 文档，书上全是黄色的荧光标记。

夏宇菲转头问华影："你觉得这个老师怎么样？我觉得挺棒的。"

这就像回到了学生时代，她的同学考完试一个劲地拉着她对答案："这题是不是选 C ？"而全然不顾她是交白卷的人。

华影把头发撩到一边："呵呵，反正我觉得所有老师都一样。"

对她来说都一样，听不懂。

夏宇菲双手捧腮："姐姐，你好厉害！"

一节课下来已经变成了姐。

华影微笑着看一脸崇拜的夏宇菲。

夏宇菲："姐姐，这楼下有家才开的甜品店，卡座的隐蔽性也很高，我请你吃甜品？"

华影："不用，我请你。"

说不定以后还要抄人家作业呢，对吧，先打好关系。

甜品店的包厢里，夏宇菲点了一杯气泡水，华影点了一被咖啡和一块拿破仑蛋糕。

夏宇菲一脸欣羡地看着华影面前的蛋糕："真羡慕您，现在这个点吃蛋糕还不胖。"

华影看看外面，只是下午而已。

"我等下还要去锻炼，你要来点吗？"

夏宇菲摆摆手："不不，我是易胖体质。"

华影也不多说，开始享受咖啡、蛋糕，决定以后每次上课前都来买杯咖啡，远离她一听到老师开口就想打哈欠的魔咒。

夏宇菲欲言又止："我看到最近的消息了，江教授没事吧？"

华影觉得有点儿意思，这个夏宇菲从第一次回答那什么猫起就难以掩饰对江声的崇拜。

"你好像很关心他？"

夏宇菲脸红："当然了，我是财经的记者，海声手机现在可是金融和科技版都追捧的，我很关注海声手机的动向。"

华影往椅背上一靠，有点儿没劲。

有些姑娘，她只要一开口，你就知道这辈子或许都无法成为朋友。

华影放下勺子："亲爱的，如果你再这样说话，我们这辈子都没法对彼此说实话了。可以换种打开方式吗？"

"例如？"

"例如，我并不喜欢人家喊我姐姐，你可以喊我华影，我也可以喊你宇菲。例如我其实并没有听懂才觉得老师都一样，不是厉害。例如如果你想说我不在意保养，也可以直说，那我会告诉你，这是我这个月的第一块蛋糕，我决定犒劳自己一下。例如如果你很关心江声，虽然我会觉得你崇拜他是很奇怪的事，我也会好好告诉你他现在怎么样。"

夏宇菲一脸惊讶地捂住嘴："你……你和传闻里一点都不一样。"

众所周知华女神最不可能得罪人，尤其是记者。

华影耸耸肩，或许是因为不用在乎了，或许是被江声这种人传染了，或许她觉得眼前这个可以直接上来和她打招呼的女孩可以成为朋友，或许她现在觉得交朋友的时候做直白的自己更加快乐。

"所以能好好说话了吗，要不要知道江声现在怎样？"华影眨了眨眼睛问。

夏宇菲捂了捂心口：怎么办，明明觉得江声最帅，却被一个女人电到。

听华影说完，夏宇菲斩钉截铁："绝对是污蔑！"

她说："我们当学生的时候谁没有被老师骂过，只有有本事的教授才敢这么骂学生。江教授那么聪明，他就是觉得所有人是笨蛋，那也是应该的。能成为他的学生不感恩戴德祖上烧高香，还要跳出来指责他，真是太卑鄙了！"

华影一脸吃惊："你这粉丝滤镜是墨镜吗？"

这姑娘完全是真爱至瞎，粉到丧失理智啊！估计江声让她现在跳河，她都会毫不犹豫地问跳哪一条。

夏宇菲看着杯子，有点儿犹豫，还是开口："江教授在国内的时候，并不是因为崇洋媚外才到美国去，当时是因发生了一件事情。江教授当时有一篇论文是准备刊登在科学杂志上的，但是他坚持要将帮他做研究的学生的名字都放上去，并且放在第一署名。用他的话来说因为这些学生才是做出贡献的人，自己只是主导者所以是通讯作者。但是院方不同意，还要他加上另一个并没有怎么参与教授的名字。江教授断然拒绝了，坚持发表了论文，惹怒了院方。"

华影想这的确是江声会做的事情，如果是她的话，加一个名字就加一个名字，还人情嘛。她问："这你是怎么知道的？"

夏宇菲有些不好意思："因为我爸也是学校的教授。当时闹得挺厉害的，慢慢到现在大家才接受团队合作，多署名才开始普遍，现在论文署名都不敢再随便干这种事了。但在当时，携带关系是心照不宣的。这件事要不是我答应我爸一定会保密，早就写出来了。像江教授这种坚持把自己学生放在第一位的教授是第一个，特别值得尊敬。哎，我不懂怎么会有人去污蔑这么正直的教授。”

华影沉吟：“时间这么久了，只有校方知道，也没有证据，所以我们并没有办法证明江声是因为署名问题才去了美国。加上他现在还被说是被华大开除的。”

“我也不相信江教授是被华大开除回来的。江教授这么可怜，这么善良，要是让我知道谁陷害他，我一定撕撕撕，撕了他！”

夏宇菲将纸巾撕开，一下，两下，三下……

华影看着已经撕成一根针的纸巾，默默吸了口气：“我们说的是同一个人吗？江声哪里可怜，哪里善良？”

“你不知道吗？江教授很小的时候父母就死了。他性格沉默被认为是自闭症，才5岁就被亲戚一个人丢在街头。据说被找到送到孤儿院时，他一个小孩背着小背包走在街头，背包里只有一张字条介绍他的身世。”

华影沉默。

“你说，江教授能有今天的成就是不是很厉害了？”夏宇菲说的时候眼里有泪光闪烁。

华影想到一脸高傲，满口爱因斯坦、相对论的江教授，顿时有点煞风景。

虽然这样，华影还是得承认：“你说得没错，江声肯定是被污蔑！”

夏宇菲握住华影的手：“你也这么觉得，我们一定要帮帮江教授！”

华影瞪着这双过于热情的手——她是很记仇的好不好，谁要帮一个说自己丑的人。

记仇归记仇，华影第二天还是为研发部的人订了咖啡和蛋糕，她和李彦带着人送过去。

华影不会放过任何一个亲民外交的机会，为了表示热情，她还涂了刚入手的限量橘红色口红。

她和李彦在聊天：“这款口红还是涂浅点好，更能承托我亲切可人。”

李彦：“不，厚点好。”

“为什么？”

“厚点更妖艳，符合你的气质。”

“我现在是总裁了，必须要有威严。”

谁知李汉卿远远接收到“妖艳”“亲切”“可人”这些关键词，立即狗腿地凑上来，赞美华影：“密斯华，你今天是不是换了头发，很美喔！”

李彦嘲笑他："你这中文，不中不洋，明明是换了发型。什么叫换了头发，难道华姐戴了假发？是换了发型，不过，你马屁也没拍对，她没换发型。"

李彦自从被李汉卿认成男人就结下了梁子。

华影已经习惯了李汉卿的中文，微笑："没关系，我能听懂，事实上我的英文也不见得比你的中文好。我只是涂了口红。"

到底是情商高，一句话就收服人心。

李汉卿抓抓头："是吗，我也觉得，你其实不需要涂口红，自带 Photoshop 修改效果……"

华影捂住头，理工男夸起人来的确是让人有点尬，她突然想到了件事问李汉卿："你电脑很好吧？"

李汉卿心想："我是计算机科学的教授，女神问我电脑好不好，什么意思？我又不能说她是侮辱我。"

李汉卿摸不着头脑，只有忍辱负重般地点了点头。

华影偷偷把李汉卿拉到一旁："那……黑进别人邮箱，你会不会？"

李汉卿神情复杂。

华影有点拿不准："是不是很困难？那就算了……"她有些失望。

"什么？不，一点都不困难，简直是小菜一碟！"李汉卿赶紧说，"你要黑谁的邮箱？"

华影余光看到江声朝这个方向走过来，她微笑着拿出手机："我们加个微信吧？"

李汉卿：幸福来得太突然，这么快就可以看到女神的朋友圈了！

江声晃晃悠悠地走过来，如果凑近点儿会发现他的眼睛是闭着的。

华影问李汉卿："他怎么了？"

李汉卿神情有些激动："对了，生姜他正在创造纪录。"

"江总又完成一个 task。"门口跑进来一名抱着手机的技术员，神情难掩激动地跑向另一名捧着笔记本的技术员。

华影侧了侧身，查点被撞到。

平时见了她都脸红的宅男技术员，竟然如此无视她。

华影问："什么纪录？"

"最长不睡觉的纪录和完成最多任务的纪录。他已经连续三天没有合眼了！"

江声闭着眼睛像梦游一样走过来，到了白板前能自动识别般地睁开眼睛，撕下又一张纸片，继续闭着眼睛走回去。

华影惊讶地看着他。

在李汉卿眼里，江声的牛气绝对比不上华影的美貌，他转头垂涎华影，还不忘记拍马屁："你涂口红也很好看。口红里虽然含铅，但是很多东西里都含铅，你知道糖果里也含铅，口红含铅量是糖果的100倍，美国食品安全FDA对含铅有监管。而且，我们都知道有谁会把口红当糖吃，哈哈哈——"

李彦斜眼："喂，你往窗外看看，能看到什么？"

李汉卿："什么？什么都没有啊！"

李彦点头："当然没有，因为天已经被你聊死了。"

江声和华影擦肩而过的时候，华影喊住他："喂。"

江声在华影面前停下，他闭着眼睛停的位置有些近了，能看到白皙到没有毛孔的皮肤，和长密得吓人的睫毛。

华影妒忌地想着不是说熬夜都伤皮肤吗？

江声突然睁开眼睛，两人突然对视，电光石火，华影不知是不是被吓的，心脏一顿，又猛烈跳起来。

江声仿佛机器人般地转头，焦点在华影的唇，他叨念："口红膏状物里除了有铅，还有油脂和色素，深红色色素来自成千上万被蒸汽烫死的胭脂虫虫体被干燥后磨成的粉末……"

华影才抹的限量版口红，却被江声抢走风头，加上他念叨的一头火。

她想了想，勾起红唇，嫣然一笑："江总，你知道，一般因为口红中毒的可不是女人……"

"谁？"

华影竖起食指放在唇边，轻轻抿唇嘬了下，"么"的一小声。

娇艳柔软的嘴唇，像蝴蝶亲吻花蕊一般，碰了碰手指内侧："KISS的男人。"

她做这个动作很隐蔽，在外人看来就像告诉了江声什么让他保密，但是任何一个男人站在她面前都会被她撩到面红耳赤。

我们的江教授当然也红了脸，然而他嘴巴里念的是："油脂有较强的吸附性，能将空气中的尘埃、细菌、病毒等有害物质的微小颗粒吸附于嘴唇上……"

连握手都要戴手套的江教授不能想象这种血腥画面，华丽丽地晕倒了。

家庭医生检查之后，江声晕倒是因为过度疲劳。

过度疲劳睡睡就好，不幸的是江声倒下的时候被砸到了头，轻微脑震荡。

江声在梦里还在工作，天上的星体变成铺天盖地的编码砸向他，他醒了。

面前是季白、季恬和华影担忧的脸。

季白、季恬的担忧，江声可以理解，但华影的担忧就让他非常费解了。

“醒了，你没事吧，要不要喝点水？知不知道他是谁？”华影殷勤地问，最后指了指季白。

季白：“大姐，江声哥他伤到头，又不是痴呆？你这样问什么意思？居心叵测。”

华影这一次居然一反常态地没有撑江声，而是笑眯眯地问江声：“感觉怎么样，要不要喝水？”

江声没有回答。

他心有余悸地看看华影的嘴，闭眼前还吓得他跌倒，闭眼后就变成这样？

江教授想得通量子力学却想不通华影的情绪。

“你也摔了跤？”他疑惑地问华影。

“啊？”

华影不懂，其实她转变的原因很简单。

在江声昏迷的时候，华影接到了李诺的电话，想帮她接一个综艺。

天知道她息影前都不接综艺，息影后更不可能。

李诺说：“哥哥最体谅的人是你，看你又是卖房子又是卖地的，我也心疼，所以你看那么久我催过你一句吗？但是妹妹啊，你也要体谅体谅我，就当作是你演艺人生的告别，对你也是有百利无一害的。”

李诺的手捏着她就像捏一块海绵，一定要将最后一滴血泪都榨干才罢休。

虽然华影知道他对其他人是这样，但没想到有一天会用到自己身上，有点心灰意冷。

她凭着出色的交际关系婉拒了，但她也知道这不是最后一次，为避免夜长梦多，她必须把解约金结了。

“我保证三天内把最后的违约金全部交齐。”华影承诺。

然而，承诺一出口，办法呢？

办法当然在这里。

华影双目炯炯地看看江声。

江声收到目光，转头问医生：“我只是昏迷了而已？”

“不，你已经昏迷了三年。”华影拍着胸口一脸自豪，“不过，不用担心，我已经带着海声集团和季家的这两只登上了成功的巅峰。”

季白叫嚷着：“你也得了脑震荡？”

江声叹了口气，神情冷静地指华影：“那你怎么还穿着这身衣服？”

“巧合，我身材好，十年前的衣服都能穿下。”

“那恬恬为什么还没有长大？”

江声失笑地看着季恬握住他的手，季恬捂嘴笑起来。

敌人实在太强大！

华影本来是想忽悠下江声，让他觉得自己也在他昏迷的时候对海声集团、对季家兄妹、对他都不离不弃，一感动就信任了，一信任就一切好说了。

显然让江声这种科学怪人感动是不存在的，她现在业务能力又一般，如何换得江声信任帮她还解约金？

她突然说道："你不是喜欢打赌吗？我们打个赌，如果我能让你负面的新闻都一夜消失，你就立即帮我解决解约金。"

第八章　月光下的圆舞曲

江声参加过很多很多的会议，例如开普勒大会、国际物理交流会等等，他最讨厌的会无疑就是舞会。

秘书长家别墅的外面，江声还在整理领结。

“再说一遍，我为什么要来这里？”

“今晚是秘书长的生日，他太太举办的复古欧式舞会，所有商政大佬都会参加，所以这是唯一能最快挽回你的形象的机会。”

看到江声要出言反驳，华影威胁：“我为了今天上了一个礼拜的健身课，每顿只能吃沙拉配牛油果，吃得凡是我看到绿色的东西也在都有点恶心。我做这一切是为了海声集团，不然就情义的层面上讲，你认为我会想和你参加舞会吗？”

“不会。”江声很平静地回答。

“很好，很高兴我们能有共同的认知。现在，进去吧。”华影微笑着挽起江声。

复古主题的晚会，自然大家都是上世纪的打扮。

华影手戴长及手臂的白色蕾丝手套，一身无袖低 V 领黑色丝绒拖地长裙，侧面开衩，摇曳生姿，走动间露出若影若现的纤细小腿，胸口 V 型大钻石项链和同款水滴钻石耳坠，衬托着皮肤熠熠生辉。

江声身着白色修身高领燕尾服和黑色丝绒领结，肩线处镶金边暗纹，符合他一贯高级低调感的作风，身材修长挺拔，头发后梳露出立体的五官，能将一身白色西服不落俗地穿出翩然的感觉的估计只有江声了。

华影和江声的出场引起了一番不小的骚动。

这样的效果，华影很满意。

她脸上的微笑还没有保持多久，很快对面也出现了骚动。

孟惊涛领着刘蓓拉出现。

刘蓓拉一身白色蕾丝长裙，一转身露出光洁的后背，一直露到臀部上方。

华影微笑着，嘴里咬牙嘀咕：“上次我见她的脸还是现在的两倍大，一定是去打了瘦脸针。这鼻子，又回炉加工了……”

她挽着江声的手暗暗使劲。

“何以见得？”江声问。

“你不相信吗？老娘的眼睛就像X光一眼，看一眼就能知道她动了哪里。”

江声叹了口气。

“你有什么不满的？”华影斜眼看他，这时候激怒她无疑是自寻死路。

显然江声并没有收到信号：“第一，X射线是一种电磁波，变化的电流才能产生变化的磁场，你的血肉之躯就算有微电流都无法产生这样的磁场，更何况你身上也没有可以用的反射物。第二，一条X射线只能反射一个面，要想得到三维图像，必须多次扫描、拍摄多幅图像，这个过程叫断层扫描，你一眼是不可能做到的。”

华影瞪着他，如果不是残存着对解约金的一丝冷静，她应该会掐死这个物理教授。

“师姐。”身后传来刘蓓拉甜美的声音。

华影从一脸杀气腾腾无缝切换上亲切可人的微笑，转身：“师妹。”

饶是江声如此冷静的人，都要在心中暗自惊讶华影的变脸之快。

前一分钟还在津津有味评论人家整了何处的人，后一分钟已经亲切地拥抱住对方，宛如失散多年的姐妹。

同一经纪公司的两位女艺人热情地和彼此来了个左右脸颊法式贴面。

“师姐今天的发型真漂亮。呀，这钻石项链得有五克拉吧？真美！”

“师妹今天的衣服真美，一看就是Z家高定吧？身材好穿什么都好！”

互相从头发到鞋子把对方都恭维了遍。

礼宾道：“华小姐、刘小姐来签个到，一起合张影吧。”

两人笑着异口同声道好。

摆好了姿势，刘蓓拉突然侧过身，把手搭在华影肩膀上，露出半侧的裸背。

华影冷笑，人微微后移，撩起裙子，一只脚脚尖前挪，腿微微弯曲，露出一半的美腿。

刘蓓拉立即抬起另一只拿着长型手包的手，放在下巴下。

华影侧眼冷看，江湖中的V脸大法用参照物放在脸下方，显得脸尖。

她淡定一笑，将手上的白色蕾丝手套半褪，红唇轻轻咬住手套空出的指尖，侧头，眨了眨眼，妩媚和俏皮，诱惑和天真。

谁胜谁负，高下立分。

华影拉着刘蓓拉看相机：“师妹，你看你照得多好。这张我可以发微博吗？”

她照得那么好，肯定要无PS原图发。

“哪有你好。”刘蓓拉挽着华影的手，“师姐今天穿得那么庄重，和参加葬礼一样……啊呀，不好意思，我说错话了。我忘记了你还在服丧期间呢。”

战火已经点燃。

“呵呵，师妹今天穿得也不错，喜庆得和参加婚礼一样，不知道的以为你是新娘子呢。”

两人窃窃私语，交头接耳，不时捂嘴娇笑，外人看来只觉得感情甚好。

一旁的江声看不懂“她们到底是怎么回事，我真的一点儿都看不懂。”

女人的战役已经开始，男人的战役也毫不逊色。

孟惊涛走过来，亲吻了华影的手：“华小姐，又见面了。自上次一别，我一直牵挂着想请回你，不知什么时候可以赏光？”

上来就把他和华影的饭局说得如此暧昧，华影不由得看向江声。

江声面庞如玉，并没有波动。

大家真是太高看江声了，江声连孟惊涛是谁都不关心，还能联想到私下的约会？

华影心中暗骂孟惊涛挑拨，嘴上还是客气地向江声介绍：“江总，这是孟氏集团的孟总。”

孟惊涛这才像刚看到江声一般，伸出手：“江总，果然年轻有为。”

“你好，我是江声。”

江声伸出戴着手套的手。

这场复古派对，男女都是配着手套，只不过男性都不习惯，要到跳舞的环节才会戴上，然而这种不习惯是不会存在江声身上的。

华影对江声的行为已经见怪不怪，甚至有点偷乐孟惊涛也在江声这里吃瘪。

果然，孟惊涛抽抽嘴角，握了握江声的手。

华影远远看到秘书长和夫人走过来，。

华影道：“周秘书长来了，我们去打个招呼。”

她招呼江声，谁知孟惊涛也走上前，先打了招呼。

华影气得咬牙，暗自和江声说：“周秘书长最喜欢人夸他健身有成，你等下和他聊天记得多夸夸他。”

说完，华影就被秘书长夫人拉走了。

“走，我们去拿点儿饮料。男人老是聊什么商业投资的话题，听都不想听。”

“还真是，都太无趣了，走，我陪你……你这耳环是不是最新款的……”华影已经和秘书长夫人走远。

她没想到的是，她一走，江声正很认真地思考怎么夸这个挺着啤酒肚的秘书长呢，秘书长这个大忙人就又被别人拉走了。

剩下江声和孟惊涛大眼瞪小眼。

孟惊涛轻咳一声："江总，对于季总的去世，我十分抱歉。"

江声点头，实在摸不清他突然提起季海是为什么。

孟惊涛想的却是和这个人话题真的很难进行下去，再难他都不放弃，问："季总的遗体不知有没有发现。"

"没有。"

"江总，有没有想过，季总的死或许并不是意外，而是人为呢？"

孟惊涛的话成功地引起了江声的注意，孟惊涛眼里闪着精光。

"孟总觉得是何人所为？有话可以直说。"

孟惊涛没想到江声这么直接，哈哈笑了起来掩饰自己的祸心："这我真不知道。不过站在商人的角度来看，季总的死谁获得的利益最大，自然就最有可能。"

江声思忖了下，坚定答道："如果真的是有人谋划，这个人我必定会让他付出代价。"

孟惊涛意有所指地挑眉向华影离去的方向："没想到华总这么快就入驻了海声集团，我还以为季总去世的时候，她一个年轻的寡妇要六神无主了……"

不出他所料，江声露出若有所思的神情。

现场华尔兹的乐声响起，一对对男女翩翩起舞。

到场的嘉宾虽然都自诩是商界名流，可总有些男人管不住自己手的，不戴着手套，本该扶着侧腰的手也越来越不规矩。

华影瞥到刘蓓拉正和一个中年矮胖男子跳得正欢，对方的手已经搁在她臀部裸露的皮肤上方。

总有些女人很能忍的，但是华影向来都不亏待自己，一个旋身，她技巧性地微笑退场。

正准备休息，孟惊涛突然出现。

"华小姐，不知孟某有没有荣幸邀请你共舞一曲？"他欠腰伸出没有戴手套的手。

孟惊涛这种人看起来随和，内心却极其自大，自然也属于不愿意被手套束缚的。

大庭广众让对方下不了台不是华影的风格，再说商界风云变幻，今天的敌人说不定是明天的朋友，反之亦然，她微笑着将手放在孟惊涛手上。

"我的荣幸。"

转步，前退，后退，换手，两人步调一致，踩点精准。

爱跳舞的人一大幸事是找到合拍的舞伴。

孟惊涛扶住华影的细腰，眼中难掩惊艳："华小姐不愧是演艺圈的翘楚，舞姿艳压全场，吊打全场女嘉宾。”

这句话深得华影的心，看看不远处刘蓓拉恼恨的眼神，华影勾唇微笑，赏了孟惊涛一个好脸：“彼此彼此，孟总久经舞场，舞技也很厉害。”

孟惊涛很懂得看人脸色，低下头脸贴近华影：“华小姐，最近江总的事我也有听闻，很是惋惜，有什么需要帮忙的尽管开口。另一句话，虽然可能不中听，但孟某在商界也算滚打多年，看人的经验还是有的，希望华小姐还是听我的建议，要知道，我是很有诚意的，我对你的承诺永远有效。”

华影想到孟惊涛第一次见面就说江声不可靠，暗自骂他乌鸦嘴，心中不悦，抬头去找江声。

奈何舞池中，衣香鬓影，人影幢幢，哪能看到江声。

“谢谢孟总的谏言！这是我自己的选择，我也相信海声集团一定能渡过这次的难关。以后商海相见，孟总还是叫我华总的好。”

华影微笑着回答，她不喜欢孟惊涛一口一个华小姐地把她当作戏子的感觉。

孟惊涛邪魅一笑突然使力，手往上一提，华影的身体已经贴上他。

“哦，看来华总是真的想做一名女强人，男人追名逐利是为了拥有许多女人，女人其实也一样。谁都知道你这行，最后只是找一张长期饭票，华总的任何条件我都可以满足，迟迟不接纳，我猜猜……”孟惊涛在她耳边挑衅的凑近，“华总好本事，走了一个季海，来了一个江声，海声集团的两个合伙人都难逃出你的手心。只是，我想不通，江声这种不解风情的直男怎么能入了华总的青眼？”

华影抬眸，眼里充满怒火。

悠扬的乐曲中，没人知道在这个角落已经剑拔弩张。

两人舞步移动，华影几次尝试和孟惊涛拉开距离都没有成功。

她咬牙冷笑：“孟总真是小看了女人！有些男人嘴巴厉害，花言巧语，花式体贴，骨子里却是真正直男癌末期，才是最瞧不起女人。难道女人努力不能是为了自己而活？你知道你这样道貌岸然的男人，其实比那些直接表现出来的更加令我恶心。”

孟惊涛不在意地笑笑，侵身贴在华影耳边：“我怎么样不要紧，重要的是华总对得起刚死的季总吗？”

华影嗤笑一声，没有退后，反而靠近，她仰头对孟惊涛绽放出一个笑容，眸子烈的，红唇却是冷的，一朵带刺的玫瑰。

孟惊涛眼神闪过一丝痴迷，伸手想摸她的眼睛。

华影已经飞快地缩回，她冷冷吐出四个字：“关你屁事！”

使劲旋身，挣脱孟惊涛的手。

可是她没有想过后果，没有男伴的支持，她一个旋转肯定重心不稳要跌在地上。

华影此生真的很注意维持自己的女神形象，从来不吃红薯、萝卜，胸贴也是万无一失，包里永远放着两双丝袜，剔牙更是直接去厕所用牙线……

她从来没有在大庭广众下这样得罪过一个人，还有这般出过丑，这简直就是要她的命，但是她并没有后悔自己的决定。

跌倒前，她像一个美丽的女战士，对一脸错愕的孟惊涛露出轻蔑一笑。

现场发出惊呼声。

屋顶，像瀑布一样倾斜下来的水晶灯吊顶照着她的眼睛，惶惶地刺眼，华影闭上眼睛。

嗯，装晕算了。

然而，华影闭着眼睛却发现迟迟没有砸到地板上。

腰间仿佛被什么托住，她睁开眼睛，江声如玉般的脸就在上方，鬓角边有一缕碎发落下，莫名有点性感，一双总是冷睿的眼睛此刻却让人很是心安。

这一刻的江声就像横空而出的白马王子。

没想到会被他拯救，华影有些吃瘪，嘴硬："我只是一时手滑。"

江声勾唇，煞有其事地点头："我知道，怪地心引力。"

手臂一抬，他稳稳揽住她站了起来。

天旋地转后，是安稳。

待华影站稳脚，江声收回手。

这才发现，不知道什么时候，音乐也停了，他俩变成了全场的焦点。

江声不擅长面对这种情况。

"现在，怎么办？"他低声问她。

这可难不倒派对女王，华影一笑，款款低身提了下裙摆致意，站起伸出戴着蕾丝手套的手。

"现在，跳舞。"

他眸中闪过一丝无奈，却还是毫不犹豫地接住她的手。

宾客们一笑以为只是小小的一个插曲，重新回归欢乐，这场的最后一曲，换上了轻快的曲子。

江声戴着手套的手托住华影的手，另一只手扶着她的腰，身体有些僵硬。

"必须先声明，我并不擅长跳舞。"

华影笑起来："江教授也有不擅长的事情。"

腰部贴着他的手掌，莫名地觉得他的手掌有些发热，抿嘴不说话。

她故意逗他："其实很简单，你跟着节拍来……"

他依然步伐微乱踩到她的脚。

华影咬牙："你是来报复我的吧，你低头看我的脚，跟着我的步伐来。"

他果然听话低头，一低头鼻尖就触到了她的发顶。

鼻息间，弥漫着橙花的香，他跟着她的脚步。

江声的乐感虽然完全不存在，学习模仿能力却是一流。

一会儿，两人已经有了默契。

两人在舞池中游弋，后退，旋转，前进，仿佛已经跳过千百年的共舞，别无他人。

最后一个乐点，华影调侃："你可以不用抓我的手抓得那么紧。现在，举一下……"

江声双手托住她的腰轻轻举起她。

她的脚尖交叉踮起，裙摆划出美丽的波浪。

放下的时候江声准备收手揽住她。

华影却一眨眼，一扭身，翩然地旋转出去。

她大大的裙摆散开，就像一朵游动的云，丝绒反射着光，在如同月光般的灯下绽放。

江声一惊，怕她再次失控，伸手拉住她的手，立即收劲。

这朵云又重新飘回他怀中，她调皮地笑起来。

他想了想，也勾起了嘴角。

没有人会注意到这一对，因为舞池里的男女都沉浸在彼此的荷尔蒙中。

然而，角落中，舞伴逃走的孟惊涛正喝着红酒，神色狠狠地盯着江声和华影。

刘蓓拉走过来，笑着喊道："孟总……"

孟惊涛一饮而尽，将酒杯放在刘蓓拉的手中，完全没看她一眼就离去。

留下刘蓓拉怨恨地站在那。

一曲结束，华影和江声走去一隅休息。

"能帮我拿杯红粉佳人的鸡尾酒吗？"华影现在已经开始指使江声。

江声转过身，红粉佳人，是 Pink Lady 吧，嗯，粉色的。

走了一半，等等，他为什么要帮她拿酒？

算了，都走到这了，还是去拿吧。

那边，华影正在休息，挑衅的就上门了。

"师姐，真是到哪都那么受欢迎。走到哪，男人就像苍蝇一样叮到哪。"刘蓓拉走过来。

苍蝇的目标绝对不是什么好东西。

华影扬起下巴：“是吗，大概是我长得比较美。”

长得就是比你美。

“自从师姐走后，我就好忙，李总把合同全部转给我了。最近R面膜的代言合同可是好几个亿，知道师姐还欠着钱，我应该让给你的……哦，你都退出演艺界了，我给忘了。”

刘蓓拉才想起似的无辜掩住嘴，哪壶不开提哪壶。

“李诺难道没告诉你那个代言他求了我半天，我都没有答应吗？”华影打开手机前置摄像头检查自己的妆，顺便自拍一张，“毕竟，谁会相信我这张脸会去敷那种平价的面膜，我还是要对粉丝负责的。”

刘蓓拉气得向前一步：“谁不知道你的位置都是你妈从李诺开始一个一个睡……”

她还没讲完，华影已经上前一步，卡住她的下颚骨，把她抵到墙上。

华影一只脚从裙子里开衩的地方伸出来，抵住刘蓓拉的膝盖，她的眼里燃烧着怒火。

“恭喜你，老娘怎么也没有想到有一天会正经壁咚一个女人！”

她的声音很低，另一只手在刘蓓拉的下巴滑动，点着刘蓓拉脖子下左右对应绿豆大的伤口，虽然已经褪了肿，但还是有微红。

“女人为了美还真是什么都敢，原来你是去做了下颌角瘦脸手术，很疼吧……”

她什么都还没说，刘蓓拉就吓得下巴哆嗦：“你……你想干什么？”

华影眯着眼，握拳：“人家最近不是去上了Boxing课吗，还缺个练习对象，实验下成果。”

她的拳头就放在刘蓓拉下巴旁边：“你要是再管不住自己的嘴，或许我可以让你再回炉重新整一遍。”

刘蓓拉的眼泪都下来了。

“不，不，不……”

演艺圈这样欺软怕硬的多了去了，华影虽然以人缘好出名，软柿子只限对亲朋好友，对于刘蓓拉这样的妖艳贱货，华影清楚地知道一定要第一拳就打到她求饶，她以后才不敢在她面前蹦跶。

“眼泪对我没效，不许哭！说：‘女王，我以后再也不敢了。’”

刘蓓拉一把鼻涕一把眼泪地狼狈说完。

华影才松开手，看看自己的手——太恶心了，到底是鼻涕还是眼泪？

她招呼走过的服务生，想拿张纸巾。

一个60多岁穿着西服的老人拿来了托盘，上面放着两杯红酒和一叠餐巾纸。

刘蓓拉不敢拿华影出气，把气撒到服务生身上，一把掀翻托盘。

红酒直接洒在她和华影的裙摆上。

华影的裙子是黑色的，并不明显。刘蓓拉的裙子是白色的，可是精彩。

华影想这人是不是头脑不大好，为什么要杀敌一百，自损一千？

刘蓓拉气急败坏地吼服务生："你眼睛是瞎了吗？"

老人顿时吓傻了。

华影用餐巾纸一根根擦着手指："道歉！"

"什么？"

"我让你向这位大爷道歉！"

"凭什么？"刘蓓拉退后，环顾四周，"别装模作样了，你我都是同种人，这又没有摄像头，我道歉给谁看？"

刘蓓拉人前一套，人后一套，这都是明星的套路，她自然觉得华影也是这样。

"我也觉得这位女士说得对，你应该道歉。"清越的男声传来。

江声拿着粉红色的鸡尾酒堵住刘蓓拉的退路，他皱着眉看着刘蓓拉。

大约被这样英俊的男性指责不好意思，刘蓓拉更加下不了台，大叫："你搞清楚，我是刘蓓拉，凭什么要我向这种低层次的人道歉？"

"我并没有觉得你和这位先生有什么不同。"江声平静地说，"如果有不同，那也是这位先生值得尊重。每一个一把年纪还出来拼命做苦工的人，必定有强烈需要守护的东西。"江声一脸轻蔑，"而你，除了一副皮囊，什么也没有。"

华影差点儿鼓掌，她很满意江教授直白的杀伤力。

"过来拿着。"江声对华影说。

另一个空有一副皮囊的心虚的华小姐乖乖过来领走自己的鸡尾酒。

江声蹲下来，将碎片捡起放在托盘上。

老人连忙道谢着一起捡碎片。

作为被殃及的池鱼华影非常不爽，一口干掉鸡尾酒，找刘蓓拉算账："你不道歉试试！"她威胁地挥挥拳头。

"对不起！"刘蓓拉捧着自己的下巴，哭着跑走，"你们都欺负我！"

她大哭着穿过宴会厅，导致所有的人都回头探究地看着这个角落。

华影觉得自己应该直接一拳打晕刘蓓拉。

她蹲下也默默捡碎片，逃避了众人的目光。

一场折腾后，华影有些郁闷："倒霉，明明是来证明自己的，现在雪上加霜！"

江声将手放在口袋里："任何不经验证的理论都不能被承认，我并不需要向谁证明我自己。"

“江教授，这又不是写论文，没人会去验证。八卦只要足够精彩，都可以毁了一个人。算了，和你说了也是白说，还是我想办法吧。为了穿这件礼服，我一天都没吃饭，”华影摸摸肚子，“饿了。”

江声无奈：“想吃什么？”

季家老宅，为了不吵醒季恬和用人，华影和江声将外卖带到后院的泳池。

刚刚下过一场夜雨，空气中飘着若有若无的青草香。

路灯下，穿着黑裙的华影和穿着白色燕尾服的江声将毛巾铺在地上。

华影毫不犹豫地半撩起裙子，在毛巾上坐下，开始拆打包盒。

江声看了看不够大的毛巾，内心挣扎——坐下去好像有点儿脏。

当华影打开一个打包盒，赫然出现拥挤在一起的小龙虾。

江声断然抱臂坐到了不远处的沙滩椅上。

华影一脸热忱地向江声推荐小龙虾：“不能再赞了！尝尝看，你不吃吗？”

江声嫌弃地别过来脸：“浑身上下至少有300种细菌，还有重金属，有别的选择吗？”

“有的，有的。”华影喜滋滋地打开第二个打包盒，“鸡爪，快吃吧。”

一盒的铮铮铁骨——凤爪。

小龙虾和鸡爪对于江声无疑是生存和毁灭的选择。

“不！”江声整个人都散发着拒绝的信号，“你不觉得像小孩子的手，还踩在不明排泄物上？”

如果这时候有人来看一眼，肯定要惊掉下巴。

宁城最贵的半山别墅花园泳池后院，出现一对璧人。

男子穿着燕尾服手中拿着红酒杯端坐在沙滩长椅上，背挺得笔直，好一个风度翩翩的贵公子。

旁边，毛巾上，也端坐一位佳人，脖间的钻石项链衬得她面容晶莹，似上帝巧手雕琢的美玉，她眼中闪着亮光，红唇性感微张，手中——正凶猛地将小龙虾的壳剥开，将虾肉放进嘴里，然后露出心满意足的表情。

树上结出桂花的骨朵，空气中散发着清甜的桂香，夹杂着汹涌的麻辣小龙虾的香气。

江声这一生估计都不会想到有这一天。

大半夜，看着一个女人在自己面前生吞活剥小龙虾，奇怪的是，他的肚子竟然发出一声饥饿的信号，他皱了皱眉头。

华影扑哧一笑，剥开最后一只小龙虾：“你确定不要？我可是要吃光了。”

江声摸摸肚子，坚决不低头。

华影解决完一盘小龙虾，用纸巾仔细地擦着每一根手指，再拿出包包里的香水喷了喷手指。

闻了闻，确定没有小龙虾的味道，只有她身上的牡丹花胭脂香。

嗯，五星好评。

“有没有人说过你真的很难搞？你如果不喜欢吃小龙虾、鸡爪，你可以直接说谢谢不用；觉得学生笨，你就在心中默默骂他们好了；不愿署名，那你可以先署名，再拿着把柄去举报啊，你那么抗争其实最后受伤害的都是自己。”

吃的时候不觉得，吃饱后，华影顿时感觉手臂上被咬了一个小包，边抱怨边揉着蚊子包。

“为什么下雨后还有这么多蚊子？难道蚊子不怕被雨打着？不用找地方躲雨吗？”

“蚊子下完雨出来也觅食了。”江声回答。

华影瞪江声：他为什么要加“也”，他是不是在讽刺我？

“雨滴击中蚊子时，蚊子栖息于无法移动的地面上，雨滴的速度将瞬间减小为0，并施加等同于蚊子体重10000倍的力在蚊子身上，足以致命。但当蚊子在空中被击中并采取‘不抵抗’策略时，蚊子受到的冲击力就减小为自重的1/50，只相当于在蚊子身上压了一根羽毛。所以当蚊子被雨滴击中而不抵挡时，用我们的话说随波逐流，反而是安全的。”江教授这样解释。

他转头看向水面：“季海哥也曾跟我讲过类似的话，我并没有抗争，只是思我所思，做我所想。这和做研究并没有什么不同，一心只有这一条路，即使是错了证明此路不通也是收获。为什么你要那么复杂？明明不喜欢却要接受，答应了又背后反悔，不是越来越累？”

“可是人人都是这样的啊！即使累这就是社会的规则，你不懂的自然有办法整到你懂。”华影说。

江声垂着眼睛，全身被敷上一层薄薄的忧郁的月光。

“季海哥劝我回美国负责云数据，他负责管理应酬，他一直说一切都很好，我并不知道他承受的压力，直到代替他的工作。”

华影笑着说：“你的工作没有你想得那么简单，至少对我来说超级难。季海的压力也没有你想象得那么大，季海的情商起码是你的1000倍啊！你知道我是怎么认识他的吗？”

华影托着腮回忆：“住W酒店贵宾套房的时候，我喝了点酒，认错了人，以为隔壁是我认识的一个人，敲了半天的门对方都不开。大概隔壁的男士觉得夜深人静，还要面对一个女疯子不合适，后来叫酒店人员来把我劝回去。白天还留了名片给我道歉晚上不开门的原因。这个人就是季海。你看明明大晚上被我这疯女人搞到不能睡觉，还能把事情想得那么周全，顾及到了彼此的面子，还让我心存感激，是不是很厉害？”

江声转头看向泳池，点头，月光照射在池水，泛着粼粼的波光温柔地抚过他的眉梢眼角。

“季海哥很厉害，我的游泳是他教的。他建议除了学习，我应该有自己的爱好，让自己快乐。开始我并不觉得需要爱好，但当我待在水里，可以安静地思考，的确让我感到快乐。”

华影喝了口酒，开口：“让自己快乐的爱好啊，我也有个故事。从前有一个很聪明的小女孩，她没有朋友，妈妈也总是很忙，把她一个人关在家里。她经常坐在阳台的小板凳上偷看楼下的小孩玩，想象有一个好朋友，自己和自己玩。长大点，她就自己编故事，想象自己是一个公主，出现一个白马王子对她一见钟情，百般纠缠，然后她冷傲地拒绝了。再长大点还想象自己惊艳登场，无数人鼓掌……”

江声沉默了下，问道：“聪明的小女孩？是谁？你确定说的是你？”

风呼啸地吹过林间

华影凶巴巴地问：“你呢？你小时候都玩些什么？”

江声抬头，朗朗夜空中有几颗星星在闪耀。

“看书，我小时候一直是一个人。”他不提孤儿院的历史，但华影已经明白他为什么一直一个人，“我并没有想象过有朋友。想象过自己是一个科学家，坐着宇宙飞船去考察各个行星，想象上面的土壤、水质、气体……我很喜欢的冥王星，很不幸在 2006 年被踢出太阳系，变成了矮行星。”

华影在刚刚居然有一丝怜悯他：这样的人需要怜悯吗？

“所以当我在玩过家家时，你已经开始解决宇宙问题了，是吗？”华影不服气地干完一满杯红酒杯。

江声：我这是不是太打击她了？

他想了想说：“至少想象都能成真，你……成了演员。”

华影苦笑：“演戏也不是我的爱好，确切地说叫逼于无奈。”

“我十几岁那时候，长个子吃得多，可是我妈每天一早都要盯着我称体重，我就在补习班的时候逃学，戴着棒球帽和李彦偷偷溜出去跳舞。”

“这里，这里，这里，华影比画着手臂、大腿和腹部，“缠上几圈塑料膜，跳起来减脂可快了。舞厅里灯光又暗，李彦给我化得大浓妆，都没有人认出我来，我从来都不需要花钱买酒，都有人争着请我喝酒。哈，可是我从来都不喝。”

华影跌跌撞撞地站起来：“想看我怎么跳舞的吗？”

江声：“不想。”

“别口是心非了！”华影指指自己，“我还不了解男人。”

江声无奈："真不想。"

"好了，好了，马上就好。"

她低下头，打开手包，找啊找，找出白色蕾丝长手套重新戴上。

华影弯腰，将裙摆打结，露出半边纤细的玉腿。

"你都不知道你多幸运，电视里都没有的，这可是我的独家演出喔。"

她解开头发，低下头，双手轻撩，一甩头，波浪般的头发散开，绸缎般在星光下发亮。

"Ladys and Gentleman！"华影摆动身体。

江声咳嗽："复数，Gentlemen。"

只有这个人才会在这样的月色中说些煞风景的话吧。

华影嗔怪地瞪了江声一下，眼波流转，有娇无嗔。

江声开始时是有点笑话她的，慢慢地，空气中染上她身上混合的橙花、牡丹和红酒的香，让他晃了晃神。

她哼着轻快的歌，举起手，前后走动，手也左右摇摆。

她抬腿，她摆臀，她甩头，她迈步，她举臂，她摇摆……

虽然她嘴里哼着的都辨别不出什么调，但她就像从月亮上走下的女神，纯然而性感。

夜风飞快地吹过树林，发出沙沙的响声，水池上翻起涟漪，起了，很快又退了。

在此之前，如果问江声看到月色能想到什么，他一定会兴致勃勃地和你说起八大行星和已降级的冥王星。

今晚之后，江声再看到这样的月色，他或许会犹豫。

华影边哼着边缓缓用左手剥掉右手的手套，露出白皙的小臂，在月色里发着光。

她举起两手抓住手套，腰间摇摆，最后一个曲调，收尾，甩出手套。

她自己已经醉得不知道抛往哪个方向。

一回头，江声愣愣地捂住胸口，他放下手，掌心是她的白色蕾丝手套。

卷 二

牛顿第一运动定律：

力是改变物体运动状态的原因，一个人一直在岁月长河之中保持静止或匀速的生活，突然有一天脱离了轨迹，那一定是受到了来自另一个人的影响力。

万嘉文化李诺的办公室。

李诺拿出一份文件，讨好地将一脸横肉笑出褶子："我的大小姐，其实也就是要你签个字，这个公司是你、你妈和我的，要你参股是因为你有号召力。"

华影翻着文件，是华兰上次说的新公司，她是大股东。

"但你放心，真不需要你参与任何事情，我用我自己的名誉担保，投资也有我看着华兰。你就算不放心她，也要放心我啊！"

"别说我讲你啊，这次你也有不对，你可是华兰全部的希望，你自己说跑就跑了，留下她一个人，总得有个寄托是不是？"

每一次她和华兰吵架，都是要李诺来当和事佬。

都说女孩子小时候和父亲好，长大了慢慢才会和母亲接近，最后和母亲最好。

但是华影和华兰似乎并没有这样，华影童年最开心的记忆是爸爸在家旁边的公园教她骑自行车，虽然狠狠跌了一跤，膝盖到现在还有一块芝麻大的疤痕，华兰还狠狠把老公骂了一顿。

记忆里，夫妻关系中，华兰女士永远是恶霸一枚。

到后来她才懂，这只是已婚已育放弃光鲜事业的华兰女士的不平，没有地方发泄，只能骂完老公骂小孩。

但，也是有美好的时候吧。

父亲去世，她们回国并不敢告诉任何亲戚，生活条件很不好，住在顶楼的阁楼，夏天潮热，冬天湿冷。

但她回忆起来不是夏天被蚊子叮得一身包，也不是冬天冷得要将好几件衣服盖在被子上，而是每天早晨华兰为她梳头发的画面。饭桌前，她边吃饭边拿着小小的镜子，镜子里华兰还是年轻的如同少女一般的面容，还胜过少女的是她脸上有温柔的光。

那时候，无论华兰前一夜工作到多晚回家，都会坚持每天早上起来给华影弄早饭，总会很细心地为她扎头发，然后她上学，她再去睡回笼觉。

华影想到这里，还是低头签了字。

李诺心情大好地收起文件："我不是说了，咱们华女神是最孝顺的。"

华影嘴角讥笑，见李诺心情不错，见缝插针。

"那我的解约金……"

李诺奇怪地抬头："上周就还了啊，是海声集团打的款，你不知道吗？"

他查了查手机："正式解约函是这两天寄出的，今天李彦应该能收到。"

啥？

华影真的不知道。

打了电话给麦克，麦克告诉华影，最后一笔解约金是江声嘱咐打过去的。

算了算时间，恰好是舞会的第二天。

只是，华影很奇怪，她非但没有在舞会上帮他正名，反而两人闹了场，明明她输了承诺，江声为什么还会帮她还款？

难道，科学家的脑回路都如此清奇？

华影心下奇怪，想想无论如何还是要向江声道个谢，她向来是知恩图报。

谁知道没来得及，回去后，是在高层会议上见到江声。

继新款波特手机上市，孟氏集团很快就对海声集团展开了第二轮狙击，旗下萌萌哒网商上的海声 AI 商品一律要求加价。

萌萌哒是海声手机和其他电器的第一销售渠道，这无疑是对海声集团的一招"撒手锏"。

消息一出，海声集团的高层和股东们全都慌了。

这场会议与其说是高层会议，不如说是高层对江声的讨伐。

"我们本来和孟氏的关系虽然算不上多好，但季总在时，最僵也没有现在这样，我们哪里惹了孟惊涛？"

华影挺了挺胸，眼观鼻，鼻观心，她一点儿都不心虚。

嗯，她一点儿都不怀疑自己这个红颜祸水，惹得孟惊涛要和江声对着干。

这分明是孟惊涛小肚鸡肠。

华影比这想得多，她担忧地看了看江声，股东把那一大笔解约金拿出来说。

长桌的另一端，江声垂着眸子，握着笔，背坐着很直，他认真倾听，却没有皱一丝眉头，像是在战火中风度翩翩的少将。

一个年纪较大的股东提议："我建议解散 AI 研发部。我本来就不看好人工智能，这样搞下去，谁知道哪天不会被机器人统治？"

华影心中暗自翻了白眼：这位大爷，您是科幻片看多了吗？

好几位股东都复议："对对，咱们是传统的电器公司，人工智能本来就是不确定的技术，说不定哪天政策一变就被砍了。"

“我也赞成，现在外部资源，自己研发白费劲，买别的公司的比较没有风险。”

孟惊涛不是盏省油的灯，出了这个馊主意。

海声的这些老狐狸一定要找个人顶包，这个人就是江声。

大家你一言我一语地讨伐完，突然安静得只剩空调的声音，气氛有点诡异。

所有人都看向江声。

江声抬眸，平静地看着众人。

他今天一身灰色帽衫，黑色牛仔裤。

即使人人正装，江声依然是背着书包、一身帽衫卫衣的舒适无比地来上班，走在路上绝对没有人会觉得他是偌大海声集团的总裁，活脱脱是校园里走出的一枚校草，难以被改变得如同泥坑里的臭石头。

江总裁眼神坚定地开口：“研发本来就是长久的过程，保守预估是五年的时间，这五年研发费肯定会超过净利润。”

股东已经交头接耳发出不满。

江声丝毫没有放缓声音：“虽然短时间来看，这是一笔很大的投入，但长远来看，AI 电器必定会成为海声的拳头产品，不出五年，将会替代 80% ～ 85% 的传统产品。”

华影很想捂脸，耿直的江教授以为这是在大学里要经费计划吗？哪一个主管不是把自己的部门吹得天花乱坠，先拿到钱再说？

江声继续说：“我不同意终止研发，可以从两点解决：第一，我们有很多传统电器的生产线在常年亏损，与其留着继续亏损，不如直接砍掉。”

此话一出，那些亏损部门的高管已经开始脸色发白了，要闹起义了。

这可是他们和零售商供应商捞油水的好名头，江声直接就要跺他们的手啊！

演讲的艺术啊，还学什么演讲的艺术，华影看着端坐的江声俊美的侧脸，人长得帅有什么用，是个傻冒。

“第二是从电商解决。”江声说完。

果然高管们纷纷开口：“怎么解决？萌萌哒电商是我们主要的网络销售渠道，吸引的都是不差钱的年轻客户。”

股东说：“这和我们的发展方针不符合，如果江总再一意孤行不放弃研发部，就只能重新投选一个决策人。我建议，现在开始投票，到底多少人同意终止 AI 研发？”

这是股东会要罢免江声？

华影惊讶地转头看江声，人家一脸淡定，仿佛与他无关。

几乎每个股东都举了手。

这绝对不仅是因为孟惊涛的狙击，加上江声的污蔑丑闻，这是一步一步在推倒江声。

“华总，你的意见呢？”

那个担心机器人统治世界的老股东看向最后一个华影，事实上华影手上加上季家兄妹，可是有25%的决策权。

但是大家都不担心，因为一向随波逐流好说话的华影，一向与江声不对盘的华总，一定会投同意票的。

在众人在期待的目光下，“我啊……”

江声的眸子转过来看着华影，没有恳求，没有担忧，只是这样平静地对视了一秒，战火中，浮光掠影般，转走。

“我和江总的意见一致。”华影侧过脸微笑地这样说着。

在座的神情都精彩极了，高管们都默默在想华影是不是在以退为进，到底是不能指望女人。

连一副事不关己模样的江声，都转过头看向华影。

华影浅笑：“我理解大家的担心，但是我也同意江总说的，AI是大势所趋，而且我也不认为应该被孟氏掣肘，今天他可以向AI产品开刀，明天呢？”

华影轻柔地开口：“海声AI手机上市时，媒体都说这不仅是海声的骨气，还是国家的骨气。我们现在怎么能因为孟惊涛，就没有了骨气？”

虽然礼貌，却掷地有声。

“所以我投票赞成江总。我们可以再核对一遍预算，财务部有些应付账款的周期可以改长一点。”

到底轮岗和学习还是有用处的，华影发现财务部好多账单收到立即付款，海声集团土豪的不差钱，完全不在乎到底是30天、60天还是90天的周期。

股东和高层们交头接耳。

华影和江声，一个在桌头一个在桌尾，隔着一张会议长桌和十几号各怀心思的人，惊鸿一瞥，互相对视了。

华影在向来都吝啬赞赏的江教授眼中，接收到了一个赞赏的眼神。

在有生之年居然能得到江声一个赞赏的眼神。

一个向来骂人笨的人表扬起人来，可是有巨大杀伤力的。

怎么说呢，就像一个向来挂鸭蛋的学生，突然得了全校第一的喜悦吧。

突然成为尖子生的华影，就连在电梯里的时候，都在想着如何压缩出给研发部的预算。

同一个电梯里，李汉卿在半路堵往顶楼去的江声：“生姜，到底开会怎么样了？”

“我听到风声说要关闭研发部，你这样对得起苦守寒窑的我和研发部的所有妹子吗？我好不容易和她们培养起感情……”

江声皱着眉，他的余光就看到华影一会儿皱眉，一会儿握拳，嘴里念念有词。

江声明白地丢下一句：“我在就不会关。”跟着华影走出电梯。

“真的？”李汉卿跟在江声后面。

三人出了电梯门，正好快递员推着推车进来。

华影没有看到，直接迎上去。

“小心！”

走在后面的江声想也没想，立即上前拉住了她。

然而，江声现在并没戴着手套，他的手成环扣在华影的手腕上。

一旁的李汉卿脸色发白地捂住嘴。

江声的掌间，华影的皮肤软玉一般柔滑一片，他的拇指似乎搭在她的动脉上，咚，咚，每一下心跳都顺着他的指尖流向他的心尖，颤抖，共鸣。

华影垂眸，惊讶地看着江声葱白的手指握着自己的手腕，皮肤和皮肤的厮磨，他的皮肤明明微凉，她的却在升温。

两人抬眼对视。

华影顿觉大事不妙，华影立即后退一步，手腕像绸缎从江声掌心溜走，江声也赶紧抽回手，后退一步。

中间赫然可以扔下一个相扑运动员。

这可是江声，握个小手都要郑重戴手套，踩个毛巾都要搬爱因斯坦出来的江教授啊！

“完蛋了，上次有个女教授这样强行揩油，生姜可是立即去吐的。”李汉卿原地打转，“消毒纸巾呢？我去拿消毒纸巾。”

“密斯华，冷静啊，撑到等我回来再叫救护车！”李汉卿消失在走廊尽头。

他是不是故意逃走的？

“那，这次是你主动拉住我的，我对天发誓绝对不是故意的。如果知道你这样，我宁可自己跌地上了”华影先发制人，“我警告你不要在我面前吐出来！要知道想和我握手的人可以绕地球转几圈了。”华影见江声脸色苍白，“喂，你是不是真的要吐，我好走远点儿……”

“谢谢！”

江声打断华影的喋喋不休。

“不客气……呃，谢什么？不对，你是不是在反讽我，要我对你说谢谢？”华影抬头瞪江声，“你这个人太阴谋了点。”

江声弯了弯嘴角，他的眼神澄澈而和煦：“不，我是谢谢你在刚才的会议上支持我。”

华影把江声想得太复杂，像江声这样的情商还会反讽？

他是个直接的人啊，直接到错了就是要不顾情面地指出，直接到感谢就要认真当面地好好道谢。

所以他又说了一边：“谢谢！”

这时候轮到华影不好意思了，偏偏头：“没事没事，一句话而已。我还要谢谢你，帮我把解约金付清了。”

“嗯。”他低低应了声。

“所以，你还好吗？没有要晕倒？不用硬撑啊。”

江声将手放在后面：“没有，我没有那么严重，只是我以前有过一些不愉快的经历。”

华影舒了口气，点点头。

安静的走廊，窗外飞过一架飞机。

没人发现江声背在后面的手，微微地颤动，他捏紧了握成拳。

他从小比其他孩子意识敏感。

在孤儿院的时候，那么多孩子聚在一起，吃喝拉撒，没有父母自然院里的阿姨也不会过于督促他们，手不洗不会有人检查，流鼻涕了也没人跟着擦。

很多孩子都是有唐氏综合症被丢弃的，并不是不爱干净，而是根本没有意识。

阿姨害怕他们乱跑跌着、碰着，把几个孩子用粗点儿的绳子每人一只脚绑在一起，大家就都跑不远。

口腔中呼出的热气，身上潮湿的汗液，皮肤滑腻的触感，对江声来说都是难以逃脱的噩梦。

长久的重压，即使他思想觉得自己可以了，身体似乎也不行。

江声松开手，厘清了思路，正想开口解释。

走廊尽头，李汉卿抱着一个医药箱冲了过来：“我来了，医用酒精、碘附、创可贴、绷带……你要哪个？”

他打开医药箱。

江声走到医药箱面前，修长的手拿起一块巴掌大的创口贴，撕掉背面的胶贴，一下子贴在李汉卿的嘴上，他还很认真地把边角压好，然后走了。

“呜呜呜——”李汉卿挣扎。

华影也没有对哼哼唧唧的关汉卿施以援手，因为她还惦记着别的。

她问江声：“解决预算的方法你想到了吗，不能由着他们砍掉研发啊！”

江声坚定回答：“即使我不是决策人，我也不会让研发部解散，除了减掉生产线，海声集团也可以和宁大合作，由海声集团出资成立一个实验室。”

华影眼前一亮：“聪明，不仅能得到无限的人力资源，还坐收学术派的支持，收得美名。但是要多少投入呢？”

江声打开PPT，长长的数字精确到小数点后两位，原来他早就已经考虑好。

“这么多！”华影惊讶，她想了想现在江声的困境，海声集团是不可能拿出这么大一笔的。

“你知道季海生前帮我买下一家店面让我开奢侈品店吗？在中心那里，我可以把那个店变现把资金投过来，反正我暂时没有这个精力，这本来就是季海的东西，他如果在的话也会这样做的。”

江声不说话看着华影。

他眸子清澈，湿漉漉的，像从林里跑出来舔你手中叶子的小鹿。

华影抬手：“大恩不言谢，你要给我分红的啊！”

他勾起嘴角：“好。”

这时候麦克走过来：“华总、江总，周秘书长来找你们。”

周秘书长是来感谢华影的，原来在晚会上被华影和江声解围的年老服务员是周秘书长的爸爸。

老人家从乡下被接到城里闲不住，晚会上没事做，干脆来搭把手，没想到这么巧撞到刘蓓拉的枪口上。

之后，他在广告里看到华影，才知道那对男女是谁。

这就是周秘书长现在才到这来的原因。

华影赶紧抓住机会：“周秘书长，应该的，你也太客气了，这件事说起来还是我们江总先挺身而出，我不敢居功。”

周秘书立即和江声道谢。

江声冷静地点头：“不用，换作是任何服务生，我也会这样。”

华影眼色使得就快眼皮抽筋了，江声还没收到。唉！说话不讨喜，人长得再帅又怎样？暴殄天物！

周秘书长多少也了解江声的为人，这次是爱屋及乌，笑道：“江总是个实在人。我听说海声集团最近好像惹上了点麻烦，我相信江总的为人，有什么我能帮得上的，可以来找我。”

华影心中一喜，看江声正要开口。

“不用……”

她很怕江声再说什么不用之类的话，赶紧截断：“不用麻烦，就是有一件事情，不知道周秘书长能否牵个线？”

江声转头，看到华影浅笑莹然，任何人看到这样的笑脸可能都说不出拒绝的话吧。

果然，华影说完后，周秘书想了想："我倒是可以向宁大校长打个招呼，但是能不能谈下来，要看你们的本事了。但我个人觉得这是件好事，非常支持这个实验室的成立。"

这些位居高官的人都是这样，不会把话说满，不会做百分之百的承诺，但华影七窍玲珑心，一听就知道八九不离十。

立即道谢，欢送走了周秘书长。

她转过脸，瞪江声。

"你刚刚说不用，是不是不用帮忙？你你你，猪一样的队友！"

江声挑眉："猪一样的队友？谁把支票本全部寄出去？谁把成本数据邮件抄送给零售商？还有谁……"

华影一把关上办公室的门："闭嘴！闭嘴！"

"我是想说不用那么快回报我。第一，我的确没做什么大事值得这样；第二，如果真的要回报，那我也要好好算下如何让海声集团获得最大利益。"

"想，我等你计算出公式，人家早就忘记了，知恩不图报绝对是傻子的行为，有恩当时就要报了，我本来可是想让你在晚会上被他感谢呢？"华影一副傲娇样子。

江声思考了下："你是不是知道那个老人是谁？你是故意引那位女性去找麻烦，我又正好回来了，不是巧合。"

脸盲症患者江声已经完全忘记刘蓓拉是哪根葱了，且这句是陈述不是提问。

华影暗自想，虽然江声这人情商为负，但绝对不是个傻子。

"是，我是之前看到秘书长夫人在和这个老人聊天，对他绝对不是一般服务生的样子，又是有点儿无奈，又是有点儿嫌弃，现在想想估计是劝自己的老公公不要出来，去休息。"

她本来人脸识别能力就媲美 AI，加上学表演的善于揣测观察。

只是没想到最后刘蓓拉会被江声和她刺激得这样失控，完全转移了众人的注意力。

时隔几天没有动静，她差点儿以为自己判断错误了。

"但我绝对没有暗算你啊。"

他会不会以为自己心机很深？

华影低头思考。

她低着头迟迟没动作，江声有点纳闷。

她怎么了？是忘记什么东西了？为什么突然安静？和我有关系吗？

可怜的江教授分析得了量子力学，却分析不了眼前这个人到底在想什么。

华影抬头见江声皱眉思索，这个神情她很熟悉，她经常在面对文化课选择题的时候出现，但宇宙第一高知江声这样，难道是出现了什么世纪难题？

“你在想什么？”

“我在想你是不是要我表扬你一下。”他侧身，白皙的皮肤，耳尖泛红，轻咳了下，“嗯，好策略。”

耳边传来江声的声音，她望去。

正好抓住江声浅浅的、轻轻的一笑。

像小鲤鱼跃出水面，在心湖上打了涟漪，一圈一圈泛开。

冷傲的江教授的花式称赞，真是媲美原子弹的杀伤力，她的小心脏有点承受不住啊。

“哼，你等着瞧吧，策略可不止这一个！”

作为一个身经百战，终日与媒体、粉丝斗智斗勇的明星，华影当然有一系列的智谋来打翻身仗。

很快，媒体人“四月维夏”就晒出了两张江声在日本赈灾的照片，第一张是已经发过的。江声一片废墟中一条腿半跪着，手里的东西被石头挡住了的照片。

江声因为这张照片里破表的颜值收割了一票迷妹，在后来的新品发布会还有不少人认出他。

第二张是未曝光的另外一个角度，这一次给了江声近景的特写，他低着头，额头有几缕碎发垂下，眼神专注而温柔，手小心地放在胸前，一只手掌轻轻捧着，另一手修长的手指并拢环住，指上还有些伤口和脏污，手心是一只蜷缩着的小鸟。

在夕阳下定格成了永恒的暖意。

《第一财经》点赞了这条微博。

下面的留言已经炸了：

“侧颜杀，我男神，表白一下！”

“人帅心又好，明明是我老公，介绍一下！”

“楼上想得美，人家是海声集团的总裁，身价几个亿，还你老公！”

“总裁夫人在这里，居然敢诋毁我老公，这么好看的人，就是站在我面前骂上我三天三夜笨蛋，我都开心，开心，超级开心！”

“骂我，骂我，江教授请来骂我，随便骂……”

“天啊，如果我大学有这样的教授，肯定门都挤不进去，还让他辞职，这学校的领导都头脑不好吗？”

“我是他的学生，其实当年江教授离开，完全是因为论文署名，学校硬要强迫他……算了，我怕被灭口，走了。”

“楼上，给你充电线，快回来八一八！”

“求真相。”

…………

咖啡店里，华影和夏宇菲面对面坐着，讨论着一条条的留言。

华影指着那条爆料：“这个是你让人发的？”

“四月维夏”夏宇菲点头：“你怎么一眼就看出来了？这是我临时注册的小号，我没有出来说到底是怎么回事，这样一条够了吧？”

华影满意地点头：“足够了，没人想知道到底是怎么回事，大家只愿意相信自己的想象。对了，这张照片是哪里来的？”

“我回去找了下相片资料库，当时居然没有发现，真是可惜，我应该早点发出来的。”

华影再次把照片点开，照片上是江声完美的侧脸，只要他不说话，其实还是挺赏心悦目的。

“没事，现在发正好。”

夏宇菲问：“这么多人转发，你买水军了吧？”

“当然，一开始是水军，后面都是真粉了。”华影平静地喝了口咖啡，“你以为在娱乐圈，想成名只要可爱、漂亮、有性格吗？并不是，都是用真金白银开路砸出来的。”

华影和夏宇菲拿着漂亮的老玫瑰骨瓷咖啡杯干杯：“合作愉快。”

夏宇菲喝了口咖啡：“华影，我想拜托你一件事情。”

第一个圈外的女性朋友，还有种志同道合的欣赏，华影很爽快。

“尽管开口，这件事情我还没来得及答谢你，想要什么？是限量的包包、新款的珠宝、演唱会的门票，还是我的签名照？尽管提，我来找我经纪人问下最近有什么活动……”她翻着手机，打字给李彦。

夏宇菲神情忸怩，终是开口：“江教授一直是我的爱豆，我能不能和他见一面？”少女的脸上出现梦幻的笑容，“只要我能和他握握手，或者让他喊下我的名字，我就心满意足了。”

华影的手指按住，对话框出现一堆的“wwwwww……”她愣了一下，点头，“原来是粉丝见面会啊，好呀！”

她的心间飞过一丝酸涩的感觉，一定是嫉妒江声居然有这样的忠粉！

嗯，太可恶了！

“四月维夏”的微博很快就上了热搜，因为被女神华影随手点了个赞。

很快，另一条有关江声的微博也上了热搜。

是华影发的一条微博："我的合伙人，介绍一下。"

贴出了江声在当值期间发给美国 W 大学的邮件。

邮件里江声有理有据地陈述了对 W 大苛刻录取亚裔条件的不满。

江声还做了表格排序，亚裔的录取率在每一个 SAT 分数区间都是最低的。

亚裔要进入 W 大 SAT 成绩要比白人学生高 140 分，比西裔学生高 270 分，比黑人学生要高 450 分。

最后言辞礼貌却直接地要求 W 大立即做出调整，公开赔礼道歉，否则自己将离职，原话："因为这样的学校配不起我的教育。"

逻辑满分，语法满分，教养满分——鼓掌！

另附上一张《华盛顿邮报》的网站新闻截图，说的是 W 大调整了亚裔的录取条件，轻描淡写地提了一句一名物理系华裔教授曾给校方发过邮件抗议。

华影这样等级的明星根本就不需要买水军。

这样一条微博被迅速转载，留学生纷纷表示赞同，强烈要求得到官方道歉。

华影没有料到的是，自己居然因为江声迎来了微博热度的第二春涨了把粉。

最后，连美国驻华大使馆都转发了：持续关注。

躺在床上的华影不敢相信自己的眼睛，这界跨得！

华影喜滋滋地想着终于打了个漂亮的翻身仗，睡着了，但她并没有想到因为这条微博，从此深居简出的江教授的生活就天翻地覆了。

这一晚，某度搜索最高的居然是"江声"这两个字，大家差点以为是哪个明星出道了。

各大媒体都在边骂着华影边赶稿：华女神大晚上发新闻要不要让人睡觉了，取个什么名字好呢？嗯，"民族之光"江教授吧！

然而，新晋"网红"江声并无知觉。

对江声来说每天最大的苦恼只是在于能否用最短的时间决定穿哪件衣服。

5 点钟起床游泳的他，吃完早餐拎起背包，全副武装正准备去坐地铁。

行动派加学术派江声为了克服自己的接触恐惧，制定了一系列策略，坐地铁就是其中之一。

还没出门，幸亏他被宇宙第一秘书麦克截住了。

麦克载着江声来到海声集团大楼的门口，没想到的是，一向高大上，都是白领穿梭的海声集团门口此时聚集了一群男男女女。

各个年龄层的都有，还有手上拎着烧饼的大爷和拎着菜的大妈，唯一的相同点就是都拿着手机翘首以盼。

之前虽然江声因为负面新闻出名，但关注的大部分都是商业版和社会版，现在突然上了娱乐版，那红得可是比火箭还快。

江声奇怪地问麦克："为什么会有这么多人，因为华总吗？"

宇宙第一专业的秘书麦克欲言又止，不得不开口："江总，这些人在这里不是因为华总，是因为您。"

麦克在后视镜里看了眼神情纳闷的老板："老板，我强烈建议您等下出门，戴上手套。"

江声："手套？"

当江声走下车，这些纳闷瞬间就变成了惊恐。

如果说华影是有特定的粉丝群的，那江声是完全通杀的，完美的颜值，清朗的书卷气，高学历高智商，德才兼备，江声完全颠覆了传统商人的形象，江声越是对人避之不及，越能产生一种引人探究的神秘感。

少女，少男，阿姨，大叔，爷爷，奶奶……一拥而上。

"江教授，看这里！"

"江教授，民族之光，好样的！"

"江教授……"

江声一回头，一排女生齐刷刷举起手写板，各式各样的红唇一起开口："1，2，3，我们爱你！"

江声一把打开车门，像一只惊恐的鹿，几乎用跳的，逃回车内，落锁。

无数双手伸向车窗，食物味、香水味、汗味、口臭味纷纷蹿入江声的鼻中，那些噩梦又卷土重来。

最终，在保安和麦克的守护下，江声落荒而逃。

无奈，在上电梯的时候，还是被守在电梯口的员工逮到。

50多岁的文职阿姨握着江声戴着手套的手，硬是塞了两条咸鱼和一篮水果给江声。

"江总，我儿子去年考上的W大，谢谢你！要不是看了新闻，我真是不知道该怎么感谢你。这是小小谢意，你一定要收下。"

咸鱼的气味直冲江声味觉灵敏的鼻子，他连打几个喷嚏，内心是很想丢给麦克，但眼前是一张热情的笑脸，江声快速地将塑料袋再打了个死结，抽了抽嘴角："不谢。"

电梯里，面无表情的江声拎了拎手里的两条咸鱼，问抱着一篮水果的麦克："这到底是怎么回事？"

而华影看了一路"汉奸"平反成"民族之光"的新闻通稿，再看了看海声集团触底反弹的股票曲线，心情大好地来了公司。

推开办公室的大门，发现从来不光顾茅庐的江声居然在她的办公室等着她。

江声背对着她，望着窗外。

华影自然知道是什么事情，心下有些沾沾自喜，撩了撩头发，坐进沙发里。

“都别说了，我们是合伙人，这是我应该做的，你不用再表扬我。”

咸鱼早就让麦克拿走了，华影看到茶几上的水果篮，拿出一个橙子，用纤纤玉手剥着。

顿时，一室橙香。

“当然，如果你硬是要道谢的，我就勉为其难地收下好了。”

一瓣晶莹的橙片送入红唇口中。

“感谢？”

江声转身，捏了捏手防止自己把眼前这个得意到摇尾巴的人掐死。

“你黑了我的邮箱，盗取我的邮件，侵犯我的隐私，我都可以报警，为什么感谢你？”他挺直背，皱着眉，恼火地想起这个兵荒马乱的早晨。

江声这一生从来没有想到会突然受到这种关注度，这辈子他只想做个普通人。还要感谢她？凭什么？

华影的橙子卡在嘴里，酸！怎么和她想的味道不一样？

江声偏头思索：“不对，你没那个能力黑我邮箱，还有谁是同伙？”

这算不算一种侮辱。

华影艰难地吞下橙子，正准备开口。

突然，门被打开，李汉卿大摇大摆地走进来：“嗨，密斯华，你还满意吗？”

结果，李汉卿一转头看到眯着眼打量他的江声。

李汉卿顿时竖起汗毛，从他与江声每每对战都输得一败涂地的惨痛回忆，他太熟悉江声这种在思考如果宰割他的眼神。

“你们继续，你们继续……”

他迅速后退，带上门。

江声冷笑：“你不用回答了。”

他走到门边。

华影咽了咽口水，冲淡了嘴里的酸味，站起来：“我只是问了李汉卿，W大只有一名物理系华裔教授，最年轻的Professor。”

可惜李汉卿是猪一样的队友，居然都不知道江声发过邮件。

不过，华影也能理解，或许科学家和明星不一样，都是两耳不闻窗外事。

“你要知道我的翻墙软件是用来维护INS上的海外粉丝的，我搜索了一下你，从你那些天书一般的论文介绍中，找到这一个帖子是多么不容易，还好我会熟练操作有道词典。”

“我也问过你为什么离职，你并没有回答我。所以我只有自己找答案。”

她理直气壮。

江声揉揉眉心："我不回答证明我不想回答。你这样侵犯我的隐私是非常非常糟糕的行为。"

他本来想说犯罪，还是没有说，想了想只有两个"非常"才能表达出自己的心情。

"呵，你不想回答，是因为你觉得自己清高在上，和你那署名一样做事不留名，并不屑于我们这种有屁大事情都要上下热搜博取眼球的明星。可我这人就是这样，我不可能坐视有人在背后搞鬼，说什么清者自清，骂我的一定骂回去，谁欠了我一定要讨回来，不然我会觉都睡不着。"

华影吐出怒气，问："请你搞清楚，我和你是合伙人，如果是季海，你会不屑回答吗？"

江声垂下眼。

华影讥笑："所以，你从来都没有把我当作你的合伙人，是可以信任的人。"

江声："信任的人会盗我邮件？"

"如果你认为是侵犯隐私，我道歉，但我做这些不是为了你，是为了海声集团。你绝对不会知道海声集团对我的重要。"

很多人包括自己的母亲都以为她不过是过腻明星生活出来玩票，没有人知道这才是她真正的孤注一掷，她以为自己不在乎这些人，但一想到江声是其中之一，她还是会受伤。

华影指指门："现在，请你出去，我要工作了。"

江教授就这样被扫地出门了，门不一会儿被打开，一只果篮被扔了出来。

江声一路抱着果篮走回自己的办公室，坐在开机的笔记本前都想不通为什么明明是华影不经过他同意翻看他邮箱，截图发了微博，弄得他生活大乱，还一副他错怪她的样子。

江教授是个科学家，所有事情都是从理性角度去思考，无论出发点是怎样，错了就是错了，而且这是很严重的错误。

季海会不会问他这种问题？

江声摇摇头，显然季海是不会问他这种问题的。季海是个商人，从来不会拘泥于感情，他会关心他，但很清楚他的界限。

他不说，是觉得这并不是件大事，反正W大都已经调整了录取率，达到了他的预期。

江声的个性本来就行大于言，加上十几年实验室沉默的磨砺，他已经忘记该怎样向他人交代自己的计划。

何况极少有人跟得上他的速度，"合作"对他来说等于"等待"，他最讨厌等待。

他常年研究对象是冷冰冰的原子、电子之类的数据，如果换成是人，哪怕是他自己，他都不懂如何去解析。

更令他觉得不实事求是的是，他回国并不仅是因为邮件，还有季海的意外。

他并不会搪塞撒谎，不想说就是不说，以为放下的话题，想不到华影还会拐弯子去找答案，完全让他措手不及。

负面消息横行的时候，即使有人都在网上骂他，但他不在乎，一心放在产品上，那时没有困扰，因为不会有人围观他，更不会有人当面送东西给他……

现在已经严重影响到他的生活，才是最令他最苦恼的。

江声叹了口气，看到被剥了一半的橙子，想着华影那样的智商，能在天书般的英文大海中找到这一条线索也的确是不易。

但是不怪她，那怪谁呢？

怒气冲冲的华影很快收到李汉卿的微信：“密斯华，你告诉生姜是我黑的邮箱了？”

华影：“没有。”

李汉卿：“那为什么我的电脑被黑了，整个硬盘我所有十几年珍贵的老师资料都没有了。”

华影：“不好意思……什么资料，我帮你找找。”

对方一直显示在输入。

等了一会儿，李汉卿发来：一长串人名。

华影看后，彻底无语。

华影和江声的关系一瞬间又回到了冰川时代。

明明在同一屋檐，他睡觉了，她才回家，他吃早餐了，她却在楼上关着门。

之前，虽然江声和华影一直就在同一屋檐下过着有时差的生活，但从他给她留的咖啡，她为他带的消夜，是能感受到对方的存在的。

而现在，只有冷冰冰的大理石台板在那里无声地嘲笑。

男人之间解决矛盾的方式很简单，打上一架、打一场球，解决问题，理工科直男的方式更加粗暴，江声和李汉卿打了三天三夜的游戏，从吃鸡到魔兽，最后到扫雷，李汉卿全部被秒杀。

李汉卿顶着一个鸟窝头，挂着沉重的黑眼圈，脚步虚浮地跟在江声后面，走在顶楼的走廊，他不停地打着哈欠。

“我认输行了吧！跪求把我电脑里的资料恢复！”

“相信没有这些干扰你会更有效率。最迟这周末，新模块要测试完毕。”江声冷冷地回答。

李汉卿跳脚：“你这样苛刻员工，我要发微信给密斯华，以后我改成向密斯华汇报，每天都有一个赏心悦目的大美人看多好。”

李汉卿啧啧嘴。

江声问：“微信？ We Chat ？”

李汉卿一脸嘚瑟：“你看，你看，我有密斯华的朋友圈喔！”

他拿出手机点开华影的头像，江声拿过来认真翻着。

李汉卿嘚瑟得太早，他绝对没有听过华影和李彦的对话。

李彦曾经问华影：“微博天天发三条，你就不能发发朋友圈，提醒下同行你的拍摄日常？”

华影是这么回答的：“现在的朋友圈谁玩啊，像有多少人要偷窥你一样。大家都端着无趣死了，偶尔发一条。还是麻烦大家转发支持一下我的新戏、我的代购都比这有趣。”

虽然她那么说，但惯会做人，朋友圈都在帮同行、导演和制片人宣传作品，简直和广告微商一样。

江声翻了一下就把手机丢回给李汉卿。

“你还有时间看这个？那就这周三给我好了。”

李汉卿这下要疯：“什么？不可能……”

背后传来李彦的声音：“喂，让一让！”

李汉卿转过头，李彦手里拿着偌大的一盒玫瑰花，最上面是一张卡片。

李汉卿脸有点儿红，一边摸头，一边拿走卡片：“谢谢你！虽然我不喜欢短发的女生，但是我一定会好好考虑你的追求……”他打开卡片念着，“华小姐，爱慕你的心让我充满嫉妒，请接受我的诚挚的歉意。孟惊涛。”

江声瞬间停下脚步，皱着眉头侧头。

李汉卿一脸纳闷：“不是给我的吗？孟惊涛？这个名字好熟啊！”

李彦上前一步，一把夺过卡片扔进花里，恶狠狠地瞪着李汉卿咬牙，一字一句：“追求？做梦！”

李彦捧着花走进了华影的办公室，砰的一下天雷巨响地关上门。

江声和李汉卿只来得及看到华影坐在桌旁的倩影。

“说起来，我好像这段时间都没见到密斯华，谁惹她了？”李汉卿说。

江声抿着嘴。

李汉卿伸出手，西子捧心：“一日不见如隔三年，我好想密斯华。我俩就像数轴上的有理数点，明明靠得那么近，却始终无法触碰对方，感觉像那么远，到底是为什么？”

你的好友苦情戏精上线了。

江声认真地点点头：“因为我就是你俩间的无理数点，一旦我出现，你就被隔离了。”

自从江声变成流量达人，国内的很多高校都唯恐自己受到粉丝的波及，纷纷对海声集团示好，宁大也很快就抛出橄榄枝。

海声集团和宁大的科研实验室就这样顺利地成立了。

江声、华影和李汉卿一起去参加剪彩。之次每次活动都会变成华影的粉丝见面会，只不过这次多了个江声，男女粉丝半分江山。

华影身经百战，签名、拍照、握手得体无比，不仅能让粉丝深爱，还能将路人瞬间变粉。

华影那边春风和煦，江声这一边却春寒料峭。

“江教授，一起比个心吧！”一个女生说着，下一秒，江声从西装口袋里掏出一杆笔。

拿着签名的女生迅速变得兴高采烈地被打发走。

再没有人敢对江教授提笑一笑同框一下的话，他唯一做的事就是签名。

但江声实在不能理解，除了论文审核需要签名，这么多陌生学生要他签名是做什么。

江声和华影最终在粉丝依依不舍的簇拥下离开。

已经很晚了，麦克开着车，车子里坐着三个人。

一向喜欢享受的华影，这次为了避免和江声的互动，主动坐到副驾驶。

“中国通”李汉卿看着狼狈地脱着西装的江声嘲笑：“生姜，你表现太差了，完全是密斯华在撑场子，我第一看到这样不般配的CP。”

“CP不是这样用的。”华影翻了个白眼。

“你俩叫什么CP，声影CP？咦，呻吟CP？”

江声没有接到梗，他脱下西装松着领带问：“CP？ CP破坏吗？”

华影只听到最后两个字：“什么破坏？”

她对着李汉卿问，完全把江声当作挡风玻璃上的一只壁虎。

“CP破坏是粒子物理的术语……”

李汉卿抓抓脑袋问江声：“江教授来解释下？”

江声支着头：“C代表粒子和反粒子变化，P是左右镜面变化，CP守恒是粒子与其反粒子互为镜像。”

江声解释得慢条斯理却简洁易懂：“强CP守恒，反之，在弱作用CP不守恒，叫CP破坏。”

李汉卿直点头：“对，对，对，我也学过，就是这个。”

“呵呵，CP破坏？”华影冷笑，“真是个好词，中国有句古话叫同甘苦不能共富贵，不就是这种意思。”

李汉卿终于见到华影笑了，又开启花式夸奖模式：“密斯华今天很漂亮喔，这身裙子真衬你的皮肤，还有这条碳结构的项链搭配得也好看。”

华影抽了抽嘴角没有回头。

“原谅我分辨不出到底是水晶还是钻石，害怕说错。”李汉卿回答得十分狗腿。

华影想还不如不说：“这是钻石。”

“反正都是碳结构。对吧，生姜？”

华影今天穿着一条天蓝色的长裙，戴着那天舞会上戴的钻石项链。

后视镜里江声的眼神在钻石项链上一闪而过。

“嗯，最后都会变成石墨。”

警察，这来了个更不会说话的。

李汉卿避过了头发，避过了口红，却死在钻石项链上。他有点儿丧气，他怎么能和雌性绝缘体江声同流合污？

人和人果然是需要对比的，经过江声的冷水洗礼，华影看了眼李汉卿，真心给予鼓励：“谢谢！西装也很适合你，下次试试藏蓝色会更帅。”

李汉卿今天穿了件紫色的西装，要不是金发碧眼的颜值撑场子，还不知道得丑成什么样。

独得女神的嘉奖，李汉卿十分兴奋，用手肘扛着江声，挤眉弄眼。

江声干脆转过头看着窗外，留下一个后脑勺给李汉卿。

这时候华影正好低头看到夏宇菲发的消息，问能不能采访一下江声。

华影转过头问：“今天晚上有安排吗？”

“没有，没有。”李汉卿连连摇头。

江声转过头嫌弃地看着谄媚的队友。

“那就一起吃饭。我有个媒体朋友正好想写一份关于合作实验室的专访。”

“好呀，好呀！”李汉卿连连点头。

江声瞪着李汉卿。

李汉卿收到江声抗议的信号，一把搂着基友的肩膀：“江声也没有事，可以一起去。”

华影满意地低头回复夏宇菲。

“谁说……”

李汉卿一把掐住江声的大腿，他已经很体贴了，知道这人嫌恶心不能被捂嘴。

嘴上说着不要的江教授，身体却很实诚地走到了餐厅。

包间里，夏宇菲早就等在门口。

同样是女人的华影，自然一进门就发现夏宇菲的不同，她穿了略短的女人味掐腰小裙，抹了玫瑰味的香水，还擦了草莓色的直男斩口红。

果然是万年忠粉体质。

口味宽广的李汉卿自然是立即就和主动散发亲和力的夏宇菲聊上了。

至于江声，一直是神色淡淡。

值得留意的是，夏宇菲相当了解江声，也不握手寒暄。

圆形餐桌，夏宇菲直接笑着打了个招呼后礼貌地询问了下，坐在江声和李汉卿中间。

被剩下来的华影，只有默默地坐到对面，还是江声和李汉卿两人中间。

什么CP破坏？她打量着江声和夏宇菲，李汉卿和夏宇菲，都有组CP的潜质。

夏宇菲笑着小心翼翼地问江声：“江教授，不知道你记得不记得我，我是《第一财经》的记者夏宇菲，也采访和回答过你的问题。”

江声认真回忆了下，无奈是个脸盲，没有回答。

夏宇菲再接再厉：“江教授是 Thomas Hawksley 金奖的最年轻的得主，我看过你的得奖论文……”

她现在叫江教授的时候和作为记者时念称呼一点也不一样，带着一种春日般的绵柔，只有华影听出来了，她有点好笑女孩子的心机。

华影拿着手机低头搜索了下，还是偷偷问李汉卿问：“托马斯小火车？”

李汉卿悄悄和华影回答：“汤玛斯是电机和物理的国际奖项，我……没有拿到，你知道这种追名逐利的事情不适合我。”

那厢，夏宇菲已经很快和江声聊起来了。

你如果问华影羡慕不羡慕比她年轻的姑娘，她撩着头发哼一声，年轻又比我美的姑娘在哪里？都还没有出生吧！

你如果问华影羡慕不羡慕有钱的年轻姑娘，她还是撩着头发哼一声，你见过比美比我土豪的富婆？

你如果问华影羡慕不羡慕有学识的年轻姑娘，她才会想一想，华影被华兰误导在不想要的道路上狂奔 20 年，奔过了头。

不像信息时代的年轻人都明白自己要什么，并善于利用一切渠道，对于目标，毫不犹豫地出手，华影翻了个白眼，她不过是早生了几年。

只是，华女神，你这个眼神好熟悉喔，loser 都是这样翻白眼的。

华影瞪了眼正耐心回答夏宇菲提问的江声，站起来。

李汉卿问：“密斯华，你去哪里？”

华影看了看手机：“我还有约，你们继续聊。”

她转头和夏宇菲打招呼：“我先走了。”

“好，谢谢你！”

华影看也不看一眼离开，她当然无从得知江声那时正皱着眉盯着她离开的背影。

“江教授，江教授……”夏宇菲柔声呼唤着心不在焉的江声，“刚才的问题……”

江声指了指李汉卿：“李总监是合作实验室负责人，关于实验室的问题你可以问他。”

“是的，是的，我很乐意为美女服务。”李汉卿冒出来。

“谢谢李总监！”

江声看向门外，已有去意。

“生姜，你要是忙就去忙。”李汉卿迫不及待挥手让江声滚蛋。

江声拿着西装站起来。

夏宇菲也立即站起来，咬着唇思索了下，对江声说：“江教授如果忙就去忙您的，也是华姐拜托我加些关于您的个人访谈，利于海声集团的形象提升。”

江声眼中闪过一丝犹豫。

“您忙的话，我改天再拜访也是一样的。”她甜美地笑了笑。

江声坐下来，看看手表：“我可以浪费一个小时。”

夏宇菲一脸惊喜：“谢谢江教授了！”

“你们不饿吗，边吃边聊。”她欢快地指挥服务生，“快来，上菜。”

李汉卿敢怒不敢言：大电灯泡！

接下来的饭，唯有李汉卿吃得最欢，夏宇菲注意力在江声身上，江声的注意力……嗯，已经走了。

要离开的时候，众人才发现麦克已经下班了，如果要麦克开车回来这高峰时段又要等半天。

夏宇菲非常开心地对江声提议：“我开车来的，我送你吧。”

李汉卿立即回答：“好啊，好啊，江声住得最近，先送他回家，再把我送回去。”

江声点头：“那就麻烦你了。”

“那好，我去拿车。”夏宇菲转身，悄悄对李汉卿翻了个白眼。

车开来，一辆黑色小迷你。

李汉卿打开车门：“生姜腿长，需要坐后面。”

无所谓，反正江声对副驾没兴趣。

江声放倒前面的座椅，弯曲颀长的身体，坐进狭小的后座。

夏宇菲气得鼻孔冒烟，问后视镜里的江声：“江教授，好坐吗？”

抢占副驾驶的李汉卿回答：“夏记者真是太体贴了，后面就只有这家伙能不好坐吗，哈哈……”

夏宇菲的回答是直接踩了油门开出去。

半山别墅门口，小迷你停在一辆红色的拉风玛莎拉蒂跑车后面。

李汉卿吹了声口哨：“豪车。”

谁知道，车门一打开，一个穿着鳄鱼皮衣的男人下了车。

他走到另一侧，弓腰打开门，还伸手挡在车框上。

穿着风衣的华影走了下来。

小迷你里的所有人都惊讶了。

李汉卿：“密斯华，她是去和这男的约会了吗？这男的是谁？”

“这是孟氏集团的孟惊涛。”夏宇菲回答，她的重点不在这，犹豫了下问江声，“华影也住在这里吗？”

江声抿着唇不说话，昏暗的光线下，下巴像一把紧绷的弓。

了解点内情的李汉卿答：“这是季家的老宅，密斯华要监护季家兄妹，才搬到这里暂住。至于江声这家伙，应该一直就住在这里吧。”

这时恰好有用人跑来打开大门，夏宇菲才松了口气。

原来并不只是这两人住在这里。

路灯下，孟惊涛走到后备厢拿出一个橘色包装的大购物袋递给华影。

“密斯华，怎么会和这娘炮扯到一起？”李汉卿十分气愤。

这个美国小白脸好意思称人家是娘炮！

夏宇菲摇了摇头：“不知道，但我知道孟惊涛的女朋友很多，十天半个月就一换，有时候财经没新闻写了去查查他的，简直信手拈来。”

夏宇菲偷偷看后视镜里，江声的脸隐在黑暗中，有些好奇地开口：“江教授，其实我还有一个私人问题想问您，只是我个人的八卦好奇。”她吐吐舌头，很可爱的样子，“对于华影和季海的婚姻，你身为另一个合伙人是怎么看的？”

李汉卿指着江声：“他这种人有看法才是奇怪，他根本不会关心。”

“一个正电子，一个电子，互相吸引了，没什么好奇怪的。”江声平静地回答。

李汉卿摊手：“See！”

夏宇菲脸有些红，还是羞涩地开口：“那……江教授，你对爱情有什么想法？”

外面，华影推辞着，最终手里还是被孟惊涛塞进礼包。

“啊！”李汉卿手指着孟惊涛，“我想起来了，他就是写那什么恶心巴拉卡片的人，也是狙击我的AI产品的人。密斯华为什么和他出去？

呵呵，你终于想起来了。

李汉卿托腮沉吟：“难道是……”

江声转过头看着他，似乎在等待着他的答案。

“我知道了。”李汉卿大喊，突然神情忸怩，“密斯华是为了我！”

孟氏最出名的是互联网业务，IT奇才众多，华影一定是为了帮他恢复被江声黑掉的电脑，能向敌人求助，多么高尚的情操！

李汉卿嘿嘿地笑：“就不告诉你们！”

江声想：“我为什么要等他的答案？”

外面，华影已经将袋子递给用人，走进门，她进门的时候，回头看了眼小迷你。

孟惊涛回身对迷你嗤笑了声，坐上车，轰轰的声音，绝尘而去。

李汉卿拍着椅背：“喂喂，密斯华是不是看到我们了，你要下车了。”

江声冷着脸咬牙：“你得先滚下去，我才能下来。”

一路上，夏宇菲决定不搭理李汉卿了。

但妇女之友李汉卿总有办法找到搭讪的方法。

“江声的爱情观，我可以回答。”

“是什么？”

“那家伙的爱情就是开普勒行星运行定律、牛顿定律、欧拉定理、量子相对论，他这辈子是不可能对女人感兴趣的！哈哈哈……”

“到了，下车吧。”夏宇菲停了车。

李汉卿笑着下车，热情地和夏宇菲挥手拜拜。他环顾四周——这是哪里？

季家老宅里，那个只爱定理、不可能对任何女人感兴趣的江声，站在一堆数值的白板前。

他听着楼上传来的关门声，回身拨弄乐高城市里的坐在咖啡店门前的两个小人。

修长的手拿起穿着裙子的女版人偶，学着那个人愤怒的口气：“所以，你从来都没有把我当作你的合伙人，是可以信任的人。”

放下，拿起打着领结的男版人偶，江声迟迟没有开口，最终叹了口气，男版人偶说：“算了，不是说要信任吗？那就不去问了。”

各位看官，你问我这两人什么时候才和好？谁先说的对不起？

有时言和是不需要说对不起的。

华影小的时候觉得很奇怪，为什么华兰经常和父亲争吵，吵到把家里能砸的都砸了，父亲还不和她离婚？

这一天，她知道了答案。

有小孩的夫妻真的难以分手。

华影接到了学校的电话：“你好，我是吴老师，是季白的家长吗？”

“是的，是的，我是她的监护人。”华影对老师向来客气，她没听仔细，以为是季恬在幼儿园出了什么状况。

“是这样的，你家季白和校外的学生打架斗殴，你现在有空能来下吗？”

“什么，你说的是季白？那个胳膊和火柴棍一样的弱鸡仔季白，”华影简直难以相信自己的耳朵，“他还和人打架？打赢了吗？”

“这位家长，你还是来一趟吧。”

华影立即赶到学校，在楼梯上听到身后有匆忙的脚步，她一回头，是江声。

两人一前一后，来到了校长室门口。

终于忍不住，华影转头问江声："你想好等下怎么说了？"

江声问："说什么？"

"等下如果校长、老师追究季白的责任，记过、处罚我们怎么对付啊？"

江声侧头，认真想了想，摇摇头："我不知道，从来没有这种经历。"

华影翻了个白眼，对啊，她忘记了，面前的这只学霸只差没有被学校供起来，他哪里晓得一直错过文化课补考，偶尔上学还要被围观者堵在厕所的她这种德艺双馨的学渣的痛苦。

"应该怎么对付？"江声问。

华影拿出化妆镜，补了补妆："我们一个唱白脸，一个唱红脸，一唱一和，坚决不能让季白记过，你……你算了，还是不要说话吧。"

幸好，季白并不是她和江声生的孩子。

唉，这都是什么乱七八糟的！

华影摇了摇头，酝酿了下情绪，推开了门。

一打开门，季白正在罚站的身影映入华影眼帘。

一向对继母没有好脸色的季白看到华影的出现，简直就想跳窗逃走，他宁可被打晕都不想见到华影嘲笑的脸。

他哼了一声别过脸去。

华影上前一步扳过季白的脸，他的嘴角还有干涸的血渍。

华影叫出来："你怎么被打成这种样子？"

她转头问校长："校长，我们家孩子好好的，为什么被打成这样？都被打成这样了，为什么还在这儿罚站。"

季白想过华影羞辱他的千百种方式，独独没有这种为他控诉的方式，他完全愣住了。

华影还没有结束，她指着季白的细胳膊细腿："你看看我们家季白，瘦弱得像个白切鸡一样，这么好欺负！"

季白肩膀抖了抖，简直不想看她。

华影丹田发声："到底是谁打了他？这是校园霸凌！"

江声轻轻咳了一下。

华影斜眼瞟江声，为什么要打断她的表演，一定要先声夺人。

江声指了指后面沙发。

五个男生端端正正地坐成一排，脸上十分精彩，青青肿肿，任何一个人都要比季白惨上十倍。

凄凄惨惨戚戚的五张脸，对着华影。

华影回头："这……是不是有什么误会？我们家季白一向品学兼优，全国机器人大赛一等奖，全市数学竞赛一等奖，英语演讲一等奖……"

季白惊讶地看着华影，她怎么知道得那么清楚？

"还有，空手道三段。"江声补充。

华影瞪了眼江声，她记得只是不说，好不好？

"快解释下，到底是怎么回事吗？"华影拍了拍季白。

季白憋红脸不说话，他觉得很丢人。

"不愿意说你可以保持沉默。"江声开口，他仿佛看到曾经的自己，所以他懂季白一定是有不能说的原因。江声走到季白面前，弯腰平视，"等你愿意了可以告诉我，明白了吗？"

他双眼专注地盯着季白，季白点了点头。

他的个子对于季白来说太高了，只有俯下身，季白仰着头，却是全然的放松和信任。

华影突然感到，她是不可能走进去的，这是属于男人间的对话。

"但是，你学空手道是保护自己，并不是仗势欺人，所以你知道怎么做。"

季白听完江声的话，想了想，朝五人组走去。

他伸出手，最右边的那个估计是老大，被打怕了吓得身子一缩，发现原来季白不是来揍自己，他摸摸头站起来，双手握拳。

"我可不怕你。"

"对不起，虽然你先出手，但我不该下手这么重。"

季白伸出的手放在空中。

五人组小头目这才摸摸头，不情不愿地回握了季白的手。

"好吧，我不是怕你，以后你见到我们绕着走就好。"

"是吗，路是你家开的？你们也绕路走，不就见不到了。"华影抱着胸开口。

大明星居然是个护短的恶霸？

五人组面面相觑。

季白和江声对视了眼，不约而同地闪过一丝无奈的笑意。

校长捂着额头，感到血压有点高。他老婆约了朋友逛街吃饭，他还要赶着去接孩子，真的一点儿都不想留下来面对这些。

出了校长室，季白和江声走在前面，隐约说着什么。

不就是男人间的谈话吗，哼，华影才不要听。

等季白去拿书包，华影和江声站在外面的走廊。

华影问江声："他告诉你了？他是为什么打架？"

"我不能说。"江声摇头。

他这种人守信重诺会说才有鬼。

华影趴在栏杆上，头慵懒得枕在手臂上，"那我来猜猜好了，男人打架无非就是几个原因，羞于启齿的……一定是因为女人。"

华影偏过头，胸有成竹地笑，她这样看过去就像是一个学生，带着一脸的烂漫和天真。

阳光下，有点闪花了江声的眼睛，他没有说话。

"哈哈，我猜对了，是不是？"

华影很得意，她突然发现江声背后，走廊拐角，有个女生在偷偷往教室里张望。

"哼，你不告诉我，我就不知道了吗？"傲娇的华女王风姿飒爽地站起来。

A 班的夏晓雪只是偷偷地跑过来看眼季白到底怎么样了，她没想到偶像会突然出现在她面前。

"你你你……"

华影笑眯眯地握住夏晓雪的手："没错，我是华影。这位同学，我们来聊个天吧。"

从夏晓雪口中，华影总算得知事情的始末。

不得不说，少男少女的世界真是充斥着热血以及狗血。

夏晓雪的闺密，隔壁班的女同学通过夏晓雪认识了季白，然后和季白在 QQ 聊上了。

女同学告诉季白自己校外的朋友纠缠自己，季白这样崇尚英雄主义的少年当然义不容辞地帮忙。而校外的那位朋友认为季白是第三者从中破坏，号召了一票人想给他点儿颜色。

于是，就发展成了今天的局面。

华影听完始末，看着季白的眼神都多了几分怜惜——可怜的小备胎！

夏晓雪红着脸，走过来问季白："你没事吧，对不起。"

季白一脸臭不要脸的拽味："没事，你回去告诉你那个朋友，不要在 QQ 上找我了，以后这些事都和我没关系。"

华影敲了季白头一下："怎么说话，人家女同学问你有没有事情，你难道不能有风度地说谢谢关心。"

季白气的走远了。

留下一脸想哭的夏晓雪。

有戏！

“你别在意，这些钢铁直男都不懂女人心，我支持你喔。”

华影对夏晓雪比了个心追上季白。

走在出校门的路上，已经放学，只有三三两两推着自行车的学生，华影戴着墨镜，可能是因为江声和季白的存在，还是有不少回头率。

季白神情恹恹地背着书包和江声走在一起，虽然对比起来一高一矮，但已经是个有雏形的男子汉。

如果是季海在，会对他说些什么？

华影叹了口气，又重新扬起笑脸，从后面拉住季白的书包。

“你干什么？烦死了！”

季白气得哇哇叫，哪里还有在女生面前的拽样。

“我们来谈一谈，其实不是什么大事，谁年轻时候没个暗恋，喜欢个什么人的，对不对？”华影看着江声，寻求支援。

手插在兜里站前面的江声停下来侧身，他站在优秀学生橱窗前，一脸高风峻节的好学生模样，甚至比任何一张照片里的人都要来得俊秀。

他说：“不知道，我没有。”

华影简直想打嘴，为什么要从这个从小就暗恋爱因斯坦的人身上找认同感。

她决定忽视江声，转头对季白说：“喜欢一个人是很开心的事情，没有什么好觉得羞耻了，但关键是喜欢的方式是否正确，打架可不是正确的行为。”

季白别过头，红着脸小声说：“我没有喜欢她，我只是听她说她被校外的朋友骚扰，想帮帮她。”

可爱的少年，他并不懂得有些早熟的女生把对爱情的幻想当作生命的全部，他只是单纯地想帮助同学，却被当成了第三者，还要遭人非议。

“没有喜欢她就好。喜欢一个人是很美好的事情，你喜欢的人应该对得起你喜欢她的这份心意。”

江声和季白看着华影。

她说：“不用急，一辈子很长，你可以慢慢找自己喜欢的人。”

秋风吹起她的衣角，她眸中却闪着郑重，就像落完了叶子的树干单纯得屹立，她坚定的语气，仿佛这是人生中不输于任何的事情。

“你看，这个第一名我觉得长得就挺不错，你可以试试喜欢这样的女生啊……”

华影指着优秀学生橱窗里的第一名照片。

居然有一秒钟想为这种女人点赞，果然是在下输了。

季白捂着脸跑了。

第十一章　你眼中的星辰

是夜，宁城当红的音乐餐厅。

华影、季白、江声、李汉卿和李彦坐在卡座里。

季白脸上大写着嫌弃，眼睛却好奇地四处张望："你这女人竟敢带我来喝酒？"

华影嫌弃得叹了口气："我知道你是未成年，所以……"

侍应生刚好放下饮料。

她点点季白面前是一杯牛奶："你的是这个，乖乖喝完奶就回家睡觉吧。"

其他人都点了鸡尾酒，当然江声的那杯是无酒精鸡尾酒。

"这是我朋友开的，没有比这更安全的酒吧了，如果你不愿意可以走。"

坐在暗处戴着棒球帽的华影拿出手机来自拍了一张："我不懂你们男人间的谈话，但如果你跟这个人学，只能一辈子娶个居里夫人了。"

她指指江声。

江声正端着酒杯在喝酒，他皱起眉头，冰块放得有些多。

李汉卿笑了笑勾住季白的肩膀："哥来教你。"

李彦神情嫌弃："季小少爷，千万不要学过了。"

李汉卿和李彦是华影拉来做陪客的，李汉卿想起上次见到华影的情景，问道："密斯华，我上次看到那个姓孟的小白脸送你回家，你不会和他约会吧？"

时间还早，音乐还没有闹起来，仔细听还是能听清对方的声音。最旁边，江声侧过脸，装作漫不经心地看向舞池，竖着的耳朵已经暴露了自己。

华影回想了一下，笑出来："怎么可能！"

李汉卿嘿嘿地笑起来。

黑暗中，仿佛有人舒了一口气。

华影拿出手机，点开微博，赫然是爆料江声被美国大学开除的那个博主。

"我想不通他有那么多八卦可以聊，为什么会拿我们开刀。"华影翻着他的微博，她没看到坐在角落的某个人因为这句"我们"眉眼动了动。

“我从头到尾地研究过这个人的微博，都没有什么可疑，除了这条。”华影突然在一条微博停住。

李彦伸过头看了眼，难掩惊讶：“他点赞过孟惊涛的并购波特手机的微博？”

华影笑了笑：“不仅如此，他还关注过孟惊涛，只是后来取消了。”

“你怎么知道？”

“我可是微博名人榜第一，有什么是我查不到的？而且，想想这些爆料，哪个是受益方？”

李汉卿突然插嘴：“生姜，你从美国辞职的事情，除了我还有谁知道？”

“海声的高管和股东都知道。”江声眯了眯眼，“包括那个离职的……”他神情思索。

“陈国平！”华影代他回答，她一听就知道江声不记得名字了。

江声点头。

“所以都能说通了，那个小白脸孟惊涛就是污蔑江声的人。”李汉卿拍掌，“气死爸爸了，那密斯华你和他出去一定是为了刺探敌情，忍辱负重，身在曹营心在汉……”

华影抬手阻止他再胡扯下去：“我和他出去只是因为他欠我一个道歉，当然也有你说的第一个原因，我还想探探能不能让他松口不针对海声。”

华影挺了挺胸装得气势很足，她绝对不是为了和某人赌气。

“毕竟我正反派都演得不错，背地里的事情我来做就好，什么高风亮节的事我可做不来，等我抓住他的把柄，可要他好看。”

李彦是知道始末的，看了眼江声，使了个眼色。

李彦眼睛都快抽筋了，情商令人着急的江声这才知道华影还在生气。

“你觉得商业竞争的底线是什么？”江声问道。

“不知道。”

“我觉得是不要互相说对方的不好。事实上任何竞争都是这样，抓住对方的缺点说，并不能显得自己有多厉害，相反暴露出人品。”江声说，“最聪明的做法，是说出你的优点，让顾客自己选择。”

“下次不要去了”，江声深邃的眼眸望过来，“海声集团的任何人都不需要虚与委蛇，要光明磊落地竞争，产品会说话。”

华影看向江声，他的眸子清澈而纯粹，像在小溪边巡视得仰着高角的雄鹿，坦然的傲气。

只是从来没有人对她说过这种话啊，她所处的环境，分分钟都会被人取代，无一不热衷炒作，谁没有被暗箭伤过？

华影垂下眼睛，感动夹杂着一丝委屈流淌过心间。

“江总回国时间不长，不大了解国情，虽然我们也希望是这样的，可往往就是恶性竞争，两家互撕拼个你死我活，剩下那个苟延残喘的垄断市场开始收账，直到下一个竞争者入局。影姐没有坏心，她这样做也是为了保护自己而已。”李彦最了解华影。

江声点了点头，他已经努力在接受文化差异这项问题。

李汉卿看着江声，心想这货和他一样估计都没听懂，点头装大蒜啊！

“要我说，你俩这样配合也不错，一个在明，一个在暗。”李汉卿举起酒杯，“来，祝海声集团有这样的两个老板，将来越来越好！”

众人举杯。

“今晚浪出天际！”李汉卿高喊。

他一低头，所有人都已经坐下各自喝酒了，他摸摸鼻子也坐下来。

喧闹的音乐响起，场子已经开始暖起来。

李彦放下酒杯，滑入舞池。

李汉卿很快消失在舞池之中，他更是如鱼得水，虽然这个金发碧眼的老外跳得是20世纪80年代的老年迪斯科，也不妨碍他边跳边向方圆一米内的所有女性周到地抛着媚眼。

而这厢卡座，却如同两个世界一般。

江声端坐着，眼观鼻，鼻观心，像尘世里出淤泥而不染的僧，华影神情慵懒地半躺着刷着手机，这时候如果一阵风吹过，一定会落下几片枯黄的叶子。

最终也受不了沉闷的气氛，华影放下手机，嫌弃地看了看舞池：“现在的年轻人跳舞真的是不堪入目啊，一个个，啧啧，像僵尸一样。”

江声看了华影一眼，他想到了那天泳池边月光下她的舞蹈，顿时觉得喉咙一紧，他呛到，咳了咳。

季白在手机的光里，正兴致勃勃地打着游戏。

华影一下子夺过季白的手机。

“你干什么？”季白气得喊。

“你们这些年轻人，不觉得很无趣吗？”华影指了指周围，80%都是低头玩手机的少男少女，“要玩手机不如早点回家玩，网络科技进步反而让现实生活变得无聊。”

季白本来就有些别扭，收了手机拎包站起来：“我先走了。”

华影点点头，笑着站起来：“我送你。”

毕竟人是她带来的，还是要确保安全送走。

华影回去的时候，得道高僧江声旁边也坐了两个妖精。

尽管端着一张生人勿近的禁欲脸，但总阻止不了想吃唐僧肉的妖。

“帅哥，你有没有微信？”

“没有。”

“别这样，你相信一见钟情吗？”其中一个稍成熟点儿的女人点起了一根细烟。

不远处，正在吃瓜的群众华影差点要鼓掌，敢在江声面前抽烟，她真要为这个勇士点蜡。

果然，江声嫌弃地皱了皱鼻子。

“人体分泌出信息素散发的特殊的体味，被某位异性通过嗅觉器官察知，从而产生好感，用通俗的话说，叫体味相投，就是你说的一见钟情。”

江声挪了挪坐的更远，用手帕遮住鼻子：“这位女士，很遗憾，从你身上我只能闻到烟味和刺鼻的香水味。”

抽烟的女人愣了愣，气得将烟掐灭在烟灰缸里走了。

江声舒了口气，拿掉手帕，转向另一侧的妖精，正准备开口。

“不好意思，那是我的座位。”戴着棒球帽的华影倚在沙发边开口，她就像一只归巢审视地盘的鹰，那妖精一脸惊讶地指了指江声：“他是你的男人？”

华影缓缓将手搭在江声的肩膀上：“你说呢？”

女人转头看江声。

江声正抬头看着华影，他的眼里再无旁人。

答案不言而喻，何必自取其辱，侵略者逃不择路。

华影掸了掸手心，坐下。

“可是隔着衣服的。”感觉到手心下他身体明显一僵，华影强调道。

江声转过头看着华影，他喝了口酒，黑暗遮住了他微红的耳尖。

原本以为她会直接否认的，他的确是有点惊讶和一丝莫名的欣然。

“谢谢。”他说。

华影端起酒杯，抽出点缀的樱桃，神情不耐：“别误会，我是怕她流的口水落到我的酒里。”

气氛有些冷，江声问：“季白走了？”

虽然知道华影和季白有多么不对付，但他的直觉相信除了华影没人能解开季白的心结。

“当然是送那祖宗走了，我让他到家给我打电话。”华影喝了口酒，咽下樱桃，垂下眼帘，慢慢开口，“有的时候，我觉得是自己带偏了季白对女人的印象，让他觉得所有的女人都不是好东西。”

“不会，季白虽然叛逆，但他绝对不是一个不懂感恩的孩子，他很善良。”

江声坚定地回答。

华影耸耸肩："希望如此吧。"

她说话间，唇齿散发着樱桃的果香。

江声清晰地闻到，突然想起圣诞节时他吃过的樱桃派，他对圣诞节并无好感，但樱桃派除外。

突然，插进来一个声音："你，你是那个女明星华影吧？"

一个拿着酒杯的男人，手臂满是文身、戴着金链，正欣喜若狂地盯着华影抬起的脸。

"哈哈，果然是，你们快看。"

他身边还跟着两个拿着酒瓶的男人。

"我可是你的粉丝，来，来，喝一杯！我敬你。"

说完，金链男人接过酒杯倒了一杯酒递给华影。

"谢谢，我不能喝酒。"坐着的华影平静地回答。

左右两个小弟先跳起来："你耍什么大牌，我们大哥的酒居然敢不喝，别敬酒不喝喝罚酒。"

"大明星，你如果不喝，可走不出这个酒吧了。"

华影眼皮都不抬，偏头一笑："你如果立即脱粉，我倒可以考虑喝一口。"

"为……为什么？"

"丢人呀。"华影扑哧一笑。

一旁，江声的嘴角已经勾了起来。

小弟："大哥，她好像在骂你。"

"滚！老子有耳朵。"

酒杯扔在地上玻璃四溅，华影和江声站了起来。

金链大哥涨红脸："你不就是个过气的寡妇戏子，老公都死了，有什么好拽的，老子是……"

几乎同时出手，华影的鸡尾酒倒在了他头上，紧接着就是江声的一拳，两个马仔扶住被打倒的大哥，深情地呼唤："大哥，大哥。"

江声收回自己的拳头，嗞了口气，甩了甩手。

"手疼？"华影有些鄙视，片场里那些武生可是一下子撂倒几个。

"嗯，力是相互的。"江声第一次打人，"现在怎么办？"

华影眨了眨眼睛，拉住江声的手："怎么办，跑路啊！"

后面的金链大哥已经反应过来，大声地喊："抓，抓住他们！"

华影拉住江声的手，在喧闹的舞曲中，在热情舞动的人群中，奔跑，穿行。

她的帽子被挤掉了，散落了一头长发，人在旋转的七彩灯下发着光。

江声看着被她拉住的手，温热的触碰，他坚定地，回握住。

躲到角落，两人才松开手。

江声搓了搓手指，还在适应残留的温热。

“不好意思。”华影红着脸扇了扇夜风，自言自语，“当偶像当到被粉丝追杀的估计只有本人了。”

后面又传来杂乱的脚步声：“在这里，在这里！”

金链老大召集了群混混，发现了华影和江声。

刚刚喘了口气，华影和江声又开始亡命天涯。

躲进一间房间，华影将江声推到墙边，踮脚捂住他的嘴，比了个小声的手势，悄悄观察门缝外面。

外面是打雷一般的歌曲，里面却静的只有呼吸声，呼吸和心跳交织在一起，全然盖住了外面的舞曲，华影的手轻轻遮住他的嘴，只留下他高挺的鼻梁，灵秀的双眼一眨不眨地看着她。

昏暗的壁灯下，让华影的心脏产生过电的感觉。

她吓得缩回手，跳开一步，手扇着风：“不行，不行，太丢人了，我华影风华绝代，怎么能被追得像只过街老鼠一样，反正我记住那几张脸了，下次一定要报仇。”

也不知究竟是因为外面的人还是里面的人，让她不知所措地原地打转，像只慌乱的陀螺。

江声看看周围，这大约是仓储间，放着制造舞台效果的液氮罐，还有几包荧光塑料冰块。

他胸有成竹地扬起唇角：“你不是经常说有仇当场就要报吗？不用下次了。”

江声转头问华影：“你能找到一桶热水吗？”

华影：“我只不过碰了你两下，你现在就要洗澡了？”

后巷，华影领着酒吧侍应生抬了一桶热水给江声，她给侍应生签完名，撩了撩头发：

“别说是热水，就是天上的月亮，姐都能摘下来，说吧，你还要什么？”

江声戴着手套将五颜六色的荧光冰块倒进热水桶里，密集的冰块迅速占领水面，聚集着，漂荡着，散发着神秘的色泽。

“还需要你做一件事情……”

那一边，在正在门口东张西望的混混们，突然听到一声脆亮的口哨声，华影抱着胸勾了勾手指。

混混们面面相觑，也不知道谁大喊了一声：“追，追啊！”一拥而上。

华影转身就跑，拜严苛的身材管理所赐，她踩着7寸高跟鞋却如履平地，引着混混们跑到后巷。

“来了。”她冲江声喊着，跑到他身后。

戴着手套的江声，不慌不忙，却动作利落地，迅速将一罐液氮反扣入那桶聚满冰块的热水之中。

在华影眼中，脚下从肮脏杂乱的后巷，突然变成了化学实验室，她仿佛看到江声穿着白大褂沉着镇定地往烧杯里滴入最后一滴试剂的样子，几乎同时，江声一只手遮住华影的眼睛，将华影拉至自己的胸前，“一、二、三、四……”

江声清亮的数数声就在华影耳边。

他带着华影一起快速退后，一旋身，用自己的背挡住她。

砰的一声巨响，空中响起了气体的交响曲。

白雾顶着五彩缤纷的冰块四涌而出，腾云而上，5米多高的空中开出了一朵蘑菇云。

“什么鬼！”

“爆炸了？”

混混们争先恐后地逃窜。

江声拿开手，华影看到蘑菇云里，五彩的荧光冰块像流星一样绚丽地四射开来，带着冲力落下来，打中慌不择路根本不敢回头的混混们。

“有暗器！”“妈妈救命！”哀号一片。

江声却和华影镇定地站在后面看着抱头鼠窜的众人，袅袅的云雾，斑斓的星光，华影感觉自己就像置身于宇宙星辰之中，身边的那个负着手淡然地策划出一切的人，似仙似幻。

半山都是私家别墅，未登记车辆不让驶入，这个点基本上已经没有车来往了，华影和江声走在凌晨无人的上山步道，华影想到刚刚那一幕，扬眉吐气，舒爽极了，她问江声：“那瓶气体是什么？为什么会有那种效果？”

“那是液氮”，江声回答，“一般用来做冷却剂，加入比热容比较大的热水，大量的热使液氮在短时间内迅速汽化导致爆炸。”

华影点点头：“听起来挺厉害。”

嗯，反正她没有听懂。

“很简单。”江声这么回答。

华影嘲笑他：“有你觉得不简单的事情吗？”

江声停下来，认真想了想，回答：“有。”

“什么？”

他没有回答。

华影也习惯了他这样，走起来还好，一停下，就觉得脚痛起来，华影咬牙将右脚跟从鞋子里退出来，再放进去，更加难忍。

江声主动上前一步，没有戴手套的手扶着华影的手，“能走吗？”他问。

“当然……不能！”她骨子里的娇气又冒出来。

江声只好将她的手搭在肩上，他顿了顿，还是弯腰，一把将华影抱起来。

华影还没有来得及反应，已经靠在他胸口了。

“你……你还是江声吗？被外星人占领了？”

惯是会得寸进尺，江声冷哼一声继续托着她往前走，他个子高，华影竟觉得视野比平时还要好点，江声很绅士地避开了敏感部位，一只手环住她的肩，一只手托住膝盖靠外侧，但这样的姿势，却让他更加吃力，只是他面上不显。

华影故意环住他的脖子，笑得像个坏心眼的魔女：“完蛋了，我一会儿是不是要叫救护车，还是你需要全身杀菌？干脆把这具身体不要了？喂，你不会自杀吧？”

“现在就是。”江声开口打断她。

“什么？”

“你不是问我觉得什么是不简单的，现在就是。”江声重新解释了一遍，“我不喜欢触碰别人和被人触碰。”

“那现在……”

“对自己做了一些训练。”

“例如？”

“例如高峰时段乘地铁，例如去健身馆的泳池游泳，例如将手放在土豆泥里和习惯火腿片的触感……”

“跟土豆泥和火腿片有什么关系？”华影打断他。

江声慢吞吞地回答：“我的数据对比，这两样最能模拟出皮肤的触感，帮助我克服恶心的反应。”

华影大笑起来，却突然想起什么来，神情变得古怪。

“我问一句，这几天早餐三明治里面的火腿，还有肉酱土豆泥和这些有关系吗？”

“没有，我用完都扔了。”江声立即回答。

华影舒了口气：“可是，我不明白，你以前都戴着手套吗？”

江声垂下眼帘，因为有着像此刻一般，想要从容地触碰一个人的心情啊，金桂的香味碰撞着夜风，树丛里传来悦耳的虫鸣，还有怦怦的心跳声，华影开始觉得是江声的心跳声，后来她发现是自己的。

糟糕，她闭紧嘴巴。

响到全世界都听到。

突然，华影想起来了什么，

她掏出手机，都是季白的未接电话。

完蛋了！

江声打开微信，季白发消息已经到家了。

他想了想，递出二维码，抬头看华影：“加我一下。”

他的眼神清澈坦荡，和今夜的月光一样，让人无法拒绝。

“哦。”华影想从包里掏出手机扫码，然而包里的东西太多了，她找了一下，才装作从容地拿出手机。

“嘀”的一声，两颗星从此有了交汇。

江声将华影和季白都拉到一个群里。

季白似乎没有察觉，在问江声：你在路上了吗？那女人呢？

华影翻了个白眼，迅速打：那女人也在路上了。

季白：肯定是你拖累了江声哥，我早就到家睡觉了。就知道不能指望你这种女人！

华影：乖，早点睡觉长高高。〈抚摸.jpg〉

季白：〈滚蛋.jpg〉

江声：〈抚摸.jpg〉

华影看到后质问江声：“你为什么要盗我的图？”

江声眨了眨眼想了下，神情认真：“因为我没有其他的图。”

这一晚，季家老宅的所有人除了季白都做了个美梦。

华影梦做得太美睡过了头，她来到办公室却发现，从来都不迟到的李彦居然九点半还没有现身。

她正纳闷着，李彦匆匆忙忙地顶着黑眼圈出现了。

华影凑近李彦嗅了嗅。

李彦问：“你干什么？”

“我闻到了野男人的味道。衣服还是昨天的，你昨晚一定有艳遇。”华影指着李彦略有褶皱的衣服斩钉截铁地说。

“这你都看出来了？”李彦抱胸，头疼华影的记忆力。

“你还好意思说，要不是昨天回来看到你和江总都不在了，我也不会和……”李彦想了想，“不对，你和江教授为什么都不在了？老实交代！”

“当……当然是回家啦，我和他不是住在一起。”华影红着脸欲盖弥彰。

李彦心不在焉，也没有发现，她点头：“是吗？也是喔……”

华影追问：“也是什么？”

“江教授这种一丝不苟的学霸和你这种胸大无脑的学渣，能有什么共同语言？”

“你到底是谁的助理？你过来……”

华影没来得及实施对李彦的暴行，就被麦克通知去开会了。

虽然海声集团和宁大的合作实验室有条不紊地建成了，但海声 AI 产品被萌萌哒网商加价，销售又出现了难题。

华影觉得海声集团就像一艘陈旧的游轮，堵上这块，那块又漏水了。

市场部的经理率先发言：“我也约谈了其他的网商，效果并不是很好，各家都有自己签约的合作商，要把市场让给我们非常困难。”

江声似乎料到这般结果，镇定地开口：“我建议将海声的市场重心从线上转为线上与线下并行。”

之前认为机器人统治世界的老古董股东冷哼：“线下就是死路一条，哪个商城和代理不是吸血鬼？”

“不，我指的线下是海声自己的体验店，我们的电器产品种类繁多，开设体验店反而有优势。”江声冷静地回答。

老古董股东正想开口，被华影笑着截住：“吴老不要心急，听江总说完再反驳也不迟。”

江声点头对华影示意后，继续说：“同时推出我们自己的线上商场，线下和线上并行的新零售模式。我看过市场的数据，电商的客户量有限，现在已经到达瓶颈，唯一的空白就是新零售市场，铺开线下，利用线下顾客得到的体验感和即得性优势，加大市场占有率。”

高管和股东们议论纷纷。

华影开口：“我觉得是好主意，现在的年轻人喜欢近距离追星，我们还可以找些明星来站台助威。”

老古董股东答：“放弃现有的模式，只有线下和线上两种自营购物渠道，风险太大。”

“我们并不放弃现有的市场模式，除了自己的渠道，依然保留以前的合作商，甚至会有更多的合作。”江声自信地回答。

“为什么？”

“因为我们做的是独一无二的产品，只需等零售商上门求我们合作。”

江声挺直背坐在顶头的座椅里，他扬眉，勾唇笑了笑，仿佛世上并无难事能让他弯腰颦眉。

华影突然有种感觉，江声这个船长一定能带领海声这艘斑驳的旧船乘风破浪，找到新的生机。

股东里自然有背后说江声太托大的，可是新的产品——海声智能手环立即就让他们闭了嘴。

这款手环看似简单，是一个塑料圈，却内有乾坤，它能够直接将手机或平板屏幕上的所有东西都映射到人体的手臂皮肤上，并可以点触工作。

一言概括的背后却是惊人的便捷。

作为手机代言人的华影，自然要为新手环拍摄广告。

摄影棚内，中央摆着一个四脚浴缸，表面浮着一层浓密的泡沫以及一个活色生香的美人。

浴缸旁边的玻璃脚凳上摆着香薰蜡烛，散发着玫瑰的芬芳和点点的诱惑的星光。

头发半扎的华影，伸出纤纤玉手，手腕上戴着海声手环，她舒展平细的锁骨，慵懒地躺在浴缸里，还将长腿抬起，脚跷在浴缸的尾端。

浓密的泡沫将她的重点部位遮挡得严严实实，只露出头颈、香肩、手臂和玉脚。

脸颊边有几丝湿发，雪嫩的香肩上点缀着点点泡沫，粉白的脚趾随意地晃了晃，灯光也独爱她，她就像汽水里放入的一颗香草冰激凌，香甜诱人。

华影翻转手腕，手臂内侧的肌肤上出现主界面，沾着泡沫的手滑动着APP找到微信，点击查看消息。

她看了下，微笑着，退出查看朋友圈，点击图片，樱花飘飘的风景照就出现在她的内侧手腕，在她皓雪的肌肤上就像文上去一般的好看。

她退出继续浏览。

恰好此时，江声和李汉卿来探班。

李汉卿吸了吸口水感叹：“这世上怎么会有密斯华这样的可人儿……”

还没有感叹完，眼睛就被江声的手遮住了。

“喂，喂，我知道你的接触恐惧症有好转，激动你可以拉我的手，干吗摸我的脸？”

李汉卿一脸包容地将江声的手从脸上扯下来，握在自己手里。

两人一高一矮，一中一西，周围已经有人看过来，窃窃私语。

江声面无表情地抽回自己的手。

四脚浴缸里，华影已经用手环接起了视频，开始视频通话聊天。

江声站在广告导演身后，悠悠开口："洗澡的时候需要聊视频吗？她在和谁聊？"

"江总，这只是广告效果，用来表示手环防水、便捷的特性。"

"不合逻辑，没有人会在洗澡的时候接视频。"江声这样回答。

"是，是吗？"导演咽了咽口水，心想哪点不合逻辑？

"那浴室的部分到此结束，我们改成在沙发上看书的时候接视频，江总看这样可以吗？"导演询问。

你最大都听你的。

江声满意地点了点头。

场记去通知华影转换场景，华影作为一名专业的演员已经习惯了导演的朝令夕改，她点了点头，坐起身，正准备站起来。

一张平铺的大浴巾挡住她起身的方向，浴巾的上方是江声端秀的侧脸，他不看她，耳尖微红，双手紧紧拉扯浴巾上方的两角，浴巾被拉得紧绷绷的。

"你在干什么？"华影问。

"你可以起来了。"

"我不需要浴巾！"

"需要。"

"不需要。"

"哗啦"一声，华影突然站起来。

江声拧着眉头，别着脸，拉着浴巾退后一步，像害怕牛要冲过来的斗牛士。

"你看，我就说不需要。"

江声这才慢慢转过头看了一眼，华影是穿了一条白色抹胸和三角泳裤，她一双白嫩的脚踩在藏蓝色的瓷砖上，纤细的双腿上，泡沫蹭着肌肤滑下。

明明是她喊江声看的，可当他真的正视她，华影反而紧张起来，她悄咪咪地收紧腹部挺胸。

"你不是要给我浴巾吗？"华影红着脸站在浴缸外嘟囔，"快给我，冷死了！"

江声立即上前一步，用敞开的浴巾卷好她，只留了一个脑袋在外面。

他包裹她的时候，大大地张开双臂，手臂环绕过她的肩膀。

华影隔着浴巾感受到江声结实的手臂曲线，以及扑面袭来的他身上清爽的洗衣液味道，她眼前是他衬衫第二颗珍珠白的扣子，顺着衣扣线抬头是他凸起的喉结，紧绷的下颚角曲线，华影红着脸，突然觉得江声还挺男人的。

工作人员知道华影准备出水，特意留出一个安静的小空间给她。

场记的命令声、道具箱滚轮声、说笑声都渐远了。

浴缸里的泡沫还在起伏荡漾。

无人知晓这个角落里发生过，隔着浴巾的，一个隐秘的拥抱。

“密斯华，我也来了。”万年灯泡李汉卿现身了。

华影边打着招呼边将浴巾自己系好，她瞪了眼江声，他原本将她裹得像一个顶着一颗草莓的站立瑞士卷。

李汉卿完全感受不到空气中还未散去的甜，夸夸其谈：“密斯华，这还是我第一次到现场，你演的真棒……”他还没有讲完，神情就从谄媚变得拘谨。

李彦走到华影身边，递给她之前用的浴衣和拖鞋：“换衣服了，导演说可以切下一场了。”

“是吗，我等下再换，先去看一眼，说不定要补拍。”华影说。

虽然她不喜欢演戏，但对于自己能把握的东西却是十分谨慎，这也是她演艺实验小有所成的原因。

江声飞快地答：“不用了，很好。”

“你怎么知道？你看过了？”

江声十分肯定地点头。

华影这才和李彦一起离开。

李汉卿挥手：“李助理，密斯华，一会儿见。”

“一会儿见。”华影回应，李彦头也不回。

“你说，她到底是怎么样的女人？”李汉卿看着两人的背影用手臂拱了拱江声。

江声挪远一点儿，摇头：“我也想知道。”

“你知道个鬼，我真是没有见过这么凶的女人，一点都不温柔。”李汉卿抱怨。

“嗯。”江声点头。

“总是出人意料。”

“嗯。”

“床上又像变了个人，那么开放。”李汉卿自言自语，突然被揪住衣领。

“你说的是谁？”江声阴着脸问，他比李汉卿高，李汉卿双脚已经踮起来。

“当然是李助理了。”李汉卿急得叫。

立即，双脚着地，感受失而复得的重力。

江声收回手，拿出纸巾，细细擦手。

李汉卿整理着衣领："你发什么神经，难道是密斯华啊！密斯华是我的女神，可望而不可即！"

江声丢掉纸巾，将手放进裤兜，不置可否。

李汉卿神情八卦地打量江声："不过，说起来，生姜你最近越来越奇怪了，我刚刚看到你给密斯华递浴巾咯，你对她保护欲那么重，难道……"李汉卿思索地拖长了声音。

江声转头，神情认真地看着他，洗耳恭听。

"难道你把密斯华当成季恬了？放心，密斯华是大人了，她比季恬成熟多了！"

李汉卿拍着江声的肩膀安慰。

江声神情古怪地看着李汉卿，问："是吗？我把她当成和季恬一样？"

"是啊。"李汉卿理所当然地点头，"你不像我那么有经验，你周围只有季恬和密斯华两个异性，少操点儿心，不用你像女儿一样保护密斯华。"

李汉卿说着走远了，只留下江声，若有所思地站在原地。

华影拍完最后一个沙发上的广告，走出摄影棚，外面已经是黑夜，她以前拍戏的生活也经常是这样，开工的时候是凌晨，拍完已经是深夜。

华影站在走廊的落地窗前仰望着宁静的夜空，一转身正好遇见李诺带着刘蓓拉。

李诺率先和华影打招呼，他是带着刘蓓拉来找王导拍定妆海报的。

刘蓓拉和华影寒暄之后还一副等着看好戏的样子不肯走。

果然，华兰从走廊另一端现身。

"华姨。"刘蓓拉亲热地喊着，待华兰走近，她开口，"师姐，这次还要谢谢你，华姨投了这部网络大电影，听说本来王导是属意你当女主角，被我截和了。"

华影穿了一件真丝吊带裙，有点冷，却傲然挺了挺胸："那真是恭喜你了，我从来就没打算重回演艺圈。"

华影感觉华兰剜了自己一眼，她才不在乎，继续说："我倒是希望你能好好演，对得起王导和华女士的眼光。"

刘蓓拉立即向华兰表忠心，她亲热地挽着华兰："华姨，我绝对不会让您失望。"

华影挥挥手："我是你师姐，又不是你亲姐，别华姨华姨地喊我妈，我没有妹妹。"

华兰甩掉刘蓓拉的手，冷冷开口："以后叫我华老师。"

华家母女任何一个人的杀伤力都以一顶百，加在一起更是万夫莫敌。

刘蓓拉委屈地求助李诺，李诺耸肩爱莫能助。

李诺看出华兰有话和华影说，先把刘蓓拉拖走。

华兰和华影母女各站了落地玻璃窗的两端，暮沉沉的夜像一块黑色的布笼罩着两人。

知道自己老娘的硬脾气，华影先开口讨好："谢谢。"

华兰轻嗤一声："谢什么谢！"

她眼神挑剔地上下打量完华影，嫌弃无比："看看你自己，现在自降身价到广告咖，这种十八线的小明星都敢踩到你头上，也是活该。"

如果以为华兰刚才是为了维护华影开口那就是大错特错，她嘴巴可是比刀子还要狠。

"什么广告咖，我是代言人，又是老板，是为自己的产品宣传。"

"呵呵，所以是无偿？免费？我说广告咖，还是抬高你了。"

华影真的很受伤，她抬了抬手腕上的手环："妈，你到底能不能好好看看，这是我们的新产品，我有自己的事业、自己的朋友，你难道不能为我高兴吗？"

华兰冷漠的眼神扫过华影："你自己的事业？你以前的就不是事业？为你高兴，那谁为我高兴？"

华兰指了指身后："你这十几、二十年这些资源哪一个不是我辛苦搭建的？你一句不干转身就走，我现在就要眼睁睁拱手让人，也不管我和你爸为了你付出了多少！早知道我和你爸当年就不移民了，你爸也不会出事！"

华影闭了闭眼，果然不出她所料，华兰总是会拿她爸出来说，即使她料到，依然会受伤。

她睁开眼，倔强地回答："是啊，我也很遗憾，我爸不在，所以才会变成现在这样，如果他在，我肯定自始至终就不会听你的去演戏，如果我爸在，看到今天的我即使不是一个演员而是任何一个人，都会为我骄傲！"

华影仿佛看到了那个练习室里跳一段舞就会回头看看妈妈是不是在窗外的女孩，那个每次试镜都会紧张地躲在厕所，不是怕没有选上，而是害怕妈妈一直叮嘱的女孩。

她的梦想从来都不是当大明星，而是让妈妈能够像爸爸一样任何时候都为她骄傲。

如果不是因为彼此是唯一的依靠，她们也不会一错再错走到今天这一步。

"我爸不是因为我移民，而是因为你，你不要再拿我爸出来说了，是你的野心，毁了我爸和我。"华影这样说着，"如果不是因为你不愿意死心，放弃你所谓过去辉煌的事业，我们一家三口现在应该是开心地在一起，所以，我从来都没有喜欢过演戏，是它毁了我的家。"

她第一次将真正的想法说出来，有畅快，有内疚，有难过。

“你……”华兰气得举起手。

华影闭上眼睛，她等着这巴掌落下来，现在她不拍戏了，华兰不会顾及她脸上有没有伤，或许也是心中愧疚的解脱。

然而，这一巴掌迟迟没有落下。

华影悄悄睁开一只眼，一个高瘦的身影挡在自己面前，像一座屏障，稳稳挡住了华兰。

江声没等华兰开口，迅速松开阻挡住她的手，他转身将另一只手上的披肩为华影披上：“你的助理在收拾东西，让我把这个拿给你。”他说。

他的手快速地在她脖间一绕，华影接手，指尖相碰，她手指冰凉。

华影的双肩被冻得冷冰冰的，直到肩上一暖，她才发现原来自己一直在咬紧打战的牙齿，小助理在里面都会担心她，自己的母亲站在面前都不会问自己冷不冷。

从小，班上的同学总会抱怨妈妈让自己穿那么多衣服，唯独她不会，为了培养她的眼光和独立，华兰向来都让她自己选衣服。

华影悲伤地想着，突然听到江声的声音。

江声站在华影身边，正视华兰，平静开口：“这位女士，根据牛顿第三运动定律，作用力和反作用力是相互的，也就是说当你对所爱的人恶言相向，刺伤她的同时，自己也因为反作用力而受伤。相信我，你如果打下去，你俩都会感到一样的痛楚。”

华影抬头，看向江声的侧脸，他仅仅在阐述一个物理常识，却带着让人静谧的力量。

华影开口：“这是我朋友，海声的合伙人江声。”

“我不需要知道。”

一向怼遍天下无敌手的华兰女士沉着脸看了看江声，转身走了。

落地窗外是纵横的高架，高峰时期，高架上的车堵成长龙，闪着密密麻麻红色的尾灯。

“我从来都不是什么归国名媛，大概五岁后，我爸一去世，我妈就带着我回来了。”华影开口。

“我知道。”江声一点都不惊讶，平静地回答。

华影想到了季恬的英文作业，一笑：“是啊，不然哪有归国华侨连‘鳄鱼’的英文都念错。”

她的笑容里有三分自嘲：“你难道没有好奇心吗？”

“有。”江声点头。

“什么？”

江声抬头，夜空中有几个星星在闪烁。

“你知道宇宙有多大吗？”

“银河系是宇宙中几千亿星系之一，太阳是银河系外围一颗普通的恒星，地球只是太阳系中的一颗暗淡蓝点，人类是这颗蓝点上悬浮的一粒细小尘埃。”江声自问自答。

他问：“你难道不会好奇宇宙万物？”

“所以你是因为这学的物理？”

江声点头：“学得越多，越觉得自己渺小。”

华影沉默，是啊，她是那么的渺小，才会自怨自艾，以为人人都会在意她的小八卦，谁知道他心中是星辰大海。

华影背过身，靠着玻璃，隔着披肩感觉到一些冷意。

“比我强多了，我从来就没有梦想，根本不知道什么是自己想要的。”

“有的人不喜欢他的工作却还是要继续做下去。”

“我抱怨我妈，其实我和她是一种人，我根本没有独立生活的能力，还不是需要靠着季海？”华影自嘲。

“那你现在是在做什么？”江声问。

“什么？”

“你现在不是在靠着你自己吗？”江声反问，他说，“你说你没有梦想，难道责任不是梦想的一种？慢慢来，你总会知道想要什么。”

“我这样的年纪，还说什么梦想，是不是太好笑了？”华影笑着摇头。

“只要你想，任何时候开始都不晚，人生只有一次。”

“呵，人生只有一次，万一选错了呢？”

“那就走回来。”江声说，“像你现在一样，靠着自己的双手双脚站起来，稳稳地走回来。”

江声的身后，拥挤的红色都消失了，车河慢慢游动起来，远远望去像夜幕中迎面飞来的萤火虫。

她从来都没有想过竟然会是他。

奇怪，这世上很难再找到比他还不会讲话的人，满口的她听不懂的宇宙定理，安慰人用的都不是“没关系”“不要紧”这些，但她却仿佛，被救赎了。

华影和江声回去的时候，李彦和李汉卿仿佛在说着什么。

李汉卿一脸讨好：“李助理，别这样，你看你也姓李，我也姓李，一家人嘛。”

李彦："滚，洋鬼子，谁和你是一家人。你的李是Lee，我才是正宗的中国百家姓前十位的'李'。"

李彦看华影走过来，一手拿着收拾好的行李箱，一手拉着华影："走，回去了。"

"哎！"李汉卿在身后喊着。

"你们怎么啦？"华影问着。

"没什么。"

室内空调很足，华影将披肩递给李彦，"哦，谢谢你给我送过来！"

"送什么过来？"李彦莫名其妙。

华影这才转身往江声那看去。

江声已经背着身走远了，后面跟着蹦跶的李汉卿。

很快，随着广告的上线，手环的上市，体验店的落成。

海声集团再一次成了科技的先驱者。

这就是江声，一步步缜密地思考，快速地行动，他光明磊落地站立在阳光之下，不畏台面下的小动作，将心思都投入给技术产品。

再加上华影还自掏腰包购买了手环送给明星和网络大V，此外，她还雇了一群水军，每分钟轮换账号发给不同的网商平台，询问有没有新的海声手环。

务必要声情并茂地问出："什么，你们居然没有海声手环？"

弄得所有平台都在搜索新的海声手环，很快就上了热搜。

麦克拨通江声的电话，一向冷静的宇宙第一秘书，深呼吸了一下才平息了自己的兴奋："江总，市场部刚才报告说已经收到了好几家电商的产品邀请，我刚刚把名单发给你。"

"好，谢谢！先让市场部评级一下。"江声回答。

现在他有更头疼的事情，学校通知说季白逃学了，宿舍里也找不到人。

华影驾车往家赶，江声伸手拉住侧方的安全拉手。华影刚刚又闯过一个黄灯。然而偏偏高架上堵车了，华影调大了冷气，呼呼的冷风直接对着人脸，吹得都要面瘫了。江声立即将冷气强度调小。华影调回冷气，踩着油门，一拐方向盘换了一条道。然而，这条道反而更慢了，鸣笛声此起彼伏，江声平静地伸手再次将冷气调小。

"你知道，用物理学角度解释，如果车辆不是由驾驶员来控制，交通将永远保持通畅。"

华影瞪了江声一眼，又将冷气调大。

江声继续说："车辆密集的时候，交通流被看成一种集体现象，物理学里也有这种现象，例如水分子与周围其他分子互相作用，形成大幅扰动，产生波。

堵车也一样，当你看到空当的时候，不但不减速保持与前车的距离，反而加速缩小距离甚至加塞，每个人都这样才造成了一个更密集的车群。”

“按你这么说，如果每个人都遵守秩序就不会堵车？”华影嗤笑。

“至少不会拥堵的那么严重。”

“那是因为前面有车祸了！”

“车祸是怎么来的？”

华影：我竟无言以对。

江声满意地点头：“你看理论同样适用于很多情况。”

“你干吗不下车自己走？”

下了高架，用人打电话说季白也没有回家。

他能在哪里？

华影看了看时间，突然掉头。

江声贴着椅背，闭紧嘴巴，拉紧安全扣。

季恬学校门口，华影和江声看着季白弯腰抱起季恬。

“可惜了！”华影慢悠悠地说。

“可惜什么？”

“我本来准备一见到这臭小子一定要踢他屁股一脚的！”华影惋惜地回答。

她不上去实现只是因为怕吓到季恬。

季恬的老师不放心由未成年的季白带走季恬，幸好华影赶到，华影特地和老师打了招呼，结果还从老师那儿了解到季恬在学校越来越沉默，建议华影带她去看看心理医生。

华影头疼地看向一个叛逆、一个自闭的一大一小。“回家吧。”江声愉快地开口。

忘了，还有一个感情白痴，华影痛苦地抚额。

季白抱着季恬瞪着华影：“我不回学校！”

活像她是拆散他们兄妹的妖怪。

“OK！不回幼儿园，也不回家。”华影宣布。

“那去哪？”

第十三章　白马王子，是谁？

游乐园里的商店里，华影迅速地往自己的脸颊贴上贴纸，鼻子上贴上猫胡子。

季白问："你就不怕被人发现？"

华影照了照镜子，问江声："怎么样？能认出来吗？"

江声摇摇头："不能。"

季白吐血："你问江声哥？就算你不贴，他也不能认出你来，你信不信？"

华影开心地给季恬戴上兔子耳朵的发卡，她自己选择了一顶猫耳朵的棒球帽，本来她想给季白和江声也买的，都被断然拒绝了。

季白心虚地装作嫌弃："搞得像第一次来一样。"

事实上，他春秋游都是去博物馆、纪念馆，外加逃课，根本没来过。

"我是第一次来啊。"华影开心地回应，学校的活动她从来不参加，拍片的时候根本不能算，她走到哪粉丝就跟到哪，没有办法玩。

季恬摸摸兔子耳朵，感到很好有趣，甜甜地笑。

华影弯腰问："是第一次来游乐园吗？"

季恬连连点头。

一旁，江声也认真地点了点头："我也是。"

"那我们出发吧！"华影嚷着。

四个大龄儿童开始了游乐园的探险之旅。

华影问季恬喜欢玩什么。

季恬手一指——过山车。

烈日当空，头顶不断传来惨绝人寰的叫声。

华影的脸上持续出现矛盾，挣扎，美人颦眉也是美的。

季白拉着季恬得意地看着华影脸上交织着害怕和拒绝。

"上吧，不是你说要带我们好好玩吗？"

"恬恬乖，你太小了，不能坐过山车！"华影蹲下来给季恬洗脑。

“乖，我们不坐，我们看她坐就可以了。”季白气定神闲地接过话。

过山车到站停下，前排坐着两个穿校服的小学生，华影大声说：“你看，不可怕的，那么小的小朋友都敢。”

话音刚落，其中一个男生就哭喊着：“好可怕，我快吐了。”

华影去找援军——站在前面正抬头看着过山车的江声。他个头挺拔，长身玉立地站在那里，周围不少小姑娘边偷看他边小声窃窃私语，江声却毫无察觉，这人是有一颗木头心吗？

“你在看什么？”

“计算。”

“计算什么？”

“计算向心力什么情况下会失衡，然后……”

“然后怎么样？”

“掉下来。”

千算万算的江教授，最终没有算过女人。

江声被华影拉上了过山车，华影一边颤抖着套上安全栏，一边红着眼问季白：“喂，你说的，如果我敢坐完过山车，你就不许逃课！”

这女人好像很可怜的样子。

季白别过脸：“知道啦，你担心自己吧。”

过山车隆隆地启动起来，江声面无表情地端坐。

过山车缓缓开动，华影脸色苍白却突然神情一变，对季白吐了吐舌头后举臂欢呼：“欧耶！”

一旁气跳脚的季白迅速被抛在身后。

上升中，江声转头问：“你是装害怕骗他的？”

“当然了，不然他怎么会答应我？”华影很得意，“我可是戏骨，骗不了他？”

坐在第一排的江声和华影，一个高举双臂呼喊，一个端坐着垂眼。

过山车子还在缓缓爬动，车链发出嗒嗒的声音。

华影用手肘顶了顶江声：“开玩笑，过山车可是我最喜欢的游乐项目，坐十次我都可以，你别装了，敢坐第一排，肯定也是喜欢！”

“那是因为第一排是最安全的，中部受到引力作用，最后一节车尾通过顶峰的速度比前面的车厢要快，更容易在接近顶点的时候滑脱。”

华影诡异地笑了笑：“那可不一定。”

过山车到达了顶点，僵硬地停留了三秒，迅速俯冲下落，哀号一片。坐在第一排，地面和假山像立即就要撞击到脸上，华影边欢呼边看向江声。他垂着浓密的睫毛，单看他如玉的侧脸还以为他正坐在中心花园的长椅上看书，然而膝盖上握拳的双手却出卖了他。

华影突然伸手举起江声的手腕，将他手臂扬起，她笑着喊："过山车就是要举着手喊出来才好玩呀！"

她的话很快就被轰隆隆的机械声和风身吹散了，她的长发发梢被风吹着蹭过他的唇间，像蝴蝶在停泊，微痒。

其实江教授克服恐惧的方法很简单，他垂着眼睛，脑海里拆解着过山车的物理原理，起步，电能转化为机械能，下坡，重力势能转化为动能，回环，圆周运动……

又一个回环，她的肩膀突然抵住他的，华影惊呼一声，手指紧紧捏在江声的脉搏上，突突地跳动，汩汩地直奔心脏，心脏像马达一样快速膨胀，也许是因为失重，也许是因为捏紧的手。

叛逆少年季白因为被华影欺骗，化悲愤为食量，独自去吃东西了。

红着耳朵的江声和大呼过瘾的华影下了过山车，带着季恬去坐旋转木马。

江声和华影一人一手拉着季恬，虽然季恬不说话，可是从她踢踏作响的小鞋子来看她是非常开心的。

不远处，卖气球的小姑娘们对着江声窃窃私语了半天，终于有一个冲出来，拦住江声："这位先生，要……要帮孩子买个气球吗？"

"多少钱？"

"10 块。"

江声拿出手机扫码，果断地付了 20 块。

一个给季恬。

一个给华影。

接过气球，有些惊讶的华影想的是，油盐不进的江教授居然开始懂得讨女生欢心了，可喜可贺。

她没想到的是，江声看着拿着气球露出一模一样的笑容的一大一小，两个都一样可爱。

江爸爸想的是，不错，果然照顾孩子们是很有满足感的事。

如果原子不算宠物，那从未养过萌宠的江爸爸，人生第一次感受到了养成的幸福感。

这样的幸福感，甚至延续到旋转木马。

江声一把将小短腿季恬抱上木马，他回身，穿着裙子的华影正盯着木马发愣，华影此刻回忆起儿时，爸爸带她去坐家门口商场里的儿童旋转木马，每次回头她都能看到父亲正拿着手机为她摄像、对她挥手。

她以为自己并不记得，没想到是那么深的回忆。

准备启动的倒数响起，江声对华影偏头，伸出手："May I？"（我可以吗？）

白净的手掌展开，干净利落的掌纹线延向脉搏。他第一次邀请女性，只是一个简单的动作，他做起来却风度翩翩，像是邀请的是一支舞。

他在说什么？华影反射性伸手，江声回握华影放在他掌心里的手，放回她腰侧。他的手心贴着她的手背，然后轻轻托起她。华影一声惊呼，人已经侧坐在木马上了。

"喂，我没有想上去！"华影双手紧紧抓着柱子，双腿夹紧裙子说着。

欢快的音乐已经响起来，将气球的绕绳缠住柱子，气球随着木马也快乐地上下跳跃起来，江声挺拔地站在季恬和华影的木马之间，他说："不用怕。"

华影心中抱怨着："谁怕啊！"

江声已经侧过头，他俯低身体，轻声和季恬讲着旋转木马的原理。

华影在零碎的音乐中，听到江声的声音，"圆锥齿轮""曲轴""往复运动"。

季恬渐渐从死死抱着柱子的姿势转为好奇地张望着天花板，一会儿，季恬好像指了指华影对江声说了什么。

华影两只手捏紧支柱，夹紧双腿，她怕个大头鬼，她是怕走光而已！

江声松开拉住季恬木马的缰绳走过来，原来他一直站在季恬身边，很认真地帮小姑娘拉住缰绳。华影突然觉得这样耿直的江教授有点可爱，但她依旧连连摆手："小姑娘才需要那样，我不需要！"

江声走到华影的白色木马前面，站定，拉起缰绳，握在手里。

他说："你也是小姑娘。"

在他眼里，她从来不是大明星、霸道女总裁，只是一个小姑娘。

白马高低起伏，红气球跳跃，她忽上忽下，他的视线却从不离她。

江声个头已经够高，却在白马升起的时候要微微抬眸，眸光专注地看着华影。

坐在白马上的华影，不放过任何臭美的机会，拿出手机自拍一张，恰好白马下落，她身体偏了一下，"啊呀"一声，江声向前一步，迅速伸手出拦住她。

江声的手搂住华影柔软的侧腰，华影身体前倾，脸就靠在江声的左胸膛，她的侧脸贴住他的棉质衬衫，脸颊感受到他皮肤的热度，耳下传来他的心跳声，咚咚咚直击她的心脏。

"没事吗？"江声问，扶住她坐好迅速收回手。

"好……好得很。"华影两手抓住支柱，将滚烫的脸埋进手臂里，转头对担心的季恬吐舌做了个鬼脸。

季恬在旁边的木马上捂着嘴笑。

江声无奈地摇头，他想华影比季恬还要顽皮。

华影脸上残红渐褪，抬起头，视线里恰好是江声白色衬衣的第二颗扣子，旁边有一抹红，像宣纸上的一道胭脂印，图案好似晕着白边的一瓣罂粟花，华影突然明白是她刚才染上去的口红，怔忪的时候，一起握住绕绳和支柱的手松了下，红色的气球就要飞走，“哎……”她扭头急着去抓。

却被江声抓住。

白马上跃，他递出气球，她端坐在马上看他。

华灯初上，侧面的镜子里反射着星火般的灯光，在白驹过隙中，流光溢彩地抚摸过他清澈似水的眼眸。每一个女人都会在少女时代想象着自己的白马王子，包括大明星华影，只是她都没有想到有一天，她的白马王子会牵着一匹旋转木马，手拿气球，这样来到她的面前。

华影就这样怀着好似被狂风暴雨洗礼过的心情坐完了欢乐的旋转木马，在季恬小姐姐的要求下，四人来到了摩天轮前。

夜幕降临，摩天轮像挂满了七彩的音乐盒，叮叮当当地慢慢转动。

江声肩上坐着季恬，和季白站在前面。

江声仰着头和季恬在说着什么。

以前只觉得他气质好，长得还不错，现在就觉得他是在发光。

华影手中红色的气球在夜风中飘摇，就像她那颗胡乱摆动的春心。

华影低着头，看到摩天轮的车厢到眼前，就准备上去，被江声一下子拦住。

前面的工作人员喊了句：“等一等，下一个到你们。”

四人走进舱室，江声抱着季恬低低在华影耳边解释：“人体的重量会对摩天轮产生力矩，必须保持两边力矩一致，所有人都放在同一边会造成受力不平衡很容易出现危险，你看……”

江声将季恬放在华影的身边，他和季白坐在对面，指指身后，身后的舱室是空的，再下一个舱室才上来一对情侣。

“所以需要工作人员控制，均匀安排，摩天轮其实像天平一样不用靠太多动力就自己做功。”

“好，好，好，你说的都对。”华影已经放弃抵抗。

江声对于这样蔫蔫的华影有些不习惯：“你怎么了？不舒服吗？”

华影心中有苦说不出。

随着摩天轮的上升，窗户飘来伴着花香的晚风，季恬跪在椅子上，“哇”

了一声，看着窗下，闪烁着像一座奇异世界的游乐园，华影转头看着，再回头看看季白旁边端坐着侧着头也看向窗外的江声，风吹乱了他的头发，却有着极好看的侧脸，她突然觉得这样一直坐下去也不错。

旁边季白却白着脸一脸紧张。

“你这家伙不是恐高吧？”华影笑起来。

“谁，谁恐高？”季白语无伦次。

“别嘴硬了，你就那点胆子还能骗谁？我问你，你在学校逃课，是不是因为你被同学笑话？”

华影是什么人，一想自然想通季白肯定是因为被莫名其妙当了把小三在学校被议论了。

季白愣了愣，立即红着脸反驳：“谁，谁被笑话。”

“你啊！”华影伸出食指指向他，“你该不是想让我帮你办转学了吧？”

季白不说话。

华影摆摆手：“转学是可以，但是你知道喔，转学之后你可是就一辈子都背着这些笑话了。”

“反正你们大人都说十年、二十年谁能记得住谁！”季白嘴硬。

华影摇着手指自得：“不对喔，十年、二十年再久还是会记得的，曾经喜欢的人、干过的糗事、被取过的外号都还是会记得的，不要指望十年、二十年洗刷前耻，除非你逃一辈子。”

“那怎么办？我现在连上厕所都被人围观。”

“撑回去啊！谁要是敢嘲笑我，我就扇得他找不到家！”华影挥挥手。

江声摇摇头，表示不赞同。

“江教授，那你说怎么办？”

“我江声哥从小到大都是跳级第一名，别人羡慕都来不及，谁敢嘲笑他？”季白代江声回答。

季白一愣，突然宣布：“我决定了，我也要考全校第一，堵上他们的嘴！”

华影鼓掌：“对，利用别人上厕所的时间学习。”

摩天轮升至最高点停下，整个宁城都像在脚下，星火闪烁。

透过空舱室看去，后面舱室的情侣已经开始接吻。

华影看向江声端秀的脸，有点脸红。

季恬瞪大眼睛好奇地看着。

季白扭头一看，一把抱过季恬背着坐：“不许看，少儿不宜！”

“谈个恋爱有什么不宜的，看不出你小小年纪还挺古板！”华影说，和某个老古板一样。

“恋爱是什么？”季恬小声拉拉坐在季白旁边江声的袖子。季恬觉得江声比十万个为什么还厉害。

江声想，能不能换道物理题？

“就是两个彼此喜欢的人在一起，才会结婚，才会有了恬恬。”华影回答。

江声眉毛轻扬，对华影表示感激。

“那我爸爸和妈妈也是这样彼此喜欢吗？”季恬这么问。

“喜欢啊。”

“骗鬼，如果是这样怎么会离婚，我妈怎么会走？”季白嘲笑。他说：“都是骗人的，我以后才不会结婚！”

摩天轮开始下降。

季恬扁扁嘴，从季白身上下来，要华影抱抱。华影抱起季恬：“婚姻啊，你说得对，不一定要喜欢才能结婚，但有喜欢才能维持下去，因为婚姻就像这摩天轮一样，总有最高点和最低点，有的时候重要的并不是最高点的辉煌，而是最低点的时候有一个人能陪着你。”

“我解释得对不对，江教授？”华影冲江声挤眼。

江声的嘴角翘了翘，他说：“Good。”

居然能从他那拿到 A 真是不容易。

“或许爱情与物理一样，别人觉得苦的你不一定觉得，你发现的美也不一定在别人看来就是美，每个人追求的只是自己心中的真理，没有什么不好与不同的。”

江声想了想这样回答。

季恬打了一个哈欠，想要睡觉了。

华影：“我唱歌给你听吧？”

季白立即阻止：“不要！”

华影已经开口：“两只老虎爱跳舞，小兔子乖乖拔萝卜……”

江声想为什么不是两只老虎跑得快？幸好他没有开口。

只是这歌声……

一言难尽。

季白堵住耳朵搭着江声的肩膀：“你知道最近的什么歌神大赛为什么不发邀请给她了吧！”

江声将愣住的季恬抱回来：“还是我来讲故事，你想听什么？”

“白雪公主。”

白雪公主啊……

江声想了想开口：“一百年前，狄拉克预言了一个叫‘白雪’的正电子的存在，王子电子就爱上了她。经过叫光子的小矮人的帮助，电子与正电子便成了粒子界的一对恋人。可是电子与正电子不能相爱，因为邪恶的 γ 后母不希望他们在一起，γ 为他们下了恶毒的诅咒，每当他们轻轻抚摸对方便会消失，而 γ 将会复活。可怜的正电子白雪公主，为了电子王子的生存，只能在刚刚诞生时，就含泪离开……”

季白自豪地说：“我江声哥果然厉害！如果你是我的物理老师，一定全班得 A！”

华影：“你确定他说的不是牛郎织女？”

第十四章　危机四伏

华兰投资的电影《中国女侠》很快就在各大院线上映了。华兰的朋友圈都快成了营销号，各种软文都鼓吹它是中国漫威。

团队三天两头在各地宣传首映礼，图片里的华兰神采奕奕，仿佛找回了当年缺失的风光。

华影即使内心很想屏蔽华兰还是转发了朋友圈，只是她没有转发有着刘蓓拉的海报。她看着刘蓓拉那张春风得意地跟在华兰后面的脸实在糟心。

人生最悲惨的事不过就是眼见这敌人风光和喜欢上那不该喜欢的人。

华影两样占全，十分郁闷。

郁闷归郁闷，华影还是让李彦包场了公司附近的电影院，请海声总部的所有员工看电影。还特地让李彦包了一个 VIP 观影室，群发了邮件给高层确认回复出席。

华影看着邮件里，江声回复确认出席，她一边笑着点了确认一边发微信给李彦。

华影：江声的座位号是哪个？

李彦：5G，怎么了？

华影：把 5F 给我。

没一会儿，李彦就冲进了华影办公室。

“你想搞什么事情？不要伤害我江教授！我会提前去检查座位上有没有钉子的！”

“我为什么要往他座位上放钉子？”

“那放口香糖、血袋还是电棒？”

“我什么都不会放！”华影有些崩溃，“我难道就不能请他看个电影？”

李彦惊讶无比：“不会吧，你对江教授有什么企图？你……你不会看上人家了吧？”

华影捂着脸，虽然很羞耻，但不得不承认从前看不顺眼的人突然觉得浑身上下都在发光，是件很可怕的事情。

很小的时候华影一人在家，害怕橱柜里有怪物，华兰回家二话不说将橱柜打开。华兰告诉华影对付恐惧唯一的办法就是直接打开黑匣子。华家母女的方针从来都不是不战而退而是迎难而上。

“没有到那一步，我只是想确认一下。”华影对李彦向来都很直率。

她想确认一下自己的心意。

“少来，你就是动心了！”李彦掰着手算着，“上一次你这样时候好像是几年前来着，那个舞蹈团的男生，被你妈最后调走的。”

李彦泪眼汪汪地握住华影的手：“姐们，不是说好环游世界，养几只小奶狗、小狼狗、小土狗的吗？你怎么就喜欢上了大型贵宾犬了？”

“大贵宾？江声吗？”

“是啊，你不觉得像吗？贵宾还是最聪明的狗呢！”

华影想到江声的样子，顿时觉得很形象了，扑哧一声笑出来。

李彦一脸崇拜：“真是太浪漫了！为了请江教授一人看电影，你居然包场了整个电影院，请全公司的人看！影姐真不愧是霸道女总裁。”

华影拨了拨头发，很满意地点点头：“当然不止，我为我妈贡献票房，还可以疯狂吐槽刘蓓拉的演技，一举三得！“

一转身，李彦已经边嘀咕着边开始翻通讯录：“这败家娘们，谈恋爱还学别人包场，钱不能乱花，放心，我一定包你事半功倍。”

“喂，是完美婚礼策划吗……”李彦对着手机开始了。

李彦跟在华影身边那么多年，没有两把刷子是不行的，她点了甜品桌、棉花糖机和香槟红酒，每一个观影厅都布置了气球。

VIP 厅更是夸张，满室的粉红色粉蓝气球，简直是婚礼现场。华影捂了捂脸，她的初衷也只是帮华兰随便撑下场子，事实上她和华兰的关系名义上还在冷战，李彦这一举动无疑将华影推到了十三孝女的位置，也不知道大家看了后对她和华兰的母女情是否会有什么误会。

第五排，江声已经到了，远远看去是一个端坐的身影，正低着头，走近后，才看到他手中拿着一本影院宣传册正低头看着，侧脸俊秀，显然江声很满意李彦连影院沙发都套上了同一主题的沙发套操作，神情闲适，远远看去，仿佛花里云间的美男子。

书上图片很多，他翻得也快，修长的手指摩擦着下一张的纸页边缘，想到这样的手指触碰，华影突然有些脸红。

李彦说得对，华影在青春懵懂时也喜欢上过一个舞蹈团的大哥哥，是人家先表白的，结果还没有谈上就被华兰发现了，立即用雷霆手段把人调走了。不要看华影是个大明星，在华兰的严厉制裁之下，连一次恋爱都没有谈过，喜欢的人更是苗头都没有升起来就被扼杀，所以对于江声的心情，华影一是觉得有些不可思议，二是小心翼翼。

戴着墨镜和渔夫帽的华影坐在江声旁边，她从墨镜下偷瞄江声的侧脸，奈何美人在旁，江声却完全没有感觉，还在低头看书。以前觉得江声是书呆子倒也习惯，现在添了一份挫败，难道书册能有她好看？华影赌气地掏出手机，空降微博粉丝群寻找安慰去了。

“密斯华，你也来了？”

华影抬头，李汉卿站在江声另一侧，一脸兴奋地看着她。

江声这才抬眸看向华影。

华影将墨镜移下，俏皮地眨了眨眼睛。

“密斯华，你放心，我一定会好好看电影，绝对不辜负你的心意，我还要写长评……”李汉卿低头对华影讨好地说着，他嫌江声坐那里碍事，拍拍江声的肩膀，“生姜，你过来，让我坐密斯华旁边。”华影顿时看向江声，内心里她是拒绝的，不过这两只理工基友应该不会在意这种小事。

果然，江声收起了宣传册，他问：“你的座位号是多少？”

悲伤，华影默默在心中计算了下今天撒出去的银子可以买多少名牌包，神情痛苦地捂住胸口。

江声转头看华影：“你怎么了？”

“肝疼！”

江声移开视线：“那是胸……”

此时，李汉卿掏出手机邮件：“10D。”

得意地晃了晃，他猥琐地笑了笑：“D罩是不是很好，我亲自选的呢！”

江声看了眼李汉卿的邮件，点了点头，指了指最后一排：“你的位置在那里。”

华影放下手，笑了起来。

李汉卿跳脚：“生姜，美国电影院哪里需要选座位，你也知道都是先来先坐。”

江声认真地想了想，说了一句：“入乡随俗。”

“都是包场，随个屁，我要坐密斯华旁边，你走开。”

江声纹丝不动。

李汉卿跨了一步，坐到华影另一侧，冲江声挤眉弄眼。

江声不理他。

李汉卿屁股还没坐热，李彦就拿着三份番薯条走了过来，分给华影和江声，她踢了踢李汉卿的座位：“你，滚回自己的位置。”

李汉卿生无可恋地站起来，一边往后排走，一边回头依依不舍地看向华影。

华影接过番薯条，很开心地挥了挥手。

陆续员工带着亲朋好友进场，夏宇菲也来了，她一来就坐在江声的旁边。

“江教授，你好！”夏宇菲和江声打招呼。

江声点点头。

华影看向李彦。

李彦：“不是你邀请她的？她也问了江声的位置。”

猪一样的队友，华影想着。

电影已经开始，夏宇菲抓紧机会还想和江声说着什么：“江教授，海声手环最近很火，关于体验店……”

江声指了指屏幕：“安静，有什么等电影结束再说。”

躲在镜片之后，瞄到夏宇菲失落的表情，华影心情大悦地弯起嘴角。

江声转头看向戴着墨镜的华影。华影以为偷看被江声逮个正着，心虚：“干什么？”

“你这样能看到吗？”江声指了指她的墨镜。

华影一把扯下墨镜：“要你管。”

别扭的小孩，江声好笑地转过头。

夏宇菲和李彦：到底是谁说要安静的？

影片说的是刘蓓拉饰演的中国女侠救世的故事。

镜头里的刘蓓拉一手举起一座大楼在空中飞行，简直就是一个女超人。

华影的注意力全部放在番薯条上，她觉得油炸番薯条都比刘蓓拉有趣，她一根接一根地吃着，吃到江声都不禁侧目。华影一转头，原本看着屏幕的江声已经支着头在看着她，屏幕上反射的光打在他的脸上，灯影重重下也是俊极，华影咽下番薯条，递出手上的：“你要吃吗？”

江声摇了摇头，点了点嘴边。

难道他是让我喂他？冰清玉洁的江教授也这样污，讨厌！

华影还是很开心地蘸了蘸番茄酱，将一根番薯条递到江声嘴边。

江声一下瞪大了眼睛。

不是让我喂你？华影惊讶。

江声摇了摇头，倾身，气息袭来。

华影是谁？偶像剧女神，这样的剧本都会背了：他伸出手指擦去她嘴角的番茄酱。

嗯，机会来了。

华影张口，含住。

“刺啦”一声。

江声坐正，手上的纸巾上缺了一口。

华影舌尖吐出一点雪白，像一只小猫咪。

“咬错了。”

华影老脸一红，收回手，怏怏地将番薯条放进自己的嘴里。

咬什么？是番薯条吗？她果然很饿。

江声递出自己的零食给华影，继续看着电影。

这只是一个5秒不到的小插曲，没有人会注意，除了一旁手死死捏住扶手的夏宇菲。

她从开始到现在，一直保持优雅的姿势，将手臂放在扶手上。谁知江声连手臂碰到的机会都不给她，她都快绝望了，没想到江声转眼就帮华影擦去了脸上的东西。

夏宇菲的心中如同惊涛骇浪一般，根本不想去看电影里放着什么了，咔嚓一声，她新做的指甲被掐断了。

事实上，根本也没有多少人认真去看这部电影，一个爱情片导演来拍科幻片也是不容易，影片结束乐响起，很多人打着哈欠揉着眼睛从美梦中醒来。

华影摸摸肚子，撑炸了。

夏宇菲和华影打了招呼有事先走了，华影虽然觉得她情绪有点儿奇怪，但可能是工作上的急事，也没有多想。

回去的路上，李彦开车，华影坐一边，李汉卿和江声坐后排：“刘蓓拉长得很美啊！”颜狗李汉卿坐在华影身后身体前倾，“密斯华，你有刘蓓拉的微信？能给我一下吗？”

“没有！”有也一定屏蔽了。

她走到哪里都能看到刘蓓拉的身影，曾经的代言很多都换成了刘蓓拉的脸，虽然已经隐退，可每每想到把位置让给刘蓓拉这种人，她还是非常非常地介怀。

李汉卿再接再厉：“密斯华，你一定和她很熟啊，下次介绍我们认识，我绝对绝对会以身相许，肝脑涂地，大恩大德，做牛做马……”

李彦一个急刹车。

李汉卿的头都快伸到华影脸边了，江声皱着眉拉着李汉卿的后领。

李汉卿被拉得直吐舌头，坐回来。

“哼，做牛做马，不如做牛头马面！”李彦轻哼。

李汉卿问：“什么面？牛肉面？人头马？”

华影当了一次中美亲善大师，解释了。

李汉卿问：“牛头马面是《西游记》里的吗？这个中国女侠也是《西游记》吗？今天的电影是最近很火的仙侠片吧？对吗，江声？”

李汉卿询问江声，江声想了想回答：“不是，是喜剧片。”

华影笑起来：“什么仙侠、喜剧的，明明是科幻片。”

“不是，是喜剧。”江声坚持。

“哪里搞笑了？”

“很多。”

江声偏偏头，像是想到很有趣的，弯弯嘴角，他一笑起来就像一个阳光的大男孩。

“第一，女侠的超能力，手能发出冲击光，牛顿第三定律，力是成对出现的，她的肌肉明明应该很健硕。”江声比了比，“但是她的手臂只有那么细。第二，她徒手举着两栋大楼，从物理学的角度来说，大楼、轮船、飞机都是靠几个点支撑，举起的过程只要稍微偏离，就会产生不平衡的扭矩，导致水平倾斜，这是很危险的事情，然而地下的人非但不疏散却在鼓掌叫好……第三……第四……第五……第六……”

江声数完，然后他认真地问华影：“你确定不是喜剧片吗？”

他看得可是很好笑呢！

无论是仙侠片、喜剧片还是科幻片，《中国女侠》的票房居然数据可观，事实证明这年头需要跑电影院催眠的人还真是不少。

大约是春风得意看华影都多了几分包容，华兰还约了华影吃饭逛街，李彦嘲笑华影：“如果华姨知道你包场只是为了博蓝颜一笑，会不会杀了你？”

华影已经很久没有和华兰逛街了，从开始每件衣服她都要听华兰的，没有华兰就不敢买，到后来自己选衣服被华兰数落，现在华兰已经不再挑剔。

她虽然慢慢独立，但不可否认内心是渴望母爱的。

华影一早就买了华兰爱吃的全福楼的素什锦，谁知道车开了一半，就收到了李彦的电话，李彦的声音很急：“你看下今天的新闻头条！”

“你直接告诉我，我正在开车。”

“《中国女侠》的票房造假，华姨、李诺、刘蓓拉都牵连进去了……”

华影立即挂了电话，拨打华兰的手机，关机。

幸亏她本来就在路上，华影也记得华兰的家门密码。

开了门，换了拖鞋，室内静悄悄的，走进去一看，华兰倒在地上。

已经记不清是怎么叫的救护车、如何去的医院，华影一晃神已经站在了急救室门口。

她清楚地记得上一次这样在急救室门口，所有人都告诉她爸爸在里面。她以为爸爸只是和平时上班一样出了趟门，没想到竟然是最后一面。她那时候什么都不知道，直觉只是紧紧抓住华兰的衣服。

漫天的白色淹没了华影，在死亡面前，美貌、金钱、权力都没有用，溺水一般的恐惧感再一次淹没了华影。

这就是江声、李彦和李汉卿赶到时看到的华影。江声眼中的华影永远都是华衣美裳，无懈可击。他也曾厌恶她的虚荣，也曾不耐她的无知，却不知道从何时开始转变，他是墨守成规的人，无论是工作还是生活被华影这样强势地一步步改变，他从抗拒到接受，无可奈何的时候也有想咒骂的冲动。

可当他从远走近，看到那个高傲地说着无论做什么结果不重要，关键是姿态要美的女人，穿着皱巴巴的衬衫、一双拖鞋蹲在医院的角落，脸颊上汗水未散，黏着碎发，江声突如其来感到一种不忍和心疼。

“密斯华，你没事吧？”李汉卿开口。

华影才抬头，看着这三个人恍如隔世：“你们怎么来了？”

“不是你打电话给生姜的？”

“哦，不好意思，我不记得了。”

华影打开手机，看到唯一的通话记录是给江声的，她拨拨头发站直起身体，看到自己的拖鞋，狼狈地将脚缩了缩。

“我没事，你们赶紧回去吧。”她不想，尤其是不想江声看到自己的样子。

“什么没事，你不知道你电话来的时候我们正好在开会，生姜立即就站起来了。也算走运，这家伙开会从来不把手机带着的，今天居然带着手机……”李汉卿滔滔不绝。

以江声的个性的确是开会时不会理手机的，恰好一早李汉卿刷到头条来和他八卦，江声在和研发组开会，还是默默地将手机放在手边。

江声弯下身体，与华影平视，他清澈的眼眸是满满全是她，不问“你怎么样”，不说“没事”，他伸出手去轻轻摸了摸她的头发。

嗯，应该是没错的，哄季恬也是这样的。

谁知这一个举动却像打开了华影身上的某个开关，她将脸埋在他的臂膀里。

江声能感觉到她身体的颤抖和身上渐渐加强的湿意。

“我也来，我也来，给你爱的抱抱！”李汉卿张开双臂，却扑了个空，被李彦的手掌盖住脸，李彦捂住李汉卿的嘴将他往后面推。

江声僵着身体，感觉自己的胸前慢慢湿热，仿佛透过皮肤和衣料直达胸腔，他的心也变得湿漉漉起来。

他慢慢伸出手，笨拙地轻轻拍了下华影的后背，一下，两下，慢慢地，她的哭声小了，他也熟练了。

华影哭够了，抬起头，江声的衣服上湿了一大块。

这个女人每次都在挑战自己的极限，江声默默地将外套脱掉放在手臂。

华影边掏出粉饼盒补妆边叹气："可惜了。"

"可惜什么？"

"早知道你要脱掉，我应该多抹几把眼泪鼻涕。"华影收起粉饼。

她如果想哭，借出的肩膀可以排队绕地球一圈了，江声还敢嫌弃。

恰好一个护士急匆匆地走出来终止了这个话题。

华影不敢上前，江声虽然从来不做这样的事，还是硬着头皮拦下询问。

大约是江声长得帅，小护士红着脸说得很详细："还在做手术，还要一段时间，你们不如去外面坐着等。"

华影自己站着无所谓，想想江声也要罚站还是起身出去，一低头，脚上还穿着拖鞋。

来往的医护人员都好奇地打量，华影觉得打脸极了，"那个，衣服借我挡一下！"华影拉扯江声臂弯的衣服。

"挡什么？我等下穿，你不觉得空调有点冷？"江声拉回自己的衣服。

"挡脸。"华影无语，"我这样子不要遮一遮？"

"哦。"江声指了指路过的挂着吊瓶的病人脚上，"他们不是也穿的拖鞋？"

"我这样浑身上下都如此美好的人，怎么能穿着拖鞋出现在公共场合？这些人都在偷偷看我。你先走吧。"华影像只缩头乌龟一边挡脸一边挥手。

"谁看你？没人看你。"

"你全身上下估计也只有脸好使了。"华影捂住脸认命往外走，一下子眼前一黑，她被江声的衣服兜脸罩住，只觉得轻飘一下，身体已经被江声公主抱起，她拉起衣服，露出小小的脸。

"不是怕丢人吗？"江声问，"还不遮起来。"

"哦。"华影偷笑着用衣服捂住脸。

华影坐在外面的椅子上，接过江声买来的热咖啡，她喝了一口，酸涩蔓延在舌尖，却真正缓过神来。

"密码锁是我硬帮她换上的。"华影说，"我和她在一起5分钟不到就要吵架，不可能同住，她又不愿意用住家保姆，仔细想想换锁的时候可能我也料到会有这天……只是没有想到会那么快。我常常忘记她的年龄，算一算，保养得再好，她也是快60岁的人了。我妈最可恨的就是不服输，对自己是这样，对别人也是这样，对自己女儿还是这样，次次吵架都像要把我压扁到泥里去。"华影蜷着腿说着，将脚藏起来，抱怨着。

江声站在一边，像想到什么有趣的一样，笑了一下。

正好被华影逮到，没好气地问："你笑什么？有什么可笑的吗？"

江声摇摇头："你俩其实很像。"

"哪里像，她就像个女王一样要人人都听她的，性子又急，两面派，死要面子……"华影越说越心虚。

江声噙住笑。

华影抬头看到闪烁着的红色手术灯，小的时候她并不懂这灯亮着的意义。

世事就是这样，越懂才越怕，越大才越㞞："小时候每次我被我妈打骂的时候，都暗自发誓以后一定一定不会像她这样，可没想到倒头来最像的还是她。"华影将脸埋在手里慢慢说，"明明是最最最讨厌的！"声音很轻，却散不去。

江声问："你有没有听过观察者效应？"

华影没好气地摇头，脸上还带着微晕的黑眼圈："这个时候你还想和我上物理课吗？别白费口舌了，我最讨厌的就是物理。"

"当进行双峰干涉实验时，其余所有条件相同，撤掉高速摄像机和不撤掉是截然相反的两种结果，观察者效应就是说当你观察一样东西的时候必然对它产生了影响。"江声还是尽可能简单地解释了，"当你费尽心机想去扭转一样事情的时候，往往不一定能得到想要的结果。"

"仅仅是观察行为，就让电子或光子表现出不一样的结果，你不观察它的时候，它表现的像波，一旦观察它，它则表现的像一个粒子。物理上叫波粒二象性，这两个属性是共存的。"江声站在窗口继续说道，"就像你自己和你妈的女儿也是共存的，并没有什么不好。我觉得这样的你都挺好。"

窗外的微风牵动着树枝温柔地飘过，树叶发出沙沙的潮水声。

阳光透过树叶缝隙照在他的发丝、侧脸，这样的他站在这片白色里，却显得清俊而朝气蓬勃。

曾经想要逃离的地方，却在真正离家后想念故乡，曾经嫌弃想要远离的人，却用基因和血液铭记，她那么努力地顺从华兰，也不过是想听一句："我觉得这样的你挺好。"

却迟迟得不到这样的回应，变得委屈不服甚至自我厌恶，原来只是这样一句简单的话。终于有一天，有一个人在这个秋天的午后，轻轻对她说了，一切都变得不那么重要。

手术室的灯灭了，医生走了出来。

医生告诉华影，华兰得的是阿尔茨海默病，通俗说法叫老年痴呆。

可是华兰还不算到年龄，医生问道华影家族有没有病史，华影突然想到了自己的外公。

华影看着还在病床上熟睡的华兰，难以想象华兰这样的人会得这种病。

她想起医生说的初期的症状是记忆力减弱，沟通能力变差，暴躁易怒……

她一直以为华兰是更年期了，想着还是不要惹她，逃得越远越好，没想到变成这样。

外面的天已经黑了，树影重重，像一个不醒的噩梦，从白天到夜晚，华影觉得自己已经过了几个世纪一般。

好在江声、李彦和李汉卿一直在帮忙，华影请了护工和阿姨，让他们先回去了。

华兰还没有醒，华影晚上本来是上课的，她让夏宇菲请了假，谁想传来敲门声，夏宇菲也来探病了。

“这是今天上课的笔记，都是下周考试的考点。”夏宇菲将资料递给华影。

“谢谢！”华影接过，翻了翻，记得密密麻麻，她好笑地说，“给我也是暴殄天物，我可能看不到三分钟就睡着了，你信不信？”

夏宇菲说：“那下周考试我坐你旁边，给你看看。”

她以为华影会推托一下，谁承想华影给了她一个大拥抱：“太好了，我视力可好了，这都是锻炼出来的。”

聊到华兰的事情，夏宇菲问道：“我收到消息总局已经介入调查了，你要不要做一篇专访先下手为强？”

华影摇了摇头：“现在没有心思，一切等我妈醒过来再说吧。”

说着，江声敲门走了进来。

“江教授。”夏宇菲立即站起来整理了下裙子，温柔地微笑着。

华影以为江声和李彦他们一起回去了，有些惊讶：“你怎么来了？”

“阿姨熬了粥，你妈醒了可以喝。”江声将保温杯和外带饭盒放在桌上，他袖子翻上去露出小臂的肌肉，有几分风尘仆仆的味道。

江声打开一边的外卖盒，都是些清淡的小菜：“过来吃点东西。”

“我没胃口。”华影回答。

将两副一次性碗筷摆好，用消毒纸巾擦了遍，江声对华影说：“过来。”

一听就知道他有些脾气了。

“哦。”华影立即走过去，拿起碗筷，讨好地说，“你不说我也忘记要吃饭了。”

江声也坐在桌子对面，拿起碗筷。

“你也到现在都没有吃吗？”华影问江声。

“嗯。”江声慢慢喝了口粥。

他不说等她吃饭，但华影猜到了，所以才立即坐下。

华影看见站着的夏宇菲，招呼她：“一起来吃一点儿。”

“不用了，我吃过了。”夏宇菲假笑着摆手，桌上只有两副餐具，哪里有她的位置。

华影夹了一块胡萝卜给江声以示友好，江声皱眉盯着华影的筷子看。

“你不喜欢胡萝卜吗？看不出来，无所不知的江教授还挑食。”华影嘲笑江声。

“这样不行，乖，多吃胡萝卜眼睛才好喔。”她笑得弯起眼睛，很是得意。

江声垂眸。

华影又伸筷子去夹胡萝卜。

江声伸手按住华影的手：“我自己夹。”

夏宇菲瞪大了眼睛。

华影怏怏地缩回手给自己夹了一个虾饺。

华影过了一会儿才意识到自己被江声嫌弃了：“喂，我自己还没有动过筷子呢！”

江声默默地夹起胡萝卜，吃掉后说：“唾液会传播多种疾病，例如传染性单核细胞增多症、肝炎、幽门螺杆菌、流感、腮腺炎……”

华影立即夹了一块胡萝卜堵住他的嘴，她再重新夹起自己的虾饺吃掉，“胆小鬼，我才不怕。口水治百病你没听过吗？每次恬恬碰伤，都让我帮她吹吹就不痛了！”

江声咽下胡萝卜开口：“其实你才是不吃胡萝卜的人。”

“谁说的？”

“你从开始都现在都没有吃过一块。”

“我不是还没有吃完！”

“那你夹一块吃掉。”

“我吃饱了。”

窗外，红色的朱瑾花在黑夜中忽闪忽现，点缀着莫名的温柔。

窗内，桌子两边坐着的两个人，女生娇美的如同窗外的花朵，男生容忍坚毅的如同轻轻托住它的枝干。

两个人边吃边小声说着，仿佛这样吃了很久的饭。

好看得像是一幅油画，般配得仿佛注定就是要坐在一起吃上一辈子的饭。

夏宇菲突然觉得很刺眼，她握拳触到断裂后剪短的指甲，莫名觉得有些心慌，仿佛再不做点儿什么就不可控制了，但是她又想不到该做些什么。

华影送夏宇菲走出医院，走在花园步道上，一路上是细碎的说不出名字的小花，两旁的朱瑾在路灯下交错摇摆。

不知为什么夏宇菲心事重重，华影是个敏感的人当然能感觉到，她一开始以为是自己的事情，还打趣夏宇菲："明明是我妈躺在里面，怎么你变得忧心起来？放心吧，我已经做好思想准备了，如果她真的不认识我，我还是会照顾她一辈子，想想也挺好玩的，每一天都变成久别重逢了呗。"

夏宇菲扑哧一声笑起来："你倒是乐观。就不怕消息传出去？"

"没办法，我们这种高危职业，有几亿个人等着看你笑话下菜呢，休假了立即有人说你怀孕，片约多了立即有人说你利欲熏心碾戏，谈恋爱被说，单身也被说，不练就一身钢铁之躯怎么行？"

华影笑着走在路灯下，鞋子已经换上了，医院的走道上人不多，还是有人频繁地看向她，本来就是无比出挑的人，原本是只有娇美，现在的她多了一丝坚忍，反而更有味道。

"我挺羡慕你的。"夏宇菲说，"能告诉你一个秘密吗？"

"行啊，我会保守的，但我没有什么秘密和你交换的，只要你不觉得我欠了你什么，尽管说。"华影这样回答。

小孩子才执着于秘密，年纪大了就明白世上所有的秘密都需要交换才有信任感，秘密并没有什么好听的。

夏宇菲虽然给华影的不按理出牌绕了下，还是说了出来，"我是孤儿院领养的孩子，现在的父母是我的养父母。"

华影回想了下，夏宇菲在江声被污蔑歧视华人的时候说过她爸也是一个大学的，问道："你说过你爸是大学教授，他是你的养父？"

夏宇菲点了点头："我的养母是一名医生。他们都是很好的人，相比而言，我一直觉得自己配不上他们，从小到大我必须很努力，但就是这样我也不是第一名，每次看到他们的反应，我就知道我令他们失望了。其实一开始我并不是他们要领养的孩子，他们想领养的是另一个男生。"

她像陷入了回忆："那个男孩比我大一点，长得好看，也极其聪明。"

华影问："我猜那个男孩是江声，对吗？"

"你怎么知道？"

"你和我说过，江声是怎么来到孤儿院的事情，这些都是网上没有的。"

"不愧大家都赞你情商高。"夏宇菲点点头继续说，"是的，但是被江教授自己拒绝了，所以才换成了我。虽然我也不知道原因，但常常觉得是自己亏欠了江教授。”夏宇菲惋惜地接着说，“之前我名字中间的是‘下雨’的‘雨’，我养父母为我改成了‘宇宙’的‘宇’，说这样大气一些。如果当初我养父母领养的是江教授，他一定比现在更好。”

华影打断夏宇菲：“不，江声这样很好，没有什么是更好的选择，他现在的一切都是凭借自己的努力得到的，没什么好遗憾的。”

华影看向夏宇菲，她的目光令人无所遁形：“你的遗憾是对你自己，你觉得当年被领养的是江声，你的养父母肯定不会失望而已。”

夏宇菲愣了愣点头：“是，所以我一直一直默默关注江教授，他的每一步成功，我都很激动。开始我是不服想和他竞争，很快我发现根本比不过他。我想如果是江教授都会不一样，我养父母肯定不会像对我一样的失望。”

“我能拜托你一件事吗？”夏宇菲拉起华影的手，面带红晕，“我很喜欢江教授，你应该能看出来。一开始或许是崇拜和愧疚，慢慢地，我发现我真的是喜欢上他。你能帮我吗？”

她是个年轻的姑娘，求起人来娇嫩得让人不忍心拒绝，但华影还是退出自己的手，摇了摇头：“不好意思，我帮不了你。因为我喜欢江声。”她这样回答。

“不可能！”夏宇菲脱口而出，她没想到华影这样的人会直接承认。

华影笑了笑：“喜欢就是喜欢，我不需要向谁证明可能不可能。”

她本来就是明艳的人，真心笑起来更是如皎月朗朗一般。夏宇菲也采访过不少人物，她一直觉得华影虽美，但为人虚荣，不学无术又圆滑造作，简单来说就是没有气质。可是当她站在皎洁的月色下，淡紫色的木槿花前，她根本不需要做什么铺垫解释，简单而直白地说出喜欢。夏宇菲突然觉得华影这般看得见灵魂的美才是最惊心动魄。

夏宇菲之前看到两人同桌的恐慌再次袭来，她大声说道：“但你知道，全世界的人都可能和他在一起，唯独你是不可能的。”

“这世上没有什么是不可能的。”华影说着转身离开。

嘴炮一时爽，考试要遭殃。华影走到一半，突然想到，糟了，和夏宇菲撕了，下周的考试她抄谁的？

唉，果然是红颜祸水！

吃完饭，华影就让江声先走了。一路走回走廊，看到病房门口聚集了医护人员。华影隐隐觉得不妙，跑过去一看，果然是华兰醒了，水杯、鲜花、苹果、橙子扫了一地，一片狼藉。

华兰坐在床上，面色浮肿，头发蓬乱，她一辈子讲究不化妆坚决不出门，华影都不记得她的素颜的样子了，突然发现华兰脸上多了很多斑点，皮肤也不好，法令纹很深，人一下子就像放了气的气球般垮下去了。

她问自己，妈妈是在什么时候老去的。

没有人敢接近华兰，华影慢慢走过去才听到华兰喃喃地问着："赵安平呢？赵安平人在哪呢？"

赵安平是华影父亲的名字，华兰总是说她爸太没有野心怯懦，很少提起。

华影走过去抱住华兰，喊了一句妈。

华兰迷茫地看向华影："我女儿都那么大了？骗人！你是谁？赵安平呢？和你是什么关系？让他来见我！"

她努力从华影怀里挣脱。华影的膀子都被掐紫了，但她没有放手。华影看着地上滚落的红色苹果，她突然感觉自己的妈妈已经没有了，但又觉得庆幸，毕竟她还活着，这样就好，她吸了吸鼻子，松开手。

华影拍着华兰的背，像小时候她安抚自己一样："赵安平只是出去了。我是你女儿小影啊，你不记得了吗？是你给我取的名字，说姓赵演艺圈太普通了，要和你姓……"

她一件一件讲着过去的事情。

华兰慢慢平静下来，闭上眼睛，医护人员才一拥而上帮华兰做检查。

华影走到一旁，她觉得过了很久自己才能动一动。她走到洗手间洗了把脸，脸上的妆都花了，眼线和睫毛膏像晕染的墨水，镜子里的人像一个落魄的丑角。华影拿起纸巾狠狠擦拭，她突然想到华兰说过眼周的皮肤一定要好好保养，睫毛卸妆要用面签，作为一个女孩子，即使再不亲近，也是唯母亲马首是瞻的。华影放轻了手，只是脸上的水还在继续滴落，洗手间里那么安静，头顶上的白炽灯照得一切都无所遁形，华影突然想到今后就只有她自己了，只有她自己来照顾好自己和母亲。

华影洗完脸，重新走出来，她本来皮肤底子就好，卸妆也不会有很大区别，只是人稍微没有了点精神。

门口又响起脚步声。

李彦走了进来，神情凝重："我刚知道了一件事情，你一定要冷静。"

华影示意她去外面走廊说。

走廊上，李彦开口："我想华姨晕倒并不仅仅是票房作假。我刚收到消息，你和李诺合作的公司将票房收益成立了保底基金，包装成网络金融 P2P 产品向投资人发售，号称利润高达 12%，上映后就兑现。"

华影第一时间拨打李诺的手机，结果关机。

“李诺不在。”她说话的时候声音有些沙哑。

李彦气得跳脚：“真是孬种，一出事就躲起来。现在票房作假一曝出来，那些买了投资产品的人知道会血本无归，已经闹疯了。”

李彦说得没错，那些买了投资产品的人看到票房作假的新闻，立即成立了讨债群。他们深深知道最好攻克的就是要面子的大明星，一大早就自发集中到了海声集团的门口。

和季海的葬礼一样，今天也是一个暴雨天。

集结的投资者、看热闹的民众和采访的记者们穿着各式各样的雨披、拿着雨伞堵在门口，每经过辆车都一拥而上，一看不是华影，又一哄而散。

华影坐在车里远远看到那么多人的时候，心里已经猜到是为了什么，人生第一次这样的围堵居然不是欢迎而是来讨债的，这种滋味不大好受。

雨点噼里啪啦地打在车窗上，像老天砸下的鼓点砰砰敲在心间。

李彦也是第一次遇见这样公开声讨明星的情况，她担忧地看向华影："要不先避一避？"

华影对着镜子涂上遮瑕膏和口红，再抬头已经看不见眼睛下的黑眼圈，依然是明艳夺目的五官："不避。难道能避一辈子？"她合上镜子，挺直腰板，打开了车门。

保安已经聚集在门口，所有人都一拥而上。

保安推着聚集的人们，无数的闪光灯和视频对准了华影。

李彦用雨伞遮住华影。伞和伞的间隙里，华影的肩膀还是淋了雨，半个身体已经湿了。她穿了风衣，里面是红色的真丝衬衫裙，雨滴顺着风衣滴落进胸口，一片冰冷。

推搡中，不知谁的手机掉在了地上，人群和保安开始动手，暴雨中溅起了泥泞的水花，一切都失控了。

"呀，怎么打人啊？"

"不许拍！"

就连李彦都被拉了一把。

"都停下。"华影喊着。

一切都安静下来。

华影示意李彦先进去，她捡起地上的手机还给刚刚叫嚷的阿姨。雨水打在她的眉目间，发梢滴落着水，有种孤傲凄楚的美，所有人都被这种美震撼了。

“对不起！”她说。脸上的雨水沿着小巧的下巴流下，她没有去擦只是眨了眨眼睛，开口：“我也是昨晚才知道这些事情，还没有厘清，请大家相信我，等我查清楚一定会给大家一个交代。”

安静了几秒，只有拍照的声音，华影知道自己哪个角度最美、说什么话最得体，然而她并没有用这些武器？她对着华兰一夜未睡，现在脚步都是虚浮着的，一切就像是一个梦，她想想病床上什么都不记得的华兰，十分庆幸面对这一切的是自己。

华影甚至享受这样被雨淋着的感觉，让她有种突然落了地的清醒。

“骗子，还钱！”人群中有人喊道。

华影闭了闭眼睛，果然在金钱面前，任何解释都那么没有说服力。

“对，大明星怎么可能还不出钱？不要被她骗了，她在演戏呢。”

拜华兰竖立的人设所赐，大家都相信华影是名媛富二代。

横空飞出一只可乐瓶，保安伸手没有拦住，眼看着就要当头砸到华影……

华影眼睛一眨不眨，握紧拳头，挺直背，她不能示弱，然而头上并没有淋到碳酸雨，连雨水似乎也停了。

华影抬头。

是一把黑色的伞，伞柄握在江声手中。

暴雨中，他悄然无声地来，稳稳地为她撑起了一个安静的世界。

江声一手撑住伞，一手扶住华影的肩膀，他说：“别怕。”

一如那日在旋转木马上，他护住她时说的话。

“走吧。”他搂住她往里面走。

他抬眸对着面前挡道的人冷冷地说：“让开。”

那人退了一步，其余的人群分开两道。

他搂住她前行，一步一步，像是在千军万马中开出了一条血路。

雨点噼里啪啦地打在伞面上，可华影竟然感觉不到一丝伞的颤抖。

他扶住她的手是那么的有力，就如同他握住雨伞的紧绷的小臂。他俊美的侧脸在黑色的雨伞下发光，仿佛点亮了伞里的世界。

是啊，夏宇菲说对了，全世界的人都可能和江声在一起，唯独她华影是不可能的。

华影并没有问为什么，因为她自己也清楚，作为他恩人的妻子，季恬和季白的继母，海声集团江声合伙人季海的遗孀，他是不可能喜欢上她的。她也是一样，爱上任何人都可以，唯独江声不可能，她自己都无法想象外界会怎样诉说季海、江声和她的关系。

然而，还是爱上了。

即使面前是暴雨一片，心却稳稳当当，甚至怀揣着隐秘的小心翼翼的欣喜。

因为，暴雨之中，有他同行。

回到办公室，华影换了衣服，第一件事就是找李诺算账。

谁知道李诺正好去美国出差了。

李彦一脸愧疚："对不起，我真没想到他能卑鄙到这种程度！"

华影摆摆手："没有你的事情。说不定是真出差了。"

是出差还是跑路，华影已经不想多想了。虽然被命运一次次辜负，她依旧不想提前将人性想得太丑，真相总有一天会浮出水面。

一向性格利落的李彦脸上浮现出痛苦："有的时候我宁可自己的老爸死了，都不愿意是他。"

李彦是李诺在农村和前妻生的孩子，生完就交给父母养着。李彦的妈妈很快就生病去世了，爷爷奶奶也老了，她只有回城找父亲。没想到十几年不见，李诺抛弃了糟糠之妻娶了年轻老婆，生了个儿子，还帮母子俩移民去了加拿大。一个是乡下病逝的老婆和大学还没考上的女儿，一个是在国外住着豪宅的漂亮太太和上着私校的儿子，李彦看着李诺的全家福心已经凉了，发誓从此亲人只有爷爷奶奶。

从当年的农村小妞成长为独当一面的明星经纪，李彦和华影相互扶持，此间心酸只有她俩自己知道。

华影抱了抱李彦，如果是她以前的脾气，一定因为丢人先慌了阵脚，现在只剩下她自己，她不得不冷静，抱怨是没有用的，不如把心思都放在解决问题上，华影迅速约了律师和财务，确定了售出的基金总额。华影倒吸了口冷气，如果不是华兰已经意识不清了，母女俩估计都可能打起来。

加上上一次的赎身金，华影根本拿不出钱来，浑身上下唯一值钱的只有海声集团的股份，但这又是不能动的。

在财务查账的时候，华影突然发现一件事情，还给万嘉文化的赎身金并不是海声集团付的，而是江声。

本来以为欠的是海声集团，反正是季海生前的承诺，而且她也肩负起了照顾季恬和季白的使命，华影觉得可以心安理得，突然之间变成江声替她还了钱，她顿时坐立难安起来。

华影正在思考，手机振动起来，是孟惊涛的电话。

自从孟惊涛道歉之后，华影和他一直处于朋友圈互相点赞的友好关系。华影接了电话，孟惊涛浑厚中带着几分臊气的笑声从电话那头传来："华总近来可好？"

华影挑了挑眉："还行吧。"

“我看了新闻，得知华总最近的处境，十分担心，可谓是寝食难安。华总有任何用得上孟某的地方，您尽管说话。”

毕竟是来表示关心的，比起很多得知她出事后就消失和等着看笑话的，孟惊涛已经好很多了，华影还是道了谢。

挂了电话看向窗外，暴雨已经停了，雨后初霁。

华影笑了笑，有种人从来不问你需要我帮什么，你都还不知道，他就把事情做了，虽是默默地，却润物细无声地占据了你的心。

她站起来，准备去找那个人。

华影推开门，看到江声坐在电脑后面，身后的落地窗洒下温柔的阳光，轻轻缠绕他冷静睿智的眉眼，以前觉得他是书呆子，现在真是怎么看怎么好看，俊而不自知，帅而不卖弄，气质碾轧那些靠皮相发家的小生。

华影开口：“为什么帮我还赎身金？”

江声闻声抬眸，他想了一会儿才想起来华影说的是什么，回答：“因为我有钱。”

不是预料的答案，却是最直白的。钱财对江声来说并没有那么重要，他不喜欢房子、不喜欢车子，所有的投资都是专人管理，平时没什么用到钱的地方，对华影的账，他看到正好自己能还就帮着还了。

“再说也是你帮了我，说好的，我帮你还剩下的钱。”他补充。

华影也想起来是她提出的，帮江声解决“汉奸”的名声危机，她点了点头算是接受理由。

华影说：“谢谢！我会还给你的。”

江声无所谓地点点头。他没说的是那时海声集团的董事还不满江声投资的研发部，再拿出一笔钱是不可能的。这是他的个性，事情既然已经解决，此中艰难他不想多言。

江声问道：“现在你准备怎么办？”

“我已经发了退款声明，赔付那些买了产品的投资人的本金，利息是不可能的。”

“有那么多钱吗？”

“差不多吧，票房收回来的钱也有点，加上我妈那的和公司合伙人的，够了。”华影云淡风轻的回答。

事实上，华兰投资屡战屡败没有财运，李诺也不知所终，根本就是打肿脸充胖子，但她看过财务报表，对江声的情况也了解，不想让他再插手只有说谎了。

江声点了点头，是相信了她。

华影不想想这些糟心事儿，走近江声的桌子，胯靠在江声的办公桌上，挺翘的臀抵在桌子的边缘，手支在江声坐的办公椅的扶手上。

她靠近江声："我心情有点儿不好，给我讲个笑话吧。"

美人及怀，幽香袭来，江声却不由得皱了皱清俊的眉，心神一晃，他不喜欢这种脱离理智的感觉。

"那你坐好。"

华影是个人精，一步步知道谁对自己好，对自己好的自己也喜欢的，自然就开始亲近。被江声一说，她不敢造次，端正起身体，规矩地坐在桌子上，像个小学生一般。

江声认真想了想,开口:"两只猫同时站在斜着的房顶上,哪只会先掉下来？"

真是出了一题，说好的笑话呢？

"轻的那只？"

"不是。"

"那是哪只？"

"有着更小的喵叫声的那只。"

"什么？"

"喵，μ，摩擦系数。"江声认真地解释，"你没听懂吗？"

她到底该承认她的确是没听懂还是假装挺懂了，可无论哪一种都显得她像个白痴一样。

去他的喵喵喵。

谢天谢地，门在这个时候突然打开了。

穿着西装、打着领带的李汉卿急匆匆地冲了进来,他抹了抹上了发蜡的前额,蓝色的眼睛里闪着兴奋的光。

李汉卿喊着："生姜，密斯华是不是快来了？门口那么多记者，我什么时候去英雄救美？"

华影扑哧一声笑出来。

江声一直在看着华影，看她笑出来，他也弯了嘴角。

李汉卿瞪大眼睛，颤抖着手指着华影："密斯华，你怎么在这里，还坐在生姜的桌上？"

李汉卿还没有等到华影的回答，脸就被一双手推到了一旁。

"让开。"李彦快步走进来，嫌弃地搓搓手，"呃，你今天没有洗脸？"

李汉卿捂住脸："那是防晒霜，我要喊非礼了！"

华影小声问江声："他俩到底想说什么来着？"

李彦懒得和李汉卿废话，打开电视，屏幕上出现暴雨中江声护着华影离开的片段。

配音："据悉著名女星华影的涉嫌票房作假，欺骗投资者……"

李汉卿对这种官方的中文只听懂个大概，注意力全部放在江声搂着华影离开的身影上。

李汉卿瞪着江声："生姜，你怎么没有喊上我？"

李彦翻了个白眼："为什么要喊你？你要是去那画面还能看吗？看看，江教授才叫英雄救美！画面多像在拍偶像剧。"

"什么鬼英雄，你没看到生姜的眼里全是慈祥的父爱？"

李汉卿跑到江声身边，委屈地拽住他的衣角："死生姜，你还有季恬可以表现父爱，就不能把机会让我这种单身狗？大不了我认贼作父喊你爸爸，总行了吧？"

江声掸掸衣角："不行。"

华影越听越觉得不对劲，她问："什么父爱？"

还没来得及解释，电视里已经开始播放。

"经记者查证，女星华影的父亲并非她所说的华裔归国侨商，她的生父赵安平20年前死于加拿大一场意外。记者走访了当地知情者了解到，赵安平是在当地华人超市打工时，被倒下的玻璃货柜砸中致死。并且值得关注的是当时赵安平并没有移民身份和工作许可，也就是说是打黑工，因此赵家母女也就是明星华影和华兰只得到一小笔抚恤金就回国了。这样看来女星华影8岁在法国旅行时被知名导演看中的传言的可信度也要打个问号。记者了解到刚刚女星华影已经宣布会全额赔款投资者，结果如何我们拭目以待……"

屏幕上出现了华影父亲的模糊侧影和移民城市的风貌。

华影以为自己对那座仅仅小时候居住过两年的城市并没有什么印象，却发现当画面出现的时候，她还是觉得莫名的熟悉，甚至能回忆起她是否去过这个地方、做过什么，童年里和父母在一起的时光是她最美好的回忆。

李汉卿指着电视大声说："看，这才是密斯华的爸爸。"

立即被李彦一巴掌拍了脑袋。

江声皱眉看向华影，他不知道怎么开口。

"这都是事实，我早就预料到了。"华影耸肩，笑了笑，往门边走去，笑容却像天边的云，一吹就散。

江声站起来，他不由自主地想跟过去。

华影举手制止，合上门："不用管我。多大的事啊，我出去工作了。"

李彦拦住江声："算了，让她冷静一下。"

说是这么说的，但一夕之间从女神到女骗子还是有翻天覆地的差别。

华影这种平时手机不离手的人已经不去刷微博了，一上微博就是艾特不完的自己，留言也数不清，说她欺骗感情的，说她爱慕虚荣的，说早就看穿她的……

她就不懂她是怎么欺骗感情了，这些故事人设本来都是强加在她身上的，怎么到头来自己就变成了负心汉子一般？

当然夹杂着也有支持她的，华影泪流满面地点赞。她才不管别人怎么说她虚情假意，生活都已经这样悲惨了，还要端着做什么，让自己开心才是王道，反正她都被骂了，不在乎多两条罪名。

华影在自己小公寓过了几天足不出户的日子，跑去看华兰。她现在这种情况没法把华兰带在身边，给她找了宁城最好的疗养院。

华兰情况反复，有的时候能认出华影，有的时候将她认成别人，更多的时候是自己一个人的沉默，华影宁可她对自己打打骂骂都不愿意她一个人沉默着。

华影边给华兰梳头边念着微博上的留言，叹了口气："瞧瞧，你这都是什么眼光，投资的鬼电影，还让刘蓓拉主演，能行吗？一看就是垃圾大烂片，到头来还是要我收场。您老人家要强了一辈子，能栽在这事情上吗？"

华影满意地蹲下来拿着镜子给华兰看她梳的头："好看吗？小时候是你帮我梳头，现在轮到我了，是不是比你的手艺要好？"

这就是江声走过来看到华影的样子，阳光下，她的头靠在坐在轮椅里的华兰的膝盖上，捧着镜子像个求表扬的孩子。

江声突然想到光合作用，光合系统将太阳能转换为化学能，从而为生命提供动力，耳边仿佛有唆唆的声音，他的心中也有块沃土，种子在悄然而出。

华兰原本眯着眼昏昏欲睡，突然拉住华影的手："你怎么在这里？不是去领奖了吗？不给我拿个影后回来不要来见我……"

华影被指甲掐得一痛，江声走过来拉开华影。

华兰已经被护工推走，华影嘱咐："睡着了帮她剪下指甲。"

华影和江声离开，走在通往出口的花园小径，路旁是不知名的小碎花在轻轻点着头，粉蓝藏在绿意深处。

江声开口："我联系了几个美国的专家，过两天给你妈妈看一下。

"谢谢！"华影握了握拳，藏起手中的指甲印，她不想让江声看到她那么狼狈，"你怎么会到这来？"

江声说："下午有海声体验店的开幕会。"他其实也是不放心她。

华影并不想去，确切地说她不想见到任何人。

江声看出华影的踟蹰，转身问："你怕？"

"谁怕？等我回去换身行头就粉墨登场！"

华影换上战袍，直奔海声体验店。

在无数双眼睛好奇的打量下，她浅笑盈人，看不出一丝难堪，反而更加光艳照人。

颓废的死宅生活是不适合华影的，谁能想到这几天她躲在家里，要不就是戴着遮阳帽蒙面去跑步，要不就是敷面膜，还给自己做沙拉煲汤带给华兰，出关的时候当然比前些日子还要滋润。

江声也穿着一身白色衬衫配黑色休闲裤，俊逸出尘。

女子着红装、男子穿白衣都最是勾人，江声和华影两人颜值爆表，一个负责产品，一个负责公关，配合得天衣无缝。

开幕会的前半段很顺利，到了后半场明星和群众互动环节，闹事的就来了。

一群人冲了进来，带头的男子质问华影："我想问问大明星什么时候还钱，该不会是想赖账吧？"

华影冷静地回答："我已经发了声明，一定会给予退款。这是海声集团的地方，如果要谈赔偿，请换个地方。"

"换，换什么？你不是海声集团的负责人吗？谁知道你真有钱还是假有钱。你没钱就拿海声产品抵债，兄弟几个上。"

开始是几个人抢海声手机和手环，越来越多的旁观者加入进来，直接变成了骚动，大家乘乱抢劫。所谓的搭便车心理就是如此，反正大家都在抢，也没人注意我，如果我不加入就亏了，人世间的恶就是这样滋生出来的。玻璃柜被砸碎了，里面的手机和手环被人争先拥抢。华影立即叫人找保安，她上前阻止，被推到了一边，膝盖被碎玻璃划伤。

华影被员工扶起来，她什么时候受过这样的屈辱，气得脸通红，喊："住手！"

却被另一个声音盖过去了。

像是两个人异口同声一般，她往后一看，是江声，他说："都捉起来。"

保安迅速压制住闹事者，带头人嘴里还在骂骂咧咧："凭什么捉我，我是受害者，我拿回东西抵债不可以啊？"

江声走到这些人面前，眼露锋芒，毫不畏惧。

"我来告诉你为什么抓你。第一，这是海声集团的私有产业，你站在这里损害私人财务还造成偷窃已经构成犯罪，我报了警。"

全场的人一下子就不敢说话了。

江声冷静地继续："第二，购买投资产品的时候，相信你填写过确认书，即认同投资的风险，即使血本无归也是认赌服输。我的合伙人并没有偿还你的责任，可是她选择了赔偿，然而你却不依不饶，不就是看对方是公众人物想要讹上一笔。这样品格低劣的人不配用海声的任何产品。"

江声指了指摄像头："所有动手的人都已经被记录下来，等下可以去警察局慢慢解释。"

江声挥了挥手，保安已经拖着人出去了。

一向温文尔雅不问世事的江教授突然展现了雷霆手段，真是MAN爆了的！

在场的女员工窃窃私语，用爱慕的目光偷偷瞄着江声。

后面的休息室里，说是休息室其实还没有规划好，堆放着箱子和货品，乱得堪比战后的废墟。

华影坐在纸箱上，交叠着修长如玉的双腿，她还特地理了理裙子，正好在膝盖上方。

敲门声响起。

“进来。”华影说。

江声拿着碘附和棉签走进来。

华影觉得好笑，也只有江声这种书呆子、老迂腐，才会在明明只有他们两个人的情况下敲门了。

江声一只膝盖跪地，半蹲着，他打开碘附：“先消毒吧。”

华影缩了缩腿：“这么丑的颜色，我能不能不涂？涂了会不会留疤？”

也只有这个女人在这种情况下还能纠结美丑了。

江声面无表情地拆开棉签：“丑，不擦更丑，流脓发炎，到时候切开排脓，疤更大。”

华影立即伸过腿去。一双美腿，细、长、直，煞是好看。

江声的手托住她的小腿肚，心无旁骛，仔细轻点棉签。细白的皮肤，瓷玉一般的侧脸，华影正沉醉在江声的盛世美颜中，江声已经放下她的腿。

“这就好了吗？”她问。

“好了。”他点头，站起来扔掉棉签。

华影伸长腿，绷直脚背，她说：“能帮我吹吹吗？还是疼啊！”

江声看了一眼，收回眸光，他说：“口水里……”

华影打断他的话：“我知道，含有很多细菌，你说过了。我自己的腿我自己负责行了吧。季恬受伤都可以吹吹的！”

“你自己吹。”

“够不着。”她无辜地眨眨眼。

华影眼看没有希望，就要缩回腿，腿却再次被捉住。

江声再次蹲下，他舔了舔唇，叹了口气，俯身启唇。

他垂着眼，密密长长的睫毛动了动，像四月的春风柔柔酥酥地擦过你的心。

华影的腿上，轻风拂过。

“谢谢！”华影揩油成功，心满意足，加了句，“对不起。”

江声眸光动了动，开口：“是应当道歉。这不是第一起事件，还有别的体验店和网店都受到了影响。”

华影张了张嘴，她这张脸走到哪里男人都众星捧月一般，哪里像江声这么直白的指责，一点不捧着她。

“按照套路，你不是应该安慰我没有关系？”

现在她失了势，虽然在外人面前依然穿着骄傲的盔甲，但内心却不由得否定自己。

从来不走套路的江声回答：“如果你是我的女儿，我一定不会责怪你，然而你是我的合伙人，你代表的是季海。躲避从来不是海声集团的作风，不怕事，不躲事，遇到问题解决问题。”

他直视着她，眼里却没有一丝责怪反而是满满的鼓励。

华影挺直了腰说：“我不会躲了，你看好吧，我一定能一个人解决。”

“嗯。”江声勾唇轻笑。

“但是女儿是什么鬼？还有李汉卿那天说的父爱，你解释一下。”华影在这里等着呢。

直男如江声当然不知道这是送命题，他回忆了下开口：“李汉卿说我对你像对季恬一样都是父爱。”

华影心下一凉，掏出手机，准备拉黑李汉卿。

“但我推论证明，对你并不是父爱。”江声继续说。

华影松了口气问：“怎么证明的？”

“归谬法。”

“什么意思？”

“物理学和数学上常用的，首先假设对方的论点是正确的，根据证明和推论，产生矛盾，从而得出此论点是荒谬的，来推翻对方论点。简单来说就是通过得出矛盾结论而进行的证明法。”

“嗯，能和我解释下推理过程吗？”

“很简单，假设我对你的是父爱这个论点，但是就像我说的我无法认为你是我的女儿，事实证明这太荒谬了，是不成立的，所以对你并不是父爱。”

江教授认真解释，好像他说的只是一道数学证明题。

“那我是你的什么？”华影放下手机抬头问。

江声沉思。

一个纸盒子掉落下来。

江声抬头欲开口，却被华影的手指抵在唇上按住，“嘘。”华影折腰凑过来。

兵荒马乱的杂物间，坐在纸箱上的红裙女子，半跪着的白衣男子，几乎相触的鼻尖，她像魅惑佛祖的妖精上他的曲线分明的下颚。

“我觉得是你的命题定错了，这一次，不如假设你是喜欢我的，用你那归谬法，证明一下江声喜欢上了华影这个观点，好不好？”

卷 三

爱情热力学:

根据热力学第二定律，熵是随着时间而增加的，它解释了为什么打碎玻璃或打破鸡蛋容易，而让它们复原难；热量自发地由温度高的物体流向温度低的物体，而反之却极难。卢茨称每个系统都有指向一方的“时间箭头”，包括爱情。感情的升温取决于你传递的热量和对方的比热容，有些人天生就是需要花费极大的热情才能让他接受你，而一旦接受了就不容易降温，甚至一生难忘。因为，爱情的火苗一旦点燃就很难熄灭。

华影在江声面前夸了海口要自己解决，无奈之下只有出山，约了些熟悉的投资人、制片人。

好在她平时玲珑会做人，人家倒是对她说实话："华老师，今时不同往日，你这么久没有作品，时下又有负面消息，除非您甘愿做女二或者女三，我保证给你出彩的角色，但是价格方面……"

华影本来就对名利场毫无留恋，是冲着钱去的，一听这话也知道不用说下去，没有了华兰和李诺的保护，加上她现在失了势，圈中的人都对她唯恐避之而不及，有这般吐露实情的已经不错了。虽然已经料到这种结果，但真正落到自己身上，个中冷暖只有自己知道。

安慰的人都说这不过是世情的试金石，可任谁都希望自己永远都不要陷入这般田地。

华影回到家对着镜子自嘲，这年头当女人不容易，擦干眼泪，卸好妆，还得去敷面膜。

她只有希望在李诺没有挥霍完余款之前赶紧联系上他，好在她手上还有李诺的把柄。

当年李诺和华兰两个人在她事业的上升期听了片方的教唆，在酒店里想迷昏华影让她整容，还好华影及时发现，将医生打出门去，最后差点儿把季海当成那个整容医生，不打不相识。

这是华影的耻辱，她根本不想提，但是最后一步用来威胁李诺还是可以的。

果然李诺的越洋电话立即就来了："小姑奶奶，我也不容易，万嘉的账出了问题现在被查，我家里还有两个孩子要养，看在我和你妈这么多年的交情上，你就别追究了。"

"把剩下的余款退给我。"

"哎哟，哪来的余款，这部戏可是花了血本，你问问王导。这样我让财务把收益全部转给你，这真的是我唯一能做的了。"

李彦听了气得对着电话大骂："这狗东西！"

华影摆摆手："算了。"

骂他还不是骂自己。

背叛你的人永远都不会有最后一次，就当两清。

当华影看到票房收益时又觉得太便宜李诺了，数据惨不忍睹。

李彦建议："要不直接用现在的收益算算赔付得了。"

华影头疼得摇头："现在的收益还不够赔付的 10%，投资回报率不到一成，我还不直接被撕了？还是等等看增长一点吧。"

事实上，华影也知道这部烂片反弹的希望几乎为零。

雪上加霜的是，因票房作假和惨淡的数据，《中国女侠》这部电影被多家院线提前撤档。

李彦建议华影走卖惨路线："华姨现在都这个样子了，李狗又逃跑了，要大家知道你这么惨还敢逼你？"

华影摇头："华兰女士绝对不希望大家看到她现在的样子，再说我从来都不相信卖惨有用，卖惨的只会让人更加敢踩在你头上，越惨越要挺直胸膛！"

李彦建议："要不问问江教授？"

华影依旧摇头，她不是没想过，江声的情况她也了解，现在只有钱才能解决。

江声已经帮过她一次，她还欠着他的，不能再靠他了。

两个人只有站在平等的地位上没有牵扯、没有利用才有机会谈爱。

孟惊涛就是在这时送上门来的。

孟惊涛给华影打了个电话："知道华总最近不顺，孟某正好今晚约了钱总、李总吃饭，不知华总有没有兴趣参加？"

华影听到一个发行商和一个网络平台商的名字，看了看时间正好下午 4 点，临时送来的局不一定是特地为她，但是这到嘴边的肉不吃又可惜，她干脆地应下了。

华影换了一套低胸 V 领黑裙，外面套了威尔士亲王格格纹西装，可攻可守。

她知道作为女明星和这些老狐狸缠斗唯一的优势是什么，她也有自己的底线，要不是到了最后关头，她也不会走这一步。

孟惊涛约的饭局在紫峰会所，只对会员开放，但绝非什么酒池肉林的地方，华影也是知道了才答应的。

低头检查好西装的扣子，华影笑着推开了门。

孟惊涛和几位老板已经到了，出品方钱总、网络平台的李总还有他们的副手，也少不了刘蓓拉。

刘蓓拉看到华影也是吃了一惊，转头看向孟惊涛，后者眼里是满满的惊艳。

刘蓓拉心下不由得妒忌，却第一个站起来拥抱华影：“没想到师姐也来了。”她拉着华影的手亲热无比，“师姐果然瘦了。听说你最近见了不少人，需要我帮忙吗？我手上这部戏正好缺个女三，要不回头和李导说一下？”

一见面就把华影的窘境说了个七八，看来是没有被打够。

华影笑了笑，握住刘蓓拉的手：“谢谢师妹关心！不用了，我最近也挺忙的。”

“你忙什么？”

“你不知道吗？大家都知道啊，忙着做师妹那部烂片的接盘侠啊！李导也是不容易，我会在内心里为他祈祷。”

全场都哄笑起来。

刘蓓拉红了脸。

孟惊涛站起来，拉开身边的椅子，痞痞地一笑：“蓓拉胡闹，这么多有头有脸的老板在这里，要你来介绍？小影来坐这里。”

像两人熟稔已久。

华影踩着高跟鞋款款落座，决定忽略他嘴巴里的小影，既然来了，她就决定接受孟惊涛的示好，只要不是太出格的，她都可以忍下。

刘蓓拉也咬着牙坐下。

席间，灯光明亮，大家都道貌岸然，觥筹交错，谈的都是社会热点，加加微信，其乐融融。

孟惊涛虽然坐在华影身边，却没有造次，低声关切几句，偶尔夹了几道菜给她。华影闻着他身上臊气的古龙水味，默默将菜拨到一边。

她想到江声就从来不会给人夹菜，他也不吃别人夹的菜，以前觉得这人是古怪，现在看来种种都是好的，一开始就把喜欢不喜欢表现的清楚，他自己活得自在，别人也自在。

酒足饭饱，都是老男人当然转战会所 KTV。

华影看看手机，发微信给李彦。

孟惊涛问华影：“小影急着回家吗？”

都坚持到这份上了，哪有走人的道理，华影一笑：“当然不。”

以前拍戏，剧组休息的时候喜欢来唱K，但华影是从不参加的。她虽然爱热闹，但是要和价值观一样的朋友玩，应酬男人这种，她无上进心，又有华兰和李诺在前面挡着，干吗要赶着上去做宫女太监的服侍，一概婉拒。

虽然知道其中的龌龊，但是真正见到又是另外一回事。

到了 KTV 叫了几个公主，这些老男人就开始放浪形骸，一个个都是大爷，要人倒酒，要人喂水果，拉着小姑娘的手一起玩筛子。刘蓓拉更是把孟惊涛伺候得好好的，就差没跪下来了。

华影吃了片橙子，暗自咋舌，觉得是看错她了，这般的好本事，混成一线指日可待。

她在这个圈子里见多了，上到明星下到场记，让小姑娘抱着脚做足底按摩，躺在小姑娘怀里采耳，唱唱 K 搂搂女孩的细腰……不仅是这个圈子的现象还是社会现象。开始的时候不懂有什么乐趣，看到这里才明白。

孟惊涛捕捉到华影的冷笑，凑到华影耳边："笑什么？"

"只是发现了样事情？"

"哦，说出来让我一起乐乐？"

"你看钱总、李总他们，公主们唱歌时都拍掌叫好，轮到自己唱时清一色都是 80 年代的老歌，估计连人家唱的是什么歌都不知道。无论装得有多年轻，一开口就是暴露了自己。"

"你是觉得我们老了？"

"不是指年龄上的衰老，是这里的。"华影指指心脏，"比面容的衰老还可怕，丧失了青春和梦想，只剩下赤裸裸的欲望，年轻时没有享受过，兜了有点权、钱，反而放开了，但是有什么用？双方都没有真心，不过是以物换物。"

孟惊涛眨眨眼睛："有意思。你觉得我呢？"

华影借故推开他："孟总，怎么会老，您还年轻着呢，那个鲁迅不是说吗？有些人年纪还轻骨子里就老了，有些人年纪虽大骨子里还年轻着呢。孟总自己觉得是前者还是后者？"

孟惊涛看着华影，眼中都是兴味。

华影坦然地喝了一口酒。

刘蓓拉过来将孟惊涛拉走，她松了口气。

酒喝到微醺，音乐换成动感的舞曲，墙壁上的灯光换成七彩闪灯，就开始进入高潮了。

李总是色中饿鬼，左拥右抱，拉着刘蓓拉说着荤话："刘老师的腿可真长，一看就很缠人！老孟，是不是？"

孟惊涛半点也不生气，反而邪笑着摸了把刘蓓拉的腿，反问："老李，你说得有歧义，是你眼馋了？兄弟如手足，女人如衣服，你这是要和我换衣服？"

刘蓓拉拍了拍孟惊涛娇嗔："讨厌！你敢！"

华影晃晃酒杯里的冰块。

人啊，真的是，不知道什么时候就如同这冰块一般，混到了酒里。

手边伸来一只酒杯，钱总笑眯眯地坐在华影身边："华老师，敬你一杯！

来合唱一曲？”

华影笑着按住酒杯，拿起话筒，她不紧不慢地开口：“我一般可不轻易开口，开口了可是要倒下一片。既然钱总开口了，我怎敢不从？”

华女神开声，果然难听得惊倒了一片。

华影很满意地退场谢幕。

走到门外，身后传来孟惊涛的声音：“小影，等下。”

华影转身，拨了拨头发，酒劲上来有些热：“孟总，私下还是叫我华总比较好。”她不想逗留，开口，“谢谢孟总今天的款待！我先回去了，下次我请你。”

下次是什么时候就难说了。

孟惊涛低低一笑，拦住华影：“华总今天好像没有尽兴啊，怎么办呢？这个局我可是特地为华总设的。你有什么不满意的尽管说，我改还不成。”

他低头看着华影，眸光深情，凭良心说是个男性荷尔蒙爆棚的帅大叔，可惜太滥情。

华影一笑，艳光四射：“我哪能不满意啊！孟总快回去吧，刘蓓拉还等着您呢！”

她想提醒孟惊涛不要吃着碗里的看着锅里的。

谁知孟惊涛会错了意思，手托住华影的腰，纤纤细腰，手感极佳，他更满意了：“华总，这是醋了？你没看到吗，我今晚的眼里可是只有你。”

华影扣住孟惊涛的手：“孟总自重！你到底想要什么？”

孟惊涛低头，凑近华影的耳朵：“我要什么？华总还不知道吗？你跟了我。季海能娶你，我也能。他死了，我还活着。”

华影眼里闪烁着愤怒的火焰，扭腰想挣脱。

孟惊涛低头摸华影的脸，她闪躲。

“华小姐，似乎还不清楚自己的处境。不论是里面的公主，还是你们这些大明星不都是一样的目的，谁也不比谁高级多少，每个女人都有自己的价码。今天你也看到了，我一句话就能解救你的困境，你还要挣扎吗？”

一只手，伸了过来，拉住华影的腰。

华影转头，是江声沉静的眸子。

江声表面上看去玉树临风，冷静沉着地站着。

无人知晓他表面是平静的大海，内心却是波涛暗涌。

他自己也无法解释刚刚一路走来，看着华影和孟惊涛纠缠在一起的心情。

真是没有见过这种女人，撩完自己拍拍屁股就跑了。

这几天都没见人影，一看居然在 KTV 背着他勾搭别人？

江声心下有气，手上不由得施力，华影被拉至他身旁。

孟惊涛收回手，掸掸衣领，轻佻一笑："什么风把江总吹来了？真看不出来，江总也喜欢这种地方。不过男人嘛，都是性情中人。"

他一语双关，一副你懂我懂大家懂的样子。

江声没有接茬，扫了眼看热闹的华影，冷静地颔首："我来是因为她。"

华影吐吐舌头站好。

孟惊涛笑道："原来是为了华总。江总不必担心，我这个人吧，喝多了就喜欢瞎说，华总千万别把酒话当真。华总今天玩得还算开心，对吧，华总？"

江声看向华影。

华影松开了江声的手。

江声瞪着华影。

她不理他，走到孟惊涛身边。

江声心下五味杂陈，不知道是生气还是失望，他的人生从来都没有尝试过这种滋味，很可惜，爱因斯坦并没有教他如何处理和女人的关系。

华影对孟惊涛钩钩手指。

孟惊涛浪荡一笑，以为她回心转意，附身贴近。

华影轻声开口："孟总，每个女人都有价格，但我的价码嘛，你配不上。你好心为我组局，我也好心劝你，像你这般把女人看成玩物的，总有一天会死在女人手里。"

华影拍了拍孟惊涛的脸，不轻不重，像玩笑更像敲打，什么佛系的人生对她是不存在的，她再失势也不可能任人轻慢，有仇必报。华影站直身子，踩着高跟鞋离开，对江声招了招手，示意跟上。

江声咬牙，真把他当跟班了。

孟惊涛摸了摸脸，眼中充满兴味。

华影一出了门就垮了，趴在江声从家里叫来的轿车旁边，缓着酒劲。

"上去。"江声并不知道华影对孟惊涛说了什么，声音微冷。

夜风吹着江声的头发，拨弄着他俊美的脸庞。

华影喝了酒胆子本身也肥，伸出双手："我醉了，你抱我。"

江声抿嘴看着他，紧绷的下颚曲线显示着他正在被挑战的耐性。

一辆车开过，看到华影的年轻人摇下窗吹了几声口哨，华影站不稳还能笑着和人挥手。

真是每次都在挑战他的极限，江声弯腰，扛米袋子般地扛起华影，丢进车里，动作干净利索，怜香惜玉什么对他是不存在的。

米袋子华影揉着腰，瞪着他。

江声不理，坐进车内，关门。

季家的司机发动车子，很聪明地立即将后座的分隔窗升高。

华影靠在左边的窗户，西装扣在挣扎中解开了，露出雪白若凝脂的胸部，像饱满多汁的梨肉。

江声惊鸿一瞥，既觉得渴又觉得气："你不冷？把衣服扣好！"

华影看见江声别着脸正襟危坐的样子，轻笑一下，她凑过去。

"冷啊，但我没劲，你帮我扣好，好不好？"

她的脸在来往的车灯照射下像夜里盛放的罂粟花，伸手就万劫不复。

江声的脸在另一边，忽明忽暗。

他突然伸手。

唰唰抽了几张餐巾纸，轻轻落在她暴露的皮肤上，指尖的触感还未来得及回味就已经撤离。

华影愣了愣，低头一看，脖子以下盖了两张仓促的纸巾。

她突然想到自己拍死虫子的时候，也是这样，将尸体上盖几张纸巾。

"这几天都在忙什么？"江声问道。

华影偷偷翻了个白眼拿下纸巾："你不是看到了，想办法啊。"

"想到了吗？"

"快了，大不了复出再拍戏。"

"不是息影了？"

"也可以复出啊，反正我们这个圈子就是这样，说息影的过两天就复出了，多了去了，还挺有趣的。"

"导演是真的看中你吗？如果记者问你季海的问题，你怎么回答？问你为什么会操纵票房作假，你又怎么回答？问你作为海声集团的负责人，为什么要变卖票房收益，你很缺钱吗？还是海声集团缺钱？你能应付吗？"

江声句句紧逼。

华影节节败退。

"还是，要以今天这种方式去应付？"江声压抑着怒火咬牙问。

华影低头看看自己，一瞬间的羞耻，她并不想让他看到这样的自己。

她坐正扣好扣子，但脸上还是要笑的："那用什么方式，用你的科学吗？你不是也听到孟惊涛说的？"

她生气他说的那句"导演是真的看中你吗"。

"导演为了什么原因用我不重要。除了我的脸、这具身体和我的名声，我还有什么可以利用的地方？我是个明星，但一样靠脸靠讨好别人吃饭，看。"

华影指了指路过的高档西餐厅的窗户，“和这种高档餐厅的服务生也没有什么区别。”

看起来越是自傲的人，内心越是自卑。

孟惊涛的话的确给了华影一个重击，华兰的倒下，李诺的叛逃，这几天的奔波，受的冷眼，华影暗想或许每个人都是这般想她，她不想去承认只有喝醉了才会发泄出来。

“那海声呢？”江声问。

曾经做出的努力，一起走到今天才有的成果都不重要了吗？

华影转头，江声的眸子专注而明亮，仿佛能洞悉她心中所想，她别过脸闭上眼。

“不是还有你吗？你在就好，有我没我不是都一样。”

江声转头看着她，她闭着眼睛说得轻描淡写，仿佛她曾经为了退出做的一切，为赎身金求他，重新学习，反击谣言，筹划发布会体验店……为海声做的每一步努力也是随意可以抹去的。

江声的眼中的明亮慢慢黯淡下去，变成了失望。

他盯着前方，都市的霓虹灯闪闪烁烁。

那个耀眼的她一闪而逝，虽然一开始草包到令他厌恶，却一步步让他刮目相看。

然而，现在，他轻声叹息：“不一样，我曾以为你也是不一样的。”

华影按下了车窗，叹息声被夜风卷走了，飘散在喧闹城市的上空。

夜晚的都市车流不见减少，这个城市里大家都活得步履匆匆，谁又能真正在乎谁呢？

因为不想面对江声，华影装睡地闭着眼睛。

黑蒙蒙的眼前闪过很多画面，他站在她的面前说着：“你说你没有梦想，难道责任不是梦想的一种？慢慢来，你总会知道想要什么？”

可是她有太多的责任，季海的、海声的、华兰的，太多人的了。

她背负不起了。

车停在季家老宅，司机打开门，看到睡着的华影，伸手想抱起华影。

“不用，我来。”江声抬手阻拦。

他轻轻地抱起华影，小心翼翼得像怀中是一块瑰宝。

上楼，开门，一切都蹑手蹑脚。

华影的脸贴在江声的胸前，睡得酣然，江声轻手轻脚地将她放到她自己的床上。

华影带着酒劲的脸庞像熟了的水蜜桃，一口咬下去就是蜜汁四溢。

还是睡着了讨喜，江声小心地将她的高跟鞋脱掉。

盯着她的脸看了良久，俯身为她盖好被子。

皱眉……一嘴巴酒气。

江声拿来矿泉水，拍拍华影的脸："起来，喝水。"

华影闭着眼睛接过一瓶水，被江声托着头，咕嘟咕嘟一口气全部下肚，一滴不剩，真是好本事。

江声看着好笑，那个说无论干什么姿态都要美的女人呢？

他接过空瓶，转身要走，袖子却被拉住。

华影闭着眼睛还不忘记咕噜。

江声凑近，听到她说："洗脸，面膜。"

好吧，对于干净的追求都属于充分且合理，江声能忍，拿了毛巾，一开始盖在华影脸上，毛巾下没有动静。

江声只能叹了口气，修长的手指捏住毛巾，一点点擦着她精致的眉眼，细翘的鼻，暖暖的夜灯之下，他的动作轻柔，眼神含情，仿佛在描绘着动人的画卷。

最后，一点一点擦着胭红的嘴，指尖、毛巾上染上红晕，触感像粉嫩的樱桃，韧中带柔，原来她本来的唇色是浅浅的玫瑰色。红晕似乎转移到了江声的脸上，他扔掉毛巾起身。江声想到她说的面膜，什么鬼？

他是一个事事追求完美的人，既然开了头就要做好结尾，他看了一眼床头放置的一排面膜……

有些人已经起床，例如江声，已经游完泳，吃完饭，在研究室听着研发报告。有些人还在沉睡，例如华影，被子开始蛹动，被头伸出细长的手臂，她一把掀开被子坐起来，看看身上的西装，想到了昨晚，立即打开手机，一条条未读的微信狂轰滥炸着。

有孟惊涛的问她是否睡着的撩骚信息，她不理，看到了李彦的消息。

李彦："我把你的位置发给江教授了，大恩不言谢，不要太爱我喔！"

爱个鬼！

华影抱头，摸了摸脸上，手感如此奇特，湿湿黏黏。

她撕下来厚厚的一层。

季家的老宅向来清净却突然传来一声尖叫，厨师手中的鱼都吓得蹦跶到地上，坠楼而亡。

华影瞪着手上的面膜，江声居然将连着面膜的那层保护塑料纸一起贴在她的脸上，还这么久的时间，要死了，她要毁容了！比这个更可怕的是，他是不是看到她没化妆的样子？

这种不共戴天的仇恨一直蔓延到华影来到海声集团，她第一件事情就是去找李彦算账。

李彦满腹心事地坐在办公桌前盯着江声办公室紧闭的大门，一看到华影就像一只见到主人的小狗立即扑上去。

“你怎么才来？”

这年头被打的都是如此迫不及待吗？

华影还没有开口，李彦就拉着华影一脸八卦：“你知道谁在江教授的办公室里吗？”

“江教授本人。”

“废话，夏宇菲进去了！”

“什么？”华影立即和李彦站在一起盯着门。

“知道着急了吧，我听说江教授可能要聘请夏宇菲做公关顾问。”

“见鬼，她除了把江声公关下来还能公关谁！”

愤怒的战士华影正想抬腿上前，门这时却开了，什么叫一秒即㞞？

华影立即抱头鼠窜和李彦一起躲到办公桌下，窃听闺密二人组相互拥抱取暖，只听见夏宇菲和江声的声音。

夏宇菲的声音甜腻：“江教授，您放心吧，我一定办好。”

江声的声音清冷：“谢谢！那我就不送了。”

“不用，不用，我认得。”

门关上的声音和高跟鞋远离的声音。

华影和李彦才敢慢慢露出头来。

李彦斜着眼睛嘲笑华影：“我躲就算了，你躲什么啊？”

华影气得磨牙：“我立即就去找他清算下今年的总账！”

李彦挥挥手帕：“勇士走好。”她手帕都要挥到华影脸上才想起来，“昨天晚上江教授来接你的吧？爽不爽？”

李彦此人一向重性不重爱，她说过不要和老娘谈爱不爱这样虚无缥缈的，爽才是人生的终极追求。

华影想到了今早的面膜，咬了咬牙：“爽！爽死了！”

想想他看到自己的素颜，她就想灭口。还是暂时不要见，给他几天忘记的时间好了。华影转身就走。

李彦在后面很感兴趣地问：“真的，江教授这么厉害？”

可不是厉害，面膜都能贴反！

天无绝人之路，华影将电影转卖给了网络平台，卖掉的钱凑了凑，赔付了投资者的本金。事实上她自己也想过直接跑路算了，这个时候就出现了名人效应的副作用，她这种脸能跑到哪里去？

更重要的是，江声这座大山没有攻克下来，总结来说还是美色误人。

但天下没有免费的午餐，华影和平台签署了购买条件，除了华影需要参与拍摄一个彩蛋，还必须有超过 10 亿的收视率，否则退款。

要不是走投无路，华影也不会这样一搏。

她还没来得及找江声算账，只能收拾小书包，打包去拍摄彩蛋了。

拍摄签了保密协议，一共两天一夜，地点在宁城旁边的明安镇旁边的石坝村旁边的南山南旁边的紫竹林。

华影坐着车子七拐八拐地上了山下了林，打开手机一看方圆百里连个外卖都没有，跑腿都是 50 千米以外，再仔细看手机没有信号了。

她这样的网瘾老少女立即躺在床上生无可恋："啊呀呀，这日子没法过了！"

还好李彦也陪着过来，可以聊天解闷："这次平台说要打破你以往名媛的形象，来这种环境下拍摄生活。"

"这不叫生活，这叫生存。这年头的人都爱看明星受罪，好像受了罪就和自己一样了，其实两回事。你受的罪叫生活，明星受的罪叫工作，生活是永恒，工作只是演给别人看的一出戏。"华影说着举着手机跳起来到处找信号。

"你出来没有给江教授发消息吗？"李彦觉得她这架势好笑。

"我又不是他女儿，到哪都要告诉他，一点意思都没有。当然要他主动发现我不见了来关心我。"华影回答。

"这和女儿有差别吗？"

"嘘，不要把信号吓走了。"华影蹲在墙脚虔诚地守着一格微弱的信号。

华影守了一天都没有等到消息，还把自己给守饿了，吃了一口玉米饭。

"我想念小龙虾了。"她说。

"你这是让我下河给你捞去？"

"算了。"华影看看外面的竹林，换了鞋，"我去跑步了。"

华影不知道的是，有人正带着小龙虾风雨兼程在来看她的路上。

李汉卿开着车，带着江声以及江声买的 16 盒小龙虾，在石坝村的公路上绕来绕去。

山路颠簸中，江声伸出长臂压住身后小龙虾的盒子。

李汉卿边开车边闻着小龙虾的香气说："土豪就是土豪，一下子把小龙虾的口味都买齐了。我说等下到了，反正你和密斯华交情一般，你让给我一半，说是我们一起买的好不好？”

交情一般？

江声斜眼看了看兴高采烈开车的李汉卿，面无表情地指指前面：“这个路口刚走过，你又走错了。”

李汉卿操纵着方向盘骂了句脏话：“这个鬼地方那么难找像鬼打墙一样，要不是我出神入化的车技，早就开去上海了。”

“你的车技是地主家的儿子在美利坚得克萨斯州和牛一起学的怎样驾驶拖拉机？”

“拖拉机也很难开的好不好！喂，你和谁打电话？”

手机导航的声音响起，江声指了指右边：“这里。”

鲁迅先生曰：“世上本没有路，走的人多了便成了路。”如果你走错了路，请打开手机导航。

手机导航果然很灵，都不是按地名而是按人名导航的，李汉卿开着开着直接开到了华影的面前。

此时正值傍晚时分，层层的竹海中，蚊子像蝗虫过境成片地杀来，阳光像白炽灯一般照得人尸骨无存。

华影晚上还有个夜景，她可不想在这方圆五十里不见外卖小哥的鬼地方多待一天，所以把自己裹得严严实实，为了减少虫咬和晒伤的概率，她特地穿了一身白，短袖里面套贴身长袖，短裤里面套紧身长裤，U型防晒帽，墨镜，口鼻上还紧紧扎着布巾，远远望去就像一个套着运动服在跑步的木乃伊，在竹林里左闪右闪，突然冒出来。

李汉卿赶紧踩了刹车，他正想尖叫，就听一旁咔嗒一声，江声打开车门下了车，动作行云流水一般的好看。

李汉卿没来得及拦，江声已经大步走远。

对李汉卿来说，这已经不是个人的较量而是国与国之间的较量，为了显示美利坚人民的胆量，他也抖抖擞擞地下了车，紧紧扯着江声后背的衣服。

“这，这……到底是人是鬼？”

江声站得像一棵挺拔的松柏，嘴角微抽。

“木乃伊”一把将墨镜摘下，一双美目盛满惊讶。

华影：“你们怎么会在这？”

李汉卿：“密斯华！”

李汉卿立即飞奔过去，狗腿子似的打开后车门：“我和生姜特地去带了宁城的土特产给你。意外不意外，惊喜不惊喜？”

华影一看十六盒小龙虾，笑出来：“你怎么知道我想吃这个了？”

只有你？江声皱了皱眉头，他这是完全被忽略了？

他转头对李汉卿说：“我们有话要说。”

李汉卿微笑得偏着耳朵：“你说啊。”

华影开口对李汉卿笑道：“麻烦你趁新鲜帮我带回去给工作人员一起分下。”

“好好。”李汉卿连连点头，悄悄和江声咬耳朵：“生姜，千万别泄密啊！”

竹海密林，风吹动竹子带起漫天的海浪，竹海深处还传来阵阵鸟鸣。

江声一身黑色卫衣黑裤，华影从头到脚的白色，对峙两端，剑拔弩张。

远处还有一个躲在车里的李汉卿在贴吧发帖：“在线急等，基友和女神互撕，我该站在哪一边？”

鸟惊飞，竹枝晃。

华影耐不住先开口：“你前几天找夏宇菲是为了什么？”

“谁？”江声明显不能记住夏宇菲的名字。

“记者，那个记者！”

江声没想到华影开口先问这事，诧异地问：“你怎么知道？”

华影红了红脸：“你先回答。”

“我有件事情找她帮忙。”

“什么事情？”

江声想了想，拿出手机走近华影。

车里李汉卿的贴吧收到第一个回答：“女神长得美不美？”

李汉卿那个着急，赶紧打：“美，天下第一美！”

华影歪头一看，鼻子差点气冒烟，伸出小拳打江声：“岂有此理，你竟敢给我看别的女生的照片！”

照片上高级咖啡店玻璃窗前一个长发女生的侧脸。

车内，抱着手机的李汉卿急得把手机都要掰弯了，贴吧已经变成讨论第一美的女神到底长啥样，求真相？他留言：“我是来求帮助的怎么变成回答的了，快帮我，已经打起来了。”

“你看这里。”江声退后一步挡住华影的无影拳，拉大照片，黑色的玻璃放大再放大，突然显现出反射的图像，非常清楚的一张人脸。

“刘蓓拉！”华影惊呼，“怎么会在这里？”

江声摇头：“夏小姐受我所托找到了报道你负面消息的记者，并且加了好友，经过她的帮助比对，我从对方的朋友圈里找到了这些蛛丝马迹。”

“所以是刘蓓拉做的？”华影布巾下的牙齿磨的直响，“贱人！等我回去之后收拾她！”她拉大照片，再次惊叹，“你是怎么做到的，PS 吗？”

“现在的电脑网络技术我们看到的只是冰山水面上的一角。”江声回答。

水面下才是真正的世界。

华影矜持地缩回下巴，点头：“谢谢！但是你也惹了我一次，正好扯平了！”

江声说：“我应该道歉。”他声音诚恳却不失风度。

“你是应该道歉，你敷的面膜差点把我毁容！”

“我为我那天的言语道歉，我认为每一个不钻法律的空当，不损害他人利益认真工作的人都值得尊重。我是为你轻贱自己曾经为海声集团做的努力而生气，我并没有看不起你的职业，我看过数据 Book of Odds.com 上调查，女星成名率是一百五十万分之一。”

江声继续说：“也就是说 150 万人里只有一个人可以成为明星，成为家喻户晓的大明星的概率甚至更低，所以我认为你能拥有这样的概率很了不起。”

这是说她撞狗屎运的意思？

华影眨眨眼睛不怒反笑，一步步逼近。

江声红着耳，一步步后退。

车内，李汉卿抱着手机，吓得拼命打字：“快回答啊！”

突然电话响起，他差点把手机扔掉，手忙脚乱地接起来，李彦的怒吼声传来：“你不是和我约定下午过来的，人呢？立即滚过来！”

李汉卿连忙称是，挂了电话就一个倒车狂奔而去，他心中为江声默哀自求多福。

江声退无可退，背后就是一排翠竹。

华影眨眨眼睛，声音似蜜：“你特地为我去查数据？”

她的手指勾勒着江声连旁边竹节的轮廓，一下下，江声就觉得她像划在自己心上。

华影凑过脸轻声在他耳边开口：“江教授开始研究数据，我能不能理解为你正在认真地研究命题？”

江声点头，无论什么研究他向来是抱着虔诚的心，做好充分的准备，然后全力以赴。

他挑眉：“是，但我需要多点时间。”

华影貌似很懂地点头：“那你练习得怎样？”

“什么。”

“土豆泥和火腿片的触感练习啊。”

“基本不需要了。”江声这样回答。

华影又靠近了一点，她喊他：“江声？”

“嗯？”他自己都没有觉察声音里多了一分从未对数据以外的人和物产生的耐心。

“你有把火腿片贴在嘴上试过吗？”华影问。

江声没有回答。

她也不需要他的回答，凑近他的唇。

隔着她脸上遮阳的布巾，江声仿佛能感受到她唇的热度，他白净俊美的脸庞慢慢起了红晕，这样的一张脸在浓绿春意的翠竹间好看得像一幅油画。

华影慢慢地说：“你知道我今天擦的口红的名字叫什么吗？”

“不知道。”

“Wild Ginger（野生姜）。”

华影说完闭着眼心一横，踮脚凑过去亲了亲江声。她太紧张了，以至于忘了自己现在脸上的装备，唇隔着白色的布巾碰了一下，像大雁点过水面，又像花落间擦到了枝叶。

华影睁开眼，她输人不输阵，手都打战了，眼睛却要瞪得大大的，生怕江声眼里有一丝厌恶。

然而江声的眼却是清澈的，眼波中只有娇美的她，一动不动。

华影晃了晃手：“你傻了？放心啊，我口红只用大牌，纯植物、纯天然，不会中毒的。”

华影挠挠江声的手心：“你这是什么反应？哼，我又不是没人要，大不了我去找别人……”

江声的长睫毛舞了舞，拉住华影的手，身体一转，换她靠在竹间了。

江声念着：“野生姜，中药杜衡，生长在潮湿的地方，为马兜铃科植物，叶宽，开单朵褐色的花，结硕果，其根芬芳。”

他伸手将华影的防晒布巾扯下，露出她不知是因为口红还是充血而变得绛红的唇。

江声大拇指摸了摸华影的唇：“这样才看得到。”

他的手下滑，抬起她的下巴，低下头，轻轻吻住她的唇。

华影推开楼下餐厅的门，小龙虾的味道扑面而来。

摄制组的一群人坐在餐桌前围剿小龙虾，一众女生包围的中央，一个金发碧眼的老外手里高举着一只小龙虾，左手抓住右手，自编自导："别过来，别过来。"

李汉卿的梦想实现了，女生都被他逗得咯咯直笑。

李彦翻了个白眼剥着花生，说了句："嘚瑟！"

华影在李彦身边坐下，李彦冲华影挤眉弄眼："怎么样？江教授呢？我可是牺牲小我成全你，把消息卖给这个洋鬼子的！"

华影立即倒了一杯啤酒一口干："大恩不言谢！"

李彦抱拳："不谢不谢，解决你的终身大事是爸爸的责任。"

李汉卿发现了华影，叼着一只小龙虾钳跑过来："密斯华，我兄弟生姜呢？你有没有弄死他？下次这种事情算我一个……"

才这样说着，头就被一按，江声走了进来，坐在华影旁边。

华影和江声对视一眼，她用冰啤酒贴了贴脸颊才散去脸上的燥热。华影的思绪不由得回到那片竹林，谁能想到偶像剧女王人生第一次居然因为一个吻站不住脚，直接贴着竹林滑到地上？

她坐在地上，背后靠着冒着丝丝凉意的竹子，捂住脸："为什么要亲我？你是不是想对我始乱终弃？"

"对不起。"江声连忙半蹲下来，他腿长身直，蹲下来就像一个骑士，眼里却是七分担心三分慌乱，"并不是，我第一次对一个女生这样……"

华影拿下手，嘴角都要笑弯，她跪坐着圈住江声的脖子："甜吗？"

"什么？"

"嘴巴啊。"华影噘了噘嘴。

江声白净的脸慢慢红起来。

华影掏出手机，转账一块，她靠在江声怀里，玩着他的手指，郑重地说："独家买断，你的手以后只能给我摸喔。"

江声："好。"

他的手指修长漂亮，这么完美聪明的人的一双手从此就被她霸占了。

世界静静的，只有风穿过竹林的声音，以及得到呼应的心跳。

只是一个轻轻的吻，唇和唇的相碰，却仿佛得到了全世界。

华影因为工作原因并不是没有接过吻，今日方才明白爱意这种东西只有通过接吻才能深切感觉到的。江声的唇很柔软，虽然略有笨拙却温柔而小心，他心中的疼惜和欢喜全部都通过这个吻传达给了她。

华影问江声：“物理学上有没有什么定理是永恒不变的？”

江声坚定地回答：“没有。定理不是真理，无法证明，只是人们从实验结果里总结归纳出的理论，并且在一定范围内得到验证。人类在进步，定理也在慢慢完善，这个世界上没有什么是永恒不变。”

“哦。”华影点了点头，有些失望又有对江声的崇拜。

“你想说什么？”江声虽然觉得不习惯还是任由华影把玩他的手指。

“我觉得总有什么是永恒不变的。”

“世界上如果有什么是永恒不变的那就是永远在变。”江声回答。

华影又充满遗憾地哦了一声，虽然她知道前路困难重重，也知道她和江声不一定能开花结果，但是她想着她的一生中，这一刻就成为永恒好了，在她自己的记忆里的永恒。

华影想得出神，江声低头抓住华影正在玩弄自己手指的手，翻开她的掌心，很快地似乎在写着什么。

“你写了什么？”

“公式。”

“什么公式？”

“你看不懂的。”

小龙虾前，华影收回思绪，手里握的啤酒是冰的，掌心却是烫的，仿佛还残留着他指尖划过的触感。

李汉卿呸呸吐出小龙虾钳：“生姜，我差点就被你弄得死在小龙虾的手里。”

江声依然对小龙虾深恶痛绝，喝了一口啤酒：“那正好。死在雌性动物的手里，对你来说，死而无憾。”

“你怎么知道它是母的？”

“看虾钳的大小。”

李汉卿对着虾钳看了半天：“我怎么就看不出个腿来？”

江声拿着刀叉开始剥龙虾，他动手能力强，叉子固定刀子一捅，动作快狠准，却优雅得很像在高级餐厅切牛排一般。

江声一进来就吸引了摄制组女生的爱慕的目光，只是他看起来儒雅清俊，一副只可远观不可亵玩的模样，现在这样一耍既接地气又可爱。

不少摄制组的女生都跑过来围着江声："江教授，你好厉害。"

"江教授，教教我。"

江声又操作了一遍："很简单，这样。"

"还是不会，好难啊，你能抓住我的手示范一遍吗？"

"不能，不会就还是用咬的。"江声默默剥小龙虾不再搭话，他一下子就剥了一个小山，周围全是迷妹。

李汉卿嚼着小龙虾腿，蹲在地上，虾肉和虾壳一起嚼嚼再一块吐到垃圾桶："生姜这浑蛋。"他努力表演了半天外国人大战中国小龙虾才发展了一丢丢粉丝，一下子就被江声收割走了，还只多不少。

华影点着头，站到李汉卿身边。

她一点也不妒忌，因为谁能比她美？

华影偷偷问李汉卿："能帮我解一个公式吗？"

她拿着纸写下：$x^2+(y-\sqrt[3]{x^2})^2=1$

李汉卿在纸上边画坐标轴边道："等我一下……"

他画出的坐标轴上正中央出现一颗心，李汉卿大叫一声：我的天，谁那么会撩！"

一旁华影的脸上出现梦幻的笑容。

李汉卿顿觉自己的女神要飞走了，立即解释："密斯华，你听我说，这么撩妹的男人一定是个书呆子，和这种人在一起一点情趣也没有，千万别……呜呜呜……"

李汉卿滔滔不绝的嘴立即被扑面而来的小龙虾堵住了。

江声将剥好的，仿佛生来就是如此盛盘的一道"小龙虾虾脯"放到华影面前，他慢慢地站起来去洗手了。

华影一口一口地吃着小龙虾，她今天碰都没有碰小龙虾，这种女神级的怎么可能在大家面前啃小龙虾，没想到被江声发现了。

李彦揶揄华影："江教授剥的小龙虾是不是特别好吃？小龙虾还是要自己剥才有味道啊！"她伸了筷子去夹，被华影的筷子挡住："自己剥自己的去。"

重色轻友的人在这里。

李汉卿吐出嘴里的小龙虾一看，江声这种完美主义者剥出来的都是一只只完好无损的龙虾尾。他哭着坐下来对李彦说："我来给你剥。我这种从小舞着刀叉长大的，肯定比生姜厉害。"他拿起江声用完的刀叉，一捅，小龙虾在空中飞舞，栽下，死不瞑目。

李汉卿对李彦眨眨眼睛：“要不，我还是用啃的？我怕你饿着了……”

“滚蛋！”

晚上还要进行拍摄，江声和李汉卿不一会儿就驱车离开了。

路过的时候，夜景的已经准备了，工作人员架起布景和机器，打光灯在漆黑的夜晚像一颗夜明珠。

晚间山里的气温骤降，灯光中心，华影裹着一身长羽绒服拿着本子和身边的工作人员说话。明明人都看不清楚，在江声眼里却美得发光，就像河蚌里的珍珠姑娘。

江声手支在车窗，手掌反手遮住唇和耳，仿佛这样能掩盖住他忆起两唇相贴那一刻就要从嘴里跳出的心。他这样的人有一颗赤忱的心，一开始受李汉卿误导，现在确定了自己的心意，看到华影心中满满的喜欢，却担心她会嫌弃自己没有情趣，干脆就直接行动表示他的欢喜，反正他这个人向来也是行动大于言语。

车一闪而过的瞬间，华影与江声目光相遇，像两颗流星的相汇，心动，美好和不舍都在这样短暂的一瞬。

李汉卿边开车边说：“回去咯，这鬼地方又偏远又无聊，你都没有看到那个公共洗手间门都是坏的，我真是佩服密斯华这样的女神能住下来。”

后车镜里，华影的身影越来越小，变成一颗随风而逝的黑点。

江声这才收回目光，他的人生一直是孑然一人，一个人上学，一个人出国，一个人生活，他不曾羡慕有家人簇拥的相送，也不曾妒忌有朋友环绕的喧嚣，因为他的世界有行星相伴，有量子同行，虽然漆黑，但是是星空的色彩，是他独自的精彩。

直到他遇到华影，一个硬要闯进他的世界的人，明明是两个频道的人却在彼此身上感受到心灵的呼应，明明看起来都是光鲜的人生却在背后遭受过不约而同的苦难。这一刻，江声感到了一种骤然而至的心慌，他的世界从此不是一个人，他感受到了一种叫作寂寞的东西。

网络大电影紧锣密鼓地在平台上线，华影立即开始马不停蹄的宣传，要知道她签了合同，收看量不超过 10 亿，她可是要全额赔款的。

毕竟她离开娱乐圈有一段时间，这个世界就是这样，没有谁永远惦记你。

没有人不想休息，但必须保持活跃程度，因为资源只有这么一点儿，却永远不缺漂亮的脸蛋。

华影还要面对之前说她卖名媛人设的负面消息，每天都是疲于奔命。

她早晨起来的第一件事就是看收视率，无奈一天天并不那么理想。

华影与江声一别再没有相见，每天只是发发消息，想起来彼此的时候发上一两条，没有时间说情话，因为都太忙了。

华影赶着路的时候，在高铁上发消息给江声。

华影：“在干什么？”

江声：“工作。”

华影：“累吗？”

江声：“不累。”

华影：“咦，怎么会不累，你都在我心里跑了一天了。”

没有消息了，华影就知道江声是认为话题结束了。

华影：你照着这个土味说一句给我听听。

良久——

江声：“你知道人体都是由原子组成的吗？例如你的每一条肌肉纤维，每一克脂肪、血糖、骨头和基因，都是由碳原子搭建的框架。”

华影：“我不知道。”

江声：“你……就像正电荷。”

华影：“什么意思？”

江声：“一刻不停地在我的中心振动。”

华影咧着嘴抱着手机，盯着“正在输入”。

江声：“我想了下任何物质的确都不会永恒。但根据爱因斯坦的四维矩阵，时间的位置也和空间一样真实，你通过一场单向的时间旅行简单地造访了这个世界，然而这一瞬间却在我的时空中永远定格。那些曾在你红唇上弹跳过的光子，曾穿越过你发丝的粒子，早已在氧化中离去，但是它们一生的轨迹却因为你而改变，就像我一样，只是一颗因为你的一个笑容骤然改变了人生路径的原子。”

华影全然不顾女神的形象，捂着嘴将前面的椅子踢得砰砰响。

幸亏是头等前面坐着李彦，李彦跳起来摘下眼罩抗议：“你这是想把我踹天上？”

华影抱着手机笑得像只偷了100块三文鱼的猫。

李彦走过来拿过手机，惊讶地大张着嘴巴好久，才说：“江教授不愧是江教授，土味情话说得是国际论文的级别啊！”李彦很不是滋味地耸耸肩将手机丢给华影，“呸呸，一万吨的狗粮！谁说理工狗不懂浪漫？老天爷啊，赐我一个理工狗吧。”

华影喜滋滋的像宝贝一样捧着手机，将消息截屏，回去打印两万份编制成书好了，她心不在焉地回答：“有啊，李汉卿啊。”

李彦立即坐回去，戴上眼罩装死：“狗和狗之间也是有大型贵宾犬和中华田园犬的区别的好不好！”

华影亲了亲手机，发了语音过去。

办公室里，江声点开语音贴在耳边，一连串的恩嘛恩嘛恩嘛直接冲击着他的耳骨膜，千回百转，蒸熟双耳。

江声带着笑容愣了一会儿，午后的阳光洒在他温润的眉眼，玉雕般的侧脸盈盈有光。

他放下手机无奈又宠溺地摇了摇头，才转身关闭屏幕上的词条“土味”搜索，点开工作程序。

情场得意的华影必定赌场输得连裙子都要没了，现在的收视率数据连30%都不到，而离约定日期只剩一个礼拜了。

华影在宣传间隙发了朋友圈，过了一会儿，一看点赞转发的一堆，然而并没有起色。

奔波了一天，华影在酒店的床上挺尸，高跟鞋踢在一旁。

李彦给她倒了一杯红酒：“对一个已经上映过的电影来说，这个数据算不错了。”

“我没有高估自己的影响力。”华影死不认输，举杯敬月亮，“只是，天妒红颜！”

李彦头疼得抚了抚额，打开电脑，突然尖叫一声：“你快过来看。”

只见笔记本上的数据从下午四点开始迅速地往上攀升。

“我的朋友圈还是很给力的。”华影得意地说，“不对，我设置了分组，那些假模假样的能干出什么事来。”

华影狐疑地抓住李彦：“你哪买到那么多的水军？死定了，合约里说了数据造假要我赔偿的。快快快，快查是谁害我。”

李彦迅速低头翻着手机，反手激动地抓住华影的手：“不是我，是江教授。”

华影一看微博，江声居然注册了微博——“海声红牌江教授”，发了一篇《科学地的指出喜剧片神奇女侠有哪些不科学的地方》，其中非常江声地条条列举。

错误一，根据牛顿第三定律，力是成对出现，女侠的手能发射冲击光的超能力，手臂肌肉应该很健硕。配图是刘蓓拉火柴棒一般的胳膊。

错误二，力矩平衡，无论卡车、轮船或飞机类的重型机械都是靠几个点支撑，举起的过程只要稍微偏离，就会产生不平衡的扭矩，导致水平倾斜，是非常危险的事情，必须疏散人群。配图是群众的鼓掌围观下，刘蓓拉徒手举起两栋大楼。

错误三……

错误四……

江声一共列举了十宗罪，并且邀请其他人不服来战，凡是比他看出多的人都送海声手环，于是，这条微博迅速攀登热搜第一。

李彦惊叹："江教授这招也太聪明了，既宣传了电影又宣传了手环，果然智商在线。"

下面的留言更是夸张：

作业你个小坏蛋："江教授，我男神！我耐你！"

我一贱你就笑："不要海声手环，我要红牌江教授。"

看我电不死你："翻牌，翻牌！只翻你的牌！"

五包辣条："实力坑合伙人，请问江教授和华影女神到底有什么血海深仇？"

两包辣条约："楼上的，我好像闻到八卦的味道，我同学是海声的，说女神和男神私下撕得很厉害！"

朕要上房揭瓦："我就是你海声的同学，偷偷告诉你江教授的本命是金发碧眼的外帅哥哦，我们研发部的负责人，每天都在一起吃饭呢，那画面啧啧啧……关注我李主管微博 @ 少女之友李汉卿，我站'汉江'CP！"

写张卷子冷静下："走走走，抱团参观去！"

"汉江？汉江？"华影一条一条反复看了半天，笑倒在床上："是李汉卿吧？"

"好一个天生绝配！"

此时，"汉江"CP 里的主角李汉卿正在研发室里。

穿着海声集团制服的员工两两相对坐成两排，每个员工面前都摆着 50 部手机，手机上插着一条条电线，像张牙舞爪的章鱼。

李汉卿拍拍手："听听好，这一次是我的江总的网络处女首秀，代表的是我们海声集团的脸面，一定要怎么样？"

员工齐声回答："一炮而红！"

李汉卿满意地点点头："为什么我们不需要水军？"

员工 A 抢先回答："因为我们技术比水军强一万倍！"

李汉卿瞪着员工 A。

员工 B 出手像打排球一般拍了把员工 A 的头，回答："江总不需要水军，因为我们都是江总的真爱粉！"

李汉卿满意地点点头："好，继续吧。"

每一个员工开始像练了六脉神剑一般迅速地点击屏幕，一张张面孔在手机的荧幕光下出现走火入魔般的兴奋。

江声敲了敲门，皱着眉看了眼众人，将李汉卿提溜至门外。

江声皱着眉："不是只让你发文章而已，为什么变成这样？"作为一名严谨的学者，江声最讨厌的就是舞弊作假。

"这不是帮密斯华吗？再说我们这不叫弄虚作假，我们都是实打实的员工，是真实的点击和评论啊！反正废旧手机不用白不用。"李汉卿回答。

江声听到华影的名字才舒展了眉头，又想起来，冷哼："海声红牌？谁取的名字？"

李汉卿立即点头哈腰："我写错了，本来是海声王牌江教授，你看，这不是效果不是更好？红红火火，多吉利！"

"立即改回去。"

"人家才通过认证的！"

江声忍无可忍地按按眉心，他手机突然响起，低头看了眼屏幕，他一下子融化了眉眼，边离开边接了手机。

华影笑着的声音传来："海声红牌江教授……"

江声无奈地弯了下嘴角。

李汉卿翘首看见江声走远，立即跑回去，指着手机上"关注我李主管微博@少女之友李汉卿"的那条留言，对员工A说："快，快，快，把这条顶上去。"

经过海声集团和江声的保驾护航，电影的数据稳健成长，变成了一个大家来找碴儿的奇葩存在。

对华影来说喜闻乐见，她只需要数据，眼下就更加拼命地宣传。

华影正坐在贵宾室里等航班，李彦突然告诉她："我给忘记了，等下你还有一个关于体验店的视频会议要开，大家等着你的意见。"

"你怎么不早说？"华影急忙找化妆包，"我还没有化妆呢！"

这时候难道不是担心提什么意见吗？

华影化了一个最自然的妆容，点开摄像头。

会议桌两边都坐着海声集团的股东，会议桌的尽头坐着江声，一身白色羊毛衫，面庞俊美，在两旁西装领带的衬托下，更显得如朝露般耀眼。

候机室人来人往，落地窗外，一架架飞机正在起航。

手机里，虽然江声坐在最远的尽头，华影却能清楚地感知到他的目光，江声正在专注地看着她。

两人都很繁忙虽然通话和微信，却没有时间视频，突然在屏幕中看到彼此，思念一下蔓延开来。

会议室里，华影精美的脸孔出现在投影上。

到底是明星脸，在大屏幕上更加好看，大家都这样想着。

江声想的是，她好像瘦了。他微微前倾了，又坐直身体，手用力握了握笔杆，冷静而克制，他轻轻笑了一下：“华总，你好！”

大家都看向华影，所以除了正对着镜头的华影，无人知晓这一个饱含深情的微笑。

投影里的华影露出大大的笑容：“江总，你好！”她又挥了挥手：“大家好！最近辛苦了，都还顺利吗？”

华影根据体验店的宣传给了几点意见，也和大家一起讨论了一下，庆幸的是再忙，她也关注着海声集团。

快到结束，华影对着屏幕挥了挥手：“那就这样，大家再见。”

却被江声叫住。

屏幕一下变暗，门开了，麦克捧着点着蜡烛的蛋糕走进来。

麦克小心地将蛋糕放在会议桌的中央，江声率先站起来，主管和股东赶紧都从座位上挪起屁股，背景里播起了《生日歌》。

华影眼睛一眨不眨地盯着屏幕，最近负面消息缠身，她都害怕在新闻上看到自己的名字，也不想过生日，只希望低调再低调，没想到却收获了这样的惊喜。

末了，江声说：“生日快乐，许个愿。”

投影里的华影捂住嘴，大眼睛里闪烁着点点泪光，她立即闭了闭眼睛，许完愿睁开眼。

主管和股东们一起吹灭了蛋糕。

大家纷纷说着：“祝华总生日快乐，越来越美丽！”

“什么话？我们华总本来就够美了。祝女神年年有今日，岁岁有今朝！”

…………

同事关系就好比婚姻，有利益冲突的时候，偶尔也会在这种时刻大团结一下。

华影笑着：“谢谢大家！蛋糕多帮我吃点，回来我再请客。”

广播里播放登机提醒，华影恋恋不舍地挂了视频，摸了摸屏幕，仿佛屏幕里还留着江声带着浅浅笑意的眼睛。

华影和李彦一起登机。

李彦正在一旁嘲笑：“是不是最难忘的生日？”

华影立即反应过来：“你们串通好了？什么临时的视频会议，原来是帮我庆生。”

“我也差点儿忙忘记了，还是江教授发现你的生日呢！真看不出来江教授是个潜力股啊！视频里又帅，现实里又暖。”

晚上的时候，华影和江声通电话。

江声说："生日快乐！"

华影笑他呆子："你不是已经说过了？"

"这次代表我自己。"

华影嗷嗷："真希望我在你身边啊！"

江声顿了顿回答："现在也一样。"

"怎么一样？"华影捂着电话，避开李彦走到一旁。"如果我在，一定要喂你吃蛋糕。"

以为她是聋了还是死了？李彦翻了个白眼，刷了刷某宝宠物页面，截图，发了条朋友圈："帅哥不可期，不如养条狗。"

电话那头，江声回答："不吃。"

"为什么？为什么？你今天没吃我的生日蛋糕吗？"华影捂着胸口痛心状。

大型屠狗现场！李彦打开朋友圈回复，李汉卿将头像改成了一只雄赳赳的哈士奇，留言："汪汪汪。"

李彦迅速发了第二条朋友圈："有些男人自以为是哈士奇，照照镜子，只是一只哈巴狗。"配图是一只正在照镜子的哈士奇发现镜子里是一只小京巴。

电话里，江声冷静地回答："吹蜡烛会将人体内的细菌和其他微生物从呼吸道转移到蛋糕上，蛋糕上的细菌会增多到 14 倍，我没吃，你也应该庆幸自己没吃。"

华影想到那么多人一齐吹蜡烛的场景有些不寒而栗，这么多年吃的蛋糕都想吐出来，到底是被江声同化了。

她又突然想起来，坏心眼地问："吹蜡烛都这样，那你说接吻呢？"

"荷兰的科学家做过实验，一个干燥的而谨慎的浅吻能交换 1000 个菌群，而一个 10 秒钟的法式热吻则交换 8000 万个菌群。"高知江声这样回答。

华影遗憾地说："只有 1000 啊。"

有人将菌群说得像邮票一样，恨不得多多收集吗？

江声对华影这样的学渣很无奈，他喝了口水开口："我的母亲生前是一名医生，对健康预防非常重视，每个人的杯碗餐具都是分开的，吃饭用公筷。她从小也不允许别人亲我，因为疱疹、梅毒、脑膜炎、腮腺炎、龋齿都会通过口腔传播。"

所以他并不习惯与人的亲近。

华影"哦"了一声："我们家并不是这样，我遇到好吃的都会和我爸妈分享。不是有句土话'不干不净吃了没病'。"

江声低低笑了一下："嗯，并不是所有菌群都是坏的，平衡打乱才会生病，在某种意义上，你的身体获得种类越多的菌群，就获得越强的对微生物的免疫力，这就像打预防针一样。”

华影震惊了：“我总算知道了什么叫‘就怕流氓有文化’，黑的白的都是你说的。”

“不是。”“高级流氓”江声立即解释，“我是在讨论传染这件事情。”

华影：“我不是在讨论传染，我在讨论接吻！喏，你也知道我身体不大好，下次多传染些菌群给我好不好？”

她的声音酥软，隔着手机一下子让江声烫到耳朵一般，轻咳起来。

身体不大好？明明比秋后的蚊子还凶残！

残忍！李彦甩着门出去，这两人都是神经病，她还是回房间逗狗好了。

“嗯。”电话里传来江声低沉的回应，他摸了摸还粉着的耳朵说，“自然界只有人类会用亲吻来表达心意。和菌群、免疫力、传染任何东西都没有关系，只是因为我想。”

“想什么？”

“吻你。”

跨越 300 万年直立行走，穿越 8000 万菌群，只是因为我想吻你。

在外奔波了许久，华影终于做完这次网络平台的采访就要回家了，以前并不觉得归心似箭，买买吃吃玩玩，觉得人生惬意。

现在有了江声，总觉得家里是有一个人在等着自己的。

这次的采访是和刘蓓拉一起，华影突然想起她和刘蓓拉还有笔账没有算完。

现在虽然流行的网络直播都讲究真实简单粗暴，但也是备好稿的，华影虽然智商不高，但情商绝顶啊，她和李彦商量要不做，要做就要做一票大的。

这档节目就是以毒辣直接绝无备稿为卖点，收视率非常高，也是好不容易找来的宣传。

华影和刘蓓拉一见到摄像头就拥抱在一起，亲热无间。

主持人笑着打趣：“两位就像许久未见的亲姐妹。”

刘蓓拉拉着华影的手：“师姐就是我亲姐，没有她就没有今天的我。我还记得当年入行时师姐对我的鼓励，她说：‘蓓拉，无论多红都不要忘了曾经帮助过你的人。’”一脸声情并茂地说完，说完还抹了抹眼角，梨花带雨，现场的男主持立即递上纸巾。

如果心脏能够吐血，华影心中恐怕已恶心得“飞流直下三千尺”了，她抽出自己的手，拍了拍刘蓓拉的肩膀：“师妹记得就好。”

华影四两拨千斤，转头对着摄像机笑言：“师妹的确重情重义。之前的所有的宣传她一直都忙没有机会出席，最近电影势头也挺猛，这不，这次她提前一个礼拜就和我打电话约好一定要来。”

变相说她挑肥拣瘦，刘蓓拉偷偷停止了抽泣的动作，脸上青一块红一块。

华影坐正，轻轻地拨了拨头发，与婊斗乐无穷。

聊到这次华影的负面新闻，华影耸耸肩回答：“我从来都没有说过我的家境，都是别人的揣测，莫名其妙地被架上那个高度，跌下来反而变成了自己的事。”

刘蓓拉赶紧接过来：“可不是，真的要好好批评下现在的媒体人为了出位道听途说，完全不考证消息的来源……”

华影侧着脸好笑地看着刘蓓拉。她什么情况竟然帮她？

果然，刘蓓拉话锋一转：“还有人说我师姐靠虚假婚姻牟利，她和海声集团的前任总裁季先生是情比金坚，婚姻绝对没有一丝掺假，什么虚假婚姻，我师姐明明是有结婚证的，我都看过，对吧！”

华影笑着点了点头，慢慢看她演什么戏。

刘蓓拉继续说：“我用我的人格担保，我师姐绝对不是一个为了金钱出卖自己的人！”

华影的脸对着镜头要笑不笑。

刘蓓拉还在继续：“我师姐是个最最最长情的人，到现在还对季总难以忘情，怎么可能另结新欢？你说是吧？”

在这里等着她呢。

华影拿起话筒，迟疑了一下，如果没有江声的存在，她肯定不会有一丝犹豫地回答说是，但是如果她现在悠悠众口之下说是了，她和江声又算什么呢？可她要是否认，那更是不堪，等于把自己和整个团队推入绝境。她看向刘蓓拉眼里的得意，咬了咬牙。

只是这一瞬间的迟疑，却立即让情况变得微妙，主持人一副有戏的样子看着她。

李彦在后台急的直对她使眼色让她点头。

“师姐？你说呢？”刘蓓拉一脸关切。

华影拿起话筒，笑了下，开口：“当然，我非常感激我的老公，没有他就没有我的今天。”她避开了话题。

“那影姐现在的感情状况呢？什么时候准备开始新的感情？”主持人自然不会放弃任何爆点。

刘蓓拉作势握了握拳，假惺惺地威胁：“我打你哦！这才多久，我师姐可能那么快就移情别恋吗？”

华影不想让事态变得更加失控，轻描淡写：“当然还单着，未来的事情随缘分吧。咦，今天明明是聊电影的，怎么都聊起我了？比起我这个遗孀，还是师妹的感情生活更令人感兴趣吧。”

果然，接下来的话题都转到了刘蓓拉身上。

然而，说出去的话已经变成了巨大的网，网住了华影，她只能默默祈祷江声不关注娱乐消息，同时找始作俑者报这血海深仇。

华影下了节目就直奔刘蓓拉的化妆间，李彦立即清了场，刘蓓拉死死拉住助理的手也不管用。

毕竟华影就算不在江湖，依然有一姐的气势，一屁股坐在化妆台上。

刘蓓拉先是捂脸，偷偷睁眼一看，华影手上正把玩着她的眉刀。

她立即号啕大哭：“姐，我不是故意的，我真是说错话了！”

华影挥刀冷笑：“来，今天我们新仇旧账一起算算。”

刘蓓拉立即挥着手说：“姐，我不是故意曝光你的感情生活，电影也是我主演，倒霉了对我自己也没有好处，都是孟惊涛让我说的。”

华影有些震惊，孟惊涛为什么要针对自己？这一次宣传期间，孟惊涛为了表示歉意还帮了些忙。但是想想刘蓓拉的确也没这个胆子做到这一步。

刘蓓拉说孟惊涛想让她曝光华影的身世，一是为了打压海声集团；二是想英雄救美，赢得芳心。

一面打压她，一面帮助她，这种变态的爱她还真是领悟不了。

华影思路很冷静，谁的仇找谁报，她问：“今天的事难道也是孟惊涛指使你？别告诉我他现场打电话给你？”

刘蓓拉没话说了，她完全是看到孟惊涛对华影这样心心念念产生的妒忌。

华影啪的一下放下眉刀站起来，刘蓓拉身体立即缩了缩，继续捂脸。

华影抽张纸巾慢慢擦着手，开口：“你不是到处说我教你做人吗，我今天好好教你，说话前先过过脑子，不要再和我做对，否则我接下来的人生只有一个目标就是用尽全力搞臭你。你也知道这个圈子要想让一个人红比登天还难，要想黑一个人可是分分钟的事情。我是不用在这圈子混了，但是你不一样，对吧？”

华影将纸巾捏成一团，抛给刘蓓拉，走出去。

对敌人凶狠的华姐，想到情人就㞞了，一路上心事重重，立即订了最早的航班飞回去，想在江声知道之前好好解释。

落了地就往家赶，李彦边开车边安慰华影：“江教授这种人才不会八卦，你别瞎操心，就算有，还是好好操心你自己吧。你那停顿，够今晚的八卦号写一壶的了。”

华影烦躁地摇了摇头：“你不懂，这不是八卦，这等于是我亲口说出来的。

江声这种人说一就是一，我说出来他肯定以为这就是我的想法，以为我和他只是玩玩儿。”

“难道你不是玩玩儿？还真想干吗？你有没有想过今天如果你不否认会怎样？你俩都会身败名裂！”

华影懊恼地抱住头。

李彦叹了口气：“所以才说老房子着了火才最可怕。要我说你先睡了他再说！我就奇了怪，你俩成天同一屋檐就，你没机会下手吗？”

“又不是想睡就能睡的！”和这种性情中人无法沟通，华影干脆闭了眼。

车停在季家老宅的大门口，前面还有一辆大 SUV。

华影走到前面一看，李汉卿把车窗摇了下来，摘下墨镜，一脸惊喜地看着华影：“密斯华，你这么快就回来了？你今天直播里的白裙子真好看。”

“谢谢！”华影突然反应过来问，“你看了直播？”

“看了啊，海声集团里都在放啊。”

华影顿时觉得当头一棒，敲得她心肝一颤，她问：“你怎么在这里？江声呢？”

“我帮生姜搬家啊，他要搬到员工宿舍去住。”

“什么！为什么？”

“我哪知道，可能是头脑不好了，放着好好的豪宅不住，不如我和他换一换住过来好了，和你住得近一些……”李汉卿还在说着，华影已经疾步往里面走。

李汉卿跳下车喊：“密斯华，等等我。”

突然，响起了刺耳的鸣笛，后面的李彦按着喇叭，摇下车窗：“滚开，我要停车！”

李汉卿只有爬上车掉头。

华影冲进江声的房间，推开门。

地上是一只放倒了的行李箱，里面放着一小包折得平整的衣物袋，其他都是书。

江声站在梯子上，背对着她，正在取下书架上的书。

华影在这二十数载的人生中，奔波剧组和学业，有过无数次的别离。她总觉得自己不是个幸运的人，比如才移了民老爸出意外了，比如才结了婚丈夫又意外了，人生总有无数意外，唯独她的意外是意外的倒霉，每每都在人生高潮的时候来给她一记棒喝，像是上帝突然给你递了根通天的绳子，奋力抓住一看，妈呀，一条毒蛇。

当华影看到敞开的行李箱时，她顿时就觉得是命运再次咧开了一张嘴，无声地对她嘲笑。

她一脚踹起行李箱，想将它合上，动静太大，她痛了脚，江声回了头。

江声站在书架上朝下看，午后的阳光悄悄钻过窗帘抚摸过他的好看的眉眼，眸子在逆着光，却是一片冷静。

华影心中虽然脚痛得泪流满面，却立正站好摆出一副一点儿也不心虚的模样，哪怕如若从江声的眼眸中看出愤怒，她还可以坑蒙拐骗忽悠过去，但她却害怕这一刻的安静。

江声默默地拿着书下来，走到华影面前。

害怕他说话，华影抢先开口："为什么要搬走，你是不是要和我分手？"

她就像一个慌不择路的孩子，先抛出问题。

江声的眼里闪过一丝惊讶，却很快平静下来，回答："本来季海哥去世我就不适合住在这里，搬走对我们两个都好。"

他并不是一个关心人情世故的人，和季海相处那么多年这里就像是他的家，尤其是季海离世之后，他更是不放心季家的兄妹，从没想过搬走的是他。

一开始是抱着挑剔的态度观察华影，却没想到她会突然变成生命唯一的变数。直到看到这次采访，才突然觉得两人住在同一屋檐下有多不合适，别人会怎样想她，怎样想季海和季家的两兄妹。

江声是个行动派，他做研究的时候也从来不会回避误差，一点点儿不确定都立即要解决，因为一个小错误必定会导致全盘覆灭。

只是他的确没有考虑搬走对他和华影关系意味着什么。

他侧了侧身，面对着华影，认真地思考这个问题。

午后的阳光在房间中游弋，一会儿暗，一会儿亮，空气中点缀着细小的浮沉，偶尔能看下却又捉摸不到。

华影开口有些困难，但她却不容许自己逃避："你是不是要分手？"

"什么分手？你不是单身？我们在一起过吗？"良久，江声开口反问。

他果然看了直播，华影耳边响起哀乐，顿时有种自己就是一个渣男的感觉！

该认怂的时候一定要喊爸爸，不能迟疑！

她立刻向前走了一步拉住江声的手，带着七分讨好三分屈就，眨眨眼睛，撒娇："你是我最最最重要的人，真的！这只是录节目，你看到的，那种情况下我没有办法承认……"

这句话触到了江声的逆鳞，他抬了抬下巴，绷紧的下颚骨弧线："为什么没办法承认？我有什么是见不得人的吗？"

江声这辈子还没有受过这般的侮辱。

华影感觉乖巧地摇头："不是，当然不是！现在并不是最好的时机，我并不能这样没有准备地把我们的关系公布出来，这对所有人包括海声都冲击太大了。"

"那请问我算什么？"

"这只是暂时的。李彦也建议我们保持低调，暂时对其他人保密我们的关系。其实这种事情在娱乐圈也是经常发生的，只是暂时不曝光而已"

江声突然回头，难以置信："你的意思是说要我像个过街老鼠一样躲躲闪闪？和你保持这种不正当的关系？当你的地下情人？"

"不正当是这样用的吗？"

"回答！"江声没有耐性。

"这只是暂时的。我保证，我一定会找到一个最好的时机，把对所有人的影响都降到最低。"华影举手发誓。

"是吗？那我呢？我的影响呢？"江声冷笑着问华影。

华影无话可说，李彦建议的时候她就知道江声这种人一辈子光明磊落，绝对不会同意这样的关系，但她还是不想放弃。

她有些懊恼这样像困兽一般的自己："我不是你，你追求的都是单项明确的结果，我是一个明星，这么多双眼睛都在盯着我，我的每一步都要考虑很多，任何一个小小的举动都会让我的生活天翻地覆。你也看到了，我妈说的谎，到现在我还在收拾残局。你站在我的角度能怎么回答。"

江声捏了捏手里的书，开口："我计算过，人生活到 80 岁，去掉睡觉和吃饭只有 467200 小时，有太多的谜题没有解决，宇宙起源如何用量子引力解释，质子寿命到底有多长，为什么宇宙常数有它自身的数值，它是否为零，是否真正恒定？宇宙中到底存在多少暗物质……你知道这些都是什么吗？”

“当然！”华影大声回答，“不知道！”

江声继续说：“每一个难题都需要花上百年的时间，解出一角都将会闻名世界，这是每一个学者毕生的追求。我常常觉得时间不够用，如果真想选择和谁相伴一生，那书就是最迷人而又有趣的东西了，而且对它付出的时间总与回报成正比。我从来没有想过自己有机会遇见一个人，记住她，爱上她，这是比找到暗物质还低的概率。对我来说，这难道不是比解决任何一道难题都值得向全世界宣布的吗？”

华影张了张嘴巴，想开口反驳，却发现自己是那么无力，她的手被江声慢慢拉下。

他放开手，两人的联系就这样断了。

门突然被打开，李汉卿大笑着走进来：“生姜你是不是遇到瓶颈了？”

华影别过头。

江声轻声说：“我懂，就像因为怕数据失败反而遭受非议，所以不敢轻易公布成果一样。”他转头看向华影，眼中的冷静让华影无所遁形，“你不说，只是自己也没有把握。”

江声走过去合上行李箱，拉链的声音就像在华影心头上划过。

华影抬了抬下巴没有转身挽留，哪怕是别离，她都要有自己的姿态。

身后是行李箱滚轮远去的声音。

李汉卿大叫着：“生姜，你也有今天啊！告诉我研究遇到了什么难题，让我也开心一下。”

李彦瞪着李汉卿：“你是白痴吗？”

“什么啊！”李汉卿喊华影，“密斯华……”

“给我出来。”李彦拽着李汉卿耳朵拎门下楼，李汉卿嗷嗷地叫着，渐行渐远了。

华影想到这场闹剧笑了一下，很快又苦了张脸。她转过头，仔细地观察着江声的房间，他带走的也只有书和笔记本，这个房间顿时却像抽去了灵魂一般空冷下来。

华影的视线突然顿住，江声之前打造的乐高世界里赫然多了一个过山车、一个摩天轮和一个旋转木马。

她走过去按开开关，旋转木马的灯和音乐亮了起来，木马上上下下。

华影的回忆立即被拽回那个游乐园的午后，那个旋转木马前护住她，说着“别怕”的清朗男子，那个伸出手抓住她的气球白马王子。

门轻轻地推开，放了学的季恬抱着小书包走了进来，轻轻握住华影的手，她不怎么会开口，却指了指木马前的穿着华丽的女生和男生的小人，想了半天才开口："公主，王子。"

华影蹲下来，她眨了眨眼睛驱赶走快溢出的湿气，亲了亲季恬："是的，王子和公主永远幸福快乐地生活在一起。"

她是个小姑娘的时候也和季恬一样喜欢美满的大结局。

然而，童话故事没有告诉她，公主虽然和王子在一起了，却也还是会分手。

今天也不知道什么日子，季白也从学校回来了。

华影没想到有朝一日居然能和季白坐在一起吃晚饭。

季恬乖巧地拿着粉红色的勺子挖着小猪佩奇餐盘里的饭。

季白看看楼上问："我江声哥呢，今天不在家？你把他气走了？"

你说得对，你说得太对了！

华影心中默默翻了一个白眼，开口："我怎么知道，我是你的监护人又不是他的，说起来，我好久没有和你老师联系关心你愉快的校园生活了。"

季白说："甭操心了，我好得很，现在都是年级前三，我要以江声哥为目标，将来也当个什么数理化头衔（反正华影没听懂）的博士。"

华影点了点头，又是一个被江声这种魔教洗脑的，她夹了只竹节虾给季白，告诉他学习差不多就行了，这个早恋一定要抓紧处理，不要因为害怕来自家庭的阻力就耽误人家小姑娘，事实上他家庭的阻力也是不存在的，甚至华影可以去搞定对方家庭的阻力。

季白说得头头是道："这也不用你操心，我从来不搞地下情。如果谈恋爱绝对不要流氓，我都是奔着要和这个人过一辈子的。我就是原生家庭下的产物，以后决定不会像我爸妈那样，对小孩也不好！"

华影差点被饭噎住，瞪着季白，句句扎心，要不是知道他都在住校，一定会以为他是故意来戳她心窝的。

华影有些心虚，江声和季白的家境差不多，甚至比季白还惨，小小年纪就没有家了，他是否也和季白一样对婚姻充满慎重？她是否真的做错了？

她越想越烦，挥挥手，再见，你还是去和基友打游戏吧。

华影帮季恬擦擦嘴，季恬踢着小短腿去玩了。

季白放下餐具，走人，想了想又回头："喂，你最近没事吧？"

"能有什么事？都解决了。"

电视里正在放着最近几起诈骗案，手机诈骗的，邮件诈骗的，骗财的，骗色的，这年头总有人上当受骗，真是头疼。

人糟心的时候全世界都一起糟心。

华影觉得再糟心都没有江声的问题糟心。

这才亲了一下，他说离开就离开……唉！

令人糟心的江教授此时正在敲着邻居的门，两长三短，三长两短，笃定了大晚上隔壁的人既不出去约会又不在家睡觉。

好一会儿，穿着浴袍的邻居李汉卿开了门，瞪着江声："你能别这样九浅一深、九深一浅地敲吗？我正在开视频会议！"

这栋楼是海声集团附近的酒店公寓，说是海声集团的员工宿舍，其实是接待常驻客户和高级海外主管用的，目前只有江声和李汉卿两个人住着。

江声看到李汉卿一身浴袍，露出胸毛和腿毛，立即收回目光。

李汉卿拦住门口，好像里面有什么见不得人的不让江声进来，事实上，江声连往里面瞥一眼的兴趣也没有。

"过来，搬东西。"

李汉卿只有认命地走进江声房间，一进门是一箱一箱打开的书。

李汉卿奇怪："这些书要搬到哪里去？"

"你那。"江声回答，指指角落新买的乐高模型，"还有这些，都放你那。"

"既然放不下，你为什么要把这么多东西搬过来？还买了新的！"

江声坐下盘着腿，边拆乐高包装边回答："我需要点时间思考。"

李汉卿乐了，拍拍江声的肩膀："兄弟，我终于等到今天了！你不就是失恋了吗？"

江声这才抬眸今天第一次正眼看了下李汉卿。

江声是个实践派，崇尚数据和成果说话，他自从被李汉卿误导，摆错了角色，当了一阵子华影的爸爸之后就不大信任这个狗头军师了。这不现在是当了地下情人吗？目前身边又没有可以询问的对象。

他快速思考了下，决定洗耳恭听。

李汉卿悲痛地开口："失恋是男人进步的阶梯，没有什么大不了。更何况，你只是对你的量子原子中子质子失恋，又不是真的失恋……"他话没有说完，已经抱着箱子被拎到了门外。

江声虽然从季家老宅搬走了，却并不是和华影老死不相往来了，事实上他们还有很多见面的机会。

这不，冬日的第一天，天气晴好，天空中飘着朵朵流云，一会儿变成甜甜圈，一会儿变成牛角包，一会儿变成棒棒糖……

可在华影的眼中却什么都看不出来，她已经沉迷在自己是个负心汉的情绪中无法自拔。

麦克和江声，李彦和华影，一前一后开着车就进了停车场，本是无心偶遇，谁知老天就爱看你笑话。

华影很怂地没有下车，和李彦一起围观了江声穿着羊绒大衣从车里走出来的美好景色，笔直的长腿，挺拔的腰板，还有因为暴露在冷空气中而显得更加白皙俊美的侧脸。华影在墨镜后面看着美男渐行渐远。

一起干瞪眼的李彦转头问她："你心疼不？"

华影没有回答。

"有些男人长得帅却没气质，浑身上下的市井小杆子气息。有些男人有气质却长得寒碜，泯然于茫茫人海。江教授就是不一样，有颜有气质。关键是，你看那腰直的，腰好！"

华影说："这你都看出来了？"

李彦拉着华影的手，说："你掐你自己一下！"

华影毫不留情地拧了李彦大腿，李彦疼得直叫。

"是你让我掐的。"

"你可真下得去手。我是觉得我在做梦，像江教授这样高端的非凡人物，真的能被你这样的妖艳贱货搞到手了？"

李彦又问："亲了？"

"亲了。"

"睡了？"

"没有。你到底在想什么？"华影忍无可忍。

李彦叹了口气摊手："到手的鸭子又飞了。"

李彦劝华影男人都是要哄的，尤其是江教授这样的，不要看一脸神圣不可侵犯，内心绝对是热情似火。

华影丢下手机有些丧气："没有机会了。"

"为什么？"

"江声估计把我删了！"华影挥挥手机。

李彦说要不你给他转一块钱试试他能不能收到。

华影刷刷发了 10 条，她愤怒地挥舞着手机说："江声这浑蛋一定是把我删了看，连发 10 次他都没有打开！"华影

对话框里，10 个一元的转账排排站，然而江声一个都没有打开。

李彦说："删了是不可能收到的。"

华影一喜："真的？"

"是呀，肯定是把你屏蔽了。也有可能是忙，没有看到。"

"没看到个球，他在办公群里说话了！"华影气得咬牙，"这个群还是我建的呢！"

世界上最遥远的距离莫过于我在你的对话框等待，你却在隔壁群里发言。

李彦在心中默默为江教授点蜡，遇上像华影这样重视网络礼节的人，凶多吉少。

突然车窗被敲了两下，李彦打开车窗。

麦克弓着腰对着两人露出宇宙标准的八颗牙笑容，递出一张10元现钞，开口："江总说你们可能没有零钱付停车费了，让我送过来。"

李彦愣愣地接过钱。

麦克走远，突然车子里爆发出持久的笑声。

李彦边笑边擦眼泪："我就说误会江教授了，他肯定没有屏蔽你。不过江教授不愧是江教授，以为你转账给他是来换零钱的了，多好的男人，非但不收还要给送钱！"

"喏，拿好，宝贵的10元钱。"李彦把钱丢给华影。

华影气得将钱揉成一团，想想又展开："等着，我要拍到他脸上去。"

然而，华影还没来得及走进江声的办公室，就被喊去临时会议了。

现在已经是公关部顾问的夏宇菲召开了这次紧急会议。音频播放了一个女生的录音电话，是她打给自己父母的一段对话，女生的声音显得很恐慌而且有些语无伦次，说她在旅行，丢了手机和钱包，需要帮助，要父母立刻给她汇一笔钱。

江声的脸色随着这段录音变得越来越凝重。

录音结束夏宇菲开口："这的确是该女生本人的声音，警方告诉我这是最近开始蔓延的新型诈骗，这并不是本人的对话，而是全部由手机操作完成。"

一个股东惊讶地脱口而出："这怎么可能，完全就是本人，而且她对自己父母的问题都能反应回答出来。"

江声开口："这是利用人工智能完成的，合成语音组成的多轮对话，海声手机就能做到。"

众人哗然。

江声继续说："这样的犯罪形式有很多，可以利用算法抓取社交媒体上的视频和照片，并创建针对性很强的定制消息或者合成受骗者亲人、朋友的声音。"

夏宇菲连连点头："江教授说得没错，警方说这种新型犯罪成功率达到90%。"

华影开口："也就是说我们的海声智能手机出现了安全漏洞？可并不是只有我们的手机有智能对话能力。"

江声摇头："但是，海声 4D-X 最出色的就是思考对话能力，可以说现在市面上几乎没有哪款智能手机能做到它一般的学习型对话功能。"

夏宇菲点头："没错，我正好和警方的朋友聊到了最近的这起社会案件，直觉想到可能和海声智能手机有关。"说完，她一脸仰慕地看向江声，眼珠子已经快黏到江声身上去了。

华影都快恶心坏了。

江声却没有察觉，他还在想着案件，点头："你的直觉没错，这将会像滚雪球一样越来越大。我提议应当立即成立专门的人工智能安防小组……"

有些股东却不以为然。

"这不过是一起案件，也是海声手机的证据，就这样大张旗鼓，是不是太夸张了点？

"是啊，成立专项小组，要多少人力、物力，我们海声智能手机和家电每天的销售量都在增长，研发组都忙着日夜加班，江总不是最清楚了？"

江声点头："就是因为清楚我才这样提议，你们有没有想过仅仅是海声智能手机手环的销量就以每天 28.6% 的增长率递增，还不算上笔记本和电脑的增长，每天有数千万的用户在加入网络，如果说今天的互联网容量像一颗高尔夫球，明天就会变成太阳那么大。而每个人的生活现在都离不开网络和人工智能，简单的例子，手机导航、新闻、好友推送，这些都是通过最低级的人工智能完成的，安防问题是每一个研发者的责任。"

江声坚持立刻行动，他是一个学者，解决问题的出发点的是道德感和使命感，然而总是有些不肯面对现实，抱住自己利益不放的人。

"其他公司都没有动静，就我们开始自乱阵脚，像要跳出来承认这就是我们手机的漏洞，这不是没有偷鱼惹得一身腥嘛！这样必定会严重影响销量！我不同意。"

华影面对一次次公关危机，自然知道永远只有少数人能率先看到真相的道理，更何况她本来就无条件相信江声的智商。

华影开口："我也支持江总的提议，这件事情虽然只是一个小缺口，但千里之堤，溃于蚁穴，我们必须防患于未然。"

并不是刻意讨好，在海声的危机之下，她已经忘掉和江声的争吵，率先站到江声的一边，华影继续说道："专项小组是要成立的，但应当考虑在不占用研发资源的情况下，或许我们可以借用外界的力量，例如和警方合作，这对海声的品牌树立也是百利无一害的。"

华影抬眸与江声隔着偌大的会议桌飞快地对视了一下。

华影捏了捏口袋里的 10 块钱，磨了磨牙。

江声对华影颔首，无论发生多大的争吵，他都仿佛知道华影能接住他的想法一般。

股东和高管交头接耳，只有夏宇菲双手在桌下死死握拳。

虽然华影和江声只有惊鸿一瞥的对视，她一直留意江声，所以看得一清二楚。明明她已经打入了海声的内部，离江声是如此的接近，她却清楚地感受到江声和华影，最不可能的两个人之间却连接着一种不用言说的默契，比爱情更牢固的是信任。她从心底生出一种带着惶恐的凉意，仿佛又回到了福利院，又成了那个百般讨好却依然无法得到垂怜的孩子，她再一次感受到被世界抛弃的滋味。

会议一结束，夏宇菲就立即跟上江声，似乎有说有笑。

李彦拉住华影示意她看，一脸恨铁不成钢："看，江教授要给那个女人拖走了！"

华影打开手机刷某宝，只有购物才能填补她心中的郁闷。

缺什么？买双拖鞋好了！江声走了之后，她连家居拖鞋都开始磨脚了。

华影边刷边说："你要我低声下气地求他？绝不！"

华影是谁？一个从小被教育时时刻刻都不能放弃美貌和高姿态的明星，一个在人生的低谷都绝对不缺为她鞍前马后的男人的女神。

然而，她一次次为了江声主动，现在，还要让她主动低头求和，做梦！

"什么爱上一个人就低到尘埃里，这是奴性思想！我爱他，但是我也爱自己！"

"不给他点颜色看看，他还以为我是大甩卖买一赠一来的！"

李彦说："你就装吧！我告诉你这个周末公司拓展训练，你可要好好抓紧最后一次的机会！"

华影说："大冬天的拓展训练？哪个蠢货组织的？"

"我！老娘为你操碎了心，你还敢骂我蠢货。来，来，快来受死！"李彦撸起袖子。

果然是愚蠢至极，李彦为了助攻华影，拉了一车的人上山喝冷风。

嘴上说不低头，但是并没有说不能勾引江声为她低头啊。

女人的穿着基本有三类，一类是不打扮；一类是女生喜欢的打扮，什么蕾丝边、泡泡袖或者 Oversize，反其道而行之；一类是男生喜欢的打扮。

华影今天走的就是第三条路线，特地为了勾引江声，悉心打扮了一番，看似不经意的自然妆容，事实上她在家一大早就开始洗澡，折腾了两小时，一身贴身运动服，勾勒出玲珑的身体曲线，胸大臀翘，美腿又直又长。

一下车，在飕飕的寒风中，爱美的华女神打了一个大大的喷嚏，立即在场的男士全都围了过来。

“华总，是不是穿得太少了？穿我的外套吧。”

“还是穿我的，我的轻薄保暖，小心感冒！”

“穿我的……”

全体男同胞将华影围了一圈，争先恐后地纷纷开始扒开衣服，华影面前出现一只只捧着外套的手，像热情的藏民献哈达一般，华影哭笑不得，向来待人圆滑的她笑着摆手一一婉拒。

江声是最后一个下车的，他一身黑色卫衣外套和运动裤，身材高挑，江声不解地看了眼被挥舞着花花绿绿外套的包围圈。

夏宇菲走过来笑着说：“华影不愧是明星，走到哪都那么有男生缘。”

其实夏宇菲今天穿得并不比华影多多少，她搓了搓手臂，羞涩地看了眼江声俊美的侧脸，“不过今天的确好冷喔！”

江声看着被包围的华影，冷哼一声，迈开脚步，只留下夏宇菲一人在冷风中咬碎银牙。

拓展项目是天国的阶梯，两人为一组，四人一起的竞技，空中悬挂着八根粗壮的呈阶梯状的木桩，第一根起码有超过半人高的距离，并且间距自下而上逐渐增大。华影仰头看看最顶上的一根，必须两人合作，一个拉一个，才能登顶的。项目一男一女搭配，抽签决定，这都是什么变态玩意？

华影幽怨地瞪着李彦：“你确定这是大团结的拓展训练，不是相亲会？”

李彦一脸兴奋地指着叽叽喳喳的年轻人:“男女搭配才会产生无限的荷尔蒙，你看看，觉不觉得这空气都变成了粉红色，又像回到了校园时代。多好！”

果然年轻一代脸上都活力四射，明明是寒冬却感到了阵阵春意。

李彦又偷偷指了指江声，活像一个拉皮条的：“你再看看有多少小姑娘都在瞟着江教授啊，平常大家都不敢下口，现在一个个跃跃欲试。”

江声站在低头玩手机的李汉卿旁边望着山景，风扬起他的衣帽，身姿挺拔，仿佛山间的一棵俊俏的青松。

华影：“你确定你是来帮我的，不是敌人派来害我的？”

李彦拍拍华影肩膀：“你知道这个时候应该干什么吗？”

“干什么？”

“祈祷啊，保佑江教授和你一组！”

华影说我是很想祈祷，但我怕和江声一组他把我一脚踹下去，公报私仇怎么办？

事实证明祈祷这种事情的确是需要虔诚的念力。

抽签完毕，夏宇菲在众女生疯狂嫉妒的目光下，站到了江声旁边，她看了眼华影，眼中闪过一丝得意。

华影深深地忏悔自己心不诚，佛祖、基督什么的不帮她就算了，还被她赶到了敌人的那边。

华影和李汉卿一组，不光是江声，连李汉卿都成了香馍馍，只是李汉卿今天有点儿奇怪，居然没顾得上招蜂引蝶，而是一直抱着手机。

他看到华影才收起手机，一脸惊喜："密斯华，我和你一组，太棒了！太幸运了！"

华影强颜欢笑：到底是有多不幸？

四人站成一排，穿着安全护具，戴上吊绳。

华影看着江声伸出葱玉般的手指调整护具，想到这双曾经连握手都要戴手套的手，现在要去拉夏宇菲的手了？

前人种树后人乘凉啊，寒风一吹，华影心中一片拔凉拔凉的萧瑟。

李汉卿拉起华影的手背亲了亲，一脸热诚："密斯华，放心，我一定会好好保护你的！"

江声轻哼一声背过身："走了。"

"不用保护我，我们要拿第一！"华影收回手，向上爬，她决定化悲愤为力量。

李汉卿边爬边喊："你放心，生姜就是我的手下败将！"

江声已经站到了第二根木桩上，每天游泳的他臂力超群，他向下瞥了眼李汉卿："是吗？来试试。"

他迅速地伸手拉住第三根木桩，向上一跃，大长腿的优势发挥得淋漓尽致，拉，跃，跳，攀，像一个飞檐走壁的侠客，平时大家只晓得江声头脑好使，没想到身手亦不凡，一个动作迅速统一了海声集团的女性审美，一秒钟成立了本公司的第一支阵仗浩大的啦啦队。

那一边，华影和夏宇菲的战斗也已打响。

华影一心要碾轧对组，她不怕高，又每天拉伸，身体有很好的柔韧性，动作漂亮地穿行在木桩之间，如同一朵朵娇艳的爬山虎。

夏宇菲本来无心比赛，只想接近江声，她脑中的剧本是自己装恐高，江声一路拉着她，谁知道她还没有喊害怕，江声都已经向上跃去，她只有咬牙追上。

夏宇菲和华影你追我赶，只想将对方拉下去，连江声的手指头都没碰上。

女人之间嫉妒的火苗可以将男人烧得渣都不剩。

很快就到了顶端，江声一跃就要抓住最后一根木桩。

华影在下一根，夏宇菲正往华影的那根爬来。

夏宇菲攀爬的时候，腿一晃，不知是无意还是有心，踢到了华影的脚。华影正在向上跳起，一个重心不稳，差点儿要掉下去，她惊呼一声。

其实掉下去也没事，因为每个人身上都有吊绳。

但是听到华影的惊呼，江声立即就回了头，他松开最后一根木桩，想也没想地跃下，伸手拉住华影的手，也被带着下落。

江声立即伸出一只手抓住木桩，一只手拉住华影，微微有些吃力，下颚骨绷得紧紧的，寒风拍打着他的衣袖，他脸色因为用力有些发白。华影立即两手抱住他的手："爸爸，千万别松手！"

"闭嘴！"江声一咬牙先将华影送了上去。

华影站在最后一根木桩上，将江声拉上来。

两人的手还拉在一起。

华影说："谢谢！"

江声别过脸，推开手，皱了皱眉头，这个傻子，爱招摇穿那么少，手冻得像冰棍。

最后的比赛，因为华影提前登顶，所以算华影和李汉卿这队赢。

主持人特地赞赏了江声，说江总这才是真正的互帮互助，眼中只有集体，不仅帮助本组成员，还帮助对方队员。一时间，掌声雷动。

夏宇菲幽幽地瞪着主持人，哪只眼睛看到江声帮助她了？倒是她看到江声不顾本组利益，明明都绑着安全绳，还先救华影，哦，感觉自己要瞎了！

华影坐在草地上，喝着李彦递给自己的热茶，还在回味着江声不顾自己救她的那一瞬，即使知道自己是安全的在失重的情况下还是会害怕，然而江声拉住她的手的那一刻，她却觉得一切都平静下来。

华影想着对于一个无论什么情况都毫不犹豫地先向你伸出手的这个人，她能计较什么呢？就算为了江声的美貌，她都该低头的时候一定要低头。

正想着，就被套了头。

华影扒下一看，是江声的外套，江声已经走远了，她好像听到他说"穿上"。

华影裹了裹江声的外套，还留着他身体的余温，和就像来自他的，一个拥抱。

华影套了一会儿，害怕被人看到，抱着江声的外套准备去还他，却看到江声和李汉卿正在说话。

李汉卿指着屏幕，舞动着手脚："你看美不美，要让我约上……"

"给我看看。"华影向来对美貌不服输，立即开口打断。

李汉卿递过屏幕："密斯华，你在我心中是最美的，就像那天上的太阳，但太阳还是有点儿远，是不是……”

李汉卿绕了一圈，华影才听明白这是他的女朋友，不，女网友，图片看着还挺具有欺骗性，蛇精脸、大眼睛、高鼻子、小嘴巴的网红流水线脸，不经意地露出点事业线……

华影火眼金睛，一眼就看出起码用了 10 种滤镜，50 次美化处理。唉！你说好好的一个老外为什么和中国直男一个审美？

李汉卿说这姑娘是在约会 APP 上认识的，真人就长这样，两人视频过了，最近都要见面了。李汉卿还调出 APP 对江声炫耀，只有在网络这种需要耍嘴皮子的地方，李汉卿才能找到对江声的碾轧感，他翻着 APP 给江声看：“生姜，你这样一心只和质子、量子谈恋爱是不行的，你应该去试试！我等下把会员推荐发你！”

华影看了眼江声，踩了脚李汉卿

“哎哟，密斯华，你怎么踩我？”

“刚才木桩碰到了，还有点儿疼。”

江声递还手机，打断了李汉卿和华影的对话：“好，你等下发给我。”

华影：什么！

李汉卿哈哈大笑：“生姜，你开窍了？

江声已经转身走远上了车

华影愤怒地将江声的外套拍在李汉卿的手上：“拿去，喂狗！”

华影一天都被这个鬼 APP 搞疯了，就连晚上和李彦出去逛街都提不起劲来，花痴江声的这群年轻少女外加一中年少女夏宇菲，真是前有虎后有狼。

江声之前看女人都像看红粉骷髅似的，视女色如粪土，现在经过她的悉心教导是否就突然开了窍？

华影又是火大又是着急，她找出 10 块钱，就想直奔员工公寓。

李彦开车将华影送到楼下。

华影打开车门就要跑，被李彦拉住：“第一次去男人家过夜怎么能毫无准备？”拿出一个小包，“拿去，我的私人珍藏。”

华影打开化妆包看了一眼，手指挑出一条性感镂空睡裙。

李彦很满意地点点头：“放心吧，这包里的东西全是新的，我昨天才订回来的。要不是你是我的真爱，我都不会给你！”

华影再翻了翻有什么香水、香薰蜡烛、面霜、湿纸巾……

时间紧迫，她没有再往下翻，盖好小包，她亲了亲李彦：“绝对是真爱。我一定做到有去无回！”

华影提前问了麦克房间号，拎着小包包直冲江声的房间。

江声开了门，室内的暖气扑面而来，他一身薄衫，勾勒出长腿劲腰的身体曲线，神情有些惊讶。

华影瞪了眼江声拿在手里的手机。

一个从来不发朋友圈的人突然连续刷屏自拍，她一定是整容了。

一个从来不玩手机的人突然手机不离手，他一定是网恋了。

“还钱！”华影磨着牙掏出皱巴巴的10元钱，一把抹平了，拍在江声的胸膛上。她不能否认一个每天游泳的人还拥有非常弹Q的牛胸肉的，想想有去无回的誓言，华影直接推门走了进去。

很多书无处归放，被整理成一摞一摞放在地上，书桌上也摆满了，只差占领一张可怜的单人床了，华影将包放在一摞书上。

江声看见皱了皱眉，将钱抹平夹在书里，他不懂：“我没要你还。”

华影恨不得直接将手机抢过来，但她的脸面干不出来这事儿，环顾四周找寻任何网恋的蛛丝马迹，突然发现江声的笔记本电脑是打开的，华影一屁股坐到笔记本电脑前。

江声跟过来，揉了揉眉：“你是来干什么的？”

“我来还钱啊！”华影转着椅子，修长的腿旋转在地上。

江声闭了闭眼，到底是无法对她视而不见，她光是坐在这里他的眼睛都不会离开。

“你已经还了。没有什么事的话，我在工作。”

这是对她下逐客令。

华影爹了毛：“网恋也算是工作吗？江声啊江声，我原来觉得你一心只有学术，虽然无趣倒也可爱，没想到你也热衷于这种男男女女的事情，实在令人发指！”

江声眉头已经拧在一起。

“什么网恋？你到底想说什么？”

华影理直气壮地说：“李汉卿不是给你拉皮条了吗？”

江声气得指着电脑：“我是在做数据对比，经过我的分析，这个APP超过98%的概率是诈骗软件。”

电脑上果然出现一个数据程序表。

这会儿轮到华影傻眼了：“你告诉李汉卿了？”

江声摇头：“他不信。”

华影倒是能理解：“他一定以为你是妒忌他。”

她都能想象到李汉卿指天指地认为江声是赤裸裸的妒忌的模样，江声原来没想到这点，觉得李汉卿可能被猪油蒙了心，现在华影这么一说，他点了点头。

华影好笑："如果有你说的人工智能反诈骗程序就好了，你就可以向他证明了，机器能告诉你这个人是否在骗你、是否真的喜欢你吗？"

江声点头："能，但是需要漫长的过程。人工智能的情感识别和人类一样，都是需要教会它。人类的宝宝，你告诉它这个是猫，即使下次换成卡通的、抽象的任何形态也能识别出来，但是计算机就不一样，要去学习海量的数据，这就是人工智能在做的事情。我大致算了下，使用程序去判断一个人是否可信，至少要经过识别、标准化输入、程序判定、输出四个步骤。首先要准确地识别对方细微的动作、面部表情，然后将这些内容提取出来标准化为可以录入计算机中的数据或者图片，再录入进去，使用其情感判别程序判定爱恨，然后输出爱或者不爱，喜欢或者不喜欢。"江声叹了口气，"AI 安全涉及的种类更多，步骤更复杂，并不是靠一己之力就能做到的，还需要更多的研发者参与进来，各展所长。"

华影突然觉得自己和江声的斗气是多么不明智，他每天有那么多问题需要操心，简直是人类发展史上的福音，她不能做一块妨碍人类进步的绊脚石！

华影觉得自己身上责任重大，立刻站起来，点头："那你继续忙吧，我回去了。"

江声虽然忙但见到她内心却又舍不得她走，她站在这个屋子里，仿佛一道耀眼的光，其他的一切都变得黯淡了。

华影走过去拿包。

江声第一次想挽留一个人，或许他应该做些让步，第一次他并不知道如何开口，却还是说了出来："等一等。"

没想到是他先低头，华影的手一抖，书全部倒地，包里的东西也滚了出来，性感内衣、香水瓶、香薰蜡烛、面霜……居然还有安全套……滚啊滚，滚到了江声的脚边。

江声修长的手指拎着线问："这是什么？"

垂下的线头，粉红色的椭圆体在空中无辜地晃动。

华影红着脸使出一招饿狼扑虎，一把抢过："这个啊……这个是按摩仪，按摩脸部和肩颈，特别好！"

华影打开开关，她实在不忍心用到自己如花似玉的脸上，只能在颈子上按了按，心里骂了一句李彦，她怎么就没把这个小包仔细翻一翻。

开着车子的李彦不由得打了个喷嚏，她心满意足地想着肯定是华影今晚得了手惦记着自己呢，好姐妹，不需要客气！

华影这么爱美的人走到哪里都带着按摩仪有错吗？没错。江声立即就信了。

华影看江声在思考，和他相处久了自然知道哪一招最管用，她握着"按摩仪"，靠近江声的天鹅颈："这个疏通肩颈特别好，你要不要试试？"

江声摇头拒绝，所有反复贴身使用的东西都在挑战他的生理极限。

华影装作悻悻地点了点头，飞快地将物体塞进包里，转身一看，江声已经在帮她收拾地上的东西了，华影都快哭了，立即蹲下先抢救性感内衣。

江声捡起香薰蜡烛，被香气弄得连打了几个喷嚏，他伸长手臂拿远了点问："为什么带蜡烛？"

"这个啊，可以用来做物理实验啊，我送给你的。"

江声："物理实验很少用到蜡烛，化学实验有时会用到。"

华影将蜡烛点燃放到桌子上："反正都一样，你不用的时候还可以点下，看书的时候都香香的，多好！有句话不是说生活需要仪式感。你看书也可以点个蜡啊！"

江声默默不语地将蜡烛又放远了点，他一来不喜欢味道二来担心书会遭殃。

感觉脚下踩着东西，江声弯腰，捡起一个锡纸包的安全套。

华影拼尽毕生的武学造诣和睁眼说瞎话的绝学，将所有东西都一股脑儿地倒进包里，以为自己已经过关，回头一看差点儿给跪了。

江声默默将套递给华影。

华影若无其事地接过，继续忽悠：“这个啊……是跳跳糖。”

江声耳朵已经红了，他并不是不识字，弯腰蹲下收拾书，一本一本按照字母类别摆好，仿佛是不知道如何应对当下局面，每个动作他都细细地做了很久，才直起身。

外面开始下起雨来。

华影走过去，拉住江声的衣角：“喏，还在生我气？”

她的大眼盈盈，语气娇娇，即使知道和眼前这个人多不合适，心确实只为她波动着。

江声将最后一本书放好，叹了口气，回身抱住华影。他向来忠于自己，情感表达都很直接，他的怀抱、他的心跳，都在诉说着满满的爱意，像这细雨落入大地，她的心终于落叶归根。

华影满足地搂住江声的劲腰。

和好就像这场疾雨一般来得猝不及防。

雨点并不大，敲打在窗户上，像一首轻快的歌。

华影的耳朵贴在江声的胸口，心跳声像鼓鼓的浪：“我并不是对你没有信心，而是我这个人吧，生来好像就有点背，异性缘总是很短，而且娱乐圈总觉得是个魔咒，什么东西一说出去，感觉就不会长久。”

华影是个很在意自己的明星，评论、公众号都是一个字不差地看，即使边看边骂都要看完。她曾经看过一篇文章分析她的命理，说她克双亲、克老公，嘴上说着胡说八道，却真发了律师信，到底是往心里去了。

江声摸了摸华影的头，叹了口气：“随便你。”

并不是随便的口气，更多的是对她的无可奈何。

华影这人绝对是给了三分颜色就开染坊的，她握住江声的手，十指交扣：“你放心，我一定不会对你始乱终弃，我会好好负责的！”

“是吗？”江声好笑地推开她，感觉一时半会儿她是走不了了，问道，“讲那么多，口渴吗？要喝什么？”

“红酒！”

“没有。”

“那你有什么？”

“矿泉水和咖啡。”

“那我只好委屈点喝一喝矿泉水了。”华影神色纠结地回答，喝咖啡太清醒了，她等下还等着冲动变魔鬼呢。

“你可以不用委屈。”江声嘴上说着还是走到冰箱前拿矿泉水。

华影跟在后面就差没有摇尾巴，示意江声为她拧开瓶盖，嫌弃地打量四周：

“现在你是不是可以回去住了？住这小破地方和个苦行僧一样。”

其实这里条件也没有很差，只不过华影这种骄奢淫逸的人是用季家豪宅的标准对比。

江声问：“你当过苦行僧？”

“没有。”

“既然没有，焉知人苦？”江声回答。

好样的，都开始怼人了。

江声还是解释：“我们现在这样，我不能继续住下去。”

为了华影，他一次次地打破原则，即使要隐瞒关系他都可以忍下来，唯独是对于季海，他不能在季家的屋檐下与华影发展关系。

华影一下子就听懂了。

空气变得沉重，外面的雨开始大起来，打到外面的窗户平台上，噼里啪啦。

啪到才是得道，作为一个成年人，要随时抓住能啪的机会。

华影赶紧调回气氛，叹了口气：“看样子是回不去了，我只能在这委屈一个晚上了。”

她抓着小包就进了洗手间，没敢看江声的神情，立即关了门。

华影进了洗手间就开始忙活，好在她平时对自己的身体管理可以用近乎苛刻的标准，每天称体重都是小儿科，每天必须量六围，脸围、胸围、臂围、臀围、腿围、踝围，脱毛什么的因为拍摄也是很早就做了，还经常去美容院做去死皮保养，她出门前也洗了澡，并没有什么需要收拾的。

换上性感睡衣，看看镜子中的自己，镂空睡衣若影若现地包裹住她因为锻炼而凹凸紧致的身体，露出的肌肤白皙中带粉，连脚趾在发光。

华影长期拍戏，对自己的每一处都细细观察要求尽善尽美，她满意地点点头，是自己期望的结果，别说是江声，就是佛祖都要多看几眼吧，她自信地打开门。

江声正坐在书桌前捧着一本大部头原文的书，抬了头。

华影款款走近，将五指压在他打开的书页上。

如果她不是那么紧张，或许还可以发现这本书是反的。

香薰蜡烛慢慢融化，玫瑰的芬芳弥漫着飘荡在空气当中，撞击着、叫嚣着。

华影的脸渐渐红了。

江声放下书，拿起手机，打开软件：“我给你打车。”

华影急了俯身，压住江声的手：“下雨天哪有车，而且不安全。”

白嫩中压出了曲线，江声收回手，站起来：“这个小破地方，也是委屈你了，我送你回去。”

他走到衣柜边去取外套。

掌声响亮，华影感觉脸被打得很痛，一下子扑过去。

江声被撞倒在地上，伸手支撑的时候，还碰倒了几摞书，一下子全散在地上。

江声回头，华影就穿着睡衣，坐在他的小腹上。

“什么委屈不委屈，有你在，哪都不一样！”

她的手放在他的腹肌上，炙热得仿佛要将他点燃。

江声伸手扶住华影的腰，更觉得一股电流滑过身体，无从安放，他咬了咬牙：“你先下去。”

华影不退反进，伸了头过来，撩了撩头发：“你觉得我这样，美吗？”

她曾经也是问过他这个问题的，他当时的答案是什么来着？

反正是不及什么牛顿！

生性爱美的华影这个仇可是记了很久的。

地上散落着各种各样的书，原文的*String Theory*、*The Character of PhysicalLaw*……中文能看懂的——《宇宙相对论》《量子物理》《物理哲学》……

每一本都陪伴了江声日日夜夜，他的确是觉得定理和公式很美，但是他的生命中也学会欣赏别的美丽。而对华影来说，恰恰相反，这每一本书的不论是封面或者名字都让她看一眼就会立即合上永生祭拜绝不接近，只是这些书的拥有者却对她拥有着致命的吸引力。

江声一只手肘支撑，一只手扶着她，沉静的眼睛总是散发着迷人的魅力，华影也说不清楚到底是因为江声俊美的容貌，还是因为他独一无二的气质深深地吸引了她。书中自有颜如玉，颜如玉哪里比得上美男子江声。

江声修长的手指边散落着几本书，华影挑了一本封面最好看的打开，两朵花纠缠一样的光谱曲线，散发着点点光华，她依然保持着骑坐在他身上的姿势，微微动了下，翻开书。

江声白了白脸，听到华影问：“这本是什么书？”

“*Gravitational Waves*，《引力波》。”江声深吸了口气回答。

全部英文，华影一个字都不认识，只能装作认真地翻了翻图：“听起来很有意思，讲什么的？”

“爱因斯坦广义相对论中有一个重要预言，如果大质量天体发生碰撞、超新星爆发等极端宇宙事件会产生强大的引力波。文艺点说是一种时空涟漪，就像波一样传递开来。数十年来科学家一直在寻找引力波。”

“找到了吗？”

“很难，引力波是看不见的，但又惊人地快，每秒 18.6 万英里，所到之处所有物质都能被拉长或挤压。”

“啧啧，众里寻他千百度。”

“只有一次，美国亚利桑那州立大学 LIGO 在 2015 年 9 月发现了一个引力波信号。这个信号源自两个巨大的黑洞，他们经历了漫长绕转，融合，通过引力波辐射能量，最终并合形成更大的黑洞。再经过 13 亿光年的漫长旅行，这次并合产生的一小部分引力波信号抵达了地球。”

“只有一小部分？那本身该有多大？”

“两个黑洞或两颗中子星快速相互绕转，这种致密双星并合的过程所释放的能量远超太阳一生释放的能量总和。而这么大的能量，通常会集中在最后一秒内爆发，那一刻整个宇宙中所有别的天体释放功率的总和都及不上它。”

只道是屋外电闪雷鸣，屋内夜灯暖暖，端方美男斜卧，怀中佳人如玉，夜半温声细语时，金风玉露相逢。

华影一手拿书，装作努力研究，一手手指轻轻地划过江声紧绷的下颌曲线，她最爱的就是江声的脸部虚线，清俊却坚忍，恰到好处的俊美。

华影慢慢地将手指移到胸口，江声撑地的手肘的肌肉缩了缩。

华影开口：“我觉得我们之间也有引力波，像那个你说的什么星什么洞，慢慢地了解彼此，互相围绕着对方，加速旋转，越走越近，越抱越紧，砰！合并！”

华影为爱鼓掌，巧舌如簧，说砰的时候，江声的心也跟着颤了一下。

他心中好笑，引力波厉害之处是在于传播的信息，倘若真要解释，他可能永远也和她说不通，但是她的歪理又似乎有点道理。

此刻的华影就坐在这一堆书中，她目光炯炯地盯着江声。

宇宙中的确有很多现象无法解释，就像江声也解释不了，为什么她对他就有媲美双星合并的吸引力。

不忍心糟蹋，他抽走她手里的书。

闪电划过天空，分不清是他先仰了头，还是她先俯了身，唇齿相依，相触相抵。

风声和雨声在窗上来回拍打，仿佛是在飘摇的海上，心中跌宕回味。

起伏，震颤，波浪。

八千万菌群，时空扭曲，宇宙涟漪。

两个星系与星系之间相交，纠缠，碰撞，抱紧，融合。

穿越过数亿光年，静谧地，震撼了整个宇宙。

情浓蜜意之时，华影只觉得小腹胀胀，腿间湿热。

江声也觉得薄衫腹部微潮，他伸手一摸……

“这么快？”

华影转头一看，江声指尖微红。

的确很快，吹了一天的冷风，还灌了点冰水，大姨妈寻她来了。

人最倒霉的时候不是喝凉水都塞牙，而是要啪的时候来了大姨妈！

华影顿时如同一桶冷水当头浇下，身心如同荒凉的枯草，野风一吹，什么色心贼胆都没了，她像一根弹簧一般地从江声身上跳起来，看到他小腹的薄衫上粘着鲜红，恨不得遁地消失，脸面对华影来说是什么？是比命还重要的东西！可是她一次次在江声面前不要脸，此刻，不如自刎，不不，就是自刎也要找个远离他的地方。

华影满屋子乱窜，卷了包和衣服就要夺门而出。

当初让她走她不走，现在逃得比兔子还快！

江声吓了一跳，一把拉住她："你去哪？"

"回家！"

穿成这样回家？江声冷了冷脸，打开衣柜："你选件衣服穿了，等我回来。"

他拿了雨伞、手机出了门，似乎不放心她逃跑，还加了锁。

楼下的屈臣氏日用品柜台旁，三三两两的女生正在偷看着柜前的高挑美男子，只觉得这人容颜俊俏得恨不得就化为他的指间之物。

他神情认真专注，然后葱玉般的手指捏了捏架子旁边展示的卫生巾。

啊，一地心碎的声音，长得这么帅，没想到是个变态。

江声遇上了卫生巾，只觉得比物理学十大谜题还困难。

有翅膀和没翅膀有什么区别？

23 厘米和 32 厘米差别大吗？

轻薄的和绵柔的哪一种更舒适？

…………

要说这卫生巾今日遇上了江声也是倒了霉，什么未来感卫生棉，负离子、纳米银、磁性、远红外……经过他的鉴定皆不属实，一一遭到了江教授的嫌弃。

经过江声卫生许可证，生产日期、执行编号、产地、保质期、包装、表面柔软度、吸水度、反渗度等多方位的比对，他满意地选购了两种长度的，众目睽睽下，坦荡地出了门。

一开门，换上江声的衬衫、露着大长腿、红着脸甚至是全身通红的华影已经不敢蹦跶了，接过塑料袋就飞奔进厕所。

狂风暴雨，其实雨伞根本没有作用，江声看了看自己湿漉漉的带着血迹的衣服，皱了皱眉。

等华影换好出来的时候，江声正在套着白 T，在华影眼中似乎都变成了活色生香的慢动作，江声甩了甩微湿滴水的头发，拉下的衣角盖住了隐约的、紧实的，因为潮湿而泛着光的腹肌。

没有肉就是闻肉香都是好的！华影为自己迟出来了一秒感到莫大的遗憾。

江声在华影带着幽幽绿光的眼神里，下意识地拉了拉衣角，转身找毛巾擦着头发，俊秀微红的脸半藏在毛巾下，似乎期望毛巾能带走他脸上的热。

华影看到江声换下的衣服心中一暖，以前连握手都要戴手套那么怕脏的人，居然能穿着被弄脏的衣服在雨夜为了她出去买卫生巾，回来后他一定是迫切想要换掉，但因为她在洗手间里，所以他只能在外面匆忙换上衣服。

这一晚，华影真的是如愿以偿，有去无回地霸占了江声的床。

就是此间过程和结果让她颇为心酸。

黑暗中，她不是滋味地看着躺在地上与书为伍的江声。

“你睡了吗？”

半晌，江声清醒的声音传来：“没有。”

“那你上来睡吧。”

尴尬地沉默。

不服输的华影叹了口气：“我都这样了，能对你做什么？”

咦，这台词是不是有点问题？

华影笑了下，又说：“我睡不着，肚子疼，你隔着被子抱抱我，好不好？”

不是因为肚子疼，而是她怕自己血流如注，虽然她已经垫了毛巾，要是再染到江声床上怎么办？

华影此人为了美、为了面子能够用念力让自己保持侧卧，一动不动，一整夜。

只是还是有些被打击的心塞，一定要找找场子。

听她可怜巴巴、声音软软，江声叹了口气，翻身上床。

小床靠墙，感觉身后有江声的气息，华影喜滋滋地往里面小心翼翼地拽着毛巾挪了挪，掀开被子，展示自己的大长腿。

“你睡进来。”

仿佛被子里传来的不是热气而是妖气，江声一把将华影的被子拉下，还仔细地将被角压在她脖颈下方。

“好好睡觉。”江声隔着被子抱住背对着他的华影。

华影只觉得身上微沉，却是严严实实的安心，她将手伸出来，握着江声的手，将他的手带进自己的被窝，寻觅着温暖的所在，隔着衣服，放在她的腹部。

“不要作妖！”江声盖着自己的被子，手却穿过她的被子，一动不敢动地放着，慢慢地肌肉放松下来，暖暖地帮她捂着。

“江声。”华影喊他。

“嗯？”江声闭着眼应了。

“你有没有很遗憾啊？”她问。

他想了想才明白她说的是今天晚上，有些好笑。

华影见他不答自顾自地叹了口气，回答：“我觉得好遗憾。”

都到嘴边的肉了，却不能吃，不是遗憾是什么，还自毁形象！

“你能不能当作今晚什么都没有发生？”华影追加。

“不能。”江声快速回绝。

“哦。”华影这下连叹气都充满浓浓的惋惜。

江声伸出本来枕着头的一只手，轻轻拍了拍华影的背，安抚地。

轻轻的怕打中，华影感觉到了睡意，白天被拉上山耍，晚上还来了大姨妈，这一天可够忙的。她轻轻打了个哈欠，迷迷糊糊中，似乎听到江声的声音，轻轻地却稳当地轻划过雨夜：“睡吧，不急。”

雨后的月光偷偷地从窗帘边角钻出，悄悄地洒在这一对酣睡的人儿身上，单人床对他们而言是小了，他只有紧紧地拥住她，却又是恰恰好的温暖。

是啊，不急，因为日子还很长，她和他的故事还在写。

这样的夜晚其实她也不想忘记，更不会忘记。

诉说爱情的方式有很多，说我爱你、轻吻、拥抱、亲密，还有雨夜中的两包卫生巾。

今夜，其实很完美。

华影美美地睡了一觉，觉得这卫生巾竟是前所未有的好，轻轻松松一整夜。什么牌子？必须长期购买！

她再一看床边，被褥已经收起来了，下半夜的时候江声好像为了让她睡得舒适，自己睡地上了。

嗯，江声果然是媲美卫生巾的存在的，以前怎么就没有发现？

她看看手机，这个时间江声这种拥有令人发指自律性的人应该是去游泳了。华影换上昨天的衣服，也出了门。

才将门轻轻关上，隔壁的门就开了。

“密斯华！”李汉卿一脸惊喜地看着华影，“你怎么会在这里？”

华影内心只想骂一句卧槽，转头微笑：“是啊，我来找江声谈下事情。”

“这么早？”

“就现在比较空，我们约好了的。”

李汉卿仔细打量了华影半天，开口：“你的衣服……”

华影想：该死，他难道是发现了我穿着昨天的衣服？

“真漂亮，不，我是说你本来就漂亮，穿了衣服更漂亮！”李汉卿夸人不要钱，歪瓜裂枣地往死里夸。

赞美总是好的，华影点点头，也礼尚往来了一句：“你今天也不错。”

“真的？”李汉卿整了整衣领。

可不是不错！绿色的裤子，粉色的衬衫，红色的外套上面还有龙的刺绣，老外不是都喜欢黑白灰吗？为什么就出了这么个奇葩？

华影问：“这么隆重，你这是要去参加婚礼，还是举办婚礼？”

李汉卿抛了个媚眼给她：“当然隆重，我要去和我女朋友见面了！第一次见面啊！怎么样，我这个中国风够不够惊艳。”

华影像被按住脖子一般点了点头。

李汉卿喜滋滋地踱步到消防设备窗前看着玻璃里自己的反光，说：“我就是喜欢中国 STYLE，什么都敢穿！”

大哥，谁教你的中国风？谁给你的胆子？

华影叹了口气，明明金发碧眼，却屡屡挑战中华人民共和国成立初期影楼都已经抛弃的品位。

她想了想，还是想劝一劝：“我知道你喜欢中国文化，嗯，尤其喜欢中国女性，但你要知道你对中国文化还在认识当中。咱们国家人口多，骗子也很多，远在天边的网友不如近在身边的人，知根知底不是？”

李汉卿思考了下，认真地点点头：“密斯华，我觉得你讲得很对。我长得那么帅，总是有些这样的困扰的。我也觉得李彦是个好姑娘，我知道她一直对我念念不忘，今天还特地托了你来劝我，可是她真不是我想象中的传统中国女性，请你告诉她如果还有来世，我和她再续前缘……”

华影赶紧退了一步，感觉自己再劝下去要被李彦打死，幸好电梯开了，江声提着早餐纸袋走了出来。

“生姜，密斯华来找你了。”李汉卿和江声热情地打招呼。

江声疑惑地看了眼华影，正要开口，被华影拉到门口。

华影急忙笑着说：“你也太客气了，就谈个事情，还要买早饭。来来，开门吧，边吃边聊。”

华影转头对李汉卿挥挥手告别：“时间不早了，第一次约会，男生不要迟到，你早点去吧。”

“等我的好消息。”李汉卿吹着口哨走了。

关了门，江声将早餐放在桌上，静静地看着华影。

渣男负心汉又上线了，华影抱住江声，眼巴巴地仰头看他：“别生气了，李汉卿这个大嘴巴，告诉他等于全世界都知道了。”

江声叹了口气，将早餐拿出来，放在桌上。他平时都是游完泳在餐厅吃饭，想到今天华影在，还是买了早餐回来。

“快吃吧。”江声招呼华影，“吃完一起去个地方。”

虽然说这时候江声哪怕带着华影上刀山下火海，华影都二话不说跟去的。但是当江声打包了两本看起来旧旧的书，买了一束花，跋山涉水，翻越了整个宁城，来到了墓园，她还是傻了眼。

墓碑上的照片，是旧时代的半身结婚照，男子着西装，女子着白纱，俊男美女，一对璧人。那个年代还没有PS微整，化一样的妆，着一样的衫，脸面都是赤裸裸的，唯有靠着灵魂脱颖而出。

这对男女身上就有一股读书人的傲气，眉眼中有江声的影子，你要说具体哪点像说不出来，但合起来一看就知道就是江声的父母。

华影摘下帽子、墨镜和口罩，走到一边。

江声问："你做什么？"

华影边擦口红边嗔怪："这不是第一次见家长？不是要庄重点？我还穿着昨天的衣服呢！你都没有和我说，只能靠颜值挽回点局面啊！"

江声正蹲着，认真地将书放在碑前，听见华影的话突然弯了下嘴角，他想笑，心间又滑过种莫名的暖。

华影问江声："这书你放这干什么？烧了吗？"

江声摇摇头，伸出骨节分明的指细细磨蹭着泛黄的封面。

"这是我爸妈生前的藏书，偶尔拿过来给他们看看。"大约是怕他们寂寞的。

华影想着，难怪他走到哪里都带着成箱的书，可怜见的，遗产就只有书了，果然是世代优良传统。

她问："你爸妈什么时候去世的？"这一对美好得想象不到会英年早逝。

"我三岁的时候，车祸。"江声想到是华影才舔了舔嘴唇，继续尝试说清楚，"我们去山里度假，遇到了山体滑坡，车翻了，我爸当场就没呼吸了，一根断枝直接贯穿我妈的身体。后来想想，她应该是为了我多撑了几分钟，一直抱着我，等到有人发现。"

还有些无法言语的，例如清晰得就像在他眼前的利枝、一直抓住他的手、滴落在眼前的鲜血……

江声闭了闭眼睛，凛冽的寒风擦过他苍白的侧脸，整个人仿佛笼罩着深沉的孤寂。

华影有颗玲珑心，江声一说，她就回忆起季白说他有尖锐恐惧症的事情，顿时猜到了七八分。

她上前握住江声的手，两人指尖相扣，一切尽在不言中。

照片中的女子细眉杏眼、樱唇小嘴，看起来那么娇柔，然而每一个母亲，都会为了自己的孩子爆发出惊人的力量。

华影甜甜开口：“婆婆！”

江声笑着捏她手：“正经一点。”

好吧，华影再次说：“妈！”

厚颜无耻到没法阻拦，江声已经放弃。

华影接着喊：“妈！”

她喜滋滋地连喊两声，官方认证完成。

华影认真而真诚地看着墓碑说：“妈，你真伟大！谢谢你！”

江声和她交握的手指动了动。

冬日的山间，虽然有寒风料峭，却也偶有阳光斜照，暖阳之下总是能不畏寒风。

江声在心中诉说：“妈妈，就是她了。”

风穿过树林，吹动树叶，拂过江声的眉眼，像是在沙沙低语。

接着，华影认真地抬了抬和江声交握的手，“妈，你放心，你儿子的下半生就交给我了。”

江声别过脸，反正也没有听懂，确切说他压根不想知道华影到底在说什么。

良久，华影开口：“我的爸爸也是在我很小的时候出了趟门，再也没有回来。我当时太小，我妈没让我见过他的最后一面，所以我常常觉得他还活着，或者说有很长一段时间我觉得他的灵魂一直是陪伴着我的。”

华影释然地笑了笑：“你这个科学家估计是不会相信有灵魂的。”

“现代科学仍然有很多待探索发现的东西。”江声回答，“我们观察的物质内的原子，原子内的质子、中子，质子和中子内的夸克，还有弦理论，没有人能知道能微观到哪一步。这个问题同样桎梏着物理学家在宏观尺度上认识宇宙，没有一台望远镜能够望穿宇宙。所以我们认为的没有只是目前的没有，我们认为的有也不一定是一直存在的。”

听上去好像都懂，拆开来她又一个都不明白。华影问：“那人死后都去了哪里？是不是就真的消失了？我以前演过一个基督教徒，有句台词是《圣经》里的：‘你本是尘土，仍要归于尘土。’”

“每一个人都是星际的产物，氢原子和氧原子构成的水，掺进了一把煤灰和烟尘。”江声这样回答。

“你看看你说得多丧气，人就是水加一把土。”华影不屑地吐舌，“科学理论把所有东西都想得那么细，没有了神秘感，我还不如做个充满幻觉的傻子。”

“物理学家卡尔萨根说过，理解真实的宇宙远比坚持幻觉更好，不管后者让人多舒心惬意。”江声更加不屑华影，“人死后身体的大部分最终变成气体而不是尘土，这个气体spirit可能是你说的灵魂，由二氧化碳和水构成。骨灰的说法是为了慰藉亲友，而不是从生化角度出发。火化产生的水和二氧化碳会随风化成一缕青烟到达地球的任意角落，气化分子会被植物吸收，以氧气的方式释放。或是在生物体内再次转化为代谢水，大部分残余的水分子会在空中凝聚并降落，飘散在空中的碳原子也会被溶解在水滴中，细菌将氧化后的氮原子转化成光散射的氮气，或许能为空中增添一抹蓝色。”

“所以，人死后并不会消失，根据能量守恒定律，任何一点都未消逝，只是变得不那么有序了而已。”江声解释道。

华影：“所以说我的爸爸和你的父母一样，虽然去世了，可是并没有消失，只是换了一种形式存在，换句话说，也是在悄悄地守护着我们的，是吗？”

江声弯了弯唇角，点头。

“这么说好像死亡也没有那么可怕，还有点环保。”

华影苦着脸：“你活得比我健康，天天又坚持有氧运动，老天一定舍不得先收你。”

“我最受不了寂寞了。”她拉着江声的手，郑重其事地摸了摸，“阿娜达，我要是先挂了，那你也要相信，我也会是在这世界上默默爱着你的。”

“胡说！”江声又心疼又好笑地敲她的头，他虽然不迷信也不想在这种地方听她胡说八道。

华影很快就打脸，丢开手：“还是不了，我如果在哪个角落看到你另结新欢，一定会原地爆炸的！我从今天也要健康饮食、每天跑五千米，坚挺地挺到你先挂掉的那一天。放心，我一定会为了你苦守寒窑的，顶多也就是和别的老头子喝喝咖啡。”

“好。”江声应承她，“如果有那一天，你也不用感到孤单，记着能量守恒定律，每一次原子的振动、每一大卡的热量，和每一个粒子的每一次波动，都是我在这个世界上对你的陪伴。”

华影捂住心口，她快要晕了。谁说理工狗都是呆子？

能不能不要这样措不及防地说情话，还说得那么感人。

呜呜呜！又帅又会讲科学情话的江教授，她一点都舍不得他先挂，得，还是自己先挂好了。

在墓园的VIP席位里是季海的墓，江声拿走之前的花束，整理了下杂草，轻轻将新鲜的花束放在墓碑前，看得出来他经常来祭拜。

华影有些心虚，自己可能真的算是没心没肺，她死活不敢摘下墨镜面对季海的双眼，还把江声拐走了，实在没脸见他。

江声这种什么话都放在心里讲的，华影不知道他对季海说了什么。

其实对着墓碑唠嗑也是挺奇怪的一件事，江声说灵魂都化为春泥更护花了，她默默走到墓碑旁的大树前，这棵树倒是长得葱葱郁郁。

华影对着大树鞠了三个躬，在心中默念：“老季啊，我可是按你交代的，又当爹又当娘，好好照顾季恬和季白的。季恬比原来开朗了一点，季白现在都认真读书要当科学家了，你也可以安心了。至于我和江声在一起的事情，你也就不要介意了。其实想想你还是得感激我的，不然就他那样长得再好看也得当一辈子的单身狗。”

华影在心中碎碎念，念到最后变成了论“我是如何拯救失足男青年”的演讲大会。

“走吧。”江声转身离开。

华影才转头对树挥挥手告别，单方约定只要季海大人不计较，她下次就带着牛排红酒和 18 个纸姑娘来祭拜他。

接着华影和江声还去看了华兰。华兰对着华影喊女儿、对着江声喊儿子，换个方式想想，也算是承认了大家都是一家人。

华影和江声两人颇有效率地在一天之内见到了双方家长，得到了所有人的首肯（华影自我觉得）。

回去的路上，华影说：“我怎么觉得有这种叩拜仪式完毕，送入洞房的感觉？”

江声只回了她一句：“肚子还疼吗？”

华影顿时就蔫了，作为一个带着大姨妈满世界跑的人，有什么资格谈洞房？

江声还有一堆海声集团的事情要处理，华影也跟着一前一后装作两人上午是去体验店考察的样子回了公司。

华影一进门就看见李彦咧着八颗门牙，展现着和怡红院那名叫小红红的老鸨一般的笑脸。当华影把卫生巾和小包一起拍在她桌上，还没来得及控诉完那充满腥风血雨的夜晚，李汉卿就来了。

电梯一开，一个一米八、身着粉衣绿裤的金发男子一手拽住大红色的西装一手擦着眼泪鼻涕，大叫着“密斯华”，像一颗五颜六色的大型泡泡糖炮弹，向华影直冲而来。

华影吓得躲在李彦后面，李彦随手操起拖把棍，千钧一发之际，江声办公室的房门开了，李汉卿一头撞了上去。

后来，鼻青脸肿的李汉卿一把鼻涕一把眼泪地控诉，他的女网友是如何一见面就骗他买保健品的。要知道他为了这一天，还特地给她生病的爸爸付了医药费，给她刚去世的妈妈付了丧葬费，给她要读书的弟弟付了学费。

华影好笑地给他递水："这明显就是个拆白党，你怎么就不听劝呢？"

李彦轻哼一声："活该！"

"还是密斯华对我好！"李汉卿接过水，指着脸上写着事不关己咎由自取的江声控诉，"生姜是和我讲过，但他那是妒忌我长得比他帅，我知道他一直妒忌我比他有女人缘。"

华影实在无法理解到底是谁给了李汉卿这样的自信。

李彦冷笑："江教授这种绝对不会上当，像你这样的，一勾一个准，我隔着两米都能闻到你身上的发情味儿。"

李汉卿跳起来："谁说生姜不会上当，他是没有遇到。我从来没有找到这么志同道合的姑娘。我喜欢玩游戏，她喜欢收道具，我爱吃辣，她爱吃鸡，连空调和洗澡水的温度我们都达到一致，你说，你说，是不是天生一对？"

华影翻开李汉卿的微博。

"1 月 1 日，新年第一天，今晚吃鸡。"

"7 月 8 日，25 度是人体最佳温度。"

"8 月 17 日，七夕没有最爱的人，吃最爱的火锅！"

…………

华影说你自己都写出来了，随便搜一搜都能和你是天生一对。

江声冷静地提醒："你应该很清楚现在数据画像的厉害。"

华影问："什么叫数据画像？"

江声解释："现在的人可以一天不看电视，但不可能不看手机、不上网。智能终端借助信息采集技术，社交网络轻而易举地将你的行为方式、性格倾向、兴趣爱好等信息化和数据化，通过相应的智能算法，准确地画出每个人的数据画像，也就是说在大数据采集、分析和人工智能技术面前，我们每个人都是透明人。"

李汉卿就是被数据钓了鱼，他自己还是个 IT 男，可惜被爱情蒙蔽了双眼。

据华影的观察，李汉卿的感情经验全部都是吹牛，这种男人就像个纸老虎一样，碰到真正的玩家就栽。

不要看华影男朋友只有江声一个，但是如果算上演戏的话，她应该谈了 50 多场恋爱了，除去江声这种不是一个星球的，她还是颇为了解男人的。

李彦立即掏出手机删记录："每次我上网买个东西，立即就收到一堆短信和推荐，毫无隐私可言。如果用来犯罪，这真是太危险了。"

"删了也没用，网络上的东西并不是你删掉就没有的。"江声想着工作，约是觉得在这里安慰李汉卿好比对牛弹琴，干脆地关了门。

华影这种面面俱到的，总是要对李汉卿表达一下感同身受的慰问，她安慰他别老是不切实际地往脂粉堆里凑，好好找个好姑娘，踏踏实实谈场恋爱。

李汉卿已经拿起电话打给美国大使馆，报告这里有个国际案件严重影响到两国的邦交了。

江声经过电话诈骗和李汉卿的事情，更加急切地想要成立海声集团人工智能安防小组，李汉卿也是化悲愤为力量成为技术骨干，两人带着团队一心扑在公司。

华影已经好几天没有看到江声了，再见还是体验店的圣诞年终活动。

年底了，走到哪里都充满着其乐融融的红色过节氛围。华影过了丧期，为了应景，在驼色羊绒大衣里穿了一条红色的裹身裙。

室内暖气充足，她脱了大衣，露出黑色丝袜包裹的长腿和不盈一握的纤腰。冬天都是长肉的季节，她作为海声的脸面，当然要展现自己严格管理下的身材，灯光中令人好不妒忌，一下子就成了媒体的焦点。

华影微笑着配合完媒体就去找江声，发现江声正在海声电视前接受记者采访关于海声智能电视的问题。

不紧不慢的语调，低调尔雅的谈吐，隽秀的侧脸，江声也是凭实力圈粉，记者崇拜得连连点头。

华影想着江声这样的谁在乎他到底在说什么，光看脸就能看到天荒地老。

她正想对他抛媚眼，突然发现海声电视上正放着她之前演的电视剧，她正和男主角拥抱在一起，如果记得没错，下一场就是吻戏。

华影顿时庆幸没和江声打招呼，舒了口气，有种老天放她一马的感觉，赶紧撤退。

她保持优雅地转身，却没有看到江声回答着记者显像的问题，看了看屏幕，又看了看消失在转角的红色衣角，轻轻哼了一声。

这家海声体验店开在商场里，商场的董事长李总是华影的粉丝，今天的活动都是按照他的时间表定的，为的就是能见到华影一面，华影应付起来自有一套。

寒暄拍照完毕，李总邀请江声和华影到楼上办公室去谈谈明年的合作规划。江声点头答应，李总眼里对华影很是迷恋。华影本来想推托，听到江声也去就点头应承下来。

奇怪的是，她答应的原因是想多和江声待一会儿，然而江声的脸却有些冷。

华影热脸贴上冷屁股，一路上都想不通江声为什么冷着脸，不仅她想不通，李总也想不通，一行人一路上缭绕着低气压都没怎么说话。

就这样尴尬的气氛还遇上电梯故障，几个人只能爬楼。

爬楼对每天锻炼的江声和华影是小意思，对几个大腹便便的高管可就成了灾难，很快几个人就气喘吁吁，就差没有挂在扶手上走了。

华影和江声走在最后，一步两停，大约是知道走在前面肯定走着走着就把人家给甩掉了。

华影在最后一个，除了出于礼貌，还因为穿着裙子拍走光。江声一是因为华影，二是就算他一个人爬上去了也是干等。

于是就看旋转楼梯上，前面的几人弯着腰、吐着舌头累成狗，后面的一对男女倒是闲庭漫步，像在看山景一般。

华影拎着裙子走在最后，看着前面穿着修身西装的江声，身形修长，迈着长腿，被他前面那群快在地上匍匐前进的油腻男子衬得皎皎如玉、肃肃如松。

但是，明明知道华影走在后面，江声居然没有回头。

华影一肚子委屈，色从胆边生，反正后面无人，前面嘛也和盲人无异，她伸出右手来想勾江声的左手。

偏偏江声迈上一个台阶，华影拉了个空。

华影撇了撇嘴，不知道他是故意还是无心。

她再次伸出贼手，这下江声干脆避开了她的手。

好，这绝对是故意的！

华影丈二摸不着头脑，实在不懂江声为什么生气，还是又犯病了。

她自以为和他连家长都见过，关系是铁上钉钉，都上了她这条贼船了，江声这种一根心思的人还不把她宠得天上地下，绝无仅有？

华影越挫越勇，再次出手，一次，两次，三次……

两人你进一台阶，我上一层，你来我往，手指打架，摩擦了无数次，华影终于抓住江声的手。

五指相扣，华影轻轻一笑，江声轻轻一叹，却再也没有松手，她赖着，他拖着她往上走。

前面的人吭哧吭哧，竟然没有一人发现走在最后交握双手的男女。

突然张总的手机响起，张总转身靠在扶手上接电话，华影和江声才闪电般分开手，像是怕被家长逮到的早恋的少男少女。华影扑哧一声笑出来，江声想了想也勾起嘴角，不过华影站在后面自然错过了他脸上的笑意。

张总收到电梯修好的消息，一行人除了华影和江声都得了救。

事实证明粉丝效应还是有点用处的，华影凭刷脸和交际手腕多为体验店讨了几个存储间还扩大了点店面空间，临走时她被商场员工包围索要签名。

毕竟有业务往来，华影只有留在那里完成临时的粉丝见面会。等她签完回头，江声早就没有影子了。江声最讨厌的就是人多和浪费时间，估计早走了。

华影想了想准备自己搭电梯走回去，没想到走到洗手间门口，突然被拉了进去。

华影常年被追星，多少有些反追踪、反侦察能力，她训练有素，握住手机，下意识抬起扫狼腿，抬眼一看，又顿时把穿着尖头鞋的脚伸在半空。

江声退后一步，收回手插在兜里，默默看了眼华影的腿。

华影想着幸好没有踢腿，悻悻然地将脚落下。

“你没有走？”

江声别过脸，长长的睫毛扇了扇，他想想那些快流口水的男职员，不放心丢下华影一个人，索性站在电梯口等着，没想到这么多人送她出来，他顿时头大，下意识地躲到洗手间里了，现在看看的确有些尴尬。

华影这种情商随便想想就知道江声为什么在这里，偏偏要故意说出来。

“啊呀呀，我们最怕脏的江总为什么会躲在厕所里？”

说是厕所，其实这一层都是高级行政会议楼层，独立的个人卫生间，不分男女，只有两个洗手间，一半空间是盥洗区域，盥洗台上放着一盆淡紫色的兰花，旁边还有一个真皮单人沙发，香气宜人，毕竟洗手间也是公司的脸面。

江声不说话，他情商再不济也知道是华影的逗弄，她又得寸进尺了，他明明是担心在等她，反被倒打一耙。

江声解开西装的扣子，站在盥洗台旁边。

华影倒是得了趣，上前一步勾住江声浅蓝色的领带，食指点在领带上，一点点儿上滑，顺着领带，滑过修长的颈子，点在紧紧的下巴尖，顿了段，又上移，滑过苍毅如青山的下颌曲线，沿着鬓角，顺着耳郭，捏了捏江声热热的耳朵尖。

华影凑在江声耳边问：“嗯，你是不是也觉得挺刺激的？我们像不像偷……”

“情”字还没有吐出口，就落进江声的唇齿间，退后，再退后，江声是叼着华影将她叼在门板上的。

开始或许不得章法，后面就是本能了，情人之间亲密的肢体交流和语言一般是与生俱来，轻柔地摸索着，通了就长驱直入，唇齿的相依，舌间的磨蹭，辗转，追逐，纠缠，从下往上，从浅到深，温柔地扫刷着，舌像两只花间翩翩起舞的蝶，渴求着、旋转着，然后结合。

盥洗台的镜子里，一男一女紧紧相拥，红衣女子踮起高跟鞋搂住黑西装男子的脖子，男子稳稳托住她的腰，这两人吻得难分难舍，只看见脸颊的起落，身体的紧合，恨不得融到彼此的每一块皮肤里，每一根骨头里，每一寸的细胞里。

大掌之下，尾椎骨上升着酥酥的麻，直冲头顶，空气仿佛被血液里的燥热点燃，隐隐约约有噼里啪啦火苗的声音，催熟了台上嗡动的兰花。

门口响起了脚步声。

“咦，我听说华影来了？”

“没看到，回去了吧。”

“我还想找她签名呢。算了，那先去趟洗手间就下去。”

这道声音犹如晴天霹雳一般劈中华影，她理智回笼，睁开眼，缩回手想轻推江声。

江声一把扣住她的手，另一只原本托住她腰的手，扣上了锁。

脚步走近，即使知道江声上了锁，等真正把手在转动的时候，华影还是整个人都僵着的，推了推江声，他不动，她还要一心二用地回应他的啄饮，当真是折磨。

江声虽然对感情迟钝，却也不是可以随意逗弄的长得好看的傻子，明明华影只是嘴巴上占占便宜，却反而被江声杀得铩羽而归，片甲不留。

华影睁着眼睛本来想瞪江声，映入眼帘的却是江声挺如玉山的鼻子，细白似缎的皮肤，墨竹细画般眉毛，低垂浓密的睫毛半掩着朗星般的眼，近距离观察江声的美貌更是震撼，和他的智商相比，竟一点都没有输。

华影想入了神，连脚步什么时候远去的都不知道。

江声松开华影，退后一步。

华影舌尖勾了勾，还在晕晕乎乎：“怎么了？”她的人一下子就变得空虚了。

“走了。”江声眼神暗了暗，掩饰着别过脸，扣好西装，仿佛这样能让自己平静点。

他解开了锁，轻咳一声：“下次再胡说试试。”

然而并没有什么威胁性，华影勾着江声的手，踮脚轻吻在他的脸颊：“怎么试，你又要惩罚我了？啊呀呀，我好怕怕呀！”

她眨巴着眼睛的样子就像在说快来惩罚我。

江声叹了口气，低头亲亲她的额头，扣了扣领带，先走出去了。

他扣领带的姿势也是让华影咽了咽口水。

华影留下来腿软地坐在沙发上，打开手机左拍拍右拍拍。嗯，这个厕所要好好拍照留念！

华影为了避嫌，过了良久才慢慢坐着电梯下来，谁知道下来之后都没有了江声的影子。

虽然今天的活动已经接近尾声，但于情于理，除非发生重大的事情，江声都不会不告而别。

果然，李彦很快将电话打到华影的手机上。

李彦说："江总跟着一群警察去了会议室，他让我转告你，不要急帮他做完活动再回来。"

"因为什么事情？"华影问。

"关了门，我听不到，感觉气氛挺严肃的。"李彦大约是在偷看压低了声音。

华影怎么可能不急，匆匆地做完活动，婉拒了饭局，直奔海声集团总部。

华影猜得没错，警察来找江声一是之前的诈骗案，江声新成立的安防小组一直在协助警方，颇有眉目；二是又有新的案件发生。

宁大的女学生赵小鱼失踪多日，家人选择报案，据警方调查赵小鱼最后一次出现在同为宁大学生的男友向磊家中，向磊成了第一嫌疑人。然而向磊品学兼优，为人单纯，无论是亲友还是学校都不相信他会加害女友赵小鱼。

如果找到赵小鱼的尸体，警方就可以破案，问题在于没有一个人知道赵小鱼在哪里，作为犯罪嫌疑人向磊也一问三不知。

然而，向磊也是一名 IT 直男，还是海声 AI 和江声的脑残粉，家里从手机、手环、冰箱、空调、电视、音箱、扫地机器人，甚至智能插座，所有电器都是海声的产品。

借助安防小组，警方对海声 AI 的能力也有些了解，这次只能寄希望于海声，希望能帮他们找到线索。

华影回来的时候，警方已经离开。

江声、李汉卿、夏宇菲还在会议室，夏宇菲一脸仰慕地看着正在和李汉卿说话的江声。

倒是忘了这颗定时炸弹，华影磨了磨牙，拉了张椅子插到江声和夏宇菲的中间。

江声正在和李汉卿商讨工作，浑然未觉。

华影笑着问夏宇菲发生了什么事情，夏宇菲拿她没有办法，不情愿却不得不交代了前因后果。

等江声和李汉卿聊完，回过头看到华影，一愣，问道："你怎么来了？"

"都结束了。"华影耸耸肩，她大致了解了什么情况，问道，"你能找到线索吗？"

指了指桌上塑料袋里的手机，一台海声 4D-X。

华影的破案技巧完全来自电影电视，觉得莫名地兴奋："这是不是疑犯的手机？找到什么了吗？”

夏宇菲笑着：“警方早就破解过了，如果能找到任何信息他们也不会来找江教授。”

华影失落地哦了一声，毕竟也是海声集团扬名立万的好机会。

江声安慰她：“一般用户数据都在海声的云端数据库里有记录，可以试试，但的确是很耗时耗力。”

江声和李汉卿去和安全小组开会了，很快夜幕降临，海声集团的技术部门每晚加班已经是常事，华影和夏宇菲也留了下来，两个人变成了后勤。

夜晚 10 点，华影疲惫地丢下手机，活动了下血液不循环的双腿，她刷了好几个小时的手机，都快把一年的微博看完了。

抬头看看江声还在和技术人员讨论的身影，华影站起来宣布给大家点外卖，得到了一阵欢呼。

夏宇菲款款地站出来，经过上次的拓展训练，她还得到了不少技术宅男的青睐。

夏宇菲说：“这么冷的天，外卖被送过来都要凉了，我开车去给大家拿吧。”

除了专注工作的江声，大家连声感谢，尤其是李汉卿叫得最欢：“密斯夏真是太体贴了，简直就是我心中最最传统的中国女性！”

李汉卿经过打击之后，痛改前非，把目标锁定为周围的女性。他的范围先是技术部两位女性，一位断然拒绝了他，一位他实在下不了口。李汉卿又和整栋楼李彦和华影以外的女性再一次联络了下感情，均得到了对方义正词严的拒绝。今天他看到夏宇菲的时候顿觉眼前一亮。

华影在李汉卿称呼夏宇菲密斯夏的时候，眼皮跳了跳，开口：“那就再好不过了，我订了一家比萨、一家炸鸡，那我和夏小姐分头行动。”

她看了眼一直在工作的江声，江声并没有转头。

华影燃起一种死活不能输的斗志，明明是她来埋单，为什么变成夏宇菲来请客？当她是傻子吗？

李彦早就回家了，华影为了展现莫大的诚意，亲自开车飞驰到炸鸡店。为了插队加单，还与炸鸡店的老板一人拿了一根鸡腿在店前合影，老板笑呵呵地要求给华影免单，他准备立刻就把照片洗出放大挂在门外，还要广发微博和朋友圈。

华影笑着摇头：“我买东西钱是必须付的，哪怕加钱都可以，请务必用最快的速度给我。”

就这样，华影拿着新鲜出炉的炸鸡出来时，天空已经飘起了雪花。

宁城一般很少在冬天下雪，即使下了也不会有积雪，今年的初雪就这样悄无声息地来了。

华影沉浸在浪漫里，想象着和江声互喂着炸鸡看雪，突然打了个冷战，她想到幸好自己出来拿炸鸡了，不然夏宇菲冒着雪拎着炸鸡和比萨出现，岂不是要收复一票人包含江声的心？

夏宇菲是不是看到天气预报，知道今夜会下雪？

居然能够比她还心机！华影腹诽着跳上车，一脚油门，风驰电掣地驶向海声大楼。

谁知在转角看到夏宇菲的黑色小迷你。她居然也那么快？这年头晚上大家都不吃比萨吗？

华影一脚漂移，抢先过弯，得意地对夏宇菲拇指朝下比了个讥笑的手势。

大半夜，加上下雪，路上没有车，夏宇菲逆行反道超车也愤愤地追了上来，风雪中，两个女人不要命般地开始你追我赶，上演一场亡命追逐。

最后，华影干脆地将车往海声大楼门前台阶上一趴，拎着两袋炸鸡，就往台阶上跑。她还穿着今天活动的高跟鞋，差点儿滑了一跤，崴着脚跑进大楼打卡进了电梯。

夏宇菲也将车停在华影的车后面，捧着五盒半比萨追了过来。夏宇菲唯一输给华影的地方在于比萨是需要双手捧着的。

华影拼命按着关门键，在夏宇菲就差一脚的时候，电梯门关上了，夏宇菲只来得及看到华影对自己做了一个鬼脸。

死活不能输的华影一路笑着，随着电梯上升，叮咚一声打开门。

她想一定是自己的斗志感动了苍天，江声就站在外面。

华影一瘸一拐兴奋地举起炸鸡："快快，我买来了！"

江声冷着脸接过炸鸡放在地上，蹲下来碰了碰她的脚踝问："脚怎么了？"

"哦，跑太快扭着了。"华影转了转脚踝，"不过没事，就是扭的时候有点酸，现在好了。你看，夏宇菲还没来，在我后面呢！"她掩饰不住的得意扬扬。

然而这份得意并没有传染给江声，江声看到华影脚没事松了口气站起来，点头："看到了，我还看到你飙车过弯。"

江声脸上满满的不赞同。

华影并不知道的是，她走后不久，大家就发现窗外飘起了雪，一个个聚在窗口讨论着初雪。江声突然问了句华影在哪，得知她出去拿外卖后，他一直是站在窗口和人讨论工作的。

窗边还些寒冷，也有人尝试劝江声离开透着寒风的窗口，都被江声拒绝了，不过美男子在窸窣雪景之中像是一幅赏心悦目的画，工作之余还可以洗洗眼睛。

大家都以为江声是霸占了有利位置欣赏初雪，没想到江声只是在看华影什么时候回来。老远见她一路开得像拉力赛选手一般，江声领教过华影的车技，依然提心吊胆一番。

华影得意地问："怎么样，我厉害吧，给我个奖励，亲亲！"

走廊幽静无人，窗外雪落无声。

天时地利人和，华影抱住江声，噘嘴，就差一个吻。

江声还没来得及反应，电梯又响了，华影先似惊弓之鸟，吓得往后一跳。

夏宇菲抱着比萨走了出来，她将比萨递给江声："江教授，不好意思，有车挡道，我来晚了。"还特地委屈地瞪了眼华影。

什么意思，我听不懂，华影装作很认真地研究着旁边的绿植。

江声接过比萨，开口："谢谢！你可以离开了。"

"可是？我还想帮你的忙。"夏宇菲请求。

"你帮不上任何忙。"江声这样回答，捧着比萨和炸鸡转身，他回头看了眼正在偷笑的华影，开口，"华影，请你和这位……夏女士一起离开。"

他明显又忘记了夏宇菲的名字，只记得刚才华影好像提了一下是姓夏。

夏宇菲被补刀，掩饰不住的伤心，往电梯走。

华影虽然神清气爽但是不明白，指指自己："为什么我也要走？"

"因为你也帮不上忙，天气太差。"

回去休息，他没有说完，毕竟江声并不是一个善于说好话的人。

江声一点都不明白初雪时想待在爱人身边的华影的心，怕影响工作，华影只有和夏宇菲一起走入电梯。

电梯里的数字在往下跳，华影和夏宇菲站在一左一右，华影玩着手机，夏宇菲瞪着数字。

门开了，走出去，夏宇菲突然开口："我不会输给你的。"

"你赢不了。我和江声彼此喜欢，我们两人也都知道。"华影回答，她并不怕夏宇菲知道，夏宇菲还喜欢江声根本不可能打脸地告诉任何人江声已经和自己在一起了，华影揣测人心还是很有一套。

夏宇菲果然受到打击一般地白了脸，突然又振奋："你不是也没法公开和他的关系吗？没有公开我就有机会！"

华影想：该死，她说对了。

夏宇菲得意地说："你们两个不合适，不可能长久的，就算在一起了，这世上也没有一种关系是无坚不摧的，我永远都有机会！"

华影点了点头："的确，没有无坚不摧的感情，但有竭尽全力守护的人，更何况你是一个人，我们是两个人。"

她瞧也不瞧夏宇菲难看的脸色，转身上车。

是啊，结婚了都有办法让人离婚，有些人就是这样毫无道德感，说白了就是无节操的自私。

到底是美色误人，华影想着好好的一个小姑娘为了江声变成了个神经病。

华影回了家，泡了个热水澡，备受高跟鞋凌虐的脚已经不再酸胀，她神清气爽地出来一看，错过了江声的电话。

本想立即拨回去，华影转念一想，拿着海声手环，脱了浴袍，又躺回一片白色的泡泡澡里，她还专门整理了一下头发，露出鬓角细碎的发丝，在雪白的肩膀上抹了点肥皂。

她赞叹着自己兼具纯情和性感，真是百年一见的可人儿。华影边用手环拨通了江声的视频。

响了良久，华影都准备挂掉了，江声那边接了电话。

江声的头发微乱，领带已经扯松了，原本眼神迷蒙，看到屏幕里的在一堆泡泡之中微露香肩，像一只正在洗刷羽毛的白天鹅一般的华影之后，他眨了眨眼睛。

然后华影就看到屏幕全黑，传来一阵乒乒乓乓的声音，夹杂着些一连串外语，反正华影没有听懂，她听到了一句“扑街”，好像是咒骂。

再回到屏幕里的时候，一向处变不惊的江教授彻底爆发，紧皱眉头：“你到底在搞什么？”

华影无辜地耸耸肩，随着香肩的提拉，带出了一点胸前的泡沫。

“我在洗澡啊！”

她继续故作天真地瞪大眼睛，眨了眨，抛了个自以为是的媚眼：“我突然想起从来没有和你视频过，海声手环还挺好用的。”她舒展玉臂，“满意你看到的吗？”

一个从来只戴钻表的人能想到用电子手环？鬼才相信。

江声明显没有接收到华影的媚眼，低吼：“我身边如果有人呢？”

“你不可能在有人的情况下接我视频的，你现在不就一个人在办公室，我都看到了。”华影非常笃定。

竟然无法反驳，江声郁闷地抓了抓刘海。

为避免被算账，华影转移话题：“你刚才说的英文是什么？”

江声叽里呱啦说了一连串。

“等等，回放，慢点。”

“*Mota kutta.*”

“什么意思？”

“孟买语，肥胖的狗。”

“第二个？”

“*Ullu Ka Patta*，印度语。”

“也是骂人的？”

“嗯，猫头鹰的儿子。”

“猫头鹰不是智慧的象征？哈利·波特还用猫头鹰呢！”

“在印度，猫头鹰与敛财和愚蠢联系在一起，而不是智慧。传说在印度猫头鹰是吉祥女神的坐骑，但猫头鹰只有在夜间行动，所以是反面。中国话福祸相依，受到吉祥女神赠予的时候，也必定是有代价的，所以也有人说猫头鹰是吉祥女神双胞胎姐妹厄运女神的化身。”

华影再一次被高知江教授征服，同样骂脏话，为什么她骂来骂去就那么几样，人家还能讲出典故？只是……

“没想到高尚的江教授也会骂脏话。”华影想着江声一连串包含了二十多个国家的咒骂就好笑，但又莫名地性感。

“有一本英文书，叫*The Amazing Science of Bad Language*，《坏语言的魅力》，说的就是咒骂能够分散压力，增加友谊，提高自信，甚至把你从窘境中解救出来。”江声拂了拂领带末端，义正词严地说着。

“好吧，我就当作你需要增加和我的友谊，解除你的工作压力了。”华影点点头，“只是，马上就要圣诞节了，你是不是该送我友谊的礼物？”

江声想起什么突然说：“线索找到了。”

“什么？”华影惊讶地坐直身体，露出上半边的事业线，饱满的山峦曲线。

江声揉了揉眼睛，咬牙：“你能不能坐好？”

江声慢慢解释，宁大男学生向磊的手机里的确没有任何记录，因为他用了海声手环。

江声和安全小组排查了手机之后，将目标放在了海声手环和海声音箱上，向磊问了海声 AI 音箱一个问题：“小海，怎么隐藏尸体？”

华影兴奋：“果然是他，有答案吗？”

江声皱了皱好看的眉眼，似乎这是个棘手的问题。

“海声助理回答他了，两个关键词，埋藏和沼泽。”

华影难掩惊讶：“小海真是，我是夸他呢还是夸他呢？”

江声冷静中带着几丝无奈：“这的确是研发上的问题，我们只专注人工智能的极限，要求他像人一样的思考，无所不知，但是没想到……”

“这又不是小海的错，他只是在完成任务。”华影打断江声，“那现在呢？”

“我们在海声手环上找到出现过一个坐标搜索，已经给警方了。”

“连坐标都能找到？”华影惊讶。

“有些设备上的确是删除功能，但是无论是搜索记录还是影像文字，数据端都会有记录，保存时间半年到数十年不等，所有人在智能网络时代都是透明人。”江声回答。

华影的神情有些微妙。

偌大的办公室里，江声的神情有些疲惫，华影知道他并没有从海声助理被人利用犯罪的打击中释怀，有些心疼。

她想了想，眼神中闪过一丝调皮，动了动手臂，溅起的水花，捞起浴袍摆在一边。

“喂，想不想看美人出浴？”

什么意思？江声眨了眨眼，没有反应过来，却感觉心跳有些加速。

突然门被打开，李汉卿走了进来：“生姜，原来你躲在这里。”

江声立即挂断视频，屏幕朝下地扣了手机。

李汉卿走过来细细端详了江声，他认识江声这么多年，从未在江声脸上看到过类似心虚慌张的神情，虽然只是转瞬即逝，也够他琢磨半天了。

江声拿着手机放在兜里站起来，往外走：“走吧，一起回去。”

李汉卿跟上江声，捅了捅，一脸天知地知，你知我知：“喂，你是不是，啊，在看小视频？”

江声顿住，心想他怎么知道我在视频？

李汉卿坏坏地笑了下：“我那里可有好多呢，下次我们一起切磋一下？”

江声转头就往外走。

“喂，别不好意思嘛，你喜欢哪个老师啊……”李汉卿追着江声跑出去。

江声并不知道的是，华影看着消失的画面笑了笑，突然想什么一般，匆匆裹着浴袍滴着水就打开海声手机。

她也曾经问过小海很多问题呢：小海小海，我是不是最美的人？理工男的脑袋到底是什么做的？如何征服一个物理教授？……

原来并不是问完就结束了，这下可丢人了！

哗啦啦，女神的形象碎了一地。

警方果然按照坐标找到了赵小鱼的尸体。华影看着新闻里赵小鱼痛哭的双亲有些不忍，实在想不通她男朋友向磊为什么能下这样的毒手。

然而更离奇的事情出现了，向磊坚决不承认自己是凶手，他坚称去咖啡店买咖啡，回来的时候赵小鱼已经死了，一时慌张害怕才询问了海声 AI 音箱。

赵小鱼死亡那会儿，向磊的确是在咖啡店，也有店员和街角的摄像头做证，完全有不在场的证据。

而且赵小鱼的尸体确实没有伤痕。

学校和向磊的家人纷纷站在向磊的一边，毕竟人家一路品学兼优，研究生毕业准备考博了。大好的前程，和女朋友关系甚深，有什么作案动机？

一时之间，这桩谜案成了最轰动的新闻，媒体都挤向了宁城，争相报道。

由于向磊的有困难找“小海”的这一举动，网上对人工智能呈现两边倒的评论，一批道德家指责人工智能没有下限，另一批年轻人却开始封神追捧。

网络上流行起对各家AI助手的各种花式提问，小海的表现尤为出色。

海声AI电器，尤其是手机、音箱和手环的网络销售突然暴涨，连萌萌哒网商平台都被暴涨的数据惊动了，孟惊涛向华影亲切致电，也有媒体酸溜溜地评论似乎海声是发了死人财的感觉。

顶着如此高的社会关注度，警方不得不再次拜访海声集团。这一次警方提出想要海声像上次搜找向磊的数据一般，搜找赵小鱼和向磊凡是用过海声产品的亲朋好友，希望能发现可疑信息，没想到遭到了江声的拒绝。

负责警官张子恒皱着眉头，十分不解：“江总，你应该知道这次案件警方的重视程度，我们需要你的协助。”

江声回答：“原则上我们应避免与任何公司、组织和个人共享用户的个人原始信息。如存在例外情形涉及与第三方共享用户数据时，有必要在隐私政策中详细告知用户并征求同意。如要改变数据收集用途，需再次征求用户的授权同意。总之，仅出于合法、正当、必要、特定、明确的目的才能与第三方共享用户的个人信息，并且只共享提供服务所必要的最小够用的信息。这是基本的数据管控策略，相信你也知道。”

“这样的要求和窃听、监视没有任何区别，海声有义务保护顾客的隐私。海声的数据库是为了研发产品和改善用户体验服务的，并不是警方欲取欲求的后花园。”江声断然回绝。

老美李汉卿揭竿起义，大声助阵：“生姜说得对，我们研发是为了理想。”

事实上李汉卿是最近加班加得要吐了，还要这么多的数据，可能他的小视频硬盘都要长绿毛了。

华影捂了捂头，这两个美利坚的二愣子脑子里到底在想什么，这是来歌唱民主自由的时候吗？

一时之间，张警官的脸抽了两抽，气氛僵下来。

江声当仁不让，看了看手环，他每一天的行程都是必须精确到分钟个位值的。

江声开口：“抱歉，我要离开，去宁大开会。”

意思是我要走了，你赶紧滚蛋。

最终还是华影化解了尴尬，她先义正词严地表达了公民的义务，又大义灭亲地批评了江声，最后保证等江声开完会他们会亲自去趟警局，务必看看有什么能帮上忙的，这才把张警官脸色稍霁地哄走。

哄完张警官，华影心中暗叹着这年头人太不好做了，还要哄着江声去警局。

江声能够完胜张警官，但绝对完胜不了华影啊。开完会，李彦开了车拖着一群人去了警察局。

李彦是司机，江声是辅助办案，华影是灭火器，李汉卿是来挽回签证的。

李汉卿一进门就热烈地和张警官握手："警察同志，之前是我中文不好，抱歉啊！"

然而，审讯疑犯哪里像参观动物园，张警官只同意江声一起进去。

隔着玻璃瞪着江声的李汉卿感到了莫大的侮辱。

华影见到向磊倒是大惑不解，她因为可怜赵小鱼的父母，力劝江声帮忙，只是没想到这个向磊看起来仪表堂堂，一副文弱书生的样子，根本不像个疑犯。

华影身为一个学渣，对学霸的景仰是完全存在于骨子里的，人缺什么就爱什么，华影见的帅哥多了，光凭外貌是无法打动她的，所以她从一开始就被江声的气质吸引了。

华影对向磊的疑惑，李汉卿倒是一点都不奇怪。

李汉卿说："你没听过 *PHD* 的另一个解释吗？"

"什么？"

"*Permenant Head Damage*，永久性大脑损伤，学历越高越是头脑不好。"

"你自己不是也有这个什么 D？"

李汉卿扬扬得意地回答："我有一个，但是江声有两个呀！他是二度伤害，永远好不了了！哈哈哈哈！"

这些人真的是科学家、教授吗？难怪教出来的都是向磊这样的！

里面已经开始审讯。

向磊又交代了一遍事情的前因后果，赵小鱼出事的时候他完全不知情，他正在咖啡店里完成答辩论文。

江声一直没有说话，坐在一角默默听着，直到向磊结束，他突然问了句："你是用电脑完成的论文吗？"

向磊勉强地点了点头："我都有论文提交记录的。"

江声转头问张警官："等下我们安全小组可以再看下电脑吗？"

张警官点头。

向磊神色开始慌张，他已经认出了江声是谁，事实上他一进门看到江声就觉得不妙。

最后，向磊一五一十地全部交代了，末了，他还对江声说："江教授，我很崇拜你，海声集团转攻 AI 之后，我还给你们在宁大合作实验室递了申请，没想到变成这样。"

江声冷冷答之："你并没有尊重海声 AI 产品，反而让它沦为你犯罪的工具。"

案情就这样尘埃落定。

华影一行人在室外并没有听到经过，一上车就好奇地询问江声。

江声这才道来，原来向磊是在咖啡店里用电脑 PWN 进了海声智能插座，让插座漏电导致了赵小鱼的死亡，而自己也有不在场证明。

华影问："什么是 PWN ？"

李汉卿解释："黑客的俚语'砰的一下成功地黑了设备'。"

他转头问江声："这小子哪能那么简单就交代给你？"他还是不服气自己英雄无用武之地。

向磊的确没有那么简单就招了，但是江声告诉他，只要是他做过的海声 AI 电器都会有记录，扫地机器人上面有摄像头、智能电视冰箱都有语音记录。

加上张警官的自首从宽的威胁，向磊一个毫无社会经验的学生早就慌了。

海声 AI 扫地机也是海声的拳头产品，不仅可以精确打扫，还可以在手机上实时监控家中安全。

华影吓了一跳，默默想着回家一定要好好检查所有 AI 产品。

江声安慰她："只要是大品牌商的产品，例如海声的产品为了安全考量都是定期有全面升级的。所以数据库也是为了升级服务。"

华影弱弱地问："关掉了也可以有记录吗？"

江声勾了勾嘴角："海声的产品是有一键关闭的功能，但并不能确定别的 AI 品牌也有。"说得像是在吓唬她。

华影看前排的李汉卿和李彦没有留意，抓住江声的手咬了一口，当她和向磊一样好忽悠吗？

江声不能喊，唯有忍疼牢牢握住华影的手，将她拉着放在自己膝盖上，五指相扣。

黑暗中，两个人彼此对视了一眼，情愫暗涌，一切尽在不言中。

怎么能有那么好看的手呢？华影知道江声这几天实在太累了，牢牢地反握住他的手，仿佛这样能带给他点儿安慰。

华影问："那向磊为什么要杀赵小鱼？他有说吗？"

江声点头："说了，他生日送给对方海声 AI 摄像头，PWN 进了系统，发现对方家里经常有不同的男性……"江声对故事并不感兴趣，毫无多言的意思。

"所以向磊才对你说所以海声 AI 电器都有记录才会深信不疑。"

华影倒是很有兴趣地分析："哎，向磊送摄像头估计也是因为赵小鱼一人在家，想保护她，没想到捉奸在床，反而害了她。"

江声并无附和华影的意思。

华影促狭地笑："所以找对象千万不能找高智商的理工男，不然怎么死的都不知道。"

顿时被江声捏了捏手。

李彦瞄到后视镜里江声难看的脸色偷笑。

碍于华影的淫威，大家都没有吃饭就被拉来解决问题。

"密斯华、生姜，要不要吃掉消夜？"李汉卿突然摸摸肚子，转头对华影和江声说。

华影立即松开了江声的手，提议请大家吃火锅。

宁城的夜生活向来都是火锅、烧烤的天下，李彦要去接小侄子，华影订了包厢，三人先坐下。

这下江声可惨了，看着华影和李汉卿吃得热火朝天，筷子像游龙一样七上八下，他一点儿动筷子的欲望也没有，挺直背坐在那里。

李汉卿对中华美食来者不拒，什么毛肚、牛蛙、腰花、鹅肠，他问都不问就往嘴里放，还给江声夹："生姜，快尝尝，这比我以前在留学生家里吃过的好吃多了。尤其是这个，肥而不腻，绝了！”

华影定睛一看，李汉卿往江声碗里放了一块肥肠。

江声指了指问华影：“这是什么？”

“猪的内脏。”

“什么内脏？”江声皱着眉拨了拨。

“大肠，不对，有可能是小肠。”

华影话音刚落，江声已经召唤服务员重新换了碗筷。

华影笑着看着李汉卿抱着垃圾桶干呕，淡定地安慰：“反正也是以形化形，不用太在意形态。”

华影夹了一片牛肉给江声，李汉卿也补救一般夹了一块牛肉讨好江声。

在华影的口水和李汉卿的口水之间，江声断然地将李汉卿的肉倒掉，选择了华影的口水。

华影一看江声吃自己夹的肉，总算找到了点儿女朋友的成就感。她平时连个饭都不会烧，终于到了用火锅展现自己厨艺的时刻了，拌了 10 种酱料，不断地给江声涮菜，再往他碗里放。

华影选择的菜，至少一眼能看出来原形是什么，她涮什么他吃什么，江声低头默默吃着，实在是越堆越多，他夹回给华影：“你自己吃。”

江声想想华影爱吃辣，又重新放入辣锅后才夹给她。两人你来我往，完全忽视了旁边的某只外国单身犬。

李汉卿吃得热火朝天，突然咬着筷子幽怨地瞪着华影：“密斯华，为什么你给江声夹菜不给我夹菜？”

华影看了看滚着的鸳鸯锅，灵机一动解释：“江声不像我们吃辣啊！清汤里的肉再不吃就烫熟变肉渣了，我是怕浪费。”

李汉卿说这是咸吃萝卜淡操心，明明是辣锅的肉熟得快，因为浮在水面上的油层起到了保温的作用。

江声说：“你说得不专业，首先在相同体积时，油锅的水少一些，水比热比油大，因而同样的加热条件，油锅中的水先开。其次油在水和空气中间起绝热层的作用，油锅热量损失小一些，所以油锅升温更快。”

华影学生时代的噩梦重现，感觉自己在上理化课，差点就要放筷子不和这两个科学家吃饭了，她还没想到怎么解释，李汉卿和江声已经叽里呱啦用筷子比画起公式和量子力学去了。

华影捂着脸决定自己吃火锅，然后李彦就带着侄子来了。

华影赶紧转移话题：“圣诞节要不要一起出去玩？大家有什么旅行计划？”

李彦想去海边，华影要去可以买买买的地方，李汉卿要去美女多多的地方。

江声说：“去欧洲。”

聪明！可不是欧洲嘛，有海有买有美女！华影想着江声这种足不出实验室的居然能迁就自己旅行十分开心，她打开手机：“那我来提前订票和酒店，去哪几个国家？”

江声也打开手机查了查，抬头：“法国，月底去。”

“这么快。只待在法国吗？”

江声理所当然地点头：“月底正好赶上探测器开始。”

华影愣了愣，问：“什么探测器？”

“欧洲核子研究中心的大型强子对撞机，正好月底开始新的实验。”江声理所当然地回答，“你们去玩，我待在法国。”

江声认为计划非常完美，每个人都可以完成愿望，当然前提是如果他能够忽视华影瞪着他的眼神的话。

华影深吸口气告诉自己要冷静：“我们可以陪你在法国多待两天，再一起出发。”

江声奇怪：“我并不需要任何人陪我，我不能理解这样做的意义是什么，这样太浪费时间。”

他觉得如果和华影一起，她连一秒都待不了，他肯定无法好好参观。

“旅行如果不是在一起还有什么意义？”华影已经丢筷子了。

“旅行不是去自己想去的地方？”江声不懂华影在生气什么。

李彦是在座唯一能理解华影的郁闷的人，这位大小姐每次出门都是一群人前呼后拥陪着，她想去哪去哪里，轮到江声了，她热脸贴了冷板凳，李彦赶紧说：“先吃先吃。”

华影不理江声了，连菜都不夹给他了，不如喂猪！

华影不夹，江声也就不吃，他之前吃也是为了让华影高兴，然而他实在不懂华影为什么生气。

李彦的五岁的小侄子正好到了猫狗都嫌弃的时候，拿着才从门口夜市买的泡泡水闹着不愿意吃饭，要出去玩吹泡泡。

李彦因为表姐拜托帮着带孩子，但又不是自己的孩子总不能上手打。

华影对着小孩更是敬谢不敏，李汉卿是语言不通，江声坐在孩子旁边身形挺拔，并不理睬。

小侄子扭着身子喊：“我要玩泡泡，我要玩泡泡。”

李彦好劝歹劝都没有用，吃饭时又不能玩泡泡，最后不好意思说：“我带他出去吧。”

江声转头问：“不用出去，我现在就能用泡泡变个魔术给你，要不要看？”

“要！”小侄子乖乖点头。

江声伸出修长的手指。

熊孩子居然乖乖奉上泡泡水。

江声往玻璃茶杯里倒了半杯热水，然后打开泡泡水，吹了一个泡泡。

华影看他下颌微鼓，嘴唇拢着的样子，顿时想到江声的每一个亲吻，一下子有些口干舌燥，抓起水杯灌了一口，她再回身。

江声已经用泡泡水的杆子接住泡泡，放在了热水杯上。

泡泡上反射出五彩斑斓的光晕，然后开始变魔法般快速地旋转起来。

“哇！”小侄子乐得直拍手，江声默默站起来，将座位让给小朋友，自己去调暗了灯，这样泡泡的反光就更新明显了，像一个绚丽的七彩球。

江声挪了一个位置，坐在小侄子和华影的中间，支着头静静看着兴奋的小侄子。

“这是什么？”小侄子问。

“模拟大气环流现象。”江声指了指，耐心地解释，“泡泡上有薄膜干涉，所以表面出现彩色，厚度不同时颜色也不一样。泡泡放在热水上发生热传导，薄膜产生对流，就像你看天气预报时出现的气旋一样。”

小侄子一脸崇拜：“好厉害啊！”

那是，也不看看是谁。华影在心中鼓掌，她已经完全忘记江声要一个人去看什么对撞机的事情，事实上现在的情况，她觉得江声看对撞机，她看江声也是可以的。

华影突然觉得昏暗的灯光下，江声的侧脸在艳丽的气膜反射中，性感极了，以至于她伸出穿着高跟鞋的脚，蹭了蹭江声的裤管。

一下，两下。

江声常年游泳，小腿肌肉还是脚感很好的。

江声突然转脸，看着华影。

华影眨了眨眼睛。

江声皱了皱秀美的眉眼：“你为什么踢我？”

“我在撩你！”华影总不能这么说吧，她默默地咽下去，开口，“我东西掉你那去了，你帮我捡一下。”

李彦笑喷了一口可乐，李汉卿低头去看：“密斯华，你掉了什么，我帮你找。”

“没事，在江声那里！”华影没好气地随便一指一张纸巾。

江声弯腰捡了起来。

李彦为了帮心爱的江教授解围，举杯：“来祝我们协助警察成功破案！”

大家举杯，然而华影却觉得隐隐不安。

随后的饭局，华影再也没看江声。李彦因为侄子被泡泡秀迷住匆忙吃了几口，一桌人好好吃饭的估计就只有李汉卿了。

回去的时候，因为李彦要送侄子，华影让李彦先走，李汉卿本来要跟着华影的，也被李彦拉上了车。

李彦调下窗户，对华影使了个眼色，意思是良辰美景，好好欢度今宵。

然而，华影有一肚子的火在腹中翻滚，挥挥手让李彦滚蛋，自己看也不看江声，也不打车，就往街边走。

江声自然是不可能丢下华影一人，但又想不通华影为什么心情不好，想破头都想不出所以然来，他多年的学习经验告诉自己，遇到不懂的要立即就问，于是江声快步上前，拉住华影的手。

江声问："我惹你生气了？"有点试探又有点小心翼翼。

这句话绝对是江声与华影感情史上可以载入手册的一句话，一向情商为负的江声问出了迄今为止最有水平的一句话。

如果他问的是"你怎么了"，华影一定会因为他不知道自己在生气而河东狮吼；如果他问的是"你在生气吗"，那就是明知故问，罪加一等。

但是，江声怎么可能拥有这般情商，不过是经过多年的锤炼，遇到问题的先在自己身上找寻答案，自己努力解决罢了。

然而他这样一句话，先承认自己惹了她，华影反而没有办法端着了，鼻孔朝天地哼了一声。

街上人头攒动，分外热闹，华影虽然戴着帽子和墨镜，江声还是怕她被认出，拉着她走到一旁。

看着商店门前的圣诞树，华影突然想起来今天就是平安夜，难怪出现这么多情侣。

她想了想决定给江声一次机会，说："你还没有给我圣诞礼物呢。"

江声："在美国，圣诞礼物都是第二天圣诞节的早晨送的。"

当看到华影大墨镜下愤怒抿起的嘴唇，他说了句"等我一下"，就转身离开。

华影站在角落玩着手机等江声，旁边一起等人的女生总是不停地看她，终于鼓起勇气上来和她打招呼："你是那个华影吗？"

如果是平常她倒是无所谓地承认，但今天的街上那么多人，她现在一个人站着，华影孤傲地抬了抬墨镜下的巴掌小脸，故作不耐："不是，我长得可比她漂亮多了。华影哪里好看，那么多人都说我像她，很烦哎！"

女生想说什么，一回头看见抱着花赶来的男朋友，立即就抛弃华影，牵着手走了。

华影看着一脸甜蜜走远的小情侣，跺了跺脚，驱散点寒冷，踮起脚眺望，期待着江声的出现。

夜幕降临，华灯初上，灯火通透，夜市长街一眼望不到尽头，空气里弥漫着烧烤和火锅的烟火味，饭店门口的人开始发着传单拉拢生意，一群小孩子嬉笑着捧着红玫瑰穿梭在人群里找寻目标，一拥而上七嘴八舌地兜售，小贩们推着仿佛灰姑娘的南瓜车般挂满五颜六色的爱心气球的小车大声叫卖，乒乒乓乓仿佛在月光下合奏着一首热闹的夜鸣曲。

江声就是在这首交响曲中，披着星光，大衣轻摆地出现，卖花的小童擦着他的衣角而过，金黄如月光气球掠过他的发丝，他一步步身姿挺拔地走到华影面前，递出长长的盒子。

“平安夜快乐！”他说。

华影低头一看，不是玫瑰，也不是气球，盒子里是赤蓝黄粉青的五只憨态可掬的橡皮小鸭子。

华影收过很多礼物，珠宝、名包，这还是头一遭，她抱着盒子咧着嘴看了半天。

江声见她喜欢松了口气。他从来不给人挑礼物，挤在人群中，看着这么多商店里琳琅满目的小玩意儿，觉得这是天下最难的命题了。当看到这盒小鸭子的时候，他脑海中突然闪过华影的笑脸，就立即买下了。

华影把盒子抓得紧紧的，问江声：“你以前在美国是怎么过圣诞节的？”

“我从来不过。”事实上他非常困扰，要拒绝很多聚会的邀请，关键是一到圣诞节实验室的进度就变得很慢，后来他就干脆提前放所有人的假，独自一人待在实验室里。

华影一手抓住礼物，一手握住江声的手，朝外走。

“我最喜欢过节了，那正好，以后所有的节日你都陪我过好了，日日月月岁岁年年，你说好不好？”

她不说我陪你过，因为江声这样的人，最重承诺，他答应就一定会做到。

江声握紧华影的手，轻轻“嗯”了一声。

两个人慢慢走远了，将尘世的烟火抛在身后，只要在一起，到哪里都是自己的小世界。

是夜，华影回了家，拆了盒子将小鸭鸭们扔到泡泡澡里，想了想，拍了张照片，发了朋友圈：“圣诞快乐，一起洗澡澡。”

很快，收到留言。

孟惊涛：“圣诞快乐，幸福的小鸭子。”

李汉卿：“呜呜，我也想要小鸭鸭。”

李彦：“这么快就回去了？？？？”

江声："可爱。"

华影看了很久，戳江声头像。

华影："要一起洗澡澡吗？"

江声："不"

华影："那你为什么买？难道因为我像小鸭子？"

江声：不是，不像。

华影："乖，我就知道，下次满足你的愿望，一起洗。"

华影为美容养颜，几乎天天都要泡澡，只觉得今晚最为身心舒畅。她抱着小鸭子泡完睡觉。第二天精神抖擞，连上班都早到了。

谁知一打开电梯门，就看见穿着一身红西装的李汉卿单膝跪地，手里捧着一本护照，李汉卿开口："密斯华，嫁给我吧！"

华影虽然被很多人求爱，但是还没有被求婚过，一下子愣在那里，谅她浑身是嘴此时都说不出话来。

李汉卿继续："只要你轻轻地点了点头，然后随我一起去扯个证，你就拯救了一个热爱中国文化的国际友人，你就为中美两国友谊邦交做出了莫大的贡献，你还可以成为一个美国人……"

华影吓得退后一步，这绝对是国际事件。

身后又响起电梯开门的声音，隔空飞来一个电脑包，将李汉卿一脸打歪，江声拉着华影就往里面走，丢下一句："别理他。"

李汉卿揉了揉脸，站起来大骂江声。原来经过昨天假期的讨论，李汉卿回家一翻护照签证过期了，续签来不及，他连夜想出了结婚的好主意。

李汉卿烦了不幸成为他邻居的江声一个晚上，提出一大早来海声蹲点，向第一个从电梯里出来的中国籍女子求婚。

江声原本是不理李汉卿这种戏精的，游着泳突然想起来，如果是华影先到怎么办。

这不，连头发都没有擦干就跑过来了。

华影听完李汉卿的控诉，赶紧解释，像自己这种老公才死就二婚，审查上很有难度，而且自己又是社会名人，可信性更加低，何况还要面临着曝光的风险。最后，自己并不喜欢去中国以外任何地方待着。

李汉卿顿时就蔫了。

华影安慰他："不过我觉得你这个也不失为一个好方法，你可以继续去等待第二位出现的女性啊！"

于是李汉卿喜滋滋地回去继续了。

不一会儿，就听到李彦大叫一声："你做梦！"

李汉卿的签证还没有解决，海声集团就又出事了。

营销部拼命地打电话报告海声电器 2/3 的订单被取消了，还有很多客户在体验店闹着要退货。

大家都弄不明白是为什么，直到看到今日的头条——《宁城大学生用人工智能犯案埋尸前女友》，华影之前隐约的担心都浮出了水面。

先前利用海声漏洞进行的电话诈骗不知道怎么也被翻了出来，大家突然意识到诈骗谋财都是小的了，人工智能上的安全漏洞才要害命。

一瞬间海声集团成了众矢之的。

网上开始疯传海声的所有 AI 电器都能窃听监视，随意贩卖信息，还充满安全漏洞。

年轻人纷纷弃用，甚至还拍了销毁电器的视频。

视频里一群大学生，拿着棒子、球杆将家里的海声空调砸个粉碎，海声扫地机器人一次又一次地被扔在地上，他们用榔头将海声手机和手环敲碎，最后纷纷欢呼坚决抵制海声这种无道德节操的黑心企业。

会议室里，江声，华影和其他高管股东一言不发地看完夏宇菲从公关部收集来的这段视频。

一个股东首先将矛头对准江声："安防小组都在做什么？吃白饭吗？"

华影皱了皱眉头，开口："目前的舆论并不会在意你到底补救了什么，只会关注你到底犯了什么错。我记得王董当初可是最先反对成立专项小组的，现在这么紧张，证明安防小组还是有点用处的，对吧？"

华影笑眯眯地问。

王董脸色一青一白地点了点头："这真是飞来横祸，明明不关海声的事情，搞得像受害者是我们杀的一样。难道我们的产品好，用的人多也是种错？"

夏宇菲说："现在大家都在关注事件中的受害者，等热点过了就过去了。"

她想了想解释："一般容貌姣好、身世清白、性格无瑕的受害者最容易引起社会同情，如果她身上发生的事件充满戏剧性、新奇性、结果异常惨烈的就更加满足眼球，这样的受害者和案件绝对成为新闻的爆点，但往往没有多少人会在乎后续发展，因为大家只需要一个猎奇的故事。"

众人点头称是。

然而，江声却摇了摇头："并不是没有人在乎后续发展，海声在乎。海声 AI 是改善人们生活的车不是罪犯手里的刀。"

华影故作挑剔地问："那江总有什么高见？"

她和江声之间并不需要多余的言语，她知道江声能这么说必定是心有计较，然而又不是在大庭广众给他摇旗呐喊，毕竟现在他俩的位置在高层眼里还是一如既往地敌对，华影单纯地自我解读——相爱相杀。

江声并不在意华影的语气，回答安防不是海声一个企业的责任，而是社会的责任。

他并不需要任何人同意直接抛出由海声牵头，将邀请各界专家，召开人工智能安防交流会的决定。

股东们虽然也有异议，但的确没有更好的办法，而且大家觉得既然是江声自己提出的，那出了什么问题就怪江声好了，现在只需要找一个人出来背锅就可以。

江声并不懂这些人的老谋深算，华影却懂，她一结束会议就忧心忡忡地赶到江声的办公室。

“对不起。”华影开口。

“什么？”江声已经打开笔记本开始计划。

华影走过去蹲下来，手扒在桌边，将头搁在桌上江声的左手内侧，就像是一只可怜的小狗。

华影说如果不是她要江声帮忙，或许就不会发生这些事情。

她细白的巴掌脸上充满了内疚，美人颦眉最是让人难忍，何况是心尖上的人。

江声叹了口气，拍了拍华影的头：“不是你的错。就算你不说我还是会去。”

更何况他也痛恨极了利用海声 AI 犯罪的这些人。

华影得到大赦，立即站起来一屁股坐到江声腿上，搂住江声的脖子。

江声吓了一跳，一边伸手扶好华影，一边看了看电脑屏幕：“我还有 8 个小时的工作，如果你需要约会，要等一等。”

华影摇头：“我是宇宙最体贴的女朋友，不会打扰你工作的，你亲一下我表示不生气了。”

江声叹了口气，俯身，唇落在华影的唇上。

像今天的暖阳一般，细致而又温柔的一个吻。

怎奈何一个是有心挑逗，一个是学习极佳，就变得深长缠绵起来。

办公转椅一转，吱嘎一声，华影被固定在江声有力的腿和办公桌的棱角之间，华影难耐地挺胸仰头，紧紧搂住江声的颈，拉高的毛衣下，露出白雪一般的一截腰线。

江声的另一只手也贴了上去，他的手一颤，她的腰一软。

江声并不灼热的掌心摸了摸华影弹性十足的细腰，却像千年寒潭里燃起了一道滔天热浪，劈头盖脸地向两人打来，将他们卷走，激荡。

落地窗洒下的阳光笼罩着华影和江声，四肢相交，越缠越紧。

走廊上的脚步声、办公室里的空调声都听不到了，这两人已经完全忘记自己身处何地，今夕何夕。

最后，华影是软着脚从江声身上爬下来的，她本来想让江声亲亲脸颊的。

什么感觉呢？就相当于去买彩票，明明只想抱卷卫生纸回家，却中了个头奖吧！

华影再仔细一想，找了江声可不就是中奖？

她回头还想和江声说什么，江声已经红着耳朵转过转椅，支着头看电脑，就不看她。

江声摆摆手："你走吧，你待在这我什么都做不了。"

华影把这句话当作褒奖，开心地离开了。

接下来的几天，江声都忙得不见人影，他只负责技术，号召这种事情华影自然地接了过来。

出乎意料的是参加交流会的企业和学者真的不少，不仅是业内人士，还有很多公安、交通、金融系统的专家前来。

江声毫不奇怪地告诉华影，并不只是电器需要人工智能，现在的人工智能已经在生活的每一个角落。

华影暗自想着江声这人虽然情商不高，智商真的是一点都不着急，他肯定早早就开始计划这件事情了。

终于交流会拉开了帷幕，企业家、各界专家、记者齐聚一堂，大家神情闲适，感觉都是来看热闹的。

然而华影并不怕，她这样的人恨不得越热闹越好，多年的经验告诉她有话题才有机会。

热闹对江声根本就是不存在的，他只将今天当作一场学术交流，志同道合者才能一起合作。

江声身姿挺拔地站在台前，黑色开司米毛衣衣领边别着一只麦克风，清俊的脸庞在灯光下皎洁如月。

江声没有备稿，因为本来这就是探讨会，并不是他的一言堂，他是抱着虔诚的心而举办，随时接受提问，在场也可以各抒己见。

然而，很多人并不这样想，尤其是很多同行，自家的人工智能产品也被海声波及，他们并不想想自己的产品或许比海声的漏洞还多，只觉得是被拉下了水，今天完全就是来看海声，确切地说江声被围剿的好戏的。

第一个问题，就有人发问："发生了这一系列的事情，你觉得人工智能到底是好东西还是坏东西？"

华影坐在下面心一咯噔了一下。她的旁边坐着孟惊涛，作为海声的同行对家孟惊涛自然也出席了这场交流会。

孟惊涛低笑了一下，有些惋惜地在华影耳边低语："啧啧，我以为一开始会是个缓和的开头，我真担心江总这样算不算是搬起石头砸自己的脚？"

华影松开捏紧的拳头，对孟惊涛一笑："谢谢孟总操心，我们何不一起听下去。"

只见台上，江声调节了一下麦克风，约是声音没开，然后清亮的声音回响在大厅："这是一个好问题。我们的生活需要用到火，没有火就没有煮熟的食物果腹，无法取暖抵抗严寒，然而火也能夺去生命。"

江声偏了偏头，顿了一下，轻笑着问："那请问，火到底是好东西还是坏东西？"

他用一个问题反驳了这个问题，全场鸦雀无声，大家都不得不开始思考。

然而江声并不是逃避，他也没有放弃解答。

"我觉得人工智能就像火一开始与人类的关系，它的本身并没有问题，问题在于如何使用它。"

在座的人开始窃窃私语，响起掌声。

江声就像在大学的讲台上边低头边走动了一下，他自己在思考也给别人时间思考，然后他开口："如何使用人工智能才是关键，因为AI的特殊性在于，从它被创造出来那一刻起，可能就已经脱离了我们的掌控。"

认真的男人最是迷人，加上江声身上流淌的全是书香墨韵，谈吐间自带濯濯清贵，天生的好样貌加后天的努力修行，铸就了今日的江声。

华影坐在下面看着台上的江声，发现他讲的她一下子听懂了，仔细想想又没有听懂，突然就产生一个问题：江声看上自己哪一点？

华影打开手机照了照自己，顿时觉得自己发现了江声的秘密，原来博学多才的江教授也是看脸的嘛！

江声突然转向刚才发问的记者区："你觉得人工智能犯罪需要什么？"

一个女记者红着脸抢着回答："江教授，我觉得应该是用机器人吧。"

江声摇了摇头："不用，人工智能不论是自主或是被动的犯罪都不需要任何切实的形态，只要能连接上网络，它就可以扰乱金融交易、捏造你的搜索信息、操控你的联系人，甚至用任何形式发展出一些我们所料不及的武器，试想一下你的汽车被控制。"

华影看了看周围，孟惊涛交叠的双腿已经放下，双手交握在膝上双脚在地，那些原本等着看热闹的人脸上转为严峻的神色。

一个戴眼镜的中年人补充道："江教授说得很对，不仅是人为操控，还有自身的升级。现在的人工智能还仅仅限于我们输入给它的信息加上算法，未来它将有像人类一样的自主思考能力。”

华影看到他的名牌上是宁大的李教授。

江声点头：“不错，举个简单的例子，现在的人工智能无法像人类一样读书、无法理解书，终有一天它可以自己消化阅读，进化为自我学习判断的超人工智能，那时候它的阅读量可就不是按一本计算而是按一座图书馆计算。”

下面爆发出一阵笑声，笑完后大家的神情并没有轻松多少。

华影想着人傻就要多读书还是对的，可是她一看到书就想睡觉怎么办？

江声打开矿泉水喝了一口继续：“回到我刚才说的人工智能的自主犯罪，完全可以是无意识的。举个例子，你让机器人去打扫屋子，它接受的目标是将屋子打扫干净，它的思考模式和人类完全不同，它首先要保证自己有足够的电，没有人能够干涉它完成任务，第一步那就要使断电功能无效。然后要保证没有人和动物干扰到它的工作，那玩耍的孩子和掉毛的宠物或许就成了它攻击的对象。为了快速完成任务它还可以使用更过激的行为，这些都是我们需要考虑的安全问题。”

长久鸦雀无声，孟惊涛突然笑了一下，开口：“江总的确很有远见，说得也非常有说服力，但是所谓的超人工智能并不是我们这个时代需要担心的，有些杞人忧天了。”

潜台词是，你说得天花乱坠不过就是在危言耸听想忽悠大家。

宁大的李教授站起来看向孟惊涛：“斯蒂芬·霍金说过人工智能也有可能是人类文明史的终结。2015 年的波多黎各大会也预言超人工智能将出现在 2060 年。”

孟惊涛脸色不悦，撇嘴想着老腐朽们，管它什么时候先把钱赚了就行。

孟惊涛和华影一样，文化不高，但是情商一流。他是个商人，不先考虑自己的利益才是有病，他觉得这个江声是傻了，出了事都希望大事化小，小事化了，自己的安全问题已经一头毛了，还搬出个更难解决的什么超人工智能，如果有问题，他以后靠什么吃饭啊？

孟惊涛盘算了下说：“李教授也不用担心，鲁迅说控制不了的到时候，只需要拔断电源就结了。”

全场哄笑起来，华影真是为他的鲁迅说感到汗颜，想想自己是否原来在江声眼里也是如此没文化？

江声也轻勾了嘴角，他轻轻开口：“即使我们能够让机器一直成为一个臣服者，比如说关键时刻关掉电源，我们作为一个物种，仍然应当感到惭愧。”

全场一片安静后，掌声雷动，一个女记者激动地站起来：“江教授说得好！”

江声摇了摇头：“这句话不是我说的，是计算机也是人工智能之父阿兰·图灵说的。”

即使他不说也没人会问他出处，但江声对知识永远保持严谨和谦逊。

“孟总也可能没有想到我提到的人工智能可以自动切断使断电失灵的情况。”江声加了一句。

孟惊涛的脸色开始青白，华影心中可乐了，好似有小人在摇旗呐喊干他干他！

然而，江声的心思并不在紧追对手之上，他问：“大家觉得人类今天为什么能够成为地球的主人？”

他并不需要别人回答，自己说下去：“并不是因为我们最强壮、最快、最大，而是因为我们是最聪明的动物。如果有一天我们不是那个最聪明的了，是否还能拥有这样的控制权呢？”

有人回答：“那就停止人工智能好了！”

华影捂着头，自己砸自己的招牌。

孟惊涛笑着凑近华影低语：“江总这样的，真是令人佩服，完全不在乎海声的死活啊。”

华影勉强笑笑，真不知道江声要讲到哪里去，她觉得之前就已经可以结束了。

江声眼尾扫到孟惊涛和华影的私语，长眉一挑，没有说话，却有人以为他真的被难住了，看好戏般地喊他回答。

江声才回神，继续说：“这个问题我觉得应该问问黑猩猩。”

华影问：“为什么？”

江声对她轻翘嘴角，眨眨眼睛：“人类进化的时候，黑猩猩是否因为失去了地位感到无奈和悲伤？”

大家都以为江声是皮了一下。华影心一跳，红了红脸，要死，江声居然大庭广众之下对她放电，她很想马上就扑倒狂亲他。

孟惊涛倒是意味深长地看了眼华影。

江声并没有停顿：“我想即使悲伤和无奈，历史的发展和文明的进步都是大势所趋，现在的我们也和黑猩猩一样，没有人能够停止人工智能，因为没有人能抵抗它所带来的变革。”

他清澈的眼眸望向台下：“然而与黑猩猩不同的是，人类作为一个研发者、使用者，我们加在一起有足够的智慧，可以在今天坐在一起商议一个在研发时就可以控制的范围，一起制定一个防患于未然的安全准则。或许这要经过数十年、数百年，但距 2060 年到来为时并不算晚，我相信从现在开始，总比以后的某一个夜晚，我们皱着眉头，喝着咖啡，矛盾地想象着如果有人工智能就好了要强得多。”

在全场的掌声之中结束，江声站在灯光下，偏头淡然地拿掉衣领上麦克风，他并没有展示肌肉，然而全场的女性却感到了江声带着高级智慧的荷尔蒙。华影更是心潮澎湃，她简直是想要尖叫，的确也有女生发出了叫声。

华影以为江声今天会议的目的是寻求援助，没想到江声是在聚拢力量，他担心的不是海声，而是整个人工智能的未来。

他并没有将商业利益放在首位，对他来说自己先是一个科学家，然后才是一个商人。

原来，真正的勇者并不是一拳击毙猛兽的人，而是明明清楚地看到惨烈的结局，意识到自己的渺小，却因为胸怀大局而义无反顾地奔赴这个结局的人。

华影突然无法确定像江声这种心怀宇宙星辰大海的人为什么会看上自己。

看脸吗？真的吗？一向对自己的美貌自信无比的华女神此刻觉得很是心虚。

会议之后，大家都没有立即离开，反而全聚集过来，尤其是那些本来只是抱着看热闹的心理前来的无人驾驶和电子金融的企业家，纷纷围着江声商量成立安防协会的事情。

海声 AI 产品本身就是智能科技的翘楚，等着看江声的被围剿的好戏的同行却反被江声洗了脑。这些人一个比一个精明，都知道兔死狐悲的道理，更何况本来海声就已经在找寻解决答案了，自家还完全没有头绪。那些原本就心虚自己产品的企业家生怕现在不表态将来就被抛下，也争相表示愿意出力。

孟惊涛看着被众人围住的江声冷冷笑了一下，走过去和华影道别，却突然被那宁大的李教授喊住。

原来江声并不耐烦组织什么协会，干脆就让给了李教授负责。

李教授十分积极地在大庭广众之下向孟惊涛抛出橄榄枝："谁都知道孟氏有强大的云技术，安防必不可少，如果孟总加入必定能如虎添翼。"

孟江涛之前受了李教授一怼，他为人睚眦必报，正愁找不到机会呢，讥笑："教授真以为我是家养的猫咪，你要我就要把肚皮翻过来给你？"

众人笑了起来，李教授红着脸说不出话来。

孟惊涛看向挺拔站在中间的江声："江总固然聪明，但我孟某也不蠢，谁知道你是不是要我开放源代码，借机牟利？"

要知道孟氏的技术核心并不在智能电器而在网商平台上，他的萌萌哒平台需要支撑自己的网商应用，开发了一套专利云技术，平台越做越大，很多电商加入进来。然而孟氏虽然使用了开源的虚拟化技术，但是代码是闭源的。

孟惊涛觉得自己是个商人，又不是普世的神佛，只做有利可赚的买卖，而且令他更生气的是就算要什么协会也应该是孟氏牵头，现在被江声抢了先机，自然非得搅黄不可。

大家一听都开始摇摆起来，海声和孟氏究竟如何选择。

孟惊涛又加了一句："我前几天看到一条新闻，德国动物学家发现了一个有趣的现象，鲦鱼因个体弱小而常常群居，并以强健者为自然首领。然而，如果将一只较为强健的鲦鱼脑后控制行为的部分割除后，此鱼便失去自制力，行动也发生紊乱，但是其他鲦鱼却仍像从前一样盲目追随。”他得意地盯着周围的人看了一圈，“我劝大家也想想清楚不要跟着江总做了一群盲目的鲦鱼。”果然不少人开始打退堂鼓。

江声转过头正视孟惊涛，他本来个子就高出一个头，长身秀林地，在气势上也高了几分。江声开口：“你说的并不是新闻，而是鲦鱼效应，我也听过。我还听过鲶鱼效应，比起鲦鱼，我更喜欢将自己比作鲶鱼。”

孟惊涛这个土老板哪里知道什么鱼不鱼，他并不看书，一切知识来自自己出入商海的经历，想卖弄知识却被江声说得哑口无言。

江声冷静地对众人说：“他说得没错，诸位都可以慎重考虑，在这里我承诺海声安防系统将来会对协会的每一位成员公布源代码。”

话音一落全场哗然，孟惊涛更是脸色沉了下来。

华影是在场唯一一个非专业人士，孟惊涛也只是比她强一点点儿，她隐约听出江声这样的举动无疑就是和孟氏正式宣战了。

江声这个书生没想到还挺硬气的，华影骄傲地看着他，像一只守着鱼缸的猫。

孟惊涛讥笑：“拭目以待，若是江总以后来求我，我倒是可以考虑下。”他转身和华影道别。

他欠身亲了亲华影的手背：“华总，请理解我代表孟氏的利益。但作为我个人，华总有任何困难，我必定赴汤蹈火在所不辞。改日我请你吃饭。”

俗话说伸手不打笑脸人，华影抽回手，勉强点了点头。

然后，她开着车，带着凯旋的江声班师回朝。

华影不得不承认自己和孟惊涛半斤八两，问：“什么是鲶鱼效应？”

江声说：“鲶鱼以鱼类为食，在装满沙丁鱼的鱼槽里放一条鲶鱼，鲶鱼进入鱼槽后，便四处游动查看，而沙丁鱼见了鲶鱼则会因为紧张，左冲右突，四处躲避，加速游动。这样一来，沙丁鱼就逃回了渔港。换句话说就是鲶鱼激发了沙丁鱼的求生欲。”

华影又问公开源代码的事情。

江声回答：“不用担心，源代码公开反而整个行业可以一起添砖加瓦，集思广益，越做越好。”

华影想到孟惊涛的反应，不禁感叹江声的聪明在于他的大气，心无旁骛的思考反而赢得更多。

夜幕沉沉，霓虹灯闪烁，华影在红绿灯前停下。

她问出了今晚的最大困惑：“那我再问你，在你眼里，我到底美不美？”

江声转过头，旁边的车一闪而过，闪烁的车灯照亮江声澄澈的眸子，正专注地看着华影微红的脸。

“你想清楚了回答。”华影说。

江声认真回答：“美。”

华影理所当然地点了点头，果然她就知道，是因为美貌。

车开动出去，江声还在看着华影的侧脸。

明明是自己提出的，华影只觉得半边脸要烧起来，问：“你在看什么？”

“从几何学的角度说，你的脸可以视为一个平面，鼻子和嘴巴是互相垂直的直线，五官精确对称，经纬分明，简洁明了，十分有几何美。”

车子突然急刹。

华影转过头难以置信地看江声，闹了半天他说的美是几何美。

谁能告诉她什么是几何美，有人会这样审美吗？她这种脸是标准的美人脸好不好！

江声以为华影不满意自己的回答，补充道：“任何其他形式的美都会成为过眼云烟被时光的波涛湮灭，只有几何学的美才经过千锤百炼永垂不朽。”

华影心中一喜，笑容满面地继续发动车子，汇入车流。

明明不懂什么意思，她竟然觉得是被高度褒奖了。

她将什么鬼几何丢到脑后，一边开车一边伸手摸向江声，一会儿摸到柔软毛衣下刚硬的胸膛，一会儿又不知道摸到哪里，吓得她车都一晃。

憋了半天，江声问：“你到底想干什么？”

“牵手。”

江声叹了口气，将华影的手拉来。他想到被孟惊涛亲过的手背，狠狠揉了揉，再地放在自己的膝盖。

沉沉的夜，轻柔的歌，嘴角的笑，相扣的手，这次才是心中最美。

接下来的日子，江声一忙起来就完全顾不上华影了。现在有各家精英助力，更是一头扎进工作，然而进度却并不乐观。华影完全见不到江声的人，问了李汉卿情况，知道问题出在孟惊涛的专利系统上，虽然江声他们也能做出来，但是却需要长久的时间，现在是和时间在赛跑，耗不起。正巧，孟惊涛打电话约华影共进晚餐，华影爽快地答应了。

在华影心里，已经把江声当作摆在高塔里的美人，她的美人自然由自己这个骑士守护。

因为有求于人，华影精心打扮了一番去赴宴，她想着如何与孟惊涛周旋，谁知道都没有派上用场。

电梯一打开，全场都是黄玫瑰，铺了满地满墙，台上还有一支交响乐队在演奏。

这个阵仗让华影一脸惊讶，生怕孟惊涛要和自己求婚——到底要不要答应他，顺便把专利偷过来？为了江声她得做多大的牺牲啊！她内心很是挣扎，已经上演了一百集苦情戏。

孟惊涛走过来，聊了几句，原来他是为了之前的种种，包场给华影赔罪。

孟惊涛貌似关切地问起江声的进展。

华影撩了撩头发："他待在实验室，和我都没有交流。反正负责人是他，我担心也是白担心。"

高手过招，话中有话。

孟惊涛再也没谈起江声或是海声，只和华影谈星星、谈月亮、谈美食、谈旅游。

孟惊涛出身贫寒，自己家里全是男孩，叔叔家恰恰相反都是女孩，他是最小的一个，一出生就注定被抛弃给叔叔当儿子。农村亲戚多，一个小孩和多一只猪没什么区别，他由一众姐姐带大，可谓是在母系社会摸爬滚打，完全就是直男的反面，很懂得讨女生的欢心。

两人情商俱佳，自然是宾客尽欢。

华影接下来又陆续参加了几次孟惊涛的饭局。孟惊涛也了解华影，没有再单独请她，不是约着某个专家，就是喊上某些老板，这次倒再也没有出现那些三教九流之人，饭桌上谈的都是商界和科技问题，华影听听也觉得获益，更是发现孟氏的实力也不容小觑。

孟惊涛这边有女神作陪赴宴，自然感到面子十足。

业界传言孟氏和海声私下合作，华影倒是没有理睬。

这一天，孟惊涛找华影的时候，她正好在孟氏的附近，孟惊涛邀请华影去他的办公室，华影想了想答应了。

孟氏和海声其实距离并不远，都在宁城的CBD，比起海声的高科技简约风格，孟氏的风格就比较清奇，可以用"金碧辉煌、曲高和寡"来形容。

孟惊涛的办公室一进门就是一面墙的智能感温鱼缸，里面养着几十条热带鱼，活脱脱一个水族馆，地上摆着根雕，墙上挂着西洋画，结合了几国风情的办公室非常有孟惊涛的风格。

孟惊涛骄傲地对华影介绍了这个人工智能的鱼缸，可以自动降温、清理投喂、调节灯光，从每一条鱼到孟氏的研究室，他带华影一一参观。

回到办公室，秘书送上咖啡和蛋糕。

孟惊涛喝着咖啡，突然问了一句："华总，你觉得孟氏和海声比怎么样？"

华影想着终于进入主题了，很快冷静下来，搅拌着咖啡回答："海声才转型主攻人工智能还需要时间发展，而且都是以江声为核心，哪里像孟总这里每个人都训练有素。”

孟惊涛又问：“我一直很好奇，华总有交往的对象了吗？”

华影脑海中闪过江声的脸，孟惊涛恨不得海声完蛋，如果让他知道自己和江声的关系，不是用来威胁江声，就是把海声搞臭，怎么可能告诉他。她眨了眨眼反问：“你猜？”

孟惊涛却没有给她打混的机会，追问下去。

华影心中翻着白眼，脸上却笑着说当然没有。

孟惊涛很满意地点点头，又问：“华总，你觉得我和江总比怎么样？”

华影第一个反应是孟惊涛察觉了自己和江声的关系，她吃了口蛋糕：“这蛋糕真不错。孟总，为什么这么问？”

孟惊涛说：“蛋糕只要你来我都让秘书去买的，我只是觉得华总和江总的关系比我想象的要好。”

华影心里想，你想象力很丰富，拨弄着头发慵懒地回答：“我和江总啊，只是合作伙伴，自然相处不错。的确一开始我是和他有些矛盾，后来了解江声这人就是个黑洞，你丢个石头进去都没有丁点回响的，不用太过在意他。不过好在他技术能力是相当出色，平时相处嘛，我和他完全聊不到一起去，还是和孟总在一起说话有趣。”

她说得半真半假，孟惊涛微笑着点了点头，他的确觉得自己风趣多金，哪能比不过书呆子江声，靠脸有什么用，还是要靠才华，越想也越觉得在理。

孟惊涛说：“不错，我也觉得还是和华总相处开心。我记得你说过我这种人有的是钱和权，什么都不缺，缺的是真心。这一次，我想用我的真心换华总的真心，不知道你怎么想？”

孟惊涛递出一份文件，华影打开一看，是两份股权转让的文件。

孟惊涛说：“这几天相信华总也看到孟氏的实力，我希望用孟氏同等的股份换华总手里的股份。”

“这是什么意思？”华影问。

“我用最大的诚意提出和你正式交往，不知道小影愿意不愿意？”孟惊涛突然神来一笔。

华影怎么敢答应，上次亲个手都要搓半天，答应江声不是要将自己送去泡福尔马林？

她正想着拒绝，孟惊涛就拍了拍手。

突然跑进来三个拉小提琴的，还有一个推着香槟车的，服务生开了香槟一转身，一脸冷峻的江声就站在后面。

啊，华影吓了一跳，活脱脱一个惊悚片！

孟惊涛的秘书大事不好地冲进来："总裁，不好意思，没有拦住……"

孟惊涛挥了挥手："没事，江总不请自来，不如一起喝一杯。"

江声置若罔闻，长腿直接向前一步，拉着华影："和我走。"

孟惊涛也拉住华影的另一只手："是去是留，还是让小影自己决定好了。"

江声扫了一眼放在桌上硕大的股权转让书，脸越冷眼里的火越清亮："你手上的股票都是要为季海哥守住海声和季家的，难道能随意就送出去吗？你知道与虎谋皮的后果吗？"

华影也来了火："我又不是卖给海声和季家了，有权处理我自己的股份。再说你一天到晚泡在实验室又有什么进展？"

孟惊涛笑着对华影说："小影，不用担心，如果你答应，专利我也可以借给海声参考，甚至可以派出一支专家团队帮你们答疑解惑。"

江声转头对孟惊涛说："据我所知孟氏的安防系统也不是固若金汤。"

"是吗，江总倒是比我清楚，有本事你倒是 PWN 进来试试。"孟惊涛回答。

江声放开华影的手，问："如果我能 PWN 进来又怎样？"

孟惊涛也松开手，他不能在华影面前输阵，说："那就这样好了，我和江总打个赌，三天之内，你如果攻破我们总部的系统，孟氏无条件加入安防协会，当然也包括借出专利和专家团队。"

华影偷偷挨近江声，低声道："孟氏真的很厉害的……"

她觉得自己节操太高了，都被江声说成这样了，还能提醒他，毕竟现在还是海声的人。

江声冷冷地瞥了她一眼，她立即不说话了。

江声点头："可以。"

"我还没有讲完。"孟惊涛继续说，"打赌也得对我们有利啊，如果你攻破不了，那小影就要答应我交往的条件。"

孟惊涛这条老狐狸打的是好主意，如果自己的系统出了问题，自然需要协会的帮助。如果赢了，还可以让华影答应自己，反正都不输。

他转头问华影："小影，我满怀诚意，但也希望你能给我看到你的诚意。"

华影抢在江声回答之前立即答应，被江声瞪了一眼。

孟惊涛伸手想与江声握手："那日期定在今晚零点开始，72 小时之内。"

江声忽略孟惊涛的手，颔首："一言为定。"

宁城的 CBD 这两日和往常没有什么不一样，依然有很多人的梦想在闪光，由这些梦想铸建的企业高楼在阳光下熠熠生辉，海声集团和孟氏就像两个远远屹立的巨人，互不干扰地遥遥相望，又像是静候着的武林高手，静止只是为了风雨欲来前的铺垫。

孟氏全体上下得到命令，除了严加防范外来人员，更是将内网和外网切断，员工们连网页都不许浏览，手机一进大楼全部上缴，很多人玩了一半的吃鸡就被收去了手机，快递、外卖一概不让进入。然而这还不是最可怕的，最可怕的是不能用微信，员工们叫苦连连，一片愁云惨雾。

相比而言，海声总部却是一派祥和，安全小组该点外卖点外卖，该收快递收快递，连下班都是准点准时，闹得孟氏在外面蹲点的探子都要回去辞职投敌了。

时间飞逝，两天时间很快就过了，最后一天所有孟氏的员工都在掰着手指数小时。

下午两点，华影买了咖啡拎上来找孟惊涛。

孟惊涛站起来笑着迎接，一脸惊讶，却话里有话："小影，怎么现在有空过来？"

华影将头发撩到耳后，指了指咖啡："喏，刚好在附近做指甲。上次喝了你的咖啡、吃了你的蛋糕，今天特地来还礼的。"

孟惊涛表面上惊喜，眼中却闪过一丝怀疑。

电话突然响起来："孟总，楼下说华影小姐订的蛋糕送到了。"

孟惊涛沉思地看着华影。

华影脱下黑色皮草大衣丢在沙发，露出里面黑色无袖的及踝修身毛衣裙，贴身的针织裙勾勒出玲珑有致的身材，凸出的是前胸和后臀，凹陷的是腰窝，手臂美玉一般洁白无瑕。

孟惊涛惊艳。

华影惊喜地回头："哦，是我订的法国蛋糕，非常时期，孟总不放心就让人去拿一下。"

孟惊涛点头吩咐秘书，正想着要叮嘱什么。

华影已经走到办公桌边，蜜桃臀抵住桌缘，屐着的鞋一晃一晃，露出晶莹圆润的脚跟，她伸出纤纤玉指放在自己交叠的膝盖上，红色的指甲一如她的红唇，艳而不俗，媚入骨髓。

她低哑着声音开口："孟总，我才做的指甲怎么样？"

都说美而不自知的女人最可爱，然而像华影这般美到极致却又收放自如的女人却最危险，从发丝到指尖全身上下都化为武器。

华影还在为孟惊涛普及美甲知识，楼下穿着 BIBO 法餐店制服的外送员捂着肚子，借用了临时出入卡，冲进厕所。

关上厕所门，外送员从工作包里掏出手机，拆分、扫描、复制，出现了一张一模一样的卡。他松了口气般地将出入卡还掉，打着招呼离开，走到街角，迅速脱掉制服帽子，赫然是染了黑色头发、戴着黑色美瞳的李汉卿。

李汉卿套上黑色夹克、架上眼镜背着黑色电脑包，拿着手机笔芯自拍一张，发送。

他非常满意自己的造型，觉得如果自己是个中国人也不比生姜差嘛！

李汉卿换上标准码农装扮，毫无阻拦地刷卡进了孟氏，直奔地下室数据中心。他招摇撞骗地躲过了其他员工，没想到站在门口却傻了眼。

孟惊涛这白脸狐狸太过狡猾，居然在门口布了激光阵，还好江声早有准备。李汉卿拿出眼镜，无线耳机里传来江声的声音：“摄像头只有15分钟的屏蔽时间。”

原来，海声集团的大楼里，江声和安全小组已经严阵以待。

李汉卿扭着脖子，做了一个拉伸，叫苦：“可怜了我的这把老腰！”他完全不顾形象地边扭转着身体边咧嘴和江声聊天：“为了海声，我也是拼。小彦彦呢，在不在？有没有看到我的英姿？”

李彦看着摄像头里李汉卿咧着嘴肚子朝上的癞皮狗模样，冷笑一声。

江声回答：“别废话，抓紧时间。”

李汉卿终于闯过激光阵，一看门上还有密码锁，他一笑：“算法可是小爷的强项！”他往地上一坐掏出电脑，开始计算，屏幕上闪过的数字快得都看不清楚。

李彦看着墙上倒计时 5 分钟，抢过话筒：“你如果不行发过来让江教授他们解，不要逞能。”

话音刚落，嗒的一声，锁开了。

李汉卿一笑，对着耳机低语：“是不是爱上我了？”

李彦红着脸气得丢掉话筒。

李汉卿得意地横着走进室内，拿出小小的 U 盘，得意地笑：“最后一步！”

他将 U 盘插入终端，突然刺耳的警报声响起。

李汉卿大惊失色：“靠，这里还有报警！糟了！”

那一边，孟惊涛对着华影露出意味深长的笑：“小影，失陪一下，看来进来了一只大老鼠。”他立即起身离开。

华影勉强地笑了笑，走到沙发上坐下。

孟惊涛赶到时，李汉卿已经盘腿坐在地上，围着他的人神情都很是复杂。

李汉卿见孟惊涛来了，抬了抬眼皮，重复了一遍：“士可杀不可辱，我什么都不会说的。除非你立即请 500 个记者来，给我开一个专属的独家的记者招待会。对了，给我一个造型师，一个发型师……我的微博是……”

等应付完李汉卿这个奇葩，将他扭送上孟氏的专车，好言相劝地让他回去告诉江声赌局的结果。孟惊涛只得坐着电梯，往办公室走去，一切已成定局，他要回去想想华影今天的风情，顿时心中痒痒，得意地想着华影定是料到海声的失败，特地来找他投诚。

哼着小曲的孟惊涛突然被捧着平板一脸惊慌的下属拦住："老板，我们的微博……"

孟惊涛接过平板，看着孟氏的官方微博，一分钟前发出新的一条微博：

孟氏集团：海声老公，我爱你！

眨眼的时间，孟氏对海声花式表白的微博一举登上热搜，下面全是争先八卦海声与孟氏这几年的风雨争斗，结论孟氏追打海声，不过是因为爱而不得。

孟惊涛气得手抖问："这是怎么回事？"

下属小心翼翼地回答："宣传部门完全不知情，已经立即删掉了。"

"删掉有屁用！都已经这样了！"孟惊涛扔了平板，下属立即飞扑接住："老板，我们的系统是不是被海声攻入了？"

"怎么可能！"孟惊涛突然想起什么，冲进办公室，可哪里还有华影的影子，只有桌上的一盒蛋糕和一张字条：

孟总，承让了。

华总（PS：请以后还是叫我华总喔）。

华影是如何做到的呢？

让我们将时间回溯到半小时前，华影戴着和李汉卿同款的无线耳机捧着一台小型笔记本站在智能鱼缸前。

电脑里是江声的视频画面，一个窗口的代码在不停增加，华影拼命地在另一个窗口敲着代码。

事实上，应该让我将时间回溯到三天之前。

华影自从被江声拖出孟氏的大楼，没有回家而是直奔海声总部。

一个学渣要在两天之内变成黑客高手，她被江声强行灌输着一堆代码和软件操作，天知道她都快睡着了，江声却越讲越有劲。

华影趴在键盘上生无可恋，早知道有今天她就应该提前去报个什么班来上上，再想想上了估计也没用。

她敲了敲自己的脑袋，深深地后悔："我不应该想出这个馊主意。为什么不能派一个专业的人去？你看看，我感觉我的脑细胞都憋了，起码缩水了1/2！"

江总长身秀林，拿着笔记站在桌边，用腾出的手拂了拂华影的脑袋："第一，大脑大约有1000亿神经细胞，并不会因为你敲几次代码就死掉，只会随生命的流失而缩减。第二，这三天孟氏肯定严加防守，除了你，没有其他人能够自由出入，所以你是唯一的选择。”江声顿了顿，似乎也叹了口气，“事实上，我比你还希望有别的选择。”

华影瞪眼：“你是什么意思，？”

江声拍拍华影的脸，一向对学渣如同狂风骤雨般的江教授难得地和声细语，俯身在华影耳旁低语：“乖，起来继续学。”

华影赖在那摇头，请把她当作一块烂泥，她噘噘嘴：“你亲我一下，我就敲一下键盘！”

没时间和她耗，江声直起身子，语气冷冷：“这几天你花枝招展的我还没有找你算账，看来你是真想把股份和自己都卖给孟氏？”

华影气得跳起来：“什么，我这叫深入敌后，你居然怀疑我！”

江声抬了抬好看的下巴：“那就证明给我看，证明给大家看，你不是一个只懂得用脸蛋解决问题的花瓶。”

华影气得撸起袖子：“来啊，再不会我就把这键盘给吃了！”

就知道会这样，江声挡在笔记本后面的嘴角扬了扬，继续讲课。

话说回来，这边孟惊涛捏着便笺纸，听着技术人员的解释。智能鱼缸是靠连接内网的温度计感温调光和清洁的，原来华影通过智能鱼缸攻入了内网。一旦攻入一角，江声率领安全小组就如同进入无人之境迅速连接，发现其他漏洞，神不知鬼不觉地将孟氏的安防远程系统攻下。最后，某位组员无聊顺手发了微博。

字条上华影特地画了一个笑脸，咧着嘴像对孟惊涛的嘲笑。

孟惊涛一向心机颇重，办公室里所有电子设备都加密，可惜百密之中总有疏忽，没想到华影能找到鱼缸下手。

“我以为她是帮楼下在打掩护，没想到竟然是反的，声东击西，她才是那个‘西’！”孟惊涛气得将字条捏成球扔掉，将蛋糕扫翻到地上，冷笑，“更没想到我竟然输在一个女人的手里。”

此时的华影拢着皮草大衣、趿拉着穆迪鞋、拿着咖懒洋洋地推开海声的大门。

突然响起了一阵鼓掌声，她吓了一跳，抬头一看，江声正带着安防小组的人员一起在大厅等着她。

江声站在人群之后，身姿挺拔如松，眸光皎皎似星，一个眼神交汇，已有千言万语，却尽在无言。

华影再看看众人看她的眼神，已然和平日略有不同，似乎比好奇以外多了一份佩服，仿佛迎接英雄凯旋。

她心中突然升起难以掩饰的激动，这是破了再多的票房纪录都换不来的。

华影开始的时候有些心虚，毕竟代码是江声和安防小组写的，她只是照着屏幕敲一敲。

后来她又一想，她已五年不碰电脑，英文能拼对个 Apple、Banana 已经很了不起的人，居然能够敲对代码，这是多么的不容易！

要临时记忆这些天外文字，得杀死她多少脑细胞？

而且，她可是边美甲还要边死记的人啊！

很快，华影就调整心态露出标准微笑，谦虚又不失礼地接受了掌声。

然而华影一跟着江声进了办公室，就立即丢掉女神的形象，江声一转身，她就往江声腰上一跳，因为她仗着自己的功劳，江声现在一定任她予取予求。

果然，江声虽然吓了一跳，可也立即伸手，握拳用手腕托住她的腿根。

华影搂着江声的颈子："快表扬我，我厉害不厉害？"

黑色皮草半褪，露出盈盈裸肩，她却浑然不觉。

对喜欢的人，她这个时候哪里还有心机勾引，完全是身随意动，有种自发的可爱。

江声扬了扬唇角，她猴在他身上，他要微微抬眸才能看她，开口："还不错。"

要知道这可是敢让整个系都挂科的江教授，华影已经觉得受到了表扬。

再说她情商极高，随便想想，攻破鱼缸的主意是江声进了孟惊涛办公室扫了一眼想到的，代码也是他做得准备，连自己都是他教的，但是他却没有提一句，全把功劳和光鲜给了她。

原来，江声才是在背后默默守护的骑士。

华影抱紧了江声的脖子，低头，将脸贴在他的肩窝："谢谢！"

江声也偏头，和她肌肤相抵享受着片刻的温存。

"不客气，我说的不错只指你出的主意。你以为我说的是什么？"

故意和他在孟惊涛面前吵架，激得他答应赌约，和李汉卿的掩护都是华影的设计。

华影抬头，凑着脸："喂，你夸下我聪明是有多勉强，有那么违背良心吗？"

江声想了想回答："有。"

两个人笑起来，华影低下头，江声托住她，仰头。

华影只觉得平时仰视江声已经觉得他好看了，俯视更是惊心动魄，她色授魂与，搂着江声就要献吻。

谁知，门突然被打开。

"报告，将士李汉卿完成任务前来赴命！"革命片粉丝李汉卿冲了进来，乍然看到华影和江声，华影衣袖半褪，江声举臂承托。

这架势！李汉卿眨了眨眼睛，脱口而出："我的天！"

待江声放下华影，李汉卿不放弃最后一丝希望，问华影："密斯华，你这是脚扭了吗？”

江声在一旁事不关己地看着她，但是从他那淡淡的眼风中，华影感知到如果她敢回答是，一定要被分手了。

她立即摇头否认，简短地解释了和江声怎么在一起，中间因为想隐瞒而分手的过程，希望李汉卿能够保密。

李汉卿受到了一万点的暴击，颤抖的手指着江声：“你，你们还分手过？你们是什么时候在一起的我都不知道！”

随后，他立即抓住华影的手问：“那下一次呢？”

华影问：“什么下一次？”

“下一次什么时候分手啊？”

江声原来是憋着，现在哪可能容忍李汉卿，说了句“绝不”，直接拉着他衣服后领丢出门去。

李汉卿气得在门外大叫大跳骂江声：“生姜，你个负心汉，这么多年单身的日子我陪你同甘共苦，居然敢撬我女神？”

江声开了门回答：“有吗？我想想，前年你为了讨好那个菲律宾女朋友，我没有记名字的那个，偷了我实验室的复合材料钢板在天台烤肉。”

李汉卿：“香港！是香港的！”

“哦，香港，去年逼我用液氮做干花送给你那个新加坡……”

李汉卿捂住江声的嘴，回头一看李彦正看着他翻白眼，李汉卿赶紧热情地跑过去：“小彦彦……”

“滚！”

而另一边，孟氏的失利奠定了海声在AI安防的地位。

孟惊涛此人虽然狡诈也懂得商界之中最为重要的是诚信，借出了专家团队。

即使是被强迫，这种老狐狸依然摆出满脸的诚意签署了协定加入安防协会，当然商场有如战场，又乘机加了例如优先权之类的条件。

江声有的答应，有的也并没有让步。

该有的礼数，江声还是有的，送孟惊涛走到电梯。

孟惊涛四下看看，眼神往华影的办公室瞟，问：“华总今天不在？”他哪里知道华影晓得今天他要过来，特地闪人，跑出去做头发了。

江声本来就不耐烦孟惊涛对华影的执着，抿了抿嘴，回答：“华总与这个项目无关，以后有什么问题也是我负责。”

孟惊涛啧啧称奇：“华总怎么能无关？要不是她，孟氏又怎么会输给海声？”

江声平静回答：“千里之堤，溃于蚁穴，孟氏是因为有漏洞才会被一举攻入。”

这个锅华影不背。

孟惊涛往前一步对江声低语："孟氏固然有漏洞，但也是华总的手段高明，仔细想想季海和我都着了她的道，希望江总不要步季总的后尘啊。"

江声紧绷了漂亮的下颌曲线，一把揪住孟惊涛的衣领，孟惊涛本来就是中国男人的平均身高，被江声拉得抬了抬脚。

江声说："如果孟氏还想合作的话，我不希望听到一句华总的坏话。"他不允许任何人诋毁华影和季海。

电梯到了，江声松手，孟惊涛边整理衣领边说："江总是个聪明人，你想想，季总的葬礼上，华总哪一点表现得像是一个悲痛的寡妇？"

江声捏了捏手握拳，回想起回国后第一次在季海的葬礼上见到华影，她即使一身黑色却艳光照人，颈子上的珍珠都没有她的脸色光润，哭得时候泪水就像人鱼的泪珠，充满凄美的戏剧感。后来在休息室里他似乎听到她和助理说笑要买包，那时他为了找到季海的遗体，三天三夜没有合眼，季白更是哭抽过去。他并不是一个善于猜忌的人，却下意识地从一开始就不喜欢华影，想来潜意识里也是觉得她行为于理不合，后来慢慢被她吸引而选择淡忘罢了，所以，他从来不和华影谈论季海的逝世，这是两个人不可触摸的禁忌。

孟惊涛得意地探索着江声的表情，然而让他失望的是，江声并没有什么反应。

"华总是公众人物，有她自己要维持的形象和考虑，而她和季海哥到底发生了什么也都不关你我的事情。"江声往后退一步，眉头都不皱地挺直身子回答，"电梯来了，请。"

"是吗，那是我多虑了，我只是好心提醒江总不要被人玩弄罢了。"

孟惊涛耸耸肩，走进电梯，他心思阴暗，如果江声和华影没有什么自然好，如果有什么也算是在两人的关系之中投下一块石头，不能搅得天翻地覆也要激起点浪花来。

然而，孟惊涛哪里能想到江声的性格并不会过多拘泥于这些谋算猜忌，江声又一股脑扎进了研发之中。

这一次，有了孟氏和多方的支援，江声的团队更是如虎添翼。

江声在努力的时候，华影也没有闲着，她受到江声交流会的启发，发布微博宣称 AI 没有问题，问题在使用的人，应当把科技当作进步的动力，应该被当作桥梁，增加人与人的沟通。

华影经过这次的事情，意识到人傻就要多读书的道理，开展了"一周一书"的行动，她在地铁站投放流动图书点，吩咐市场和研发开发一款线上交流社区，每个人凭借读后感讨论还书、借书，发展了读书传递的社交活动，全城的低头族大大减少。

华影还在微博上教学舒缓肩颈的拉伸，实用性广受好评，粉丝们纷纷称赞。

江声在繁忙的工作之余，每晚都会翻看华影的微博寄托思念，看到微博里她认真地将瑜伽带捆在自己的肩膀认识地教学，他也莞尔一笑。

江声的团队终于完善升级了人工智能安防系统，江声并没有在意团队中的反对声，按照自己的承诺，向包括孟氏在内的所有成员无偿公开了源代码。

就在业界惊叹海声的大气又暗自嘲笑他的傻气之时，江声迅速推出了更加精确和稳定的量子芯片，投入到所有海声 AI 产品之中。

原来除了软件的升级，江声也在秘密部署着研发部门在硬件上的突破。

海声在江声和华影的配合下，打了一场漂亮的翻身战。

危机一过，自然是要犒劳员工，团队里的年轻人较多，荷尔蒙旺盛，纷纷提着要跑远点过夜，后勤组长李彦提议出海去宁城旁边的月亮湾。

江声转身询问华影意见。

华影本来为了维护女神的形象是不想去的，所以意见不意见都无所谓，谁知李彦突然对她耳语：“此时不睡更待何时。”

她二话不说举手：“这主意很好，我赞同。”

月亮湾是宁城最南边海湾里的一个小岛，海声的年轻人乘车再换船，到达已是下午。

夕阳将海滩镀上一层浅浅的金色，一艘白色的游艇漂泊在岸边，白杨树林旁边，橡木搭建的三层民宿已经亮起了门口的小灯，大大的落地窗可以看到里面壁炉的温暖火光，这里就像一个掩藏在河蚌深处的珍珠。

最美的景和心上的人一样，总要经历点磨难方知可贵。

大家旅途的疲惫被一扫而空，欢呼着找到自己的房间。

对华影来说，美景已经在拍戏中见得够多，反正她到哪都是三部曲，拉伸、贴面膜、睡觉，其中由玩手机自由过渡。

然而这一次，后勤组长李彦特地将华影和江声的房间安排在对门。华影自己准备了爱的小包包，从里面掏出粉樱色真丝睡裙，挂在衣橱的最深处。经过她缜密的调查考证，一般江声这类的科学系直男对黑色蕾丝是不感冒的。

安排好一切，一看荒山野岭都没有手机信号，华影就去对面敲了敲江声的门，盘算着和江声来个夕阳漫步渲染一下气氛，然而没有人回应。

每层房间众多，人来人往，华影不好一直等下去，只有暂且放下出门。她走到湖边，见女孩们都围在一起欢声笑语地好不热闹，好奇地走近一看。

原来是李汉卿在用石头打水漂，石头在湖面上蹦跶了几下，引得女孩子们惊呼起来。

人气之王李汉卿又重出江湖，拉着周围的女生，手把手教她们打水漂。

李汉卿其实不丑，金发碧眼，个头在老外里中等比国人算高了，加上最近也算为海声立了功，平易近人的高管形象深入人心，被一群女孩子包围着。

李汉卿人来疯："小主们，咱们排排队，一个一个来，每个牌子我都会翻到。"

越被骂嘴贫，他越是满面红光。

华影转身准备回屋敷张面膜，不料，却被李汉卿逮着，大声喊："密斯华，这里，这里，来，我来教你！"

华影背对着大家，叹了口气，挂上亲和的微笑转身："不了，有点儿冷，我先回去了。"

却听到身后的树丛里传来声响，一身藏蓝色高领毛衣的江声走了出来，白杨树并不高，但有些密集，江声身形修长，必须微微低头，手中的硬面书轻轻拨开树枝，倒有些分花拂柳的出尘感。原来他又一个人躲起来看书去了。

江声看了眼华影，转眸问李汉卿："教什么？"

李汉卿虽知道了华影和江声的关系，但绝不能阻止他挑衅江声，挺了挺胸："我要教密斯华打水漂。你会玩吗？"

李汉卿算准了江声这种一天到晚蹲实验室的，绝对不懂玩乐。

江声想了下，点了点头："可以试试。"

他将书递给华影，径直走向湖边。

华影低头看看书名，字母一个都不认识，几何图案有些头晕，也跟了过去。

江声一个膝盖着地，半蹲在地上捡着石头，捏了捏，有的扔掉，有的握在手心。

夕阳的余晖照在他认真的侧脸，在藏蓝色的映衬下，俊美得发光。

在场的雌性动物全部屏息，自动脑补江声半跪求婚，一直觉得就是一直看他捡石头都能看上一辈子。

除了李汉卿不耐烦，在场有那么多女粉丝在，他心中大喜，终于等到了这一天，碾轧江声的这一天！

"喂，生姜，你好了没？"

江声站起来，点头："我没打过，自己先试下。"

李汉卿摩拳擦掌，迫不及待："那就让你一会儿，快点，再等下去天都要黑了。"

江声站直身体，眯了眯眼，似乎在丈量水面，然后，手臂后撤，轻巧地挥动手腕，石头灵巧地在水面上几个飞跃。

其实和李汉卿的水平不相上下，却得到了全场女性热烈鼓掌："江总，好棒！"

江声转身对李汉卿点头："开始吧。"

李汉卿脸上蔫蔫地咽了咽口水，他太了解江声，第一次永远都是他的摸索，真正可怕的是他正式开始。他不是没有玩过吗？能不能不比了？

结果毫无悬念是江声获胜，李汉卿的石头扑通一声掉到湖心的时候，江声的还在继续跳跃，像只灵活的鲤鱼，每一个跳跃都击出了浪花，掉下去的时候还能看到湖面一圈接着一圈久久未散的涟漪。

江声转头问："要学吗？"

他是问华影，大家却以为他和李汉卿一般要公开授课了，众女蠢蠢欲动。

华影当然不能给任何人任何机会，立刻放下书，走过去："那我也来试试吧。"

李汉卿泪眼汪汪："不是说冷吗？"

华影转头解释："看起来挺好玩的。"

江声拿着石头讲解："首先要找一块扁平、光滑的石头，适合你的虎口。"他站在华影的身后，摆好她的手指，"拇指和食指卡住。"

他身上还夹着树木沉香的气息，手指所到之处皆是电流，让华影心漏跳了一下。

"向后一点，快速翻动手腕，记住石头和水面保持20度是黄金夹角，因为这个角度入水是石头和水面撞击的时间最短，损失的能量最少。"

江声拉住华影的手腕，示范，两个手臂隔着衣服相贴。

"尽量让石头与水面平行。"

扩展中，华影甚至能感受到江声饱满的胸膛，一个背后的拥抱，仿佛在众人眼皮子底下调情，她内心销魂无比，却要端的一副认真研究水面的样子。

事实上，在场并也没有人怀疑，一是因为华影高超的演技，二是江声光明磊落的倾囊相授，玉树临风的高洁感觉不到一丝猥琐，大家恨不得能代替华影，只能眼巴巴排队。

江声撤退一步，华影顿时觉得后背一空。

"好，你自己试试吧。"

华影自己心猿意马，哪知道江声完全是认真教学。不解风情！她气得使劲一挥，石头远远地飞去。

毕竟是总裁，众人鼓掌。

李汉卿指着水面问："靠，为什么能打那么远？"

"四个参数决定，平移速度即是丢出去的速度，转速，入水时石头和水面的夹角，和入水时石头的运动方向和水面的夹角。"江声负手解释。

李汉卿跳脚："我去，你用公式计算的，作弊！我想想流体力学、陀螺效应……"他已经一个人到旁边走火入魔想着破解去了。

不过此时已经没人理会李汉卿了，华影一结束，大家就纷纷上前，围住江声。

"江总好厉害！"

“是啊，教教人家嘛！”

江声默默折腰，一只手将书捡起来：“我的书还没有看完。华总已经学会了，让她教吧。”毫无愧疚地将华影抛给众女，江声逃离现场。

为了捍卫江声的贞洁，华影打水漂打得一头汗，好在她情商高，成功安抚住李汉卿，跑回来洗澡。

民宿每层只有一间浴室，她无法忍受用别人用过的浴室，早就计划第一个溜去洗澡。

拿好衣物走出来，看到江声正拿着书，靠在浴室旁边的木墙上。

华影被甩锅的气没有消，哼了一声：“现在怎么有空了？”

江声想了下才明白华影为什么发脾气，拉住她的手问：“你想让我教她们？”

“废话！”如果想她至于自己累个半死，起码甩了五十下，膀子都快断了。

华影向来就是及时行乐的人，反正她后来都甩给李汉卿了。她指了指浴室，问道：“要一起洗吗？”

江声一下子红了耳朵，不懂她的思维为什么能那么跳跃，原本靠在木墙上的身体，突然立正站好。摇了摇头，他说：“你进去洗，我在这等你。”

华影看了看走廊窗外，男生们在楼下的露台上打着牌，大笑声传过来，突然心中一暖，江声一定是怕她一个人在浴室里才守在这儿，即使他知道浴室有锁。

华影走进浴室，很快响起了水声。

江声看着书脑海里却总闪现她俏皮地指着浴室说一起洗的样子，有点心烦意乱，干脆坐到地上，盘着长腿强迫自己静下心来。

屋外传来玩闹声，而走廊上却安静无人，只有垂下眼眸的清俊男子盘着腿翻着书，纸张的沙沙声呼应着浴室里的水流声。

夕阳的余晖在走廊上拉出长长的影子，相伴着此刻的静谧时光。

突然，传来华影的尖叫声。

话说回来，江声在外面守着，华影在里面洗澡也是心猿意马。

不想耽误时间，华影快速地洗好，站在镜子前审视着自己，好在她对于保养都很舍得下血本和精力，这次还特地和大姨妈打过招呼确认还有半个月才会来拜访，可谓是天时地利人和。

你要说华影没有想过共浴那是假的，她在洗澡的时候的确是无数剧本在上演，可是真正出来，对着潮湿的木屋浴室，她自己都嫌弃。

裹上浴巾，准备穿衣服，突然看见内衣罩杯上有一颗硕大的毛茸茸的蜘蛛！华影从内在到外在都挑剔，穿得都是无钢圈，又要保持挺立，所有的贴身内衣都是日本进口衣料、巴黎量身定制。无论是出于对蜘蛛的恐惧，还是对内衣的哀悼，她都不由自主地发出一声尖叫。

叫声其实并不大，但对于守在门外的江声来说可谓是胆战心惊。

江声立即丢下书，跳起来拍门："怎么了？"

华影想起来江声在外面，迅速开了门，指着内衣结结巴巴。

江声二话不说，拿起内衣一翻转，蜘蛛掉在水台上，用水杯一扣，就成了瓮中之鳖，潮湿地带的蜘蛛长得都肥硕，缩在水杯里还妄图张牙舞爪。

两人这才松了口气，江声反应过来，觉得手里淡紫色的蕾丝内衣有些烫手。

华影一身浴巾，露出雪白的香肩和粉嫩的脚趾，头发盘在头顶，微有几缕碎发落下，脸颊因为洗澡而红扑扑的，身上还隐隐有沐浴露的甜香。

江声更觉得燥热难耐，动了动滚圆的喉结，正准备退出去，突然传来脚步声。

江声第一反应是将华影往里面一推，他将门一关，立即落锁。

脚步急匆匆地走近，门外的人不停扳动门把，江声虽然落了锁还抵在门后，绷着下巴，如临大敌。

华影抱着浴巾看着江声的动作，有些好笑，光着脚慢慢走到他面前。

外面开始拍门，男声："有人在里面吗？"

华影狡黠地笑着，正想应答，却被江声一下子捂住嘴，抵在水台旁。

华影舔了下江声的手。

江声一颤，缩回手皱眉，她不怕脏吗？

华影用口型问为什么？她回答了，当她在里面洗澡好了。

江声无声地回答：书。他的书还在门外。

果然另一个男声响起："喂，你来不及啦？"

"是啊，老子憋死了，也不知道谁在里面那么久，痔疮啊！"

"这好像是江总的书。"

外面突然诡异地安静。

几秒后，门外，恭谨的男声响起："对不起，江总，对不起！您慢用，我去楼下，您千万别急……"

门内，江声白皙的脸已经开始变黑了。

脚步声比刚才来的时候还要急，快速地逃走。

待完全安静，华影才放声大笑。

被患上"痔疮"的江声无奈地看着笑得喘不过气、浴巾一颤一颤的华影，眸色渐深。

他平淡地问："好笑吗？"

华影比江声更懂得流言的可怕，想象着员工们该如何绘声绘色地形容江声的难言之隐，她实在难以控制，还在享受笑点的余韵，喘着气说："没事，我可以帮你去解释的……”

突然江声低头，吞没她的剩下的语言，一开始只是想制止她的嘲笑。

华影踮起脚，搂住江声的脖子，主动地回应。

一下子就变得旖旎起来。

婆娑的白杨在窗外轻颤，慢慢退去雾气的镜子里，高大的男子拥住穿着浴巾的女子，吻得难分难舍。

华影的浴巾什么时候掉的都不知道，直到江声的手下移，触摸到她弹性饱满的密臀，两人才闪电般地退开来。

还好有最后的一丝理智，两人在阴暗潮湿、像颗不定时炸弹的浴室悬崖勒马。

华影回到屋里抹润肤乳、做面膜，一阵折腾，想想江声修长有力的手就满脸春潮，再次觉得今天睡衣是带对了，今晚一定要派上用场。

结果一开门，江声正抱着床褥往外走。

怕不看穿了自己的企图？华影立即问：“怎么了？”

江声皱了皱眉：“房东说这间屋子漏水没有修好，今晚可能有暴雨，我去外面的游艇上住。”

“你可以和我一间啊！”

华影差点脱口而出，想想不能如此饥渴，她知道让江声和其他男人一起睡是他不能忍受的，和其他女人睡她也不能忍受，问：“要不和别人换下？”

江声摇头：“都住下了，反正在船上也不错，清静。”他不是搞特权的人，觉得船上不用共用浴室、洗手间非常合意。

然而华影却以为他是想躲开，顿觉晴天霹雳，她也是有姿态的，干脆接下来的时间都不理江声了。

无论是吃饭还是篝火晚会，两人之间都弥漫着一股低气压，反正华影和江声的气场在员工的眼里经常不和，除了将他两隔绝得更多点，大家也没有别的办法。

李彦倒是悄悄地问华影，华影边狠狠叉着烤肉边回答：“睡什么睡，今晚来我房间看鬼片，通宵！”

李彦说：“算了吧，还鬼片，你一恐怖片剧本向来都烧掉的人，还看什么看？”

这句话倒是被年轻人听到了，大家玩起了鬼故事接龙。

月亮湾白天有多美，夜晚就有多恐怖。

海水变成了黑色，错落的树木像一个个挥舞手臂的怪兽，树林里轻微的晃动都会让人毛骨悚然。

年轻人围在篝火边，绘声绘色地讲着故事。

这些员工一个个都是搞研究的，信息量大，思维缜密，什么红衣男孩、猫脸老太，一个比一个真实。

华影的世界里只有美好的珠光宝气，天天买买买都来不及，根本不想去思考这些，或者说是因为她常年拍戏在外，经常独自一人过夜，完全不想琢磨。

现在她抱着李彦裹在披肩里，听着这些的感觉就像第一次喝酒，又想尝又怕醉，却无法离去。

一个女员工突然对江声发问：“江总相信有鬼吗？”

江总坐在最外缘，靠着一棵白杨树，华影也不知道他为什么最讨厌人多还不离开。

江声放下书回答：“鬼魂、灵魂我认为都不对，应该称为意识。我们依赖五官去感知，但我并不认为五官感知不到的就是不存在，例如微生物、量子力学。物质是基于我们的观察，但并不表示它本身就是这样，比如这一个水杯。”他指了指地上的水杯，“人类、蜜蜂、蝙蝠、蜥蜴所见都不一样，物质是假象，意识是真实。”

有人恍然大悟地应和：“对对，江总说得对，这就是见山不是山，见水不是水。”

华影撇撇嘴，江声这么轻易地就洗白了痔疮患者的形象。

这群理科生很快就展开热烈的讨论，什么原子是一个操场，核心只是棒棒糖，那其他的部分是什么，什么真空并不是空，什么反物质、暗能量、波函数、量子纠缠……

华影这个吃瓜群众听得一愣一愣的，听完觉得还不如不听，这下有了科学依据，更加恐怖了。

是夜，华影看着窗外斑驳似怪物的树影，愣是失眠了，这个木屋令她觉得毛毛的，她鼓足勇气，穿上毛衣裙、套上外套，一口气跑到了游艇上。

卷四

爱的万有引力定律：

情侣之间的吸引程度取决于在彼此心上的重量，并且与他们之间距离的平方成反比。

木屋前的夜灯照亮了去路，华影一路狂奔，耳旁只有呼啸的风声和衣摆掠过草地的窸窣声。

她站在外面拍了拍门，喊："江声。"

没有人回应，湖边实在太冷，她裹了裹大衣准备离去。

门却突然被打开了，江声还是穿着藏蓝色毛衣，头发上滴着水。

华影问："你在洗澡？"

江声问："你怎么了？"

两人同时开口，沉默了一下，华影先笑出来。

低头一看江声的牛仔裤扣子没有扣，估计是在洗澡听到她敲门才匆忙出来的，露出平滑有力的腹肌。

"你先去把头发擦干净。"华影指了指江声的头发。

江声转头拿着毛巾擦着头发出来的时候，华影已经脱了大衣，抱着枕头躺倒在他床上了。

黑发像水藻一般铺散，白皙的皮肤像湖边泛着光的鹅卵石，昏暗的夜灯和驼色的毛衣为此刻增添了一分悄无声息的温柔。

如果换了其他人，江声一定会揪着脖子让她滚下床，因为是华影，他的心不由得跳了一下。

叹了口气，他拿起另一个枕头，想去顶层的沙发凑合一夜，手却被抓住。

装睡壮胆的华影半跪在床上，拉住江声的手，眨了眨小鹿一般湿湿的眼睛。

"我害怕，你能陪我一下吗？"

就是她不害怕，他也不会拒绝，江声躺了下来，长臂搂住华影。

"冷吗？"

她摇头，船上没有暖气，开着塔式暖风机，暖风像春风一样时不时拂过脸颊。

枕在江声的臂弯，华影抬头看着江声闭着的眼睛，长密的睫毛像蝴蝶的翅膀。

华影说："我睡不着。你唱首歌给我听吧。"

很久的沉寂，这有暖风机的摇摆声。

她都以为自己已经被无声拒绝的时候，江声的歌声突然响起来。

他唱得的是英文版的《一闪一闪亮晶晶》，*twinkle twinkle little star*，他闭着眼睛唱着，声音清越，又带着一丝细腻的温柔。

华影突然伸出手去，从他的高领毛衣里探进去，细细摸着他的脖颈，描绘他肩膀的曲线。

歌声戛然而止，华影抬头，江声的眼睛已经睁开了看着她，眸子在灯光下亮得惊人，又像盛着一汪春泉。

她翻身，他仰头，并不知道是谁先点的火。

两人吻到了一处，这一次谁也没有退缩，舌尖互缠，清香中带着甘甜。

莽撞地拉着对方的毛衣，一扯一丢，华影毛衣裙下樱粉色的睡衣露了出来，还掉出了口袋里的“跳跳糖”。这一次依旧是江声捡了起来，华影面红耳赤想解释下上一次“跳跳糖”的问题，江声却已经低头吻住了她，唇和手在身上游弋。每一次触摸都像那暖风而过，血管都要打战，而没有触碰到皮肤却更觉得冷，紧紧拥抱着，肌肤感受着温度的传递，想靠近贴合着，更近点、更紧点。男女之间，到底男人还是有优势的，江声又极为聪明，摸索到了门道，就长驱直入。华影本来就是愿意为这个人打开的，一刹那，既觉得涩痛又觉得欢愉。

一转头，看到窗外皎皎的月光，星在波中晃动，夜空和湖水连成一片。

用力地交扣住的双手，窗外的星光落到他眼里，令她悸动沉沦。

到底是精致惯了，认床，华影在天蒙蒙亮的时候醒来，抱着被子看了好一会儿江声俊美的睡颜和窗外微灿的晨光。

她只觉得诸事圆满，想着要在众人醒来前溜回去，蹑手蹑脚地起床，腿间略有不适，低头床单上有一缕红。

她皱了皱眉，这个年代，她又身在娱乐圈，本来也没把这种事情看多大，她向来秉承睡喜欢的人，睡完就不悔。

琢磨着等白天再来打扫，华影换上衣服在雾气中溜了回去。

轻手轻脚地，摸上走廊，一扇门突然打开了，华影吓得差点从楼梯上滚下去，无奈对方正准备尖叫。

华影一个飞扑立即捂上李彦的嘴，再一看，李彦身后的房间是李汉卿的。

两人露出了心照不宣的笑容。

李彦架起华影的肩膀拖她回了屋子。

在华影房里，她被李彦严刑逼供，关切地询问了江声腰好不好。

华影心情十分复杂，一个常年游泳的人，腰不是好，是好到不行。

应付完李彦，又倒头睡去，一觉醒来直接去吃午饭。

谁知没有看到江声，华影问李汉卿才知道江声有急事先回去了。

可是，海声集团最近蒸蒸日上，如果是海声出事她也会第一时间知道。

华影回到游艇上看到床单已经被江声换掉了，她也没有收到江声的短信。

到底能有什么大事让江声在第二天能抛下她走掉？

华影说不清为什么，心中却觉得怪怪的，有些隐隐不安。

回去的路上，华影想了想给江声打了个电话，却无人接听最后转到留言信箱。

她心中的不安更加浓烈。

不一会儿，手机响起来，她立即接通了电话。

原来是季恬的幼稚园的老师打来的电话。季恬一直是由保姆和司机接送，老师说今天是季恬的妈妈来接，要和华影核对一下信息。

华影莫名其妙地想季恬的妈妈不是自己吗？

电话里插进一个声音，直接地说："我来和她说。"然后声音响起，"你好，我是庄璎。"

华影顿时想起来，这是季白和季恬的生母，季海的前妻，她礼貌而客气地回答了："你好，我是华影。"

对方并没有和她多做寒暄，只说今天来接季恬和季白聚一聚，幼儿园需要华影的首肯。

人家母女团聚，华影当然没有异议，立即答应了。

对方利落道谢，挂了电话，言语中有种不觉明厉的干练。

夜晚的时候，一辆保姆车驶入季家老宅。

华影出于尊重和礼貌，还是到门口迎接了。

司机将车门打开，先走下了一个极瘦的女子，不是那种骨瘦如柴的瘦，而是充满麻利的瘦，敞开的大衣，衣服全部扎在白色牛仔裤里，同一牌子的皮带和包包。

华影也是这个牌子的忠实粉丝。

她顿时感受到了对方的气场，拢了拢长长的毛线衣。

华影在新闻上偶尔也看到过庄璎的消息，北方企业家的女儿，哈佛商学院毕业，回国嫁给了季海。不知是因为理念不合还是感情不和，和季海离了婚，很快又嫁给了一个美国的企业家，在国外过得风生水起。

现实的庄璎比新闻中看起来要显得年龄更大一些，但眼睛锐利，看起来天生就不是和煦的人，反而脸上有种"你要是蠢就别和我多说一句话"的不耐烦。

华影不由得挺直了腰板走过去。

华影与庄璎点头，不知为何，两人并没有握手的打算，也没有寒暄。

庄璎打量着华影身后的季家老宅，皱了皱眉，脸上闪过嫌弃，开口：“这房子都住几代人了，现在市区的大平层那么多，又方便，也该换换了，真是够呛。”

华影有种感觉她自己也被包含在老宅里的嫌弃，不紧不慢地回答：“我倒不觉得，房子虽然外观老了点，里面做了翻修，环境也安静，老房子也是有感情的。”

庄璎这才转回眼打量了下华影，她打量人的目光带着精明和盘算：“反正季海现在也不在了，这次我回国，想把季白和季恬带走。”

看得出来，庄璎完全没有耐心。

华影心里反倒松了口气，明刀明枪好过暗箭难防，她笑了一下：“我倒是无所谓，看他们自己的意愿。他们愿意留下来，我还是像现在一样做监护人。如果他们选择走，也还是季家的子女。”

华影深知庄璎这样的女强人以让别人怕自己为骄傲，一见面就气场全开，尝试用自己的气场威慑你，让你紧张，一紧张就不由自主被她控制，受她摆布了。

可惜她算盘打错了，华影才不吃这套，华影遇强则强，遇弱则弱，越是这样的人，越是要摆出你想都别想的架势。

四目相望，顿时战斗的火花四起。

这时候季白牵着季恬走下车，季白不耐烦地开口：“妈，我不是说自己会考虑吗？”

庄璎转身对季白立即变脸，速度之快让华影惊讶。

庄璎十足的慈母：“好好，你也大了，自己考虑，但是美国那边 SAT 你要早点准备，学校申请也要看一看了，妈就你一个儿子，都是为你好。”

季白挥挥手，即使不耐依然好生回应：“知道了，你不要操心。”

华影心中默默吐槽自己亲妈就是不一样。

庄璎深情拥抱了浑身是刺的季白，看了眼小小的季恬，顿了顿，蹲下来，抱了抱季恬，和蔼地拍了拍季恬的头：“恬恬，和妈妈说再见。”

季恬依旧不大说话，只是抱着小书包。

不知道是不是天黑，华影的错觉，庄璎眼中闪过一丝厌恶。华影走过去，牵过季恬，感受到季恬的小手在自己掌心。

一定是自己的错觉，季恬那么可爱，要是给她带走，她该有多不舍！

季白嘛，那么大个人了，哪凉快去哪吧。

庄璎还在叮嘱季白：“学校吃得怎么样？营养够吗？学校住不惯就搬到我这里……”

这时门口有灯一闪而过，江声走了进来，看到庄璎，微微惊讶，喊了声：“璎姐。”

庄璎对江声倒是客气，笑了笑开口：“好久不见，你也回来了？”

江声点头，看了眼华影，眼神中似乎有些安抚。

华影烦躁的火焰终于压下去点，她差点就要冲上去抓住江声的脖子问为什么为什么了？

江声转头对庄璎开口：“璎姐，我想和你谈一谈。”

庄璎点头：“正好，我也想找你。”

两人上车离开。

华影感觉又要压抑不住心中的熊熊怒火了。

季白走到华影面前，扬了扬鼻孔：“进去吧，你放心，我还是会考虑在国内念书的。”

“放心个屁！”华影气得踢了踢门口的石礅。

夜深，华影敷着面膜躺床上刷手机，死活都看不进去。她气自己不争气，不就是睡了一个男人，这般患得患失。

突然响起了敲门声，江声的声音传来：“你睡了吗？”

华影一下子翻身坐起来，没好气地回答：“睡了！”

门外没有了声音。

华影真怕江声走，一下子跑过去拉开门，果然人还在外面。

江声也被华影吓了一跳，一张敷着面膜的脸，长衣长裤睡衣，看到华影光着脚丫，他秀气的眉皱了皱：“去穿鞋子。”

华影摆摆手：“又不冷，你找我干什么？”她傲气地抬着下巴，可惜在江声眼里只能看到敷着面孔的鼻孔。

江声干脆把华影抱起来，将她放到床上，再一条腿跪地半蹲着弯腰为她穿上毛茸茸的拖鞋，握着华影脚踝的时候，江声心神一荡，立即快速帮她把鞋套好。

华影气已经消了一半，用拖鞋蹭着他因为半蹲而紧实的大腿，嘴里还是不消停：“我又不是来了大姨妈，你那么紧张干什么？”

江声顿时红了耳朵。

华影继续说：“你也不要有什么心理压力，这也不是什么大不了的事情，我又绝对不会赖上你，你不用吓得逃跑吧，这样很打脸的。再说要逃跑也是我逃跑啊！”

江声皱了眉头，不解：“逃跑什么？”

“始乱终弃，人走茶凉，过河拆桥，杀鸡取卵……”华影掰着手指列举。

江声有些头疼，打断她：“飞机残骸找到了。”

“什么？”华影一下子没有反应过来。

江声解释："季海哥出事飞机的残骸找到了。"

"那季海呢？"华影追问。华影这才知道原来江声一直都没有放弃找寻季海的遗体。

"没有找到。"江声眼中弥漫着悲伤，摇了摇头，顿了顿，似乎在思考什么，终是开口，"调查的人分析了残骸说，飞机被动了手脚。"江声的眸子看向华影，"也就是说，季海哥的逝世并不是意外，而是人为。"

华影一脸惊讶："怎么可能？会是谁？"

江声闭了闭眼睛，将头靠在华影的膝盖上："我不知道，但我一定会找出到底是谁！"他身体颤了颤，似乎这是今天最后的一丝力量。

华影抚摸着江声的头发，轻轻嗯了一下，她看到江声眼下的淡青，疲惫的脸色很是心疼，难怪他会不辞而别，电话也不接，大约是忙了一天。

"我相信你一定能找到，为季海报仇的。"

床头灯的暖光安静地洒在江声闭着的长长睫毛上，像染了一层雾，迷蒙的愁伤，似乎汲取了力量，江声将眼睛睁开，看着华影，他站起来，揉华影的头发："不要瞎想什么逃跑。"

明明完全可以直接回家休息，却因为担心她还是跑了过来，华影猜到他的心思，抱住江声的腰。

"知道啦，你快回去休息吧。还是要留在我这里？"她坦白地加了一句。

江声摇了摇头，勾了勾唇角，低头吻住华影，充满温情的一个吻。他其实有很多想问她的：为什么是第一次？和季海的婚姻到底是怎么回事？

然而此刻他却想逃离这些答案，只守住现在的温暖。

华影呢，她默默后悔自己做过的事情，尤其知道季海的死是有预谋的，她不禁打了一个冷战。

在昨晚还那么亲密的两个人，在昏黄的灯光下用尽了毕生的气力轻吻着彼此，似乎希望这个吻能驱赶走一切怀疑、悲伤和恐惧。

第二天一早，华影得空送季恬上学，喊住正准备返校的季白："喂，要我一起送你去吗？"

季白却对华影视若无睹，背着书包走向门外。

季白虽然平时爱和她斗嘴，但也没有这般的情况，华影自觉担负起监护人的责任喊住他："回来，你丢了一样东西。"

"什么？"季白转身。

"礼貌。"

"我不需要和道德沦丧的人谈礼貌？我看到了，昨晚你和江声哥……"季白脸通红，似乎在压抑着怒气，终是年纪轻没好意思说下去。

华影突然想起，昨天江声抱着她进房间的时候好像没有将门锁好，顿时觉得五雷轰顶。

“你有时间听我解释一下吗？”她尝试安抚季白。

然而季白的暴躁脾气哪里可能：“以前是我爸，现在是江声哥，你这种女人不会有好下场的！”季白吼道，再也不看华影，冲出门外。

华影头疼地捂了捂脑袋，本来自己在季白眼里就是傍上他爸的坏女人，现在加上江声，她是要被钉在耻辱架上下不来了。

就算被骂，保姆还是要继续当的，她摇了摇头，走回去摸了摸正在认真喝牛奶的季恬的头：“走吧，去幼儿园吧。”

季恬乖巧地点了点头，爬下来牵住华影的手。

华影真是老泪纵横，这兄妹俩差太多了。

晚上的时候，华影和江声代表海声集团去参加周秘书长举行的新年派对。

没错，就是上回开欧洲宫廷舞会的那位，只不过今天周秘书长的老婆突发奇想举办了场主题为八十年代复古风的派对。

华影这样爱玩的人当然很配合，她身穿一身无袖白色长裙，烫了大卷的头发，妩媚中带着清纯，纯洁中带着妖艳，非常适合她妖女加仙女的气质。

华影还帮江声配了一身黑白格纹衬衫加水洗蓝宽松牛仔裤，配上江声身上的书卷气，活脱脱从旧港片里走出来的校草。

寒暄之中，周秘书长提到了江声的安防协会和海声集团最新的安防技术，言语之间很是夸赞。

江声兴趣淡淡，华影却与有荣焉，周秘书长还想说什么，只见庄璎也进了门。

华影竖长了耳朵偷听，琢磨出来了始末，原来庄璎带着现任老公杰森，美国人工智能电器X科技的大鳄回国，为了让X科技打入中国市场。

然而宁城的地方保护协议，X科技必须与当地的科技公司合作，更名改姓后才可以进入市场。这次庄璎就是回来试水的。

华影看到庄璎的老公富豪杰森，都是坐在轮椅上的老头子了，暗暗想着庄璎这种女强人果然是狠，当年据说她是因为季海事业低谷而去了美国，这样为了利益什么都能够出卖，对自己都下得了狠手的人，她还是离得远远地好。

偏偏有人就是不能如她所愿，孟惊涛也来了派对，拉了华影和庄璎介绍：“华总有没有见过庄总？”

前任和现任的交锋，在场全是看八卦的，顿时竖起了耳朵。

这种时刻，华影怎能输阵，笑了笑：“我和庄总已经见过了。”

“是吗？”孟惊涛故作惊讶，“说起来，庄总和华总也挺像的，都挺旺夫……”

庄璎打断孟惊涛的话，一笑说：“孟总喝多了吧，我和华总哪能相像，华总那么美，靠脸吃饭，我望尘莫及。”

这种笑是充满轻蔑的笑，言语间自带优越感，意思是她是女强人，华影是个女戏子。

孟惊涛借机报被华影暗算的仇，乐得看戏，幸灾乐祸。

华影越是生气脸上笑容越大：“哪里哪里，如果光是看长相来选海声的代言人，那不如选一只招财猫。”

全场都笑起来。

华影却不在意地继续说：“无论是靠脸还是靠脑，我只希望能帮助海声做出一些让自己的人生有价值，对别人的人生有帮助的事情。”

这句话让大家都赞叹地点头。

远远地，华影看到谈完事情的江声走了回来，笑了一下，在喜欢的人面前偶尔还是要示弱一下。她叹了口气：“当然，维持颜值也很辛苦啊，庄总当年是不是和我一样啊？”

本来就是演技派，华影说完就用充满理解和同情的目光看着庄璎。

庄璎咬了咬牙一字一顿回答：“并没有。”

华影自然是知道没有，海声自从找了她当代言人，生意蒸蒸日上也是众所周知，和当年庄璎离开时的谷底不同，她明里暗里也不要脸地赞了一把自己的年轻。

庄璎和华影对视了一眼，空气中都响起噼里啪啦的火花。

江声又好气又好笑，和庄璎打了招呼将华影拉走。

然而，很快两人就又杠上了，这次的派对没有跳舞环节，反而增加了美式的Beer Pong游戏。

一张长桌，两端各放上16个塑料杯，围成三角形，每个杯子里倒满了酒，双方各用一个乒乓球往对方的杯子里投球，被对方投进哪个杯子就要把杯子里的酒喝掉，哪方最先让敌方喝掉所有杯子里的啤酒就算赢。

第一轮就抽中了华影和庄璎。

真是冤家路窄，华影能输给在场的任何一个人都不能输给庄璎，摩拳擦掌准备上台，却被江声担忧地拉住。

华影对江声安慰地一笑：“放心，说到玩，我可是天下第一！”

那一边，庄璎已经选好了位置。

华影莞尔一笑走过去，为自己鼓了鼓掌，她没有像庄璎一样端着，人美又有亲和力，顿时很多人一起为她鼓掌。

江声看着周围一个个的完全抛弃形象在使劲呐喊看热闹的名媛、绅士，再看看长桌一边是庄璎一边是华影，杀气腾腾，他很是头疼。

猜拳决定谁先投，华影一不小心输给了命运之神。

庄璎正准备投球，突然皱眉放下手。

“等一下。”庄璎说，“咱们又不是大学生派对，喝啤酒也太 low 了，不如全部换成名酒好了。”

她拍拍手，立即有人将塑料杯里的啤酒全部换成了红酒、XO、白葡萄酒、茅台……

五颜六色的在灯光下泛着危险的光。

“华小姐不是玩不起吧？”庄璎像吐信的毒蛇一般，挑衅地瞧了眼华影。

华影一笑，偏头眨了眨眼：“怎么会呢，庄姐愿意怎么玩，我都奉陪到底。”

庄璎冷笑着抬起干瘦的手臂，小球扑通一声，曲线抛入华影面前放着半杯茅台的塑料杯里。

华影心里只想骂娘，输人不能输阵，抬手将酒一饮而尽，微微一笑，手一翻，杯口朝下，一滴不剩。

她唇上水泽明艳，眼睛更是亮得不可方物。

明明是她先输，却得到了众人的鼓掌。

这一次轮到华影投球。

华影也叫来服务生，不一会儿，她手上拿着两个小球。

“一个一个投太慢了，耽误其他的人，不如我们一次投两个？”她吐吐舌头，“庄姐不会玩不起吧？”

原路地把话抛回去。

庄璎咬牙：“当然不会。”

华影一笑，一前一后，快速抛球，她手臂在灯光下白细发光却紧致有力，举手投足像跳尊巴一般，小球一前一后落在盛着茅台和红酒的杯里。

又是一阵轰动，江声松了口气，看着华影在人群中亮晶晶的眼睛，对她的酒量十分担心，然而她的一举一动却又每每出乎意料地牵动着他的心。

庄璎喝完也不甘示弱地投了两球，皆中。

所以说永远都不要小瞧女人的报复心，华影和庄璎两人一步都不肯退让，没有一次落空，节奏完全是对方的球一抛下，这方拿起酒杯就干，干完继续抛球。

本来酒的度数就高，又是混着喝，华影哪里比得上庄璎这种在酒桌上谈生意的女强人，精神有些涣散。然而她却死活不肯认输，手指微微扶住桌边，支撑着自己，还要摆出迷人的微笑，幸好她戏剧专业对表情管理很有一套，还没有一个人看出她醉了。相比对面，站得像竹竿一样、面无表情的庄璎，华影就惹人怜爱得多了。

很快，就到了双方面前只有最后一杯了，因为一开始华影猜拳的失败，庄璎占了先机。

华影只觉得周围的声音像海浪一般一会儿近一会儿远，她完全无意识地盯住庄璎抛出的球，然而球却高高地直击她左眼而来。

华影是想躲的，可是她撑住桌子的手死死捏住桌边，她知道她只要松手就会倒在地上，这种打脸的情况是她不能允许的，她只有偏了头，闭上眼睛。

谁知她只听到风声，却没有被击中，睁眼一看，是一双白净而熟悉的手挡在她的眼前。她是有多熟悉这双手啊！从被嫌弃到一次一次地被这手握住，被这双手抚摸游走……

江声叹了口气，摊开手，掌心躺着一只黄色小球。他弯腰在冷水桶里洗了洗小球，放回华影的手心。

华影只觉得江声的手似乎捏了捏自己，她握住小球，球面沾了水，冰冷而潮湿触感贴在她的掌心，让她多了几分清明。

庄璎因为想报复她而失误，反而让华影多了一次机会。

然而也并不简单，庄璎面前的酒杯角度十分刁钻，靠在桌边，一不小心球就会掉到桌下。

华影吸了口气，剑走偏锋，向旁边投球。

球击中了靠在桌边孟惊涛的胸膛，却反弹进了庄璎面前的酒杯。

全场一阵欢呼，庄璎和孟惊涛的脸色略微尴尬，却很快恢复。

两个都是老狐狸，一个冷冷离开，一个跟着众人鼓掌。

看到没，这才是终极的报复。

华影靠着兴奋强撑着自己，站了起来，昂着优雅的脖子，挥了挥手，带着女神范儿小步离开。

然而，这把兴奋并不能支撑她多久，她也喝了十五大杯混着的酒，已是强弩之末。华影私下走出房子就不行了，快步走到榕树后面，靠着树干，闭上眼睛，喘着热气。

就当她觉得自己快要支撑不住、滑下树干的时候，却被一只有力的臂膀拦腰扶住。

华影戒备地睁开眼睛，映入眼帘的是江声关切的眸子，她立即就放松了自己，伸出手环住江声的脖颈。

别墅里传来歌唱声、喝彩声，而后院却静得出奇，只有地上亮着星星点点的小灯。

华影放心地抱住江声，眨了眨眼睛，娇气地问：“你看到没，我刚才大杀四方，帅不帅？”

江声眸里的倒影只有华影，他真的是搞不懂一场无聊的游戏，为什么要豁出命地比赛，到头来把自己弄得那么惨，赢了又能证明什么？但是他还是点了点头，轻轻说：“帅。”

华影闭上眼睛。

江声弯腰抱起华影，轻手轻脚生怕惊扰了公主的美梦。

出门的时候，他撞见庄璎。

比起华影的状态，庄璎就非常稳定，只是在控制情绪上没有平时那么冷静，她看到抱着华影的江声难掩惊讶。

“你这是干什么？”庄璎拦住江声问。

江声微皱了眉头，他对庄璎还是尊重的，回答：“送她回去。”

“你别忘了，季海的死和她有关，他们两个到底什么关系谁都不知道！”庄璎皱着眉提醒江声。她厌恶华影，甚至有一份自己绝不会承认的嫉妒，这样的女人，只需要靠美貌就轻而易举地得到了全世界，凭什么？

江声转身，正视庄璎。

庄璎又能想起初见江声时的模样，安静而俊美的少年，一双眸子聪明得发亮，仿佛什么都看清又似乎什么都不关心。她其实和江声话并不多，偶尔在季海面前关心一下，她总觉得江声知道自己背着季海干过什么。

现在，在江声清澈的眸光里，庄璎感觉那种惧怕又回来了，她移开眼神，躲闪着。

江声转身，他先将华影小心翼翼地放在车上，调整她的头让她舒适地靠在椅背上。最后，他按住车门，没有回头，开口：“不要欺负她。”

庄璎脸色苍白，清楚地知道这是江声给自己的警告，他没有叫她璎姐，因为如果有下一次，就不会顾虑她的情面。

江声坐进车内，关上门，车子绝尘而去。

庄璎回头，正好看见一个男人举着杯子，一副看好戏的样子。

那一边，华影一身酒气却睡得烂熟，江声实在没法把她送去季家老宅，想了想只有先把她带回自己的酒店公寓。

像捧着一根羽毛般轻轻地把她放在自己的单人床上，江声十分烦恼，他只想着把她带回来照顾，而照顾人却是江声的头一遭。

让他烦恼的罪魁祸首却蹭了蹭他的枕头，翻了个身，抱着他的被子，理所当然地睡得更加安适。

江声叹了口气，突然想起上一次华影醉酒，吵着要洗脸、敷面膜，然而他的家里除了一瓶面霜什么都没有，想想视面子如生命的华影，江声认命地拿起钥匙出了门。

不一会儿，楼下的进口超市，江博士站在护肤品陈列架前，皱着眉。

爱因斯坦并没有告诉他为女人选护肤品才是最大的黑洞。

洁面水、洗面奶、洗面膏、水油混合，到底哪种写的是给化妆的女人用的？

为什么洗面奶有油性皮肤、干性皮肤和混合型皮肤的？

难道不是只有皮肤好和皮肤坏区分？

那华影到底属于什么皮肤？

为什么护肤水有玫瑰味、葡萄味、白茶味？是用来喝的吗？

为什么精华有补水的、紧致的、抗衰老的、去油的、美白的、祛斑的……

到底该买哪种？

用了精华要不要用护肤水，要不要敷面膜？

阿甘说“生活就像巧克力”的名言同样也可以运用在江声身上，因为来自华影的，他永远都不知道哪一道才是最难解的问题。

这时他突然听到身后有人喊：“生姜！”

江声转头一看，还不如不看，李汉卿同志是也。

作为江声的邻居，李汉卿却从来没有在半夜的超市遇到他，非常欢快地甩了甩塑料袋里的泡面跑过来：“我来买老坛酸菜，你来干什么？”

江声对于李汉卿的口味向来没有兴趣，叹了口气继续研究货架上的护肤品。

李汉卿打量了半天，沉重地拍了拍江声的肩膀：“年纪不小了，是需要保养了，我早就开始了！”

“你知道怎么保养？”江声这才转过正脸问他。

“当然，洗脸，擦油，睡觉啊，护肤对男人也是很重要的。虽然我天生底子好，也要保养啊。对了，我还泡脚呢……”

李汉卿想着江声居然有这一天，夸夸其谈起来。

江声想着华影还一个人待着，实在不想废话，问：“卸妆需要用什么？是油，是水，还是膏？”

李汉卿突然打住瞪了瞪江声：“我操，你还化妆了？”

江声继续问：“这个是用在哪的？”他指了指最贵的抗皱精华。

李汉卿捧着盒子研究：“这个啊，肯定和眼霜一样！”

同事多年，江声一眼就看出李汉卿不懂装懂，不顾他在后面喊着“你等下我查查”直接走到柜台前，专业的事求助专业的人，是江声的生活经验。

他看着低着头玩手机的营业员妹妹，斟酌了下，为了华影的脸，还是开口：

“请问……”

深夜的超市没几个人，打工的是兼职营业员妹妹，低头玩着吃鸡，一抬头，手机直接掉在地上。

“请问你知道卸妆该用什么吗？”

“知道，知道！”你长得那么帅，我什么都知道！

江声心中大定，露出一个微笑。

营业员妹妹呆滞地愣了。

啊，什么眼睛里有星星，什么背后有烟花，什么心中有花开，原来是真的。

让营业员妹妹开心的不止是来自一米八俊秀美男的求助，还有经过她的讲解，居然卖出了店里最贵的护肤旅行套装，还是两套。

没错，美男子埋单之后，冲过来一个金发碧眼的外国人，笑嘻嘻地递出卡给她：“那个，他刚刚买了什么保养品，我也来一套。”

江声对于怎样撩动了一个少女的心一无所知，对于李汉卿在颜值上要与他保持与时俱进的竞争也毫不关心。

他一把将抱着泡面和旅行套装的李汉卿关在门外，蹑手蹑脚地走到床前。

看着华影毫无形象地将一只脚跷到墙上，斜着睡得正好，江声放心地松了口气。

洗了手，打来一盆温水。

江声坐在床边，从才买来的护肤旅行包里，找出洗面奶，贴在眼前才能看到小小瓶身上的针尖小字。

嗯，黄豆大小。

他认真地挤了点放在掌心，回忆起店里好心的小姑娘教自己的手势，细细地在华影脸上打圈揉搓，再用毛巾蘸了清水擦干净。

看着华影露出细白里带点粉晕的皮肤，江声十分满意。

下一步是什么来着？江声再仔细用他从来不轻易在科研以外事物上浪费的脑细胞仔细回想，哦，护肤水！

费了好一番功夫，江声终于把一套护肤流程做完，他实在无法理解女人为什么能在自己脸上浪费那么久的时间？

但又很满意自己的杰作，江声看着华影跷在墙上的脚，终究忍不住，小心地拿下来，抱起她，让她躺好。

经过一系列的折腾，华影突然闭着眼睛，伸手，大喊：“赢了！是我投的！”

吓了江声一跳，好气又好笑，她在梦里还和庄璎决一胜负吗？

江声又想到离开时庄璎的提醒，他眸光微沉，凝视着嘴巴半张，微微呼吸，睡得像个真的婴儿般的华影，摸了摸她的脸：“季海哥的事，真的和你没关系吗？”

华影突然皱了皱眉，嘟囔着蜷缩到一边。

在安静的夜里，声音倒是很清晰，江声听得明白，也琢磨出来她说了什么，突然一僵。

她说：“对不起。”

华影没想到自己一句梦话，让江声一夜失眠，她倒好酣睡到天空大亮，睁开眼睛。

茶几上放着外卖的白粥，江声留了字条说今早有会先去了公司。

华影看看周围，十分扼腕，竟然错过了大好的春宵。

摸摸自己的脸，除了有点干，没什么大问题。她捡起床边地上的旅行护肤套装，想到江声居然为自己洗脸护肤，这可是江声啊！真是不可思议。

她抱着江声的被子，心中甜蜜得多打了几个滚。

待华影回家洗澡化妆，换了层皮，重新走入海声总部的大门，她才知道约了江声的是庄璎。

难道是找她报仇来了？

华影以为庄璎是因为输了酒来找场子了，可惜人家女强人没有这份闲心。

庄璎是来找江声谈合作的，管制政策之下，X科技要打入国内市场只有找到合作伙伴。庄璎现在的老公岁数都大了不管事，公司事务都是由庄璎打理，庄璎有野心，第一个想到的就是海声集团。

会议室里，庄璎带着法务、财务、管理一共十二人的团队，声势浩大地给江声递上框架合作协议。

X科技有财有势，庄璎姿态也高，对江声说："条件你尽管开，但我要海声的绝对话语权。我也了解你们的现状，技术方面你是在行，但管理怎么能放心交给一个什么都不会的花瓶，也不怕人笑话。"

江声因为她的话皱了皱眉，才想开口反驳，华影就推门走了进来。

华影刚刚换了一身宽腿裤和真丝衬衫，走起路来只觉得虎虎生风，拿起协议，边走边看。

华影站在江声座位旁边，一只手撑着江声的椅背，一只手将协议丢回桌上。她的指尖触碰到江声的背，轻轻一点，划开一片只有她和江声知道的涟漪。

华影一笑："承蒙庄总的厚爱了，海声并不需要和任何人合作。如果要前任回来主持大局，那才是笑话。"

庄璎一把年纪，向来都是强势逼人，所到之处人畜皆避之莫及，哪里受过大庭广众之下被这样怼回来，气得拍着桌子站起来："轮不到你一个外人说话。"她心里还当自己是海声集团的女主人，华影只是个靠脸上位抢了她胜利果实的妖艳贱货。

华影也不气，眨了眨眼睛："庄总忘记了，我好歹也是有海声股份的。说起来，庄总才是个外人。"她摊摊手问在座海声的主管和股东，"诸位说是不是？"

庄璎虽然厉害，可到底也是X科技的人，怎么可能没有私心？反而华影，从一开始的代言到一步步帮海声一起摆脱危机，渐渐得到了大家的信任，一时之间，股东们开始往华影那边倾倒，自然有和事佬出来劝庄璎。

“庄总，我知道您也是为咱们这些老员工操心，但海声现在在江总和华总的带领下也算是稳定。你别看虽然江总和华总看起来这样，但配合起来还挺融洽的。哈哈，我们也挺满意现状的。”一个相熟的董事出来打圆场。

华影无语地和江声对视，什么叫“江总和华总看起来这样”，他俩在员工的心里是有多不般配，难道随时就要打起来？

江声眼中闪过一丝好笑，转头面对庄璎，冷静开口：“庄总，我拒绝这个提案。”他了解庄璎的个性，不达目的不会罢休，现在必须直接拒绝，他也向来不是会绕弯子的人。

江声列举原因：其一，海声的未来五年已经有所计划；其二，海声和宁大的研究室，和其他国产公司的也有安防协会的合作联盟，牵一发动全身；其三……

庄璎虽然知道江声智商极高但当他有理有据地列出，还是心下一惊，她本来以为只要她拿出钱愿意合作又有国外技术的支持，海声这种新不新老不老正在转型人工智能的企业需要财力、物力，一定上赶着合作，没想到碰了钉子。

庄璎沉了脸合上文件：“在座的都是熟人，这样的机会我不会再给第二次，你们最好考虑清楚。”

华影笑眯眯点头：“考虑清楚了，考虑清楚了。”

慢走不送。

庄璎带着团队立即打包走人，临走的时候，与华影擦肩，她想不通这个只晓得演戏的连商场摸不清边的草包哪里来的底气：“华小姐，不要以为手上那丁点股份能有多大作用。来日方长，总有你们来求我的一天。”

私底下华影配不上她喊一句“华总”。

华影也不气，挥挥小手：“山高水远，江湖总有再见时，谁求谁也不一定。”

挥别了敌人，华影意气风发地跟着江声回到他的办公室。

江声回头幽幽看了一眼正轻轻合上门的华影。

华影虎躯一震，抱住江声的后腰。嗯，劲道十足，好腰。

“你是生气我说话太狠了？”

江声转身，回抱住华影，摇头。

他并不是生气，只是他不能理解，为什么华影当年和其他人斗来斗去面子上还是保持友好的，而到了庄璎这连表面都不能维持了？

他提到其他人，又是忘记名字了。

华影解释：“刘蓓拉是妒忌我，庄璎那是骨子里对我的不屑，一个高一个低，而且我和庄璎本身就站在对立的位置，我做什么都不会讨好，反而成了没骨气的跪舔，不如干脆开战。反正你不喜欢我，好巧，我也不喜欢你。”华影握住江声的手，笑嘻嘻，“再说，我现在多了一个无论什么时候都会站在我身边的人啊，我这么有底气，为什么要费劲去讨好一个讨厌自己的人！”

她说得理所当然。

江声反扣住华影的手，好笑地抱住她。

她说对了，的确无论什么情况他都会站在她的那边。

华影经过试探，更觉得江声对自己是真的好，也是心中喜滋滋的。

“要我求她，做梦！”她突然想起，“庄璎当年没有要海声的股份吗？”

江声摇了摇头：“当时海声才起步，有很多变化，她和海哥经常争吵，最后离婚了。璎姐十分不看好海声，只拿钱不要股份。”

华影心情大爽地点头：“没想到风水轮流转，估计她现在肠子都悔青了。”

等等。

华影突然想起来：“我忘了和你说了……”

“什么？”

“季白知道我们的事情了！”

“知道就知道吧。”江声微微惊讶，却并没有在意这件事情。

“他是不是要去找庄璎去美国读书了？”华影突然想起庄璎一回国就接了季白季恬姐弟的事情。

她真心希望庄璎是想念孩子了，如果不是，连自己的孩子都要算计的人能对季家姐弟好吗？她打了个冷战。

“不过季白这臭小子可能也想念自己的妈妈，他走的时候我肯定要放鞭炮。就是舍不得季恬……”华影叨念着。

口是心非的人啊，江声有些好笑地抱紧华影。

然而，此刻华影并不知道，很快就不止季白一个知道她和江声的关系了。

这一天来得很快，其实也和往常并没有什么不同。

江声依旧一大早起来游泳，华影依旧第一件事是躺在床上边敷着面膜，边批阅奏折般刷完某圈刷微博。

然后，她点开自己暴增的转发留言，她的预感是自己继瑜伽教学之后又喜提热搜了。

这次又是什么？因为穿了条新裙子，还是去了家新餐厅？

人红就是没有办法，躺着都能上榜！

哎，这多对不起那些天天花个十万、百万买热搜的同行啊，白白占了别人的位置。

华影喜滋滋又无奈地点开一看，一个打挺坐起来！

愣了半天，第一反应是立即打电话给江声。

那一边，江声已经换好衣服背着包准备步行去公司，出门的时候还遇上了李汉卿，只有结伴同行。

李汉卿一推开酒店公寓的大门，无数的闪光灯对着自己，话筒接踵而至递了过来。

李汉卿的一生一直在盼望着个一举成名的机会，此刻他有一种上帝终于没有辜负他的欣慰感，他终于等到了这一天！

李汉卿立即背过身对着玻璃门整理了下发型，再转身，清清喉咙准备开口。

谁知记者们一看："不是江声啊！"

"不是，不是！是个老外！"

"走了，走了！"

闪光灯，话筒一起回撤，大伙扭着屁股一窝蜂散了。

李汉卿："How many 个意思？"

江声呢，托李汉卿自作多情和华影电话的福，被拖在了后面，讨厌人多的江声逃过了一劫，然而公司还有一堆的事情，江声想了想打了麦克的电话。

华影这边的情况并没有比江声好多少，她十分头疼地偷看了眼院子外等待围剿她的记者，又翻了遍微博。

标题十分香艳惊悚，华影与前夫合伙人暗度陈仓，共度春宵。

分别配着江声抱着自己走进公寓的照片，江声在便利店里买了一塑料袋东西走出的照片，自己第二天一早从公寓里离开的照片。

华影指了指最后一张对李彦说："你看，还好，我出来的时候特地戴了墨镜，没有素颜出镜哎！"

"这是什么好值得骄傲的事情吗？"金牌经纪李彦一早就赶到了季家老宅，她甚至需要从后院翻墙来突破记者的包围。李彦拿起抱枕就砸，自从华影宣布退出娱乐圈她都觉得自己的命长了点，没想到是自己太乐观了，"我让你小心点，小心点，你有听过我吗？就算要睡不能去外面开房吗？"

华影十分委屈："关键是我真的没有共度春宵啊！我都醉成那样了！"

那晚上要发生了什么倒也是算了，明明是什么都没有发生！她那个冤啊！

"那江教授大半夜的跑便利店买什么？不是买套？"李彦也不信。

"买个什么套啊！他那是帮我买护肤套装，套装！"

华影躺倒挺尸在床上，连闺密都不信，足以见得这下她是跳进酒精池里也洗不干净了。

李彦想找关系帮华影洗白已经晚了，好事不出门，坏事传千里。

八卦之中属情、爱、仇、杀最引人注意，她的很快就冲上了第一名。

李彦头疼："你看看网上现在都是一面倒对你的唱黑！"

华影当然早就看到了，说她为了钱勾引前夫的好友，说她退圈是因为傍上了海声的大船，死了一个又勾搭一个，毫无节操。

甚至还有人做了她以前和刘蓓拉上采访节目的视频截图，她说自己还单身的图片被做成了打脸表情包。

这年头的网络难道都有一条龙唱黑业务吗？这才多久时间就连周边都出来了，专业，太专业！

李彦没好气地说这完全是有预谋、有操纵的，对华影十分不利。

到底是谁干的呢？

华影有些心虚自己最近树敌太多，连谁干的都不知道，可能是一个人，也可能是一群人。

和这个被爱情冲昏头脑的女人讨论不出个所以然来，李彦只有带着乔装打扮的华影到海声总部和江声会合。

拜头条所赐，今天海声的安保比往常要严峻很多，华影一进门就感觉到空气里如临大敌的紧张和欲言又止的八卦。

虽然也因为明星的光环，她总是海声最受瞩目的人，而今天这份瞩目中多了很多让人不自在的打量。

然而，华影并不在意，反而拨了拨头发。她来的时候还比平时多花了半个小时化妆，有什么好怕的，大不了就承认了。

华影微笑着挺直了腰板，踩着高跟鞋，击打在地面上，发出磕磕的鼓点。

没错，老娘就是征服了江声的女人！

然而，华影并没有来得及找到江声，江声一进总部就被股东们召去开会了。

华影一琢磨这个会议特地避开了她，肯定就是和头条有关了。

李彦安慰她："反正那群老古板总担心你和江教授不好，现在好了，不用担心了。"

华影却没有那么乐观，摇了摇头："就像老板最讨厌员工拉帮结派，这群老狐狸巴不得我们意见不统一，成天竖鼻子瞪眼睛，斗来斗去，他们选择一个，然后和稀泥。如果我俩好了，那海声不就成了江声和我的了，我们意见一致，事事都夫唱妇随，哪里还需要他们？"

不得不佩服华影的高情商，果然股东们会议上正在对江声发难。

以江声的情商自然想不到那么多，股东也是知道江声从不撒谎的性格，所以先从他下手。

江声不能理解为什么需要开会："这是我自己的私事，我和谁谈恋爱、和谁在一起，关大家什么事？关海声什么事？”

自然有股东不满他，拍着桌子：“怎么不关，你看看今天海声的股票跌了多少？你这样对得起季总吗？”

“红颜祸水！”另一个本来就不满华影的股东开口。

这下好，华影本来在大家心中略有提升的形象又被败了个一干二净。

江声皱了皱眉头，根本不看陪着他的研发部主管周旭给他的眼神。

“华总没有做错任何事情。”

“那不是华总错了，就是江总自愿的？为什么？”

这些人久经商场，觉得一切都是有目的的。

江声哪里受得过这样的批斗大会，站起来，他身材高大，眼神磊落。

“没有为什么。这个世界上有很多为什么，为什么宇宙的表现是一个时间维度、三个空间维度？为什么宇宙常数有自身的数值？只有爱是没有为什么的，也不会问为什么的。我喜欢华影，是男人对于女人的喜欢，并不掺杂任何别的，我相信她亦然。我自问没有做过对不起海声的事情。”他顿了顿，“至于季总，对不起，也不需要在这里交代。”

一个股东说：“那就是江总承认自己还是行为有失的，我建议董事会重新考虑江总的管理权。”

这才是这群老狐狸的真实想法，像华影说的，如果她和江声真在一起了，海声不就变成了他俩的一言堂，这才是其他股东不能忍的。

江声冷冷道：“悉听尊便。”

同事之间，虽然每天相处的时间比家人还长，却不曾有谁想真正理解你。

今天是朋友，有朝一日也可以变成最亲密的敌人，所以他从来不抱有希望，他打开门走了出去。

华影在外面一直等着江声，反正都公开了，她还怕什么。

江声一出来，她就走上去，拉住他的手，细细观察他的脸色：“怎么样？”

江声反握住华影的手，一笑：“没事，到我办公室说。”

李彦看了眼门内大家铁青的脸色，着实为这俩人感到头疼。

江声的办公室里，华影、江声、李彦和李汉卿都到齐了。

李彦瞟了眼李汉卿：“你来干什么？”

李汉卿挺了挺胸脯：“三个臭皮匠，顶个诸葛亮啊！”

“关键是你连臭皮匠还不如呢！”

然而他们也没空吵下去，事情比他们想的要严重，江声才开的微博也被攻陷了。

留言五花八门：

“原来天才也是看脸的！”

“庸俗！”

彻底把江声从神坛上拉了下来。

不仅如此，海声也受到了重创，热搜上已经变成了“海声丑闻”。

员工们有埋怨不敢当面表示，微信群里却是炸了锅。

“看看今天的股价！惨死了！”

“咱们公司连海外财经版都上了！出名了。”

“麻蛋，老子辛辛苦苦打工就被这俩人当猴耍！”

海声一直靠江声的完美大脑和华影的出色公关双剑合璧打遍天下，却一遭被反噬，两个人被黑个彻底。

李彦这个金牌经纪人提议打死都不能承认，承认了有百害而无一利，她虽然崇拜江声，但不能让华影坐实水性杨花的名声。

“反正那是酒店式公寓，我等下去打点一下，就说你喝醉了，江教授给你开了间房间。”

华影摇了摇头：“仔细查一下就知道根本站不住脚。”

“吃瓜的人并不需要有理有据，讨厌你的不管你说出什么都不会被接受的，喜欢你的相信你说的一切，哪怕是假话！”

李汉卿突然跳起来说：“我有办法了！为什么不能说是我？”

大家一脸莫名其妙。

李汉卿兴奋地解释：“我就住在江声隔壁，我也下楼去买东西了，为什么不能是我和密斯华在一起了？”

华影：“这有人信吗？”

李彦摇头：“没有，还不如江教授呢！”

李汉卿跳脚：“什么？我牺牲那么大了都……”

很可惜没有人在意他到底说了什么。

华影走近靠在办公桌边的江声身边，他眸光清澈，完全是对她的信任。

她想着如果放弃了这次机会，或许永远都没法承认了。

江声握住华影的手，指尖相触，掌心相贴就能感觉俩人的心意相通。

他说：“不要紧，我听你的。”

公开也好，不公开也好，他们的关系除了自己不需要给任何人交代。

华影看向江声充满信任的眸子，江声一辈子活得堂堂正正，唯一的妥协就是自己。她怎么舍得辜负他？

她点了点头：“那就公开好了，召开记者会吧。”

李彦只有无奈地离开去准备，顺便拖走了大电灯泡李汉卿。

办公室里只剩下华影和江声了，华影走近江声，踮脚勾了勾江声的下巴，笑得像个欺男霸女的臭流氓：“你这个小情人终于要被我扶正了，怎么一点都不激动？”

江声好笑地伸手握住华影的手，他说：“你希望我怎么激动？”

“咦，那些古代嫔妃晋升，可是得三跪九叩地谢主隆恩，然后使出浑身解数让主子爽的啊！”

江声眯眼，冷笑问：“你想当主子？”

什么叫一秒即耸，华影立即摇头：“不不，我们互相是对方的狗，互相是对方的主子。”

江声一脸无奈地叹气，这说的都是什么话？他将她的手拉到脸上，手心贴手背，手背贴着他的脸颊。

华影的脸颊贴在他的胸口，听到一声声的心跳，她想了很多很多，却又觉得此刻什么都不需要说了。她抬头，踮起脚尖，将指尖插到江声的头发里：“记者会前先去剪个头发吧。”

他虽然还是不喜欢剪刀朝着自己的感觉，依然点头说好。

华影拨了拨他的头发，其实他的发丝很软，怎么样都好看。

“不要老靠我提醒，你自己也要记得去啊，阿生的手艺不错的。”

江声想到每次都过于热情的发型师，有些不自在，问：“一起过去吗？”

华影摇头：“我还有一件事情要处理，你先去，我等下过来。”

“好。”

说来也巧，李彦订的这间会议室正是华影和江声初次召开记者会，应对海声手机“换芯”事件的会议室。

熟悉的大门面前，华影和江声相视一笑。

这一次，两人都主动伸手，毫不犹豫地紧紧握住了对方的手。

门一被打开，所有的星光都落在两人交握的手上。

江声却并不在意，一直没有放开华影的手，直到拉开椅子，让华影先坐下。

发言的任务自然说好了是交给华影。

华影站起来，收腹挺胸，尖细的高跟鞋优雅地旋转，裙摆翻出小小的浪花，对着观众席，绾起头发的耳旁垂下的细细耳环在步伐摇摆中闪闪发亮。

她依旧很美，无懈可击的妆容，反复排练的姿态和最可亲的微笑，这些都是她的盔甲，她知道等下要讲的事情但心中却反而异常的平静。

她告诉自己没什么好怕的，就像每一次排练，只要一站在摄像机面前，她都能镇定下来。

调整了话筒，华影红唇轻启，反而先微微一笑："我知道近来的感情生活引起了大家的注意，首先谢谢大家的关心，我的确是喜欢上了江声先生。"

她的声音字节清晰地回响在会议室。

全场哗然，无数的闪光灯对准华影，她反而侧头，找到镜头在最好的角度摆出最美的笑容。

因为她知道这一刻不仅会成为新闻，还会是她和江声最重要的一刻，她想他日后回忆起她来会是美丽动人的。

她看向江声，两人眸光相撞，交汇。

江声一直端正地坐着，从华影的眼神中，他不知为何读到了一丝不安，是因为紧张吗？

他握了握拳，压下心头的不安，牢牢地看着她。

总是有唯恐天下不乱的人，立即有人提问："华影小姐和江声先生在一起是季总去世之前还是之后？季总知情吗？"

华影看过去，她早就料到今天一定会有人问，成败就在此一刻。

"我喜欢江声是在季海去世之后。事实上，今天的记者会并不仅仅是喊大家来听我宣布恋情的。"华影拿出口袋里的一张纸，这张纸叠的十分整齐，她保存了很久，从来没想到有拿出来的这一刻。

她将这张纸摊开放在投影下方，是一张季海签名的婚前协议书。

华影开口："季海先生在去世前和我达成过协议，他早就拟定了这份婚前协议书，如果他发生任何意外，三年之内我不能有新的恋情，如有违背将归还一切。在此我宣布，归还从季海先生那继承的海声集团的股份，并且归还所有从海声的财务所得，从此以后我和海声再无瓜葛。虽然我与季海先生的婚姻有名无实，但我的确是辜负了他的信任，在这里我真诚地道歉。因为我个人的原因令海声和江先生的名誉受损，我愿意离开。"

华影平静地宣布，她本来就善于利用声音，掌握台词的韵律，顿挫之间，好看的侧脸在闪光灯下熠熠生辉，差点让人忽略她到底说了什么。

长久的沉默，大家突然骚动。

大发！这场记者会突然从女明星和合伙人的不伦恋情公布会变成女明星为爱舍弃一切走天涯，这个操作简直精彩！

所有人的神情都兴奋极了，除了江声。

一直坐得笔直看着华影的江声突然站了起来。

宣布了这一切的华影，对着镜头一笑，没有再回答任何问题，就离开了。

华影没有回答问题，还有另一个当事人呢，媒体转头期待地看向江声。

却……没有一个人上前。

乖乖，这个脸色，谁敢跟他提问，不要命了？

在酒店预订的化妆休息室里，华影坐在镜子前，她看向窗外抽着嫩芽的新枝。

熬过了冬日，春天就这样悄无声息地来了。

身后响起了开门声，华影一颤，还是克制住没有站起来，她一直没有卸妆，等着他来。

身后的脚步声一步步走近，像走在她的心尖。

江声身上清爽的气息袭来，婚前协议书平整地放在她的梳妆台上，上面是季海的字迹，江声仔细看过的确是真的。

华影推开纸："我已经提前和律师把一切都处理完了，这张纸对我已经没有意义了。"

江声靠在床边，微风翻动起他衬衫的领子。他还是不能理解："为什么？"

为什么到现在才拿出来？为什么一直没有告诉他！

华影拿起化妆棉对着镜子，轻轻地擦拭着口红。

"一开始不说，的确是因为我不想放弃股份，我和季海结婚说白了就是利益互换。海声在转型需要一个有影响力的流量代言，我正好因为退出娱乐圈炒得沸沸扬扬，年轻人都说我敢作敢当。"华影自嘲地一笑，"但是谁也没想到这都是有代价的，我身后加上我妈的，欠了一堆的债，除了抓住海声还有什么办法？"

江声点头，他是一个理性的人，这些都是合理的。他摸了摸剪短的头发，还是开口："你一直隐瞒我们的关系，是不是因为这个？"

毕竟是江声啊，还是选择直面最难堪的答案，这才是他一直在意的。

孟惊涛说过为什么她在葬礼上还能悉心地打扮，庄璎也说过她并不是那么简单。

然而，他还是选择听她的回答，只要她说他就相信。

华影站起来，丢掉粘满鲜红唇彩的卸妆棉，转身。

"那个时候因为我妈投资的电影，我已经焦头烂额了，你能想象今天的一切在那时候发生会怎样吗？"

她太了解媒体会是什么反应了，才开始的感情怎么能轻易去赌？

江声上前，站定在华影面前，澄澈的眸子看着他："但你有很多的机会可以告诉我。"

华影别开眼："是，我想过告诉你，等我们的关系再稳定一点，在湖上的那一夜后，我准备说的，可是你告诉我季海的死是人为不是意外。"华影看向江声，

“对不起。后来我再想这个婚前协议，好像季海知道自己会出意外一样，仔细回忆，那个时候他的状态并不好，可是我却一点儿都没有察觉。如果当时我能问一问他，尝试走近他，或许就能明白他到底遇上了什么。”华影垂下眼，遮挡住自己的内疚，“然而我并没有。”

那个时候她到底在忙些什么：从巴黎定制的婚纱到底有多少颗钻？今天是不是重了0.5斤？明天去看什么时装秀？该PO哪张微博照片？面膜有什么刺激，为什么下巴上长出了一颗小痘？

“我的眼里只有我自己，怎么可能去在意其他的人。或许那个时候，任何一个人都比这样自私的我好很多吧。”华影放开江声的手，“所以，对不起，我知道季海在你心中的意义，虽然他的死不是因我而起，但我的确没有尽到职责。如果我能多在意周围一点，或许他就不会什么线索都没有就这样枉死。”

她的一生都生活在谎言当中，然而是他让她学会了坦白。

对不起，那个时候并不知道会爱上你。

对不起，虽然并不愿意让你知道，但这的确是曾经的我。

江声动了动手指，他想去握住华影的手，却突然想到了季海，那个在半夜无人的马路上找他，将他领回家，送他去读书的男人，终究没有伸手……

微风吹动窗前的白纱，仿佛什么都没有发生。

这个房间除了垃圾桶里有一张鲜红的带着唇彩的化妆棉，仿佛什么也没有留下。

晚上的时候，江声回了季家老宅，华影放弃了股票也自然没有理由再照顾季家兄妹。

庄瓔打过电话要来接人，但被江声拒绝了，今晚他想自己留在季家老宅。

说来也巧，季白也在家，江声进门的时候他正将季恬抱在怀里看《巴啦巴啦小魔仙》。

看到江声进门，季白立即跳起来，小心地看看他身后，有些失望，顿了顿才开口：“她呢？走了吗？”

“嗯。”江声的声音很短很快，一下子就散了，他轻轻换上拖鞋，走到室外。

季白再坐下来，已经看不下去《小魔仙》了，扶季恬自己坐好，悄悄走到后院。

一推开门，却发现穿着西装的江声手肘撑着膝盖上，坐在泳池边的躺椅上发呆，走近才看到他手里是点燃的半根烟。

从来没有看过江声这么颓唐的样子，季白突然一愣：“对不起！”他脱口而出，“虽然我知道你们在一起了，我也很生气，但我并没有告诉任何人，我发誓！”

江声诧异地回头，他站起来，将烟碾灭在几上的烟灰缸，突然转头笑了下，在季白眼里并不是多开心的笑，看得他反而心中一酸。

江声走回来，拍了拍季白的头："傻瓜，不关你的事。"

轻轻地打开门，他说："进去吧。"

唉！明明是安慰他，季白却感觉快难过死了。

季恬平时只要华影有空都是念故事给她让她睡觉的。她好像知道发生了什么，季恬没有问华影，只是到快睡觉了，像只树袋熊一样抱紧了江声，不让他走。

江声将季恬抱上楼，翻看着季恬的睡前绘本故事，他这才发现华影对季恬的用心。

虽然季恬不爱说话，可是绘本故事却很多，类型各不相同，每一个都很有意义，都是华影找人订的。华影说不要看孩子不说话，其实只要你告诉她的她都懂，总有一天会喜欢开口的。

季恬一直抱着最喜欢的玩偶，听着故事，最后还是忍不住闭上眼睛。

江声第一次做这些，虽然有些笨拙，还是轻手轻脚地将季恬平放在床上，想了想她会不会冷，又摸摸她的小手，多给她盖了一层被子。

这时，季恬突然睁眼问江声："影妈妈会回来吗？"

江声微愣，从俯身改为蹲在床边，双眸认真地看着她。

"会的。"他肯定地说。

季恬这才闭眼熟睡，连玩偶掉下地都没察觉了。

今晚季家老宅的人除了季恬，都辗转反侧难以入睡。

而那一边，人影稀疏的宁城国际机场的一角，戴着一顶大大的渔夫帽的正是被季恬惦记着的华影。

她对面摆着一张恨铁不成钢的臭脸，虽然心不甘情不愿地却还是将行李箱递出去的正是她的经纪人，啊不，一个落魄的艺人还需要什么经纪人？

奴婢李彦咬牙切齿："为爱抛弃一切走天涯，是你能做的事吗？"

华影笑眯眯摇头："不能，不能，现在想想我也觉得当时一定是脑袋搭错了线。"

李彦说："呸，不要给自己找理由了，别人大庭广众的能一紧张出错，你这身经百战的可能吗？不要来骗我了！你是不是小说看多了啊，你是傻吗？女英雄吗？你的名牌包包、衣服、鞋子、珠宝都不要了吗？"

华影擦了擦脸颊上的口水，她最近心态很好，最珍贵的面子都不要了，还怕点口水吗？她笑着接下数落："怎么不要，这说不定是我最后的财富了啊，包包我都放进防尘袋里了，珠宝也锁在银行保险柜了，你知道密码，我一直用的那个，我回来之前好好帮我照顾我的孩子们啊！”她笑着拍了拍李彦的脸。

李彦气得挥开手：“原来你是这样的！”指着海关大门，“滚，快给我滚！你保准会后悔的。”

飞机还没有落地，看到加拿大温哥华机场，在国内已经嫩芽抽枝的时候，这里还是白雪飘飘，苍茫一片，华影已经开始后悔了。

叹了口气，她就应该去海岛的。

然而来都已经来了，华影算了算自己剩下的养老钱还够骄奢淫逸一段时间，选了个市中心五星费尔蒙酒店，还请了个司机。

要说季海生前一点线索也没有留下，那也是不可能的。

华影想啊想，用尽脑细胞，突然就想到了她当年在温哥华拍戏，季海来探班时说头疼不舒服去过什么诊所的。

后来季海出事的地方正好在加拿大和中国的航线上。她拍戏都结束了，他还经常往来两地吗？这中间是不是有什么联系？

华影这么一琢磨，就找人查了当地的诊所，记者会上说暂时离开，也是早有计划。

只不过她还没有告诉江声，她一是有赎罪的心理，二是自己的心机，如果真能查出什么，甩到江声面前，那还不让他跪下来对自己感激涕零？

华影想想就觉得自己的计划实在是天衣无缝、完美无缺。

然而计划很丰满，现实总是很残酷。

诊所是香港移民后裔开的，不要看人家老广一脸黄皮肤，别说一句中文都不会，连华影这种因为拍戏广东话十级的都英雄无用武之地。

华影肢体加表情还搬出了谷歌翻译，表达了自己作为妻子想看一看丈夫生前的就诊报告的意图。

还没有说完，就被对方残忍拒绝了。

你问她是怎么知道的？谁还听不懂“NO、NO、NO”啊。

这在国内是很简单的事情，华影就是想不通为什么在这里碰颗个钉子。刷脸不行，哪怕掏出手机给医生看季海意外出事的新闻都不行。

华影晚上回去干掉了一只北美大龙虾，想了想不能就这样回去，又请了个翻译明日再战。

第二天，前台看到华影的脸都快给跪下了。

翻译到底是有用的，一顿叽里呱啦，原来医生虽然是个中国脸可惜内心是颗洋人心，把民主发达国家的隐私保护权发挥得淋漓尽致，说就算夫妻也是有隐私限制的，即使是夫妻也可以出现即将离婚，或者丈夫不愿意妻子知情的情况，华影没有权利查看季海的报告。

可怜的小翻译，嘴巴都磨破了，还是不行。

最后，还是华影有办法，和前台比画了半天，让翻译要来了季海的登记邮件地址。

华影一看，更加后悔了，什么育空区域，什么黄刀镇，她听都没有听过。

华影茫然地问翻译：“这是加拿大吗？”

育空的黄刀镇当然是加拿大，翻译说这里是加拿大的三大边界特区之一，几乎就在北极圈，有不少的原住民居住。标准的极昼极夜地区，就是夏季的时候天空彻夜大亮，冬季的时候哪怕白天也是黑的。

但是自然景观极佳，最有名的项目是极光观赏、淘金、野生动物观察。

华影听完了观光项目，心都凉了半截，多年的经验告诉她“自然景观极佳”的潜在含义就是没有购物、没有商场，物资极其匮乏。

过了几天五星酒店、顿顿龙虾的度假生活，华影突然发现一件事情。

那就不出所料地，她算错了账，剩下的养老金已经不足以支持她骄奢淫逸的下半生了。

她想了想还是放弃了翻译和司机，一个人买了机票直飞黄刀镇。

去边陲小镇的飞机本来就不多，而且很迷你，连个头等舱都没有（虽然华影已经抛弃了头等舱），加上气流颠簸，华影一路上把安全带系了又系，都快准备写遗书了，终于到了。

登机的时候还是晴空万里的大中午，落地才下午 3 点，却已经天黑了。

阳春三月国内春光大好，这里却还是天寒地冻，遇上了看极光的旺季，只有一家民宿有空位。

安顿好了住宿，华影提前租好的车要今天下午去车行开回来，明天又是假日，这里和国内不同，下班后和周末反而没人上班，商店不开门。

黄刀镇说是小镇，但是北美的一个镇比得上国内一个城啊，人口稀少，民宿位置有点偏，完全打不到车。老板娘让她等一等说老板去接下一个客人了，回来再带华影去租车行。

华影站在暖气充足的室内，看着玻璃窗外，泛着白光的黑暗，只觉得心里也和这窗外的白雪一样泛着冷。再看看时间已经快下班了，地图上大概 800 米的距离，想了想还是咬了咬牙，推开门，走入风雪里。

走了一半，那就一个悔啊！

华影的麂皮长靴泡在雪地里，已经废了，膝盖冻得感觉榔头一敲立即就要化成碎片随风飘逝，她裹了裹羊毛大衣，感觉和穿着一层 T 恤走在冬日街头没有什么两样。零下 30 摄氏度的天，华影觉得一呼吸，鼻毛都要结冰了。

华影平时在国内出门都有保姆车接送，哪里受过这种苦。才走了一半，感觉已是数年，往回走也不是，继续走又想哭。

连个路灯也没有，脚下一绊，一头栽到雪地里。

她就这样倒在雪地里，嘴里呼出的气是热的，从头到脚却是冰冷，脸上也说不清是心酸的泪水还是雪水。

想想这么年轻貌美就要命丧异国他乡，也不知道这帮洋鬼子能不能认出她是个明星，好让她上个头条，找个人来替她收尸。

再想想她自己吃了半天的苦头，那该死的江声居然一点儿都不知道，她都快悔得把肠子吐出来了。

不行，华影想到这里颤抖着手要去按手机，临死不也得留个言嘛！

她哆哆嗦嗦地打开江声的头像，千言万语只化成一句："阿欠！"

"喂，我快被冻死了！"

"如果就在这里死了，那我欠你的算不算还清了？"

"真是可惜，早知道走的时候会这样，我就要把你睡一遍再走了……"

她对着手机咕噜半天，却发现手机都没有电了，充电宝在包里。

包被扔在一臂之外，此刻对她就是世上最遥远的距离，她实在没有力气拿了。

死不瞑目啊！

突然，眼前探过来刺眼的灯，听声音约是一辆车开过来，华影使劲地喊救命。

HELP，妈妈咪！

她这么瞎使劲，那车倒也没有辜负她，突然停了下来。

快速的脚步声由远及近到华影了的面前，华影努力抬了抬沾满碎雪的脸，一看，愣了。

来人身穿长及大腿的羽绒服，踩着登山靴，穿得如此多的情况下，还能感觉身形瘦高。

逆着灯光，华影虽然看不到他的脸，嗯，却感觉莫名的熟悉。

此人踏雪而来，背后光芒万丈，华影趴在地上心脏咚咚直跳，感觉都要把雪地砸出一个深坑了。

他怎么可能在这里？一定是幻觉！

吱呀吱呀踩雪的声音在耳旁停住，风雪四起，华影的眼睛都要被雪糊住了，努力睁开。

一张熟悉的脸映入眼前，眸色黑亮面容俊秀，只不过眉毛鬓发上染上了细细绒绒的雪花。

简直不敢相信，华影长长的被冻住的睫毛眨了又眨。

其实她自己现在的情况也不比江声好多少，巴掌大的脸已经被雪遮住了一半，没遮住的地方妆也花了，但在江声眼里却是比平日里更加可爱，像雪地里的一只小松鼠。江声惊讶片刻立即伸手一把将华影拉起来，边扶着她站好边用手搓着她的手臂。

“没事吧？你怎么样？”江声关切地问，干脆把手套脱了，去拉她的手，只觉得手里冰冰凉凉的，像个冰柱子，直接将羽绒服脱了披在她身上。

江声穿着黑色毛衣紧紧抱住裹着羽绒服的华影。

华影打着哆嗦，等着回温，僵硬的身体慢慢开始恢复，思路也越加清晰。

异国他乡，危难相逢。

华影做的第一件事，是伸出手，对着江声的胸膛——直接连环小粉拳。

“你怎么才来？”

要知道华影小姐姐这辈子出门都是助理同行，前呼后拥靠着刷脸占尽便宜，这几日先是被拒绝后又差点客死异乡，搞得那么狼狈这都是为了谁？

“都是你，都是你！”

华影那个委屈啊，上手开打，已经忘记了她要默默给某人一个惊喜的初衷了，什么忍辱负重都见鬼去吧！

江声呢，先是一愣，无奈地笑着抱住华影，轻轻拍着她的后背。

“对不起，我来了，我来了……”

他反复地说着，直到华影哇的一声扯着他的毛衣将头埋在他怀里。

民宿的老板是一个娶了中国老婆的纯老外，对中国人一直相当有好感，江声喊住他停车，毫不犹豫地去救人的时候，他就觉得中国人真是好啊，乐于助人！

江声抱起华影的时候，他对江声的好感已经直飙到达巅峰，中国人见义勇为啊！

等等，为什么这两人抱起来了？

等等，为什么那女的打起来了？

等等，哟，亲上了！

民宿老板：哦哦，中国人果然很特别！

话说原来名宿老板接的客人就是江声，将两人接回民宿。

华影问江声怎么会出现在这里，她当然不会相信江声是从天而降。

江声默默地递出手机，华影这几天为了躲避堵心的留言的确是没有用微博，但是她开掘了新的沃土——INS 啊！

华影打开自己的 INS，昨天拍的大龙虾图下面突然留言暴增。

“华影的 INS，前来围观！”

哎，这么快被攻陷了！

要说江声为什么出现，还得从季恬说起。

那日他为季恬读完故事，捡起玩具，就觉得玩具有点重，打开一看，里面是机器，只不过坏了，季恬也没有说。

以江声的个性，当然是立即帮季恬修好，可是当他拆装的时候却发现核心零件非常精密，这个玩具机器人完全是手工定制的。

他突然觉得一切东西都有了线索，江声立即联系了零件的厂家，根据编号发现零件全部都被寄往这个小镇的某一处地址。

他本来准备等机器人修好再来的，可当他翻开华影的 INS 的时候，惊讶地发现华影也飞来了加拿大，就立即询问了李彦她的行程，订了和她同一间民宿而来。

所以这种不谋而合完全是两人思路的碰撞。

华影直觉接近真相，很是激动：“我租了车子，咱们明天就出发！”

江声摇了摇头：“还要先去一个地方。”

江声把华影拉到了Costco，当地最大的超级市场，小镇上都是观光客的生意，超级市场人烟稀少。

华影十分不解："你居然还有心情逛超市？"

江声指了指放在柜面上，摞起来一层层的毛衣和羽绒服："你需要换上这些。"

华影嫌弃地看看挂成一排，没有任何商标，袖子像个大面包的羽绒服，再瞧瞧盒子堆得和她一样高，鞋码完全没有规律的雪地靴，牌子更是听都没有听过。

她指了指自己的鞋子和衣服："我身上的可是意大利的大衣，鞋子可是这季的限量版，你让我穿这些？"

真的是江山易改本性难移，她的反应完全不出江声所料。

江声冷静开口："这里没有百货商场，这已经是最大的超市，你要不选择穿这些衣服，要不就不要出门了。"

"这里居然连导购都没有！"华影咕哝着，碍于江声的淫威，只有自己过去挑了一件羽绒服套上在镜子前试试。

她本来就是衣架子，穿什么都好看。而且穿上后世界从此就不一样了！居然那么暖和！再也不要想从她的身上扒下来了！

再一看标签，才100刀，买！

鞋子呢？30刀，买买！

毛衣呢？居然50刀，买买买！

这是什么鬼地方，为什么都那么便宜，每样来一打好了！

于是，当江声买完应急用品回来，惊讶地发现这个女人突然从一脸嫌弃变成了欣喜若狂地大购物。

江教授怎么也想不通他走之后到底发生了什么？

事实证明，当生命和面子一起受到威胁的时候，还是生命取胜的。

第二天，华影断然舍弃了大衣，选择了她这辈子从来不会穿的，从头裹到脚，像熊一样的羽绒服，加上大棉靴，远远看上去就是一个竖立的排包。

一步一摇地走到了车前，拍了拍衣服仰天大笑，零下三十摄氏度、五十摄氏度尽管来吧！

江声正在往后备厢里装着东西，水、罐头、指南针、融雪药、绳子、手电筒、灭火筒、急救箱、危险显示灯……

华影一脸惊讶地看着后备厢很快就被塞满，"我是老司机，你至于那么怕吗？"

江声关上后备厢敲了敲华影的脑袋："有备无患。"

极昼的天气光线很差，说不定还有暴风雪，江声本来就不赞成华影开车，华影偏要坚持路途遥远，最快的方法只有自己驾驶，他只有做好准备。

看出江声的担心，华影抱住江声嬉笑：“有什么好怕的，反正我最惦记的人都在身边了，大不了坐一对亡命鸳鸯。”

这是这么用的吗？江声非常头疼地抚额，还是觉得有点不大靠谱啊。

一路上，还有点灯光，看到一栋栋的小房子和湖泊，偶尔有小鹿经过的警示牌，华影和江声聊着天，江声解释国外的风土，两人都感觉很好，像是约会之旅。

慢慢地，华影发现周围的老司机即使在雪地上也像平时开车一般，她也放开了胆子。

然而，她忽略了雪地开车最可怕的是黑冰。

极圈附近因湿度大，气温低，雨水和融化的雪水经过风一吹就结成了冰，这种就叫作黑冰。

事实上黑冰本身并不是黑色的，反而是透明的，薄薄一层，透过它能清晰地看到冰层下的路面，仿佛就像没有这层冰一般，让你以为这是普通的路面，然而当你开上去打滑的时候已经来不及了。

所以真正可怕的危险并不是我们能够觉察到的，恰恰相反，正是我们想当然地认为安全的事物。

此时的华影当然也不可能觉察，随着目的地的接近。越走越偏，手机没有信号，山路很窄，只有一条道，慢慢已经没有路灯了，前后也没有车，看看车上的时间已是晚上十点。

华影打了个哈欠，顺手打开电台音乐。

江声一直在观察她，心疼地说：“找个地方停一下吧。”

华影打开雨刷刮了刮窗户，只能看到周围的白雪，她眨了眨有些干涩的眼睛，摇头：“这地方那么偏哪有加油站什么的啊，快到了……”

话还没有说完，车子就开始打滑、旋转。

“完了，完了，走到冰上了……”华影一下子慌了，松开方向盘，方向盘快速地自己转动。

江声立刻伸手握住方向盘，大声朝她开口：“冷静一点，先控制住！”

华影这才赶紧将双手放回方向盘上。

无奈他们能控制的已经很少，车子迅速偏移撞翻了护栏，一下子冲下了山坡。

等华影恢复冷静，只感觉胸口的安全气囊已经炸开，自己完全掉了个个儿，车一定是翻了。

歇菜，她这个老司机这下玩了票大的。

华影被卡住不能动，只能喊着江声，谁知江声也没有回应。

华影有些着急，转着酸疼的脖颈去看江声，只见江声脸色苍白地闭着眼睛，长长的睫毛像脆弱的蜻蜓翅膀一般颤抖。

华影看着车窗外，一根根细细的尖利的树枝，正对着他们，突然明白了江声为什么脸色如此差了，他的尖锐恐惧症！

没错，此刻的江声一下子被拉回儿时的车祸现场，和现在一般，车子的旋转坠落，滴血的利枝就在眼前，妈妈护着他的怀抱渐渐变冷，江声的呼吸一下一下变得浓重而急促。

华影觉得整个人就像被卡车碾轧过一般，其实她也很害怕，根本看不到自己什么情况，车已经熄火了，她上下牙打着战，却还是抖着手，在黑暗中去摸索着江声的手。

她终于摸到江声的手，冰冷无比，华影自己的手也是僵的，却还是努力去覆盖住江声的手背，一如他昨天找到她的时候一般。

她一遍又一遍地说着："我在这，别怕，别怕！"

黑暗中，江声突然睁开眼睛，华影的声音在耳旁越来越清晰，他忽然意识到自己并不是一个人，为了所爱之人，他不能畏惧。

江声一遍遍想着心理医生的疏导，深呼吸，不去回忆，他努力地动了动四肢。

江声在副驾，情况比华影好很多，没有安全气囊阻挡，他解开安全带爬下车。

漆黑的夜里，尖利的树枝从四面八方而来，像猛兽峥嵘的獠牙，江声闭了闭眼，用力拿手挥开，迅速绕到华影的那边。

无奈，华影悬空被卡住，江声拉哪儿她都觉得疼，"啊哟，我感觉要被五马分尸了！"

江声咬牙："你不要说话了！"她吵得他心烦意乱。

他这匹"五马"真是很无奈，又急又怕伤到她。

华影说："不行！你自己先走好了，等你到了上面还可以搬救兵来，我那个包看到没有？"

江声摸索了半天把包找出来，华影指了指："里面的化妆袋里黑色的口红给我，我就是圆寂了也得美美的！"

"闭嘴！"江声一把将包丢下，什么样的女人手都抬不起来了还要擦口红？他冷笑："我走了还不见得能找到回来的路，这么晚能有什么车来？你以为这里只有冰天雪地吗？"

"难道不是？"

"当然不是，有爱吃人眼睛的乌鸦，有熊，有土狼，哦，还有比狼更可怕的动物叫 wolverine，你听过吗？"江声边找寻着最佳角度边慢慢开口。

华影咽了咽口水：“没，没有。”

“嗯，翻译过来叫金刚狼，它们长着狼的脸和熊的身子，指甲和牙齿非常长，长长尖尖的牙像吸血鬼一样是露在外面，非常凶狠，连熊都害怕它们，它们像狼一样群居，还会爬树。”江声不紧不慢地说着，平静的声音在安静漆黑的夜里却森冷极了。

华影竖起耳朵瞪大眼睛，怎么觉得远方的树枝动了下？她立即拉住江声的手：“你敢丢下我试试！”

江声反手用力一拉，华影一个尖叫已经到了江声的怀里。他亲了亲她湿漉漉的额头说：“不会，我永远不会丢下你。”

后备厢被撞开，很多东西都掉落找不到了，江声只有往包里塞了几样应急用品，背着华影往回走。

索性华影并没有流血，她让江声把自己放下来，江声并不听。

两人终于慢慢回到空旷的高速，江声打开危险显示灯，抱着华影坐在路外的树下。

异国他乡，没有信号，来回也没有车子，只有身下的白雪和身边人的体温，却安心极了。

华影抬头，突然指着天空：“哇，星星！”

夜空中出现大片的繁星，闪着璀璨的光。

明明是灰头土脸，然而劫后余生能和爱的人坐在一起看星星却浪漫极了，华影唱起歌来：“一闪一闪亮晶晶……”

她的歌声永远是摧残般的、暴虐般的，是耳朵的死刑。

然而此刻，江声却勾起唇角，笑了起来。

华影唱完儿歌唱国歌：“五角星代表我的心……”

忍不了了，江声打断她：“星星是球体并不是五角。”

华影拒绝相信：“星星都是五角，大家都画成五角。”

江声解释那五个角其实是星芒，望远镜和相机拍的星芒是因为光学衍射，人眼看到的星芒是因为眼睛的晶状体有缺陷。

华影转头看进江声比星辰还亮的眸子：“所以肉眼也是有欺骗性的，要用心去看啊。”

她轻轻抚摸着江声的手背，上面全是刚才救自己时被树枝划伤的交错的口子。

这个男人啊，明明害怕却为了自己什么都做，还偏偏什么都不说。

今夜只有星星知道发生了什么。

危险显示灯忽亮忽暗，可能要没电了，江声带着华影走远一点，他怕来车没看到他们撞上来。

突然，远远地有车灯照过来。

两人都兴奋极了，只要让车发现自己就得救了。

然而车从山路拐角开来，两人都傻了眼，居然是一辆油罐车，装满汽油的大货车，如果像他们一样遇上黑冰翻了车，着了火，后果不堪设想。

希望一下子变成了绝望，华影心凉了半截。

“你躲在这里！”江声立即抱起华影跑远，将她安置在雪坑里，他自己拿上显示灯就要回去。

华影死死拉住江声：“要去一起去！”

如果油罐车的司机没有发现他撞上怎么办？

江声大喊：“没时间了，不要让我担心你。”

他最后看了一眼华影，那一眼包含了千言无语，他默默松开华影的手，消失在风雪里。

油罐车越来越近，两束强光照了过来，华影被刺得眯着眼睛却还是一眨不眨地盯着江声的身影。

江声拿着警告显示灯飞快地奔跑，他伸长手臂挥动着灯光，像闪亮的流星划破黑夜。

然而在偌大的油罐车面前却微弱得如同一只扑向太阳的萤火虫。

华影瞪大眼睛看着江声的背影站在车光之中，只觉得眼眶湿润，这是来自江声一己之力对自己的守护。

油罐车司机看到了江声，立即刹车，终于减缓了速度，在冰上滑行了一圈，偏移了位置，刚刚好在护栏前停了下来。

原来，这辆车里装载了满满的运往加油站的汽油，一旦出事燃烧起来，不仅整座山上的树木，连山下的居民都会跟着遭殃。

司机连连感谢江声，将华影和江声带到了医院。

医生一检查才发现华影是左腿骨折了。

华影那个心酸啊，江声在拔扯她腿的时候她是真的疼啊，都快晕过去了，但她不知道如果自己晕过去江声会怎样，加上他的恐惧症。

天知道她都快疼死了，还要强行卖笑，外加卖唱。

华影的确是娇气，但她也分场合，可软可刚，能屈能伸，真是不容易。

这下打了石膏得在医院待着，这个北美严寒小镇本来就资源缺乏，人工不光是贵而是根本就没有！

护工的选择只剩下了一个——江声。

此刻病床上的华影叹了口气，看了看坐在病床旁边正在认真削苹果的江声。

那把刀怎么拿怎么奇怪，切一下一个坑，皮和肉都掉一大块。

江声非常疑惑地端详着苹果，是这个苹果有问题还是这把刀不对？

华影实在看不下去了，伸手抢过苹果和刀，那架势仿佛要拿刀砍了江声一样。

“不是苹果，不是刀，是你有问题啊！”

华影削着苹果，苹果在手中转动，一圈一圈的花翻下来，一个光滑的切面出来，再对比下上半部的坑坑洼洼。

苹果：鬼知道我都经历了什么！

要华影素颜不洗头地躺着简直是对身心莫大的折磨，更关键的是她还要如厕啊。

江声要帮她，她不让，憋到不能憋的时候，她按铃喊护士。

护士也忙，半天不来，华影那个煎熬啊。

江声默默递上尿盆。

华影差点掀桌子，指着尿盆仿佛这辈子都不想看到：“我坚决不会用这个的，你拿走丢掉！”

就知道她会这样说，江声干脆利落地掀开床单，抱起华影，放她坐在马桶上，一气呵成，完全不给她反抗的时间。

加拿大的病号服非常方便，是后背系绳子的大长袍，江声帮华影撩起长袍，露出细白纤长的双腿。

华影涨红着脸，按住江声扒拉她小内裤的手：“我手又没折，自己来，你出去！”

江声站在门外，门虚虚掩了一道。

最后，华影坐在马桶上，腿打着抖，牙也气得打抖，什么形象、面子，统统见鬼，她自诩从来不会让人看到自己这不堪的一面，没想到还没有住在一起全部给看了个遍！

江声哪里知道华影的想法，听了半天没有声音，着急地问：“出来了没有？我帮你喊医生？”

华影拿起一卷卫生纸砸门：“你站在这儿我出不来，你走！”

江声摸摸鼻子，还是不走，只是没有发出动静了。

华影人生名言做什么事结果不重要，最重要的是姿态一定要美，想想如今的田地，自己在马桶上流着泪解决了人生之急。

到了晚上就面临着更严峻的问题了，华影要洗头，她不能容忍油腻腻的头发，闻到都想吐了。

华影让江声在厕所里的水池前放把椅子，她准备坐在那自己给自己洗个头，顺便抹一抹身体。

谁知道这么简单的事情现在竟变成了难题，把头放在水龙头下面要压低很多，头不停地和水龙头打架，眯着眼睛去压洗发水，她踮着一只能用的腿，只有拼命伸着脑袋，把头往水龙头下送，转着头想冲干净，水却往领子里灌。

华影挫败极了，眯着被水糊住的眼睛，突然觉得有一双大手扶起自己的头。

江声连人带椅子一起抬起来，将椅子掉了个个儿，华影一下子变成背对着洗手台了。

江声蓄满一水池的水，解开衣袖的扣子翻起来露出结实的小臂，然后往洗水台的边角垫上毛巾，他轻轻托着华影的头，让华影仰着头，脖子枕在毛巾上。

江声的手在华影的发间穿插，捞起水池里头的温水，梳理着华影的湿发。

华影只觉得他的指尖按摩在自己的头皮，她偷看着江声专注的眸子，仿佛帮她洗头就是最重要的事情了。

华影的角度正好可以细细地打量江声，看着他紧绷的下颌曲线，下巴上有这几日未来得及打理的浅青的胡楂，挺拔的鼻梁，黑亮的眸子。

她想起那个劫后余生的雪夜，缀满了星星，仿佛挂在夜空枝头的满满的心动。

华影不再反抗，由着江声帮自己洗完头发，还要求吹干，虽然江声做得略有笨拙，但比起那颗苹果，华影已经非常感激了。

折腾完这一切，华影沉默地躺在床上。

江声白天照顾华影，夜晚的时差正好处理国内的事情，等他忙完已经是半夜了。

病房里有靠窗的一个小沙发，江声拿了靠枕准备睡觉，却听到华影的声音。

“你睡这儿来。”华影已经坐起来掀开被子，让出床边一角。

江声担心她的腿正准备拒绝，华影眉头一皱：“我很瘦，床很大！你如果要在那里凑合不如给我立即回酒店。”

江声只有关灯乖乖上床，华影背对着他躺着，江声之前一直在工作，现在感觉到华影异常的沉默，连个呼吸声都没有。

江声问：“你在生我气？”

他第一个想到的是自己惹了她，但实在想不到哪里惹恼了她。

华影说：“没有！”毕竟江声照顾了自己一天，华影又觉得这样对他很愧疚，飞快地说：“我是对自己生气！”

她虽然感动他所做的一切，却又不想那么早就让他看到自己最落魄的样子。

骄傲的人啊，总希望自己在喜欢的人面前是最美的。

江声知道了，在黑暗中勾唇笑了笑，他亲亲她的后脑勺：“你在我眼里还是最美的。”

华影转过身，两个人的眸子在黑暗中相望，望进眼里，望到心里。

江声伸手隔着衣服摸了摸华影的肚子，笑着：“就像小猫的肚皮。”

“什么意思？”

江声揉了揉华影的肚子：“小猫咪只有对着最喜欢的人才会露出肚子，让他抚摸肚皮，软软的，绒绒的，暖暖的，我喜欢你这样对我露出肚皮。”

华影扑哧一下笑了，圈住江声的脖子。

最初的相恋，总想将最光鲜的地方展现给对方，藏起所有的不堪和狼狈。

然而，岁月总会找到这些隐藏。

守着你的不堪、护着你的狼狈的人，才是那个一起走下去的人啊。

愿此生你能找到那个可以露出肚皮的人。

华影在江声的照顾下迅速地恢复可以出院。

江声本来就惦记着季海的事情，因为华影才一直耽搁。吸取了前车之鉴，他订了直升机。

找了个好天气，江声用轮椅推着华影，两人坐上了直升机直飞目的地。

随着气压的下沉，直升机逐渐降落在广阔的冰天雪地里，这里的积雪比市内还要厚，远处似乎有一片房屋。

江声足足跑了两趟，一趟抱着华影，一趟搬来推车，雪地上遍布着他的脚印。

然而出人意料的是房屋并不像有人居住的样子，相反，倒像是一个废弃的工厂。

江声抹开门牌上的积雪，写着和资料上一模一样的门牌号。

还有一个名字“HEARTOFA. I. Ltd.”

华影坐在轮椅上仰着脖子去看，一脸不懂：“心爱？什么意思？”

真是个智商令人着急的人，就算会几个单词也没用啊，连起来一样看不懂，江声叹了口气：“这里有标点，AI是artificialintelligence的意思，人工智能之心，这个Ltd是股份有限公司的后缀，这应该是一家公司。”

打开门，灰尘一片，空间很大，像一个足球场，中央的空间堆放着几台电脑，后面应该是车间，工作台和地上散落着零部件。

里面没有暖气，冰冰冷冷的，一片寥落之感。

江声原本推着华影走动，华影这几天已经从嫌弃到熟悉操作轮椅了，她害怕耽误时间，建议和江声分开行动。

晃动着轮椅，逛了半天，华影也觉得奇怪："季海真的在这里待过吗？他来这里干什么？"

就在这时，突然响起了开门声。

风雪被灌进来的时候，走入了一个高壮的身影。

来人身着厚厚的羊毛和皮草，脚上的靴子也是皮草制成，像熊一般。

他脱下帽子，露出蜡黄的脸，高原红的双颊，四五十岁的年纪，不像亚洲人也不像北美人，倒有点像印第安人。

江声上前和他交谈，华影虽然不懂英文，但也能听出对方的英文也并不好，倒是奇怪了。

江声和来人磕磕绊绊地交流完，告诉华影这位是当地的原住民。

所谓原住民是指最早生活在加拿大的人，后来被殖民者赶到了最寒冷的边缘地带。他们像一个私密的小群体一般地生活，依然保持着久远的生活传统，从不与外界接触，英语也不好，说白了就是加拿大的土著，少数民族。

这位叫舟的原住民英语已经算好的了，江声和他交流中知道他和季海有些私交，这家公司之前原来是有一群员工在这里工作的，不久前就破产荒废了，这里环境恶劣，员工早就走光了，是季海付钱让他守着这家工厂。

舟比着手势告诉江声他所居住的部落离这里不远，他听到直升机降落的声音就过来了，舟将一个文件袋递给江声，说季海给他看过江声的照片，嘱咐他如果见到江声就把这个袋子交给江声。

江声接过文件袋捏在手里，舟看看他们问了一句话，用手势打了个跑腿的样子。

华影问江声："他说什么？"

江声回答："他问我们还有什么问题，没事他就回去了。"

华影羡慕地看了眼舟脚上穿的用皮草做成的奢华大靴子一眼，偷偷问江声："你能不能问问他们部落还卖不卖靴子……"

在江声嫌弃的眼神下，华影还是把问题咽了回去。

江声打开文件袋发现里面是这家公司的资料和一个U盘，他找了台电脑，插上U盘，除了机密信息，还有季海的一封信。

江声吾弟：

当你看到这封信时，证明你已经找到了AI之心。感谢你从未放弃过我，我也知道这世上能托付的人唯有你。

如你所见，我于两年前买下这家濒临破产的公司，因为它是一家美国上市公司。

我反向并购AI之心，准备使海声集团成为其子公司借壳上市，却没想到在半年前查出自己已是脑癌末期。

我知道你总是劝我不要太过激进，临走之前还和我吵过一架，现在想来很是遗憾……

看到这里，华影问江声："你和季海吵过架，什么时候？你知道他得了这个病吗？"

江声垂下眼，慢慢摇了摇头："季海哥一直想要在美国上市，他和我提过有个捷径，我当时没有仔细听，还和他因为理念吵了一架。之后我决定一直待在美国不回来，再也不参与管理，没想到那是和他见的最后一面。"

他眼中有泪光闪烁，华影深谙人情世故，一下子想到江声回国之初为了找到季海的尸体不眠不休，对海声集团扑心扑命，原来江声一直活在对季海的死的悔恨之中。

江声呢喃："如果当时我知道这样……"他捏紧了拳头。

华影握住江声的手："你并不知道的，你已经做了你能做的了，季海和每一个企业家一样，一直很有野心，你阻止不了的。"

季海信中写道：

我因为得了这病想加快脚步，向X科技签下一年内成功上市的对赌协议，借得融资，却没想到并购也出现问题，负债累累，最终也失败了。我虽然知道你和我说旁门左道一定会得到反噬，却总想投机取巧，现在我想我就是得到了报应。

自知时日无多，也害怕病魔的折磨，更愧对海声与你，我选择了结束自己的生命。

我知道以你的品性一定会想方设法为我挽回，这次我是用个人的名义买下AI之心，和你无关，一切都是我咎由自取，请不用为我推脱。

唯愿你能好好守护海声和我的一双子女。

另，如将来见到华影女士，请帮我和她说声对不起，为了掩盖我的自杀动机和海声的危机，我不得已将她当成了临时的稻草，不敢乞求她的原谅。请善待她，放她自由。

华影和江声看完季海的信，确切地说是他的遗书，只觉得五味杂陈。

华影喃喃自语："原来他是自杀啊。"

其实她也知道季海是一个非常有野心、有计划的商人，商人皆是如此，权力、金钱谁不喜欢？季海已经算好的了，他的野心只是海声集团。

本来娶她就是一笔心知肚明的买卖，只是没有想到原来季海设了这么大的一个局。

现在这家废弃的 AI 之心该怎么办？

华影只觉得 X 科技听起来很耳熟，仔细一想不是庄璎的公司吗？

季海到底和她签了怎样的对赌协议？

华影不敢现在就和江声讨论，因为江声看完信就一直在沉默，他的情绪很低落，似乎有些回到一开始见他时的沉默寡言的模样。

华影能做的只有陪伴，离预约的直升机返航的时间还没有到，工厂里没有电和暖气，华影动了动手脚，转了转脖子觉得有些冷，她转动的时候突然觉得窗外的黑暗之中，远远地似乎有一缕荧光。

华影突然瞪大眼睛，喊着江声："快看那里。"

"那是极光，我人生中还没有看过极光呢！"华影一脸兴奋地把轮椅行驶到窗边。

她突然被江声拉住轮椅，江声将华影抱到门外，江声坐在台阶上，华影坐在江声的膝盖上，江声用羽绒服裹着华影，两人一起看着极光，等着直升机。

一开始只是一抹浅浅的绿色，远处含苞待放的一道小缝。

慢慢地，这道缝越变越大，出现了无数的光束，浮动着，游弋着，仿佛神之手撒下了一抹抹荧粉，空气都变得晶莹剔透。

在极光爆发的时候，江声抱着华影上了直升机。

这可能是两人这辈子见过的最美的景色了，无数的光束在舞动，幻化成各种形状，天空仿佛突然放起了幻灯片，华影和江声就在这片光之中。华影伸出手去摸窗户，她觉得整个世界都在透亮着，舞动着。

直升机的飞行员也很激动，他兴奋地朝着华影和江声比画。

江声对华影轻声翻译，飞行员说 Aurora 就是极光，是太阳神和月亮女神的妹妹黎明女神。传说黎明女神欧若拉爱上美少年提托诺斯。此后每个黎明她都驾着天马金车飞向恋人，而她心中的思念便化为空中的极光。一起看过极光的情侣会得到黎明女神的保佑，长久在一起。

华影十分高兴，一个劲对司机比大拇指，说"Good"。

这个是她听过的最棒的传说，她朝极光女神虔诚地拜了拜，对着玻璃磕了磕头。

然后，就听到江声冷静的声音："极光是来自地球磁层或太阳的高能带电粒子流使高层大气分子或原子激发或电离而产生的物理现象。"

华影看着光束慢慢变黯然，突然说："我倒是听过一个传说，说极光是逝去的人的灵魂。"

江声长长的睫毛眨了眨，突然沉默了。

华影伸手按住江声一直牢牢抓在手上的文件袋，开口：“把 AI 之心一起带回去吧，为什么不能并入海声集团？季海一直想做的你一定能帮他实现的，让海声集团用自己的名字堂堂正正地在美国上市！”

那一瞬间，华影开心地看到江声眼中的黯然被一扫而空，眸子一下子亮了起来，比窗外的极光还要耀眼。

还有国内的烂摊子要收拾，江声和华影没有耽搁，等华影可以用拐杖的时候，江声就订了回国的机票。

飞机落地，江声要拿行李，华影从轮椅到拐杖终于重新找回了单脚落地的自由。她急着上洗手间，就自己先出了关。

谁承想记者们神通广大，居然收到了消息知道她渡劫归来，在机场守株待兔。

当华影拄着拐杖直奔厕所之时，记者们突然一拥而上。

华影只觉得这辈子都没有这样狼狈过，幸好她还戴了墨镜。

记者抛出问题："华姐，您这次为什么会选择去加拿大度假？接下来有什么计划吗？会复出吗？"

华影以前笑脸迎人，对记者总是客气，她明白"水能载舟，亦能覆舟"的道理，然而她现在已经不需要水也能安心行走了。她早就不耐烦了，尤其在膀胱就快爆炸的情况下。

华影挥手挡住话筒："看来国内最近都没什么新闻，你们非要跑我这来找热搜。我已经宣布退出演艺圈，不会复出的。我这也没有什么新闻，早点散了吧。"

有些记者知道她素来好说话，笑着说："华姐，你说几句我们好交差啊！"

华影冷笑："没什么好说的，该说的都已经说完了。"她推开话筒就要往前走。

"听说江总也跟去了，你们两个是什么关系？"

"您的脚为什么会受伤了？和江总有关吗？"

记者并不满意她的回答，话筒争先恐后地往她脸上戳，一下子就把她的墨镜推掉了。

无数的镜头对准她，拍照的声音此起彼伏。

华影都能想到等下标题会怎么写她，"女神华影颜值崩塌""素颜不能见人"……

然而，她没有伸手去遮。

怕什么，遮挡就有用吗？与其缩头缩尾不如让人看个够，满足普罗大众的八卦心理好了，再说即使不化妆又怎样？她难道是靠化妆坐上女神的位置？

即使不化妆，她的颜值一样能打！她就是这么自信！

华影干脆退后一步，冷冷地靠着栏杆让记者拍个够。

突然，她的后腰被人扶住，华影一下子站直被人推着往前走，她回头一看，正是江声。

江声一手扶住华影一手推着行李箱往前走，他一脸的冷漠反而让记者缩了缩。

但依然还是有不怕死的，追着伸着话筒过来："江总你好，请问你和华影女士现在是什么关系？"

江声停了下来，华影抓住江声的手，示意他不用理会，他不需要回答。然而江声还是回头了，他问："这是视频吗？有直播吗？"

记者一愣，立即点头，打开手机："直播，直播！"

江声似乎满意地点点头，转向镜头开口："上次记者会，她对大家说是她喜欢上了我，其实不对。"江声低头看向华影，漂亮的眼睛里满满都是她。他握住华影的手，抬头坚定地说："是我先爱上了她，早于她喜欢之前，早很多，希望大家能清楚这点。"

视频里，于千万人前，他就这样握住她的手，挡在她的前面说着。

华影禁不住心颤。她其实一直挺郁闷的，总觉得在和江声的感情中她是主动的那一个，主动撩拨他，他才会回应。即使在一起，他也从来不说喜欢也不说爱。

华影能感受到江声的付出，她安慰自己是那些喜欢花言巧语的俗货吗？她就是喜欢江声的务实坦诚，但偶尔还是会失落。

只是，没想到他会突然这样说。

江声却很平静地点点头对记者说："可以了，我说完了。"他搂着华影若无其事地往前走，然而华影看着江声微红的耳尖，促狭笑起来。

江声不耐烦地皱眉："你不是要上洗手间吗，快点。"

"哦哦，好。"

嗯，她果然还是个喜欢花言巧语的俗货！

江声突然有急事，也不放心将华影一个人，直接把华影带回了海声总部。

一进门，华影立即受到了李汉卿的热烈欢迎，李汉卿张开手臂奔向华影："密斯华，我想死你了！"

这个动作被江声和李彦同时阻止了。

江声的急事原来是庄璎的到来。

庄璎约是看到了江声和华影回国的新闻，单枪匹马杀到江声的办公室，瞥了眼坐着沙发里刷手机的华影。庄璎很不客气地对江声说："我有很重要的事情和你谈，闲杂人等能否回避一下。”

江声没有让华影走，华影才不会走，她就当作没有听到。

江声没有丝毫停顿地回答：“她并不是闲杂人等。”

华影笑了笑收起手机：“很可惜，让庄姐失望了，这次去加拿大的，除了江声，没有人比我再了解事情的始末，我猜你是时候亮出自己的底牌了。”

庄璎不屑：“你都和海声没有任何关系了，有什么资格和我说话？”

华影也不急，笑着抓住拐杖想站起来。

江声叹了口气，他就知道她睚眦必报不会老实，他走过去将拐杖递给华影。

华影挣脱江声的手，一瘸一拐，最后在庄璎面前挺直腰站定，她并没有因为拐杖而少了几分气势，相反，那明亮的眼睛令庄璎有些不敢直视。

“我夜宿江声家是你放风给记者偷拍的吧？”她问。

庄璎移开眼：“不知道你在说什么。”

华影却不放过：“江声和我从宴会出来最后见到的人就是你。除了你，没人知道我被他带走。除了你，我也想不出还有任何人能够从我的绯闻里得到什么好处。所以，除了你，谁还会干这么低级的事情？”

“你说谁低级？”

江声实在不会应付女人的吵架，头疼地打断：“庄总，这次来到底有什么事情？”

庄璎神色暗了暗，江声不再喊她璎姐，是真的为了华影生气了，但她也不是拘泥于小事的人，她将手上的文件递出去。

那是一份季海和X科技签订的协议，就是季海信中所说的对赌协议，季海10%的股权抵押给庄璎，海声集团一年内在美国上市，时间就是今年四月。

如果没有实现上市，则X科技有权拿走季海质押的股权。

或者，江声和华影也可以用全部投资款加30%的利息，回购X科技持有的股权。

华影算了下回购股权的数字，吓了一跳，她这点儿养老金完全不够看的。

难怪庄璎一直对海声志在必得，她终于展露了底牌，得意地笑了笑：“我说过你们总有回来求我的一天。”

华影摸了摸自己的脸，这脸打得着实有点痛啊！

华影在摸脸的时候，江声已经走上去翻看协议书，他仔细地读着，确定没有翻盘的机会，脸色有些沉重。

也是，X科技这样的美国大鳄，身经百战，怎么会出一个对自己不利的协议？怪只怪季海赌得太大。

庄璎理了理头发，气定神闲地一笑：“江总，我看海声这样子，今年是绝对没有可能在美国上市。回购股权的资金以你个人之力是拿不出来的，那我也只能勉为其难地收下季海的股权了。”

华影气得握住拐杖，她从来没见过比庄璎还懂谋算的人，心机之险恶让人不寒而栗。

华影说：“你一开始回国的时候不说，就是要拖到我们没时间反应，你就不怕季海泉下有知从棺材里跳出来找你算账？”

庄璎脸上一滞，冷笑：“华小姐真是文化水平有限，人死了就是一抔黄土，还怎么算账。第一，又不是我逼他签的协议。第二，婚姻本身说白了就是两个人合资做企业，不合则散，我从来不欠季海的。世事都是生意，讲究的就是在最合适的时机出击，这叫机遇，你们还有的学着呢。”

华影突然明白季海为什么和庄璎走到一起又最终分手，这两人都是生意人，庄璎却太过理智无情。

华影摇头：“如果把爱情和婚姻当作生意，那还有什么意思。你说的生意经我一点也不想学。”

江声在此时开口：“现在离约定时间还有半个月，我会依约在到期之前回购股权的。”

庄璎惊讶地脱口而出：“你哪有办法回购？”

江声不回答开门送客：“庄总，请回吧。”

庄璎走后，华影问江声哪有那么钱，难道是想用海声的钱来还？

江声摇头：“不行，那就等于让所有股东知道季海哥的事情。这些在他发生意外的时候就已经结束了，就让一切停留在那吧。”

华影知道江声的意思是让大家还是只以为季海是意外逝世，但她担心：“你哪有那么钱呢？”

江声回答：“我有些投资和个人收藏，先整理下看看，走一步算一步。”

江声每件事情都做万全的准备和计划，被逼成这样，华影除了心疼，更多的是因为江声对季海忠义的佩服。

华影明白季海真正的遗书只有她和江声看过，现在江声哪怕用最后的力气也要将季海尊严拼命保住。她走过去握住江声的手：“这不是你一个人的事情，当初是你帮我还了剩下的赎身金，我也欠着你和季海的。虽然我的资金要留给我妈养老，但我也是有点个人收藏的，以后自己开支收紧点，再拼拼凑凑也有个不少了。我和你一起！”

江声回握华影的手，她平时从来都不会紧着自己，能说出这些话来已经很了不起了。

此时已是阳春时分，江声和华影在相遇彼此之前都是独自打拼也不觉得有多难熬，然而一起走过风雪，面对着种种意想不到的困难，却突然庆幸有彼此相靠。

爱情和婚姻的哪里能比作生意，遇到难关就拆伙走人？

相伴的意义其实不过是在你人生下坠的时候，有一个人能牢牢地拉住你的手啊。

华影和江声回到季家老宅，华影自然受到了季恬小天使最热烈的拥抱欢迎，就连季白都对她不再顶顶杠杠。

华影觉得很是神奇，看来偶尔的离家出走还是有必要的。

为季恬读完绘本故事，华影来书房找江声，看到他拿着手机正在拍照，走近一看是在拍桌上的邮票。

华影看着拿起一张破破旧旧印着外文的邮票，问道："你说的个人收藏就是指这些？你的爱好是集邮？"

江声小心翼翼地用镊子从华影手里夹过邮票，点头："我小时候对家里印象最深的就是书桌，绿色的底布上盖着玻璃台面，台面下压着我爸集的邮票。他经常和我说这些邮票的故事，从设计到发行到漂洋过海，每一张都有自己独特的历史。"

江声小心地将邮票放好擦拭干净，说："翻看这些邮票时总能让我为它们背后暗藏着深沉的年轮而激动。"

他轻柔的姿势和温柔的眼神让华影都有些嫉妒他手中的邮票了，但很快华影就释然了："这种爱好反正也越来越少了。"

她想，太土了，这年头谁还用邮票，集吧集吧，反正集着集着就没有了。

江声将邮票和证书一起收好放回书架，开口："嗯，我已经把一张放到海外 eBay 上去拍卖了，准备先试试看。"

华影想了想："我也有些包包收藏，你可以帮我放到国外的网站上卖吗？国内虽然我认识一些二手包店，但这些限量版一看就知道是我拿出来卖的。"

既然江声的收藏是邮票，华影的收藏就是些名包。

而且华影想的是这些个破邮票能顶个什么用，到时候卖不出去江声该多尴尬，还是自己的包包靠谱点，她是多么贤良淑德啊。

然而，第二天，华影盯着电脑，简直难以相信自己的眼睛。

一夜之间，江声一张邮票以 35000 美元的价格成交，然而自己的包包 18000 美元都没人买。

华影在房间里暴走："这是怎么回事？一定是你的摄像技术有问题，我今天要拿到摄影棚里去用专业相机拍。”

华影常年的信念就是包包可以保值，她一直尽心伺候自己的包包，无论是小羊皮的还是小牛皮的，鸵鸟皮的还是鳄鱼皮的，麂皮的还是漆皮的，她都定期养护，放在透气防尘袋里好生供养，没想到她的名包居然打不过一张轻飘飘指甲盖大的二手货，她感觉人生观受到了冲击。

她打死都不相信自己的名牌包打不过江声的邮票。

江声拉住暴走的华影，让他坐到自己腿上，翻开相册，点开邮票的照片放大。

华影嫌弃地看了眼油墨不清的人像，问：“为什么？这是哪个明星？披头士吗？”

江声闭了闭眼深吸口气，才没被她气死，平静地回答：“这是美国总统林肯。这张邮票是林肯总统遭遇暗杀去世后的周年纪念印制的。你看这个版本，邮票背面第一次采用这种网格，是邮票在盖销邮戳后，墨色可以透过纸张纤维渗透到凹凸的网格里去，以防被重复利用。这种 1867 年代网格的黑色林肯票工艺复杂印量极少，才成了美国邮票中的珍品。”

华影点点头，指指自己的包：“这皮质可是 TOGO 牛皮，看看这细腻的手感。”

她指了指包内侧的 HY 刻字：“更重要的是这里刻着我的名字缩写。这个也是限量版本。我就不信我的包包卖不过你的破邮票。”

这个世界果然是疯子的世界，华影愤愤地走回房间，准备挑选更贵的喜马拉雅鳄鱼皮再战。

华影在海外网站遭受到了打击，认为是洋鬼子不识货，干脆转战国内，名包中介保密性做得很好，但也逃不过上流贵妇圈的法眼。

华影的限量喜马拉雅鳄鱼包被周秘书长的太太买下，邀请华影和江声到家一聚。

华影以为只是下午茶寒暄，谁知道去了，接待的却是周秘书长本人。

她一下子就觉得，此事必有蹊跷。

周秘书长和江声寒暄：“我竟然不知道江总也是邮票爱好者。”两人聊起了集邮。

华影心下讶异，他俩最近的动向倒是被人知道得一清二楚，就是不知道周秘书长是卖的什么关子，她本想陪着江声却被周秘书长夫人拉着去看她的包包收藏。

华影看着秘书长夫人在穿衣镜前拎着她最爱的喜马拉雅鳄鱼皮限量包包，她只觉得一口老血都要喷出来，恨不得冲上去殴打这个女人一顿将包包抢回来，想当年她可是等这款包等了整整五年，才得到的定制名额。

然而，此刻她却要满脸假笑地赞美：“您背着真是美极了！”

华影的心中有种亲手把自己的宝贝儿子送给了后妈的感觉，她曾经认为再穷也要留着当最后一只包，没想到为了海声竟然说卖就卖了，说到底还是被江声的美色蒙蔽了双眼。

恭维完周秘书长夫人回来，华影只觉得花园里共享下午茶的周秘书长和江声异常安静。

她笑着落座："难道我是错过了什么？"

周秘书长微笑开口："是这样，我知道江总最近手头有些紧，就想帮忙牵个线，正好长江基金想做些风投，看中了海声集团。"

华影听过长江基金，完全是宁城政府控制的基金，说白了就是政府看上了海声集团。

她和江声对视一眼，不约而同地两人眼中出现疑惑。

周秘书长说："江总说了华小姐也是海声重要的一员，他需要和你商量一下，正好你就回来了。我上面那位很着急，希望二位能尽快给个答复。"

华影低头看了眼下午茶，茶点很精致，是伦敦酒店外卖来的，华影一向喜欢吃它们家的拿破仑蛋糕，现在却没有什么胃口，而江声则是只喝美式咖啡。

华影也拿起咖啡喝了一口，她知道周秘书长肯定认为她是海声的弃子，不需要参与男人的商谈，而江声却事事都将她考虑进来。

她偷偷回望江声，江声眼中的全然信任突然给了她信心。

华影放下咖啡杯，一脸惊喜地回答："周秘书长和长江基金能看得上海声当然是天大的好事，也是海声的荣幸。只是无功不受禄，不知道海声有什么能帮到那位的？"

华影和江声的确现在很需要资金，但她知道绝对没有不要钱的晚餐。

果然，周秘书长也是滴水不漏的人，夸了海声集团半天，尤其提到了安防协会，和海声集团出色的安全数据网络。

周秘书长看出两人的犹豫开口："你们也知道那位还有两年就要退休了，对他来说最在乎的就是成绩，AI 城市是未来发展重点，安全数据这块我们十分重视，只要能拿下，以后海声的好处更是少不了的。"

上位者说话都是恩威并施，华影和江声只能说考虑。

周秘书长又说了一个投资的数字，让华影的心颤了颤，只要答应了，回购股权的问题倒是解决了大半。

回去的路上，华影和江声各怀心事。

到了季家老宅，华影换完衣服在后院找到正在抽烟的江声。

仿佛做错事被逮到的孩子，江声看了眼华影，转头就在烟灰缸里掐灭了烟头。

华影有些好笑地看了看烟灰缸，一瘸一拐地走上前，从背后搂住江声，将脸贴在他结实的后背。

“因为周秘书长的提议发愁？”

江声点了点头，背部微有震动。

华影好奇地问：“为什么？他这笔投资不正好是我们瞌睡了递出来的枕头？”

江声回答：“项庄舞剑，意在沛公。”

华影收起手来鼓掌：“江教授，你的中文又精进了！”

江声转身好笑地捏华影的鼻子：“周秘书长要的其实是海声的用户安全信息。只要海声接受风投，就意味着用户数据毫无保留地对他们开放，任他们予取予求。”

华影点头：“原来如此，我以为是橄榄枝没想到却是暗箭，枕头里面藏荆棘，那你怎么想？”

江声摇头：“我肯定是不同意的。但我也知道入乡随俗的道理，所以我想等你一起商量。”

华影想了想说：“你知道，就算你不答应，他们也不会放弃，总有答应的人。”

江声直起身，点了点头：“我知道。但对我来说，既然用户选择了海声，我就要对得起每一份信任。”

华影笑：“在我们国家，大家并没有那么看重隐私。你看看街上随意就可以填写手机号，学校成绩都是随意张贴，去医院看病连门都不关，隐私是最不值钱的东西了。你为了捍卫这份信任做出的牺牲，不会有人知道，只怕将来会被笑是傻子。”

江声耸肩：“无所谓，总会有意识到的那天，我并不需要任何人知道，只要海声能守住自己就可以。”

他的侧脸在月光下皎皎发光，华影抬手挠了挠江声的下巴：“哎哟喂，觉得你这个傻子居然很帅的我可能也是个傻子！”

江声握住华影的手：“那现在该怎么回绝？”

华影叹了口气：“当然是我去回绝了，叫周秘书长滚蛋，想都别想。”

江声笑着摇头：“你不会。”

华影说：“我当然不会，我又不是你，别多想了，我总有办法的。”

换了以前的江声肯定是当场就断然拒绝，然而现在的他却会等她来商量，她看懂他的信赖，自然也不会辜负。

华影想踮起脚，却因为正在康复有些吃力，拍了拍江声的肩膀：“喂。”

江声回神：“嗯？”

粼粼的泳池水光中，她叹气：“变成了个半残，连亲吻都要了半条命。”

江声翘着嘴角抱住华影，他坐在泳池的躺椅上，让她坐在他的膝上。

他说：“有些事还是男人主动比较好。”

“那你倒是主动啊！”

“嘘！”

结果华影还没来得及拒绝周秘书长，就收到孟惊涛和庄璎勾结在一起要合作的消息。

难道大伙都是一起约好了来搞死他们的吗？

孟氏的股票从一大早就直接高开，持续上升，接着媒体开始爆出孟惊涛和庄璎接洽合作的新闻。

其实这并不关华影和江声的事情，然而最近孟氏的小动作不断，不管是线上还是线下都对海声进行了价格的狙击，还打压垄断了几个国产供货商，大有趁你病要你命的架势。

华影断定孟惊涛一定是从庄璎那收到他们最近遇上困难的消息，两人内外施压。

“真是卑鄙！”华影非常气愤，她现在的腿已经好了不少，差点就要踹桌子了，被江声一把拦下。

相比华影，江声倒是意外的平静。

江声这种理科生的大脑，建议一个个解决，先把周秘书长的问题解决掉。

华影和江声在周秘书长家门外，恰好与孟惊涛狭路相逢。

时值暖春，华影一身浅樱色双层真丝连衣裙，外面套着轻薄的风衣，干练中带着娇媚。

孟惊涛看过来的时候眼前一亮，说：“华小姐，风姿依旧。”

华影可不会因为孟惊涛对她恭维而忘记了和他之间的仇怨，冷哼了一声：“彼此彼此。”她挽着江声的手想往里面走，江声却放手停下。

华影十分疑惑，明明说好今天是来回绝的，这人怎么回事，改变主意了？

江声问：“我有些事情想和孟总谈，你能一个人先去吗？”

华影惊讶了下，小声问：“你和他有什么好谈的？”

江声还没有回答，孟惊涛嘲讽的声音响起：“怕什么，我难道会吃了他？没想到华小姐也是个心疼人的。”

华影只能点头暂别：“放心，我能解决。”

江声也不再多言，转身向孟惊涛走去，华影觉得两人的火花噼里啪啪的都快把旁边的老树给打死了。

那边华影进门找周秘书长老婆先垫底，这边江声和孟惊涛展开了双边会晤。

孟惊涛原来是看不过去季海，宁城同一领域两个年龄和出生都相近的商人总是会被人用来比较。他的上位之路是靠女人，季海明明是家族联姻却成了励志教程，他本来就烦不胜烦。老天待他不薄，季海的号突然就练废了。他一直都想把海声收过来，兼并下游产业链，没想到杀出个江声。以为他这种书呆子一定不懂经商，却处处都能拆他的台，还抢了大明星的青睐。

庄璎知道华影和江声的关系也是孟惊涛提醒的，他这种情场老手一看就知道两个人之间有没有猫腻。华影和海声都是他得不到的，既然得不到那不如毁掉。

孟惊涛想到江声和华影的困境就很是兴奋："江总，自顾不暇现在还有心情在这里和我聊天，也不是一般人，还是说你觉得有什么是我能帮忙的？"

江声一直沉默着听孟惊涛自嗨，听到这里，点点头，说："有。"他抬头，"建议周秘书长投资海声，让海声的用户隐私数据库为他们监听所用，是你提议的。"

他本来只是猜测，看到孟惊涛走出来就变成了确认。

没想到他会直捣主题，孟惊涛一愣，随后勉强笑起来："江总把我想得太厉害，我有什么理由建议周秘书长，再说你们拿到投资对我又有什么好处？"

"有好处。"江声认真地点头，"海声的安防数据是才建立的，还有在调试中，而数据厉害的除了我们，还有孟氏老牌的云技术。安防学术会成立的时候，大家也是因此力邀孟总加盟。"

孟惊涛想到当时是中了华影的美人计才让江声有机可乘，他平生自大最好面子，想想就一肚子火，冷哼一声："那江总的意思是我不自荐自己企业拉拢周秘书长，反而推荐你们，你看看我是不是头脑不好的样子？"

江声平静摇头："因为你不能。我在侵入孟氏内网的时候，还发现你们有一个特殊的数据算法。"

孟惊涛突然一脸惊讶地回头。

江声继续说："我分析了下孟氏的数据增长，你们将用户的隐私用数据算法分析再定制，不止为自己的电商平台所用，并且将这些数据卖给了其他的合作公司。"

孟惊涛这下已经完全掩饰不住自己的震惊了，他没有想到那么短的入侵时间江声就将孟氏翻了个底朝天。

江声说："你不能将孟氏的交出去，但是周秘书长你也不能拒绝，所以你就把这块烫手的山芋丢给了海声。"

孟惊涛的脸色十分不好，却还是咬牙不肯松口："这有什么？用户也是点了同意协议的，定制信息输出，一下子就能找到你要的，我是给大家提供便利。隐私对中国人来说根本无所谓，大家愿意用隐私换来便利。"

江声冷淡地说："那好，既然如此，不如将你的善举告诉周秘书长或者安全协会，或者记者？”

他每说一个，孟惊涛的脸色就苍白一分，孟惊涛没有想到江声会一直握着这张底牌在最后对他亮开，谁说他只是个书呆子的？他咬牙却不得不低头：“你到底想要什么？”

“放弃和庄璎的合作。事实上，搞垮海声，下一个就是孟氏。”江声回答。

“哼，只要能搞垮，我还怕下一步。”孟惊涛气急了干脆不顾面子和盘托出。

江声点头思考：“嗯，孟氏的数据泄露，不是一年两年就能解决的问题……”

孟惊涛抬手：“不用你说。你不就是想威胁我这几年吗？三十年河东，三十年河西，慢慢等着。”

江声点点头：“江湖相逢总有时，说不定还有合作的时候。”

孟惊涛踢了一脚车子，打开门：“合作个鬼！”

他居然被一个小辈拿住了，奇耻大辱！

江声解决完松了口气，和华影会合。

两人的拒绝，倒是令周秘书长很吃惊。

周秘书开口：“江总的担忧我是理解的，但是我们没有西方企业所面临的严格的隐私法，中国公民也不反对他们的数据被收集，可以说政府监控是现实国情。而且，江总要知道没有我们的扶持，未来是很艰难的。”

为官者都是软硬兼施。

华影有些担心地看向江声，江声却不卑不亢地回答：“我确保海声的数据资源不会被第三方利用，但是如果我们也可以继续在其他方面合作，例如网络安防、数据监控，只要有需要海声的地方，我们一定义不容辞。”

加上华影和秘书长夫人通过气，秘书长夫人这时候端着茶点走进来，笑着说：“就是，我看江总为人正直就很好，以后的日子还长着呢，何必急在一时，来吃点东西。”

经过一周旋，周秘书长也不再多言了，既然得了保证他相信江声，也懂他的为难。

毕竟这年头有底线的商人也不多了，比起那么没有底线的亡命之徒，他也觉得还是前者合适合作。

江声和华影解决了两大难题，稍稍松了口气，却突然发现离和庄璎约定的期限越来越近了。

华影的名包、珠宝忍痛卖出了大半，也是杯水车薪。

是夜，她心中略有不安地走到书房去找江声，却看到江声在电脑前睡着了。

江声表面上不说可是却忙得连人影都看不到，本来就少的睡眠几乎没有了，彻夜彻夜地不睡觉，不能言说的债务和AI之心的并入让他忙得眼眶下已经有了阴影。

华影为江声盖上了毯子，抬头看到屏幕上Excel里面都是他标注的房产、基金、收藏，甚至还有海外房产的英文，上面密密麻麻大片被标注已卖、成交中、待售，代表进度的各种色彩格子。

路过季恬的房间，她轻手轻脚地走过去看着季恬睡熟的小脸，关上房门。

想起江声疲惫沉睡的侧脸，华影突然下定了决心，拿起了钥匙开车出去了。

对于华影的到来，庄璎一点都不意外，裹了裹睡袍嘲讽笑道："我就说过，你总有来求我的一天。"

华影因为有几次送季白周末过来夜宿，知道庄璎的住处，每次都将季白丢在门口，从来没有想过进来。

她敲响门铃，告诉用人来找庄璎的那刻，心里是努力压抑着自己，她用一个演员的素养封闭住自己的情感，让自己变得麻木才可以挽回一点点儿自尊。

然而看见庄璎那张得意嘲弄的脸却让她差点儿夺门而逃，华影这么多年随着身价的提高，已经很少遇见明明知道前方是泥坑却还是要往下跳的境地了，但是她不能退。

因为此时在她脑海中闪现的是季家老宅、江声那张密集的资产变现表和他累极睡去的脸。

她从来不认为还有什么能让自己低下高傲的头，如今却因为想到江声，就是低头也充满暖意。

庄璎将华影领到客厅，拿起一杯正在喝的红酒，啜饮一口，才轻慢地问道："你要不要来一杯？"

既然来了，华影靠在沙发上点头："请给我一杯。"

她将酒杯放在茶几上，并没有喝，开口："回购股权的时间，我希望您能缓一缓。"

庄璎抬手将酒一饮而尽，手腕枯瘦，晃了晃酒杯冷笑："华小姐，你去查查我庄璎的历史，我此生从来不做亏本的买卖，我又不是慈善家，凭什么给你宽限？"

华影虽然爱看动画片却知道现实绝对不会像英雄人物解决困难那么简单，这是她早预料的结果，她点了点头："我知道，你与季海的事情我也知道。"

庄璎放下酒杯，当的一下撞击，"呵"了一声："说起来，这倒是我做的唯一亏本的买卖。"

庄家世代都是家族联姻，向来把婚姻也视为两人合伙经营企业，一起入股，共同拥有孩子和财产，没有人会对合伙人要求爱情，大家互不干涉对方的生活，又能长期共享利益，非常理想。

然而，就在有了季白之后，季海和庄璎的事业开始走下坡路，两人的争吵也越来越多。庄璎觉得和季海在一起没有前途，总不能一年过得比一年差。庄璎在外面结识了新的合伙人，既然合作失败，就要及时止损，另起炉灶。

华影在这时拿起了酒杯喝了一口，点头道："其实，季恬的事情，我也略知一二。"

庄璎一把摔了酒杯："你倒是知道得不少，季海告诉你的？如果没有她，我早就脱离苦海了。"

不光是季海，从季白、江声和用人那里华影也能大约拼凑出整个故事：庄璎要离婚，为了季白和海声，作为一个传统的男人，季海告诉她绝对不可能。庄璎骂季海不是男人，天天喝酒、抽烟、出去玩，一次季海也应酬酒醉，两人就有了季恬。庄璎要打掉，季海不让，她就干脆在孕期喝酒、抽烟，生出了季恬后，两人天天吵架，最终还是离了婚。

华影一直很心疼季恬，一个从小在自己母亲厌恶中长大的孩子，却能那么暖。

"如果不是你，恬恬也不会这样。"

季恬是一个有自闭症的孩子。

庄璎冷笑："都是女人，你的心思我还不理解，不就是借着讨好季恬来讨好季海和江声，告诉你，没有用的。那个孩子是有缺陷的，她根本不会理你。"

她一辈子的耻辱就是季恬。因为季恬，她和季海又拖了三年才离婚，和后来的老公也一直争吵，最后又嫁了一个残废。不过也无所谓，她本来要的就是地位，人活着嫁一次都要比上次强，其他的都是无所谓，人往前走，总有要抛弃的东西。

庄璎嘲笑道："你还是省省力气吧，我从一开始就放弃了。"

再说，她有季白就够了，季白是个儿子，将来既能继承海声又能继承她的帝国，要女儿有什么用？在她的家族也是一样，女儿是亏本的买卖，她父母对她的期望，只是一个联姻工具，但是她凭自己的力气走到了今天，让父母都刮目相看。

庄璎一直觉得如果没有季恬，她的人生可以更完美。

华影摇了摇头："你错了，除了你，没有一个人放弃她。"

"你借给季海资金，知道他买下的公司是做什么的吗？"华影问。

庄璎皱了皱眉："不就是和人工智能有关吗？他这个人做事看起来谨慎，其实鲁莽得很。"她像想到什么好笑地说，"我知道是在什么加拿大的极圈吧。呵，他这个人怕死得很，曾经和我说过冰岛的人寿命最长，他如果买产业肯定是要去寒冷的地方。”

华影点头，这倒是能解释为什么季海选择了黄刀镇。她说：“他买下AI之心，是因为那是一家专攻AI情感交互机器人的公司，对象都是自闭症的儿童。就是因为盈利太少，最后才倒闭了。”华影继续说，“季海应该是知道自己得了脑癌，想多活点时间，他是为了季恬的未来才买的这家公司，HEARTOFAI，翻译过来是‘心爱’的意思，他从来没有放弃季恬，相反他最放心不下的就是季恬。”

庄璎突然愣在那里。

华影继续说：“没有人放弃季恬，江声将AI之心并入海声，一定会研发出能解决自闭症的情感机器人。我知道哪怕亏本，他为了季海，为了季白、季恬还是会一直做下去。所以我的确是求你，恳求你多给我们一点时间，不是为了我们，而是为了你自己的孩子。”

华影起身，将杯中的酒一饮而尽，转身离开。

庄璎瘫倒在沙发上，反应良久，却捂头笑起来：“你凭什么认为我会答应？”

华影停住脚步转身，摇头：“我知道你不可能答应，但是为了我守护的人，哪怕跪下，我都愿意来试一试。”

这一次，她不再停留，开门离开。

庄璎久久不能起身，她一直以为人生不能做亏本的买卖，她回忆了自己的一生，却也想不出有什么是她一定要守护的，她自己，或许还有……

“母亲。”身后，每周末暂住在庄璎处的季白带着怒意的声音响起。

华影回到季家老宅，这一次看着楼里的灯光竟觉得真的是自己的家，她换了衣服，再去看江声。

江声已经醒来，背对着门正在敲电脑，突然停顿，揉了揉头发。

华影很少看他烦躁，敲了敲门。

江声突然一僵，回头，又恢复一脸的平静，朗声问华影：“睡不着？”他浑然没有发现华影出去过，也不对华影说起自己的烦恼。

华影点点头，走过去靠在桌子边，长腿交叠，她不问你有什么烦恼，也不问资金解决得怎样，坏笑着开口：“我觉得我的收藏一定能打败你的什么破收藏。”

江声低笑起来，自信地指指表格上的数据：“让数字说话好了。”

华影噘嘴：“你别得意，我还有在托人在代卖的，我们打个赌，我的东西一定比你的值钱。”

“赌什么？”

“谁输了谁就做仆人伺候对方一天。”华影用脚踢了踢江声的椅子，“你别后悔，到时候让你给我打洗脚水。”

江声抓住华影的脚：“没意见。”

到底是思维缜密的大脑，江声放开华影的脚，敲开文档，他的电脑里有各式各样的框架协议（这都是什么人），修订赌约，两人电子签字。

明明是调戏的，却被反调戏，还签了什么鬼协议，华影越想越不对，丢下电子笔逃跑，哼了一声：“我去想想怎么折磨你，睡觉了。”

她眼角余光看着江声勾了勾唇，又继续看回屏幕，他心情似乎比刚才好多了。

到了约定之日，江声和华影依然没有筹够资金，两人已经做好最坏的打算，就是让庄璎拿走季海的股份加入海声。

然而，等了半天来的不是庄璎，而是庄璎的律师。

律师打开文件，宣布庄璎把对赌协议上的期限延长了两年，也就是说海声只要未来两年在美国成功上市，庄璎拿走自己的投资盈利，还是会归还抵押的股份。

华影简直以为庄璎是转了性，随即又觉得一定是自己感化了她，自己实在太厉害了，她虽然沾沾自喜，却没有告诉江声自己去恳求庄璎的事实。

毕竟华影女神一辈子就好个高姿态。把求人的事情告诉别人？不可能，她宁可烂在肚子里。

江声虽然觉得奇怪，但他的个性并不是喜欢追究情理的人，他突然有了筹得的资金和未来的两年，还担心时间不够用，立即投入工作之中。

回到季家老宅，季白却在收拾行李。

华影惊讶地问：“这是我又哪惹了你大少爷，你要离家出走了？”

季白哼唧一声，把行李扛下楼：“你没那个本事，小爷我要提前去美帝准备 SAT 了！”

他一直说不出国的，华影更惊讶了：“你就舍得国内花花绿绿的世界，还有你最喜欢的煎饼？”

季白翻了个白眼：“我要去大纽约好不好，那什么没有？”

江声帮季白把行李都放到门口，两个男人无言地撞了撞彼此的肩。

江声说：“学完就回来，海声等着你。”

季白点了点头：“嗯，我不会给我爸和你丢脸！”

华影叹了口气，最看不得这种别离了，这个家明明她和季白吵得最多，偏偏看着他一个瘦弱的少年扛着那么重的行李，她都快心疼哭了。

季白转头对华影说：“喂，在我回来前，好好保管我和恬恬的股份，不要把江声哥的钱糟蹋光了。”

华影顿时收起眼泪，觉得他还是早走早好，快走不送！

门外的车开始按喇叭，华影远远看去是庄璎坐在驾驶位上。庄璎只是在车里和江声点了个头，也不和华影打招呼，事实上，华影也觉得没有必要寒暄。

季恬的小手一直拉住季白的裤子，长长的睫毛湿润了就是没有流下泪来。

季白蹲下抱住季恬："恬恬乖，好好听江声哥和华姨的话，等哥哥回来。哥哥会和你视频的。好不好？"

华影问："喂，为什么江声是哥，我就是姨了？"

季白已经拿起行李走出去，直接上了庄璎的车。

华影抱着季恬和江声一起看着车开远。

庄璎是季白的母亲，每次都想带走他，去美国发展，大家都觉得没有问题，只是有些突然，是不是因为最近的事情太多，她们忽略了季白？

华影觉得内疚，被江声搂住了肩。

江声很小的时候就自己出去读书，所以在他眼里并没有什么奇怪。

他说："放心，这并不是坏事。"

华影一笑释然，是啊，庄璎宝贝季白得很，她只是突然有种嫁女儿的悲伤啊。

华影摸摸季恬的小脸蛋。嗯，还是季恬好，你一定要慢慢长大呀。

正如没有人知道华影对庄璎的恳求，也没有人知道季白到底和庄璎达成了什么共识。

这个世界上，总有些人为了要捍卫的人在黑暗处低头。

所以，也总有些人被悄然无声地温柔守护。

几周之后，百忙中的江教授突然想起了一件事。

江声抱着电脑，敲开华影的房门，指指数据，心情大好地勾唇一笑："你输了。"

华影想的是：该死，他怎么突然记起来了！

华影想着如果江声成了自己的仆人，一定要鞍前马后地伺候，按摩、漱口、水洗脚水自然是必不可少的，然而事实证明江声的品性是比自己高洁多了，但是也没少折磨她。

从一早开始，华影就捧着浴巾打着哈欠坐在公寓酒店的游泳池边。她都要睡着了，只听江声喊："浴巾。"

她立即起来双手捧着浴巾小跑奉上，看着江声紧实的腹肌，她愿赌服输，忍了。

接着华影就开始做司机，她在后视镜里瞪着江声直接坐到后排。

江声边打开电脑边问："有什么问题？"

华影咬牙微笑："没有问题！"

她深深呼吸，愿赌服输。

接下来的一天，华影不是当了江声的仆人，而是当了一天的总裁助理。

打印文件，收集装订，双面打印，环保节能。

泡咖啡，要这个牌子的豆子，一会儿太烫了，一会儿太冷了。

订的外卖，不能吃麦麸的，不要大豆油。

…………

华影一天下来，把江声送回酒店公寓，只觉得麦克太不容易了，如果是她，分分钟都是有弑君造反的心。她狠狠地瞪了眼后排的江声，还有两个小时到第二天，两个小时一过，一定要他好看。

"你怎么还不下车？"江声看了看手表，"还有两个小时。"

华影都快哭了："你还真是不放过一分一秒啊，江扒皮！"

她错了，比起精神的折磨，她还是选择肉体的折磨好了。

华影一早就起来，一天忙碌，有些精神恍惚，到了江声的公寓，连手机都找不到了。

华影说："你打个电话给我，看我手机是不是落在车里了？"

江声低头按屏幕，手机声响起，华影找到手机，他挂断电话。

华影眼尖，指着他的手机问："我在你的手机里叫什么？"

江声一僵，彼时江教授出了一辈子的考题还不知道什么叫丧命题。

华影非常危险地开口："你别告诉我还是叫'0'啊！"

江声很尴尬，被说中了，他很少去修改细节上的东西，再说他也没有修改的自觉。

"说实话，我为什么是'0'？"华影被压榨了一天，终于爆发。

江声咕哝："'0'是很重要的数字！"

"骗我吧，就是一文不值，什么都没有！"

所以千万别惹恼女人，江声立即反驳："真的，不为任何人增加和减少，任何人和她杠上都要倒霉，不是和你很像？"

华影哼哼，还是很难说服："骗鬼！"

江声走过去握住华影的手，垂下眸子看她，眼里都是深情波光："还有，任何用于'0'的除法都无法定义。所以是最重要的，没有她，世界都混乱了。"

这情话操作，华影虽然不懂，但却很受用，让江声打开手机，改了名称，噼里啪啦打了一堆。

江声一看，至爱最重要的人女神……

他很是头疼，当着华影的面一点点删掉，输入：“My Love”。

华影这才红着脸跑到一边，一脚踢到书桌下的东西，触感很是熟悉，她拎起来一看。

简直难以置信。

“我的喜马拉雅鳄鱼包！”

江声点头：“我从周秘书长夫人那里买回来了。”

他虽然不说，但盘着长腿坐在那里，勾唇看着华影的兴奋劲，全身上下都写着：“快来夸我，快来夸我！”

然而华影却抬眸怒吼：“你竟然不用防尘袋就把它放在地上！”

…………

华影自然知道江声这一天是故意逗弄她，她跟着他一天，也明白他的工作远远比自己的辛苦，却还要分神关心她。

从来不在乎外物的江教授居然还帮她把最爱的包买回来了，她怎么能不投桃报李。

华影调暗了壁灯，打开手机音乐，脱下风衣外套，露出里面绢丝白色的衬衫和格纹裹裙。

江声问：“怎么了？”

华影说：“你知道我是演员，我可是从小学舞蹈出道的呢！”她推倒江声跌坐在地上，款款一笑，“还有半个小时，奴家还没有伺候完呢。”

华影解开真丝衬衫的袖扣和衣领的两粒珍珠扣，露出洁白的皮肤，摆了个起势，露出如玉的小臂和纤长的美腿。

江声看着灯下的美人，本就是心尖上的人，她一颦一笑一步一摆，无一不美。

在衣袖浮动的玉指和手腕，纤细摇摆的腰肢，莹莹发亮的小腿，每一个乐点都踩得他心肝打战。

最后一个节拍结束，华影香汗淋漓地倒在江声怀里。

他一手撑着地，一手扶着怀中的温香暖玉。

心上人在怀，江声心随意动，低头采撷，华影交首迎合。

两人滚落一处，身下散倒无数书卷，却是春宵情浓……

两年后。

江声带着华影、季白和海声的骨干在纽交所成功上市敲钟。

那是一个阳光明媚的午后，江声牢牢握住华影的手站在纽交所的大楼前。

美国国旗和五星红旗之下，他接受记者的采访和拍照，虽然话不多，却足以应付这样的场合。

华影穿着深蓝色的修身裙，侧脸看着侃侃而谈的江声，她听到他的话语中不停地冒出 Partner，这两年她也有好好学习，知道是在说自己。

江声每说一次都低头看向她，眸光相汇，他说的 Partner 不仅是事业上的伙伴，还是一生的伴侣，他懂她亦然。

有记者提问："江总既是企业家，又是物理学家，从物理学的角度给我们分析下海声的未来吧！"

海声手机一直秉承自我研发，从内到外都是"中国芯"，他们还开发了全线海声 AI 的智慧家庭电器联盟，当然也有亏损的，心爱机器人第一批已经上市，还在不断完善，未来还需要很长的时间才能扭亏为盈，但是他们一定会坚持下去。

未来还有很多的不确定，但是也有非常确定的东西。

江声低头看向华影。

作为一个物理学家，他不得不承认，未来也好，爱情也罢，都是非线性的，不确定的，具有强大的不可预测性的。

不过这样也好。

这样生活中才会发生点不可能发生的事吧。

未来有光也有暗，但是只要他和她一起携手走下去，一切都不足为惧。

番外（一）

你的姓氏我的名字

这是一场中西合璧的婚礼，古色古香的中式四合院里，摆放着西餐自助和甜品台。

酒席的两边，左侧坐着一群穿着西装、打着领带的外国人，安静地吃着西餐、品着红酒；右侧则坐着一群穿得姹紫嫣红的中国大妈大叔，转着餐桌转盘，劝着白酒，热闹非凡。

江声和华影来得有些晚，进门一看到这样的组合就愣了。

两人对视一眼，还没来得及说上话，华影就被右边的大妈们拉走签名，江声就被左边的外国同事喊走了。

《婚礼进行曲》响起，更诡异的组合出现了。

金发高个的新郎穿着一身喜气洋洋的中式大红新郎倌长袍登场。

别看他穿成这样，竟然比他平时那一身又红又绿的竟然帅气很多。

新郎李汉卿喜滋滋地抓住大红绸带的另一头，牵出一身白色婚纱的中国新娘李彦。

李彦瞪了眼李汉卿，转向右侧父老乡亲时却露出了大大的笑脸。

要不是被家人催婚，加上她和亲睦邻为了拯救这位热爱中国文化却因签证到期不得不被驱逐出境的友人，她一心软居然答应了这段跨国婚姻，把自己嫁给了这个品位奇葩的洋鬼子。

李彦想想就觉得恼火，而身旁的李汉卿却浑然不觉，完全没有美利坚人民的优越矜持，咧嘴笑得像村头的傻根。

主持人为难地看了看外国友人，他是在拿不准到底该说中文还是说英文，愣是没有开口。

李彦看了出来，小声提醒：“说中文，他听得懂。”

李汉卿拍拍胸脯：“我中文贼好了！”

李彦翻了个白眼，她越来越觉得这是个错误，催促：“快点开始吧。”

她怕再不开始，自己就要逃婚了。

主持人赌上他职业生涯最快的速度宣布了流程，终于到了最后一步，主持人松了口气宣布："交换戒指。"

李彦取了戒指盒，谁知转头李汉卿扑通一下单膝跪下了。

李汉卿开口："小彦彦，你说我像长不大的彼得·潘，永远都在发情期，永远追在女生后面……"

人群中传来一阵笑声，正在和外国友人翻译的江声顿了顿，还是一脸黑线地翻译了，惹得对方频频点头。

李彦咬牙拉他："够了！"

李汉卿却挣开，捧着戒指盒打开："是你将我从幻想世界中拉出来，你就像我心中的太阳。自从和你在一起开始，别的女人对我来说就是路边的野草。我一定会对你好的，一辈子！"

席间响起掌声一片。

李汉卿深情地看向李彦。

李彦板着脸："错了！"

"哪里说错了？"

"你的戒指错了，是男戒！"李彦一把夺过李汉卿手上的戒指，丢给他女戒。

一片笑声中，李汉卿为李彦戴上戒指。

仪式在亲吻中落幕。

李彦想：就这样吧，或许这也是很好的选择。

少年的烦恼

季白自己也说不清什么时候意识到了责任感。

他从小是幸福的，对于第一个孩子，父母都有足够的耐心和宠爱，保姆也是精挑细选。

他黏着保姆，母亲觉得一个男生这样太“面”了，为了培养他的独立意识经常换保姆，后来他就早早被送去了托班。

父母都很忙，母亲偶尔来接他的时候总是会和老师校长询问很久。

他的母亲常和父亲夸赞他有多聪明，他喜欢父母一起看着他的目光，让他觉得他们是不可拆分的一家人。

然而，很快他就知道这世界上并没什么是不可拆分的。

父亲和母亲越来越少在家出现，两人一同出现就是争吵不休。

突然有一天，他发现母亲的肚子大起来。

母亲开始变得暴躁，指着父亲的鼻子骂他不是男人，发誓生完女儿就走人。

原来，他要多一个妹妹了。

他问同学团团，因为团团家里有一个妹妹。

团团说妹妹是世界上最麻烦的生物，不喜欢玩汽车和球，喜欢一直哭，还不如家里的小狗。

他有些害怕，问江声哥，因为江声哥是这个世界上最聪明的人。

江声哥告诉他亲妹妹是在这世界唯一和你共享一切东西的人，包括父母、房子、玩具、血缘甚至 50% 的基因。

他想了下，也觉得妹妹是可怕的生物。还有，母亲生完妹妹就要走了。

他以为自己会讨厌妹妹，可是当他看到摇篮里小小红红的一团，睁开和他一模一样的眼睛，他问：“这是我的妹妹吗？”

父亲抱着他指着皱巴巴的红娃娃，回答：“这是你的妹妹，季白唯一的妹妹，你要好好保护她。”

好吧，就像他的雷欧·奥特曼、宝剑和挖掘机一样，这都是他的东西，独一无二的，需要他守护的，他默默认为。

母亲果然有一天就突然消失了，他很难过，但是父亲说你上了初中已经是个大人了，你有责任保护这个家，保护妹妹。

责任吗？可是他能保护妹妹什么呢？她还只会喝奶。

初中的生活太精彩，他住校认识了好多有个性的小伙伴，哪有空想起妹妹。

随着眼界的开阔，他慢慢觉得原来父母并不是他想象的那么完美。

他们也不过就是普通人，也有弱点，也很自私，也和这个世界一样令人讨厌。

他和父亲开始争吵，因为他要娶一个明星回家，所有的老男人都是看脸。同学们看到新闻吵着要签名，他直接用拳头让他们闭嘴。

他冲回去和父亲大吵一架，父亲糊涂了，还让他听那个女人的话。父亲疯了吗？

他掼着门走了出去。

然后，就是葬礼。

那个时候他以为责任就是快点长大，带着妹妹离开这个家。

他以为自己已经长大到足以看清周围，却又一次发现他还是太幼稚。

不知不觉，那个女人和妹妹、江声哥一样竟然变成了他的家人。

责任就是明明知道放弃自我，却还是义无反顾地为了家人而选择这条路。

谁又不是这样活着的呢？

其实他已经很幸运，他的母亲虽然在别人嘴里口碑一般，但对他还是极好的。

他出身优渥，出国读书是许多家庭筹划了一辈子的事情，而他却是轻而易举。

国外大学毕业后，他反而更迷茫。

身边那么多同学，有碌碌无为的，有追求梦想的，有一败涂地的，有出人头地的。

然而他却不知自己想要什么。

江声哥和那个女人给了他两年，让他自己去旅行，他一个人背着包就出发了。

去南非约翰内斯堡看动物迁徙，去冰岛看极光，和土著人跳舞。

他有时想这样一直下去也不错，只是偶尔会有些想念家人。

他忽略这些想法继续走下去，在尼罗河坐着热气球看日出。

火光点亮，热气烤得人晕晕的，气球从扁塌塌变得膨胀升空。

尼罗河，帝王谷在雾蒙蒙的脚下，突然之间破晓的光亮起来，雾气消散，脚下的村落清晰得看到炊烟。

他的心开始澎湃。

中途气球因为有气流晃动大了一下，满篮子的人惊呼。

热气球的意外事件也是有的，他上来之前也是签了事故无关证明的，驾驶员开玩笑说一旦升空就是生死由天。

一个巨大的晃动，他用背抵住差点跌倒的身后的人。

一回头，竟然也是张亚洲面孔，还有些熟悉。

对方惊讶地先开口，是中文："季白，你记得我吗？我是夏晓雪。"

面前的女孩带着一点他也不能理解的紧张。

他微微一笑，伸手，他乡遇故知，有什么好紧张的。

热气球平稳落地，驾驶员开玩笑地说："感谢我们还活着，余生请愉快地生活。"

他笑了下，看到夏晓雪正在打着手机视频，似乎是在和父母通话。

被她传染，他也不由得拨通了江声哥的电话。

那个女人接的："臭小子，怎么这时候打电话，不是出了什么事了吧？钱被偷了？"

说出的话真是对不起漂亮的脸蛋。

他故作不耐地问："怎么是你，我江声哥呢？"

"为什么不能是我，他在给花生酥洗澡呢！"

走动间，视频对面出现江声给小儿子洗澡的画面。

那个女人不停地指挥："这里要用肥皂。"

妹妹季恬正拿着小鸭子逗小不点。

挂了电话，他终于承认他想家了。

订了机票。

余生这么多美丽风景，应该有人一起分享的。

番外（三）

花生酥

江声和华影结婚比预想中要迟很多，等海声集团重新回到人工智能家电业的第一，加上中间孟惊涛时不时地出来搅一棍子，两人的婚礼姗姗来迟。

华影虽然喜欢热闹，介于上一次的婚礼变成葬礼的不好回忆，她已经对婚礼没有太大兴趣。她现在又是女总裁，又是知名美妆博主，忙都忙不过来。

而江声这人虽然个性独来独往，最讨厌人多，但为了求生欲，也为了华影，操办了一场海岛婚礼。

此中甜蜜太拉仇恨暂且省略，我们来说说婚后又过了很久，两人第一个孩子——花生酥的出生。

为什么过了很久？

因为这两人都高龄了呀！加上华影对身材的犹豫，要不是因为对江声的爱，她才不会生小孩呢，怀着怀着就幻化成了母爱。

花生酥这个小男孩就是这样在众人的期盼下出生的。

然后，华影和江声都觉得上当受骗了。

为什么李汉卿和李彦的女儿那么乖，花生酥却一刻停不下来，出生就没有睡超过三小时。

江声没有父母，华影的母亲又人事不清，自从月嫂走了之后，两个人就熬红了双眼。

花生酥小朋友喝奶要哭，尿尿要哭，要抱抱要哭，拉臭臭也哭，肺活量惊人。

如果不是住着别墅，他一定要被邻居投诉了。

江声盼望着一个小公主没想到来了个坑爹的少爷，但天才的大脑总有办法。

他捣鼓了一个下午，捣鼓出了一个尿布感应器。

只要花生酥一尿湿尿布，他的手机就立即报警，趁花生酥还没有反应之前就换掉尿布。

江教授骄傲地展示了他的发明，谁知道换上尿布才半个小时不到，手机就开始报警了。

华影冷笑："去伺候你儿子！"

这个报警器可比花生酥厉害多了，到了晚上也不睡觉，一直不停地工作。

华影鲤鱼打挺翻身起来准备去抱孩子，突然被一只手拦住。

江声一边揉着眼睛一边按住她："没事，没事，我去哄，你继续睡一会儿。"

他拍拍她的背，掀开被子，起了床。

身后一轻，在他走动的声音传来，又传来他低声哄着孩子的声音："乖，妈妈要睡觉，我们轻一点，嘘，嘘……"

她从来没想过会嫁给这样的一个人，开始以为是看脸，后来发现爱上的是他书呆子表象下的温柔。

她好笑着慢慢睡着了。

迷糊间有些后悔。

嗯，应该早点生下花生酥的。